노아리

인소의 법칙

11
인소의 법칙
유한려 지음 솔 그림

제63조. 남자 주인공에게는 반드시 약혼자가 나타나나 봐요

남자 주인공에게는 반드시 약혼자가 나타나나 봐요

시간은 갑작스러운 이별에 적응할 틈조차 주지 않으려는 것처럼 빠르게 흘렀다.

원서 관련 상담이나 정시에 필요한 서류를 구비하는 일이 아니면 찾아오지 않는 3학년들 때문에 교정은 하루가 다르게 삭막해졌다. 이제는 우리가 3학년을 대신해 예비 3학년 취급을 받았다.

한 학기가 거의 끝나 가는데도 수업 분위기는 느슨해지긴 커녕 갈수록 살벌해졌다. 선생님들 모두가 우리 머릿속에 한 글자라도 더 쑤셔 넣으려고 안달인 것이 눈에 보였다.

이런 분위기 속에서 마음 편히 놀 수 있는 사람은 사대천왕이나 반여령 정도일 테고, 나는 다른 사람들 하는 만큼 따라가는 것도 벅찼지만 한편으로는 다행이란 생각이 들었다. 이렇게라도 바쁘지 않으면 마음 한구석을 차지한 허전함을 달랠 길이 없을 것 같아서. 노아리에 이어 여단 오빠까지 사라지자, 갑자기 나를 구성하고 있던 요소 중 3분의 1 정도가 뚝 떨어져 나간 듯한 느낌이었다.

그나마 우리 반이 이민아와 윤정인 덕에 분위기가 무척 발랄한 편에 속한다는 점과, 은지호와 이루다가 틈만 나면 다퉈 대서 심심할 일은 없다는 점이 다행이었다.

한편 은형이와 여령이의 경우에는 완전히 친구 사이도 아니고 그렇다고 썸이라기엔 너무 담백한 사이를 이어 가고 있었는데, 처음엔 '오늘은 바뀌려나? 내일은? 모레는?' 하는 마음으로 지켜보던 이들은 이제 모두 희망을 잃고 관심을 꺼 버리기에 이르렀다. 은형이와 여령이는 오히려 그게 더 편한 모양이니 다행이라고 해야 하나. 음, 아무튼 두 사람의 애매한 관계는 앞으로도 상당히 오래 계속될 것 같았다.

바쁘지만 어쩐지 충만함이라곤 없는 나날들 속에서, 눈이 번쩍 뜨이는 소식이 날아온 것은 12월 초의 일이었다.

그 무렵에는 모의고사와 기말고사를 제외하면 남은 것이 없어서, 하다못해 창밖에서 참새가 지저귄 것 갖고도 하루 종일 웃어 대는 윤정인조차 책상 위에 축 늘어져서 '빨리 방학 안 하나. 아, 그런데 방학하면 이제 진짜로 고3인데.' 같은 소리나 지껄이고 있었다.

그러던 차에 앞문이 벌컥 열리며 들어온 윤정인의 다른

반 친구가 그의 책상을 쾅 쳤다. 윤정인에게 다른 반 학생이 찾아오는 것쯤은 하루에 열 번은 족히 일어나는 일이었기에, 아무도 신경 쓰지 않았다.

내 옆에서 담요를 두른 채 교과서에 코를 박고 자고 있던 김혜힐이 눈썹을 찡그리며 고개를 들더니, 인기척의 주인을 확인하고는 도로 엎어졌다. 나는 그녀의 어깨에서 흘러내린 담요를 잘 추슬러 주었다.

"야, 나 방금 심부름 때문에 1학년 교무실 다녀오는 길이거든? 그런데 완전 대박 소식 들었다."

과연, 윤정인이 가져오는 출처를 알 수 없는 소문은 대부분 저런 식으로 들어오는 거로군. 내가 턱을 괴고 생각하는 동안, 윤정인은 어찌나 귀찮았던지 고개도 안 들고 대답했다.

"뭔데, 유천영 일이냐?"

"아니? 당연히 아니지. 생각을 해 봐라. 내가 유천영 일이었으면 1학년 교무실이라고 굳이 말했겠냐."

"그럼 뭔데?"

그제야 윤정인은 꾸물꾸물 상체를 일으켰다. 그때, 아무 생각 없이 듣고 있던 내 눈을 번쩍 뜨이게 하는 말이 날아왔다.

"나는 관심이 없어서 몰랐는데, 이번에 전국 규모로 무슨 시나리오인지 뭔지 공모전을 했다더라? 그런데 그거 대상 수상한 애가 1학년에 있다는 거 아니야."

"뭐야, 대상 탄 게 뭐가 어떻다고? 전국 단위 대회에서 심심찮게 입상해 오는 사람은 우리 반에도 수두룩한데."

윤정인이 의아한 듯 말하며 이쪽을 턱짓했다. 바로 그 순간 김혜힐이 미간을 찡그리며 고개를 다른 쪽으로 돌렸다. 음, 자면서도 자기 얘기 하는지는 귀신같이 알아들은 모양이군. 나는 흘러내린 담요를 다시 덮어 주었다.

그러자 남학생이 목소리를 높였다.

"야, 그거랑 이거랑 다르지! 내가 말했잖아, 시나리오 공모전이라고. 그것도 대상이라니까."

"어, 야, 잠깐. 그럼 설마."

그제야 미간을 좁힌 윤정인이 물었다.

"설마 그거, 영화화되냐? 진짜로?"

"어. 그것 때문에 교무실 난리도 아니다, 지금. 솔직히 우리 학교는 인문계랑 그나마 체육 특기생 때문에 체육계에서나 좀 먹어 주지, 예술 쪽은 완전 전멸 아니야. 그런데 이번에 학교 측에서 딱히 지원해 준 것도 없는데 대박을 건진 거잖아."

그렇게 말한 남학생이 입가에 손을 가져가 마구 나불대는 시늉을 했다.

"그래서 이것 갖고 어떻게 입 털어 볼까 고민 중이더라고. 학교에서 뭐라도 해 준 척, 예술계에도 충분히 관심을 기울이고 있는 척."

윤정인이 픽 웃으며 대답했다.

"지랄이야."

"내 말이."

우리 학교가 욕먹는 건 하루 이틀이 아니지만, 이사장과 은지호가 긴밀하게 연결되어 있는 것을 아는 나는 가끔 심장이 따끔거리곤 했다.

아니, 이런 데 신경 쓸 때가 아니지. 내가 막 손을 들고 물음을 던지려던 찰나, 교실 뒤쪽에서 목소리가 날아왔다.

"야, 근데 상 받은 사람 이름이 뭐래?"

그래, 나도 그거 궁금했어. 진지하게 고개를 끄덕이는 내게 남학생의 아무렇지 않은 대답이 날아왔다.

"뭐였더라? 흔한 성씨는 아니었는데. 그런데 또 이름은 흔하고. 나씨였나? 무슨…… 나유리? 노애리?"

그 말을 들은 순간 내가 경황없이 툭 뱉어 냈다.

"노아리?"

남학생이 화색이 되어 고개를 돌렸다.

"어, 맞아. 그 이름이었어."

그런데 너, 어떻게 알았냐……? 미심쩍은 듯 묻는 소리를 뒤로하고 나는 쿵쾅거리는 심장께를 움켜쥐며 몸을 웅크렸다.

미지근한 물을 욕조 가득 받아 놓고 머리를 담근 것처럼 뭉근하던 감각이 순식간에 되살아났다.

노아리와 연락이 끊어진 지가 얼마나 됐더라? 나는 새삼 날짜를 가늠해 보았다. 축제 뒤풀이 때 우연히 마주친 게 마지막이었으니까, 벌써 두 달이나 지나 있었다.

아침에 핸드폰을 제출한 것이 아쉬워졌다. 그것도 잠시, 나는 작게 고개를 내저었다. 아니야, 이제는 아무 사이도 아닌 내가 축하한다는 등의 말을 해서 어디에 쓴다고?

아마도 노아리는 지금쯤 많은 사람들에게 축하를 받고 있을 것이다. 그중에는 앞으로 노아리가 얻게 될 명성을 탐내어 말을 거는 사람들도 있겠지. 섣불리 연락했다가 그런 속 검은 사람들 중 하나로 보이는 것이 싫었다.

거기까지 생각하고 나는 한숨을 내쉬었다. 어쩌면 노아리는 이미 나를 그 사람들과 다르지 않다고 생각하고 있을지도 모르지만.

나는 턱을 괴고 황량한 바깥을 쳐다보았다. 뼈만 남은 나뭇가지들이 겨울바람에 작게 흔들리고 있었고, 그 사이로 고3 몇몇이 공을 차고 있었다. 보기만 해도 쓸쓸해지는 풍경에 나는 다시 한번 크게 한숨을 내쉬고 책에 시선을 고정했다.

* * *

가방을 챙겨 일어나자 어느새 캄캄해진 창밖이 눈에 들어왔다. 고3이 수험생 자리를 우리에게 물려주고 떠난 지금, 우리는 야간 자율 학습을 대신 이어받아서 하고 있었다.

우리 반에서 야간 자율 학습을 종종 빠지는 사람은 반휘혈이나 김혜우 정도밖에 없었다. 전자는 아르바이트란 매우 바람직한 이유고, 후자는 PC방이라는 몹시 바람직하지 못한 이유긴 하지만.

심지어 그 황시우조차 최근에는 공부를 시작해서 종종 이루다나 김혜힐에게 뭔가를 물어보러 오곤 했다.

새삼 시간 참 빠르단 말이야. 몇 달 전만 해도 학교 끝나면 저녁 여섯 시였는데. 잠시 회상에 잠기던 나는 나를 이끄는 김 쌍둥이와 함께 밖으로 나왔다.

같은 방향에 사는 반여령과 은지호가 야간 자율 학습을 필요 없다는 이유로 하질 않으니, 내 하굣길은 당연히 반 친구들과 함께일 수밖에 없었다. 주인이와 은형이는 그나마 야자를 하긴 하지만 집 방향이 정반대라고 해도 좋으니까.

복도로 나오자 윤정인과 이민아, 루다가 기다리고 있었다. 야간 훈련이 끝난 신서현도 함께였다. 그들에게 머쓱하게 웃어 준 나는 천천히 걸음을 옮기기 시작했다.

공부도 일종의 바이오리듬이란 게 있는데, 오늘은 반 전체적으로 공부가 잘되던 날이었다. 가끔 야자 시간에 고개를 퍼뜩 들고 교실 안을 살피면 평소와는 비교도 안 되게 조용한 것을 느낄 수 있었다. 그래선지 쉬는 시간에도 잡담조차 오가지 않았다. 때문에 오늘 우리 사이에 본격적인 대화가 오간 것은 이게 처음이었다.

"야, 대박이지 않냐?"

가장 먼저 윤정인이 운을 떼었다. 빈 복도에 그의 말소리가 유난히 크게 울렸다.

"아니, 솔직히 시나리오 공모전 대상 얘기 들었을 땐 좀 시큰둥했거든? 우리 학교에 그런 애들 많으니까? 그런데 아는 사람이란 거 알고 나니까 새삼 소름."

"무슨 얘기야?"

신서현이 어리둥절한 얼굴로 물었다. 그러고 보니 이제껏 훈련하느라 교실에 없었던 그는 전혀 모를 얘기였다.

내가 그에게 간단히 상황을 설명하는 동안, 민아가 고개를 끄덕였다.

"그러게. 우리 같이 놀러 갔을 때는 그냥 조용하고 평범한 애 같았는데, 능력자였어."

그러더니 그녀는 금세 걱정스러운 표정을 지었다.

"아, 어쩌지? 그럼 말없이 우리 노는 것만 구경하던 것도 사실은 뭐 위대한 발상을 하고 있었다거나 그런 거 아니야? 난 괜히 심심할까 봐 배려한답시고 엄청 말 걸었는데."

"아니야, 싫어하는 눈치는 아니었어."

내가 끼어들까 말까 고민하던 찰나, 다행히 김혜힐이 적당히 말을 끊었다.

“진짜? 휴, 다행이다.”

민아가 안도의 한숨을 내쉬는 찰나, 김혜힐이 다시 말했다.

“그냥 불편해하기만 했지.”

“아, 뭐야! 그런 말 하니까 더 걱정되잖아!”

이민아가 울상을 지으며 머리카락을 부여잡았다. 거기에 김혜우가 천연덕스럽게 끼어들었다.

“이번 시나리오 악역 이름 중에 혹시 민아라고 없는지 잘 봐.”

“아, 하지 마!”

“혹시 모르잖아.”

“하지 말라고! 아, 그게 영화화돼서 상영되면 난 전국적으로 욕먹는 거 아니야!”

티격태격하는 두 사람을 보던 내가 웃으면서 말렸다.

“그러진 않을걸. 걔 너희 좋아해. 내가 들었어.”

“아, 그래……?”

그제야 이민아는 머쓱해하며 김혜우를 때리고 있던 손을 내렸다.

나는 속으로만 생각했다. 뭐, 사실 직접 들은 적은 없지만. 노아리는 자기가 만든 모든 인물을 사랑한다고 했으니까. 그 일부인 이 모두를 좋아하는 것도 당연하겠지.

사람으로서 좋아할 수는 없다고 했지만. 불현듯 떠오른 생각에 머리 한구석이 지끈거렸다. 다시 고개를 내저은 내가 한 발을 내딛던 찰나, 앞을 본 윤정인이 불쑥 외쳤다.

"어? 우주인, 권은형! 이제 가냐?"

"아, 안녕."

신발장에서 신발을 신던 이들이 이쪽을 돌아보았다.

은형이가 옅은 미소를 보내자, 미소로 화답하는 내 옆에서 윤정인은 괜히 시선을 피했다. 아니, 얘는 왜 전부터 계속 은형이한테 반한 것처럼 구는 건데.

그렇게 생각하던 내게 밝은 외침이 들려왔다.

"엄마!"

한달음에 달려와 나를 가볍게 끌어안는 주인이를 본 루다가 미간을 구겼다.

"하여간 점심시간에도 보고 체육 시간에도 보고도 저러고 싶나. 누가 보면 하루 종일 못 본 줄 알겠네."

그가 대놓고 투덜대자 나를 놓아준 주인이가 몸을 휙 돌렸다. 그의 눈이 묘하게 초롱거렸다.

루다가 창백해진 안색으로 말했다.

"아, 뭐. 뭔데. 할 말이 있으면 말로 해야지, 뭐 그렇게 원하는 게 있는 강아지처럼 쳐다보는데."

루다야, 굳이 개가 아니라 강아지라고 비유한 건 너도 결국 주인이의 귀여움을 인정하기 시작했다는 뜻이니? 내가 그런 생각을 하는 사이, 묘한 얼굴로 웃던 주인이가 두 팔을 휙 벌렸다.

"알았어, 이리 와. 형도 안아 줄게."

"으악, 야, 저리 꺼져!"

"난 공평하니까."

"꺼지라고!"

앞에 있던 윤정인과 이민아를 밀쳐 내고, 우두커니 서 있던 은형이를 지나 저만치 달려가는 루다를 보며 주인이가 키들키들 웃었다. 윤정인이 그에게 손을 내밀자 그는 거리낌 없이 하이파이브를 했다.

그러나 그의 입가에 걸려 있던 유쾌한 웃음은 이윽고 씻은 듯이 사라지고 말았다.

"야, 맞다. 너도 들었냐? 우리 학교 1학년에 전국 영화 시나리오 공모전인가 그거 대상 탄 사람 나온 거."

윤정인의 뜬금없는 물음에 주인이가 귀엽게 고개를 기웃했다.

"아니?"

과연, 아무리 그라도 아래 학년까지 발이 닿아 있진 않은 모양이었다. 게다가 오늘은 특별 활동도 없는 날이고. 고개를 주억거리던 나는 뒤늦게 아차 하며 말했다.

"야, 윤정인……."

그러나 이미 상황은 늦어 있었다. 윤정인이 크게 외쳤다.

"야, 그거 상 탄 사람이 노아리인가 걔래! 네 썸녀. 대박 아니냐?"

주인이의 얼굴이 약속한 것처럼 굳었다. 그 순간, 이상 기류를 감지한 이민아와 김혜힐이 윤정인의 뒷덜미를 덥석 가로챘다.

"어? 아니, 왜……."

뒤늦게 주인이의 표정을 살핀 그의 안색이 검게 변했다. 그가 주저하며 물었다.

"아니, 난, 아무것도 모르고…… 혹시 너 썸 깨졌냐?"

"……."

"아니다, 야, 내가 미안하다. 백번 잘못했다."

무릎 꿇을 기세로 진지하게 말하는 윤정인을 지그시 보던 주인이가 이윽고 한숨을 내쉬었다.

"됐어."

작게 말한 그가 가방을 고쳐 메더니 우리를 스쳐 지나갔다. 조금 멀리서 이쪽을 주시하던 은형이도 눈인사를 남기더니 말없이 멀어졌다.

우리는 어둠 속으로 사라지는 둘의 뒷모습을 가만히 쳐다보았다.

이윽고 윤정인의 입에서 나지막한 한숨이 터졌다.

"허……. 요즘 주위에 안 보이긴 했지만 알아서 잘하고 있을 줄 알았지, 설마 그새 깨졌을 줄이야."

중얼거리는 윤정인의 팔을 이민아가 툭 쳤다.

"입방정 떨지 말랬지."

"아니, 난 솔직히 재가 맘먹었을 때 안 될 것이다 그런 생각을 해 본 적이 없어서."

그러더니 갑자기 나를 힐끗 본 그가 중얼거렸다.

"아니지, 세상은 넓고 취향은 다양하니까. 있을 수 있지. 있을 수 있어……."

"잠깐, 왜 나를 보는데?"

"몰라서 묻냐? 요즘 은지호랑 이루다 싸우는 거 보는 게 내 하루 낙이야."

벌써 반년 아니냐? 윤정인의 물음에 할 말이 없어진 나는 조용히 주먹을 내렸다. 그러게, 나도 이 소요 사태가 이렇게까지 오래 갈지 몰랐는데.

옆에서 나를 향하는 루다의 복잡한 눈빛이 느껴졌다. 내가 그를 돌아보자, 그는 복잡한 눈빛을 잽싸게 지우고는 내가 좋아하는 따뜻한 미소를 지어 주었다. 하지만 이미 그의 눈빛을 봐 버린 이상 내 마음이 편할 수는 없었다.

다시 돌아선 나는 고개를 떨구고 한숨을 내쉬었다.

아, 이것도 차라리 수능처럼 기한이 정해져 있으면 좋을 텐데. 아니, 하지만 그랬다간 오히려 압박감에 밀려 그릇된 선택을 하려나?

하지만 어설프게라도 완성하는 게 시작도 안 하는 것보다는 낫다는 말도 있잖아? 하지만 넘치는 것은 부족하니만 못하다는 말도 있는데…….

아파트로 향하는 골목길에서도 나는 온통 그 생각뿐이었다. 그때 주머니에 넣어 둔 핸드폰에서 진동이 느껴졌다.

"어, 은지호잖아?"

나는 재빨리 핸드폰을 꺼내 귀에 가져다 댔다.

"여보세요?"

핸드폰 너머에서 툴툴대는 목소리가 들려왔다.

[함단이, 왜 톡 안 봐.]

"아, 나 뭐 좀 생각하느라고. 왜?"

[네가 전에 부탁했던 그거, 드디어 결과 나왔어.]

"내가 부탁했던 거?"

내가 은지호한테 부탁했던 게 뭐더라? 나는 미간을 좁혔다.

은지호에게 뭔가를 부탁했다가는 지나치게 거창한 결과로 돌아오기 일쑤라, 말하자면 과일 주스를 먹고 싶다고 하면 블렌더를 사다 줄 애라 부탁한 적이 그리 많진 않았다.

뭐더라. 뭐였을까. 혹시 내가 은지호한테 공부하다 죽어도 좋으니 성적 좀 올리게 해 달라고 부탁을 했던가? 그런 부탁은 제발 하지 말았어야 할 텐데.

그런 생각을 하던 나는 불쑥 떠오른 기억에 외쳤다.

"아, 설마!"

[얼마나 지났다고 벌써 까먹은 거야?]

은지호가 어이없다는 투로 말했다.

[유천영 주변에 수작 부릴 만한 사람이 있는지 없는지,

알아냈다고.]

나는 콩닥거리는 심장을 누르며 물었다.

"어때?"

[어떻긴, 깨끗하더라.]

"아."

[정확히는 전부 유건 선에서 차단이 될 만한 인간들뿐이었어. 유건 그 사람, 무섭긴 해도 유천영에 대해서는 무엇 하나 소홀히 하지 않는 사람이니까 그런 건 걱정하지 않아도 돼.]

"그래……."

김이 빠진 나는 그렇게 대답하며 어깨를 축 늘어뜨렸다.

역시, 어설픈 탐정 흉내 내며 뭐라도 잡아 보려고 한 게 문제였나. 게다가 탐정의 추리는 냉철한 관찰력을 기반으로 하지만, 내가 믿을 거라곤 인터넷 소설을 읽어 온 경력뿐이었다고. 그러니 효과가 없을 만도 하지.

내가 푹 한숨을 내쉬던 그때였다.

[단, 공적인 관계에서는. 직장 내에서의 사적인 인간관계까지 유건의 손이 전부 닿아 있을 수는 없어.]

은지호의 말에 나는 눈을 깜빡였다.

"그럼……."

['검은 비' 출연진 중에 걸리는 인물들이 둘 있어. 하나는 하운이고.]

그리고 은지호가 잠시 뜸을 들였다.

[하나는 네가 말한 예린.]

"허."

내 예상이 정말 맞아떨어졌다는 사실에 놀란 나는 탄성을 내뱉었다. 역시 인터넷 소설도 많이 읽다 보면 나름의 통찰력이 생기는 건가?

[그런데, 하운의 경우에는 달리 뒷배가 없는 건지 본인이 철저하지 못한 건지 맘에 안 드는 신인을 건드린 사례는 얼마든지 모을 수 있는데, 예린은 좀 힘들어.]

"그래?"

[걸리는 구석이 없는 건 아닌데, 그렇다고 마음먹고 털기도 그렇고. 그 와중에 예린에 대해 자세히 안다는 사람을 찾기는 했는데.]

나는 미심쩍게 되물었다.

"찾기는 했는데?"

[나한테는 좀 껄끄러운 사람이라.]

껄끄럽다니? 나는 눈을 깜빡였다. 천하의 은지호한테 껄끄러운 상대가 있어?

"유건 같은 사람이야? 아니면…… 주인이 같은?"

[너, 우주인이 내가 어렸을 때 얽히지 않았으면 상종도 안 할 부류인 건 어떻게 알았냐?]

그거야 네가 주인이가 비상한 두뇌를 발휘할 때마다 질

색하면서 '저건 사람도 아니야.'라든가, '저런 게 내 소꿉친구라니 정말 싫다.' 하는 것 같은 표정을 지으니까.

내가 작게 웃던 찰나, 은지호가 말을 이었다.

[그런 의미의 껄끄러운 상대는 아닌데, 아…… 아무튼 있어. 좀 설명하기 힘들어.]

"누구인데 그래?"

[있어, 나예리라고. 나랑 비슷한 집안 여자애인데.]

"나예리?"

나는 고개를 들어 하늘을 보며 곰곰이 기억을 되짚었다. 어디서 많이 들어 본 이름 같기도 하고, 아닌 것 같기도 하고. 하긴, 나예리라는 이름이 그렇게 흔한 이름은 아니지만 아주 드문 이름도 아니지.

내가 다시 물었다.

"그럼 반여령 같은 타입이야? 너 여령이도 가끔 무서워하잖아."

[완전히 아니라고 할 순 없는데. 아무튼 그 외에도…….]

눈에 띄게 난감해진 은지호의 목소리에 내가 생각했다. 음, 사람 한 명 갖고 이렇게 난처해하는 은지호의 모습이라니, 꽤 신선한걸.

그리고 내가 말했다.

"음, 그럼 내가 알아볼까? 모르는 사이에 번호 알아내서 연락하면 남녀 사이에는 아무래도 오해 살 수도 있고, 또 여자니까 같은 여자끼리 말하기 편하겠지."

그러고 보면 김혜힐이 나예리를 알 가능성도 있지 않을까? 혜힐이가 고등학교 때부터 서울 올라오긴 했어도, 은지호네 회사 창립 기념 파티를 비롯해서 그런 자리에 꽤 자주 참석하는 것 같았으니까.

그런 생각을 하던 나는 불쑥 들려온 은지호의 말에 깜짝 놀랐다.

[안 돼.]

"뭐? 왜?"

정말 안 돼서라기보다는 뭔가 켕기는 게 있는 듯 두려운 목소리였다. 그가 말을 이었다.

[내가 방법을 찾아볼 테니까, 제발 네가 나예리랑 직접 얘기할 생각은 하지 마. 주위에 나예리에 대해 아는 사람 있냐고 물어보지도 말고. 알았어?]

"제발? 너 방금 나한테 제발이라고 한 거야?"

[…….]

수화기 너머의 은지호가 다시금 침묵했다. 아, 답답해 죽겠네! 나는 다시 다그쳤다.

"뭔데 그래? 위험한 거라면 위험하다고 말을 해 줘야 나도 안 하지! 내가 언제 너희가 하지 말라는데 하는 거……."

음, 이건 좀 찔리니까 넘어가자.

"아무튼 하지 말라는데 막무가내로 하는 거 봤어?"

[위험한 건 아니야. 아니지만…… 이번만 온전히 내게 맡겨 줄 수 없어?]

“방금 그 나예리란 사람이 너한테 껄끄러운 상대라고 할 땐 언제고?”

그러자 수화기 너머에서 다시 한번 침묵이 흘렀다. 지금 본인이 앞뒤 안 맞는 말을 하고 있다는 걸 알긴 하는 거야?

아니, 정말 당황스럽네. 나는 머리카락을 쓸어 넘겼다.

천하의 은지호가 앞뒤 안 맞는 말을 하는 걸로도 모자라, 나한테 제발이라고 애원까지 하다니…… 이게 가벼운 사안도 아니고, 유천영이 협박당하고 있는 상대를 찾는 건데 말이야.

미심쩍은 눈으로 핸드폰을 내려다보던 나는 이어서 전화가 뚝 끊기자 더욱 당황했다.

“어어?”

은지호가 내가 밖에 있는데도 나보다 먼저 전화를 끊었다고? 저번 납치 사건 이후로는 내가 밖에 있으면 집에 들어가기 전까진 절대로 끊으려 하지 않는 앤데…… 정말 뭐가 어떻게 된 거야?

아, 모르겠다 나도. 머리카락을 벅벅 헤집던 나는 현관문을 열고 집으로 들어갔다.

“다녀왔니? 왔으면 인사해야지.”

“응, 엄마. 다녀왔어. 아빠도.”

"안 물어봤는디."

그렇게 말하며 배를 긁는 아빠를 흘겨본 나는 방으로 발길을 돌렸다. 그러다 내가 다시 뒤돌아섰다.

"아, 엄마."

내가 머뭇거리다가 부르자 엄마가 시큰둥하게 물었다.

"왜?"

"전에 나 축제 날 쓰러졌을 때 병실에서 봤던 애 있지. 학교 후배. 기억나?"

"응, 아리던가?"

"걔 이번에 전국 단위 무슨 대회에서 상 받았대. 대상."

그러자 엄마의 얼굴이 화색이 됐다.

"어머, 진짜? 잘됐네! 2학년도 아니고 1학년인데 어린애가 대단하네. 축하한다고 전해 줘."

아빠도 그제야 심드렁한 기색을 지우고 말했다.

"아따, 대단하네. 내 딸이랑 어울리는 애들은 다들 뭔가 한가락씩은 있는갑다. 전에 볼 때는 애가 영 맥이 없어서 툭 치면 부러질 것 같더만. 보기와는 영 다르네."

감탄하는 아빠의 모습에 나는 두 손을 등 뒤로 숨기고 작게 웃었다. 주춤주춤 방으로 들어가며 나는 한숨을 내쉬었다.

이런 식으로 노아리를 아는 이들과 아무런 가감 없이 축하의 말을 나누고 싶었다.

정작 나 자신은 축하의 말 한마디 건네지 못하면서도.

내가 중얼거렸다.

“이것도 미련인가?”

하긴, 여단 오빠와 헤어졌을 때도 나는 한동안 여단 오빠에게 연락하고 싶어 핸드폰을 손에서 놓지 못했지.

침대 위에 앉아 다리를 끌어안고 있던 나는 문득 뭔가를 떠올렸다.

나예리. 나예리. 머릿속에서 내내 헛돌던 낚싯바늘에 갑자기 뭔가가 걸렸다.

“아.”

벌떡 일어난 나는 재빨리 책상에 다가가 서랍을 열었다.

서랍 깊숙한 곳에 있던 상자를 꺼내어 열자, 지난 몇 년간 모아 온 편지와 쪽지가 수북이 쌓여 있었다.

쪽지는 정말로 시답잖은 내용밖에는 없었지만, 언젠가 우연히 가방 앞주머니에서 발견했을 때 이런 것도 제법 추억이 되겠다고 생각해서 모으기 시작했다.

그 사이를 바쁘게 뒤지던 나는 빳빳한 질감의 종이 몇 장을 찾아냈다. 꺼내어 펼쳐 보자 차례로 유건의 명함, 루카스의 명함, 그리고 이제니가 언젠가 주었던 티켓이었다.

“아니, 이런 건 왜 있는 거야.”

심지어 기한도 지났는데. 웃겨 죽겠네, 진짜. 소리 죽여 웃던 나는 마침내 원하던 것을 찾아냈다.

흰색 종이 위에 금색으로 박힌 이름을 내려다보던 내가

조용히 소리 내어 말했다.

"나예리."

1년 반 전, 한울 그룹 창립 기념 파티에서 받았던 명함이 내 손안에서 반짝이고 있었다.

* * *

다음 날, 아침 일찍 등교한 나는 어제 찾은 명함을 손안에서 한참 굴려 보았다. 나는 다시 중얼거렸다.

"나예리."

왜 은지호는 내가 이 애한테 연락하려는 걸 막으려고 했던 걸까?

나예리가 전에 주었던 명함에는 전화번호와 이메일은 물론이고, 그녀의 집안이 운영하는 그룹의 이름까지 나와 있었다.

그룹의 이름을 검색해 보았더니 한울 그룹과 발해 그룹 다음으로 규모가 큰 그룹이었다. 과연 은지호의 입에서 나온 '나와 비슷한 집안' 타이틀은 단지 같은 재벌 2세라고 해서 주어지는 것이 아니었던 것이다.

하지만, 그 애와 내가 직접 대화하지 말라는 걸로도 모자라서 그 애에 대해 알아볼 생각도 하지 말라고까지 말할 필요가 있을까? 나는 고개를 기울였다.

처음이자 마지막으로 본 게 1년 전인 데다 그 직후 납치라는 큰 사건을 겪어 기억이 흐릿하긴 하지만, 그때 그 애를 봐서는 분명 그렇게까지 나쁜 애 같진 않았다. 물론 처음엔 같이 다니는 여자애들 무리를 끌고 와서 나를 핍박하려 했던 것 같지만, 내가 그녀의 이름만 듣고 천생연분이라고 칭찬하자 얼굴을 붉히며 자리를 떴지. 명함 한 장과 함께.

"……."

흠. 역시 내가 그 애를 두려워할 필요는 없는 것 같은데. 설령 그 애가 범상치 않은 집안 배경과 외모, 그리고 이름에 힘입어 인터넷 소설의 악녀나 여자 주인공의 라이벌 역할을 맡고 있다고 하더라도, 과연 그렇게 대단한 애가 나를 신경 쓰기나 할까? 게다가 내가 지금 그 애를 찾으려는 건 그녀가 좋아하는 은지호와 연관된 용건이 아니라, 유천영과 연관된 용건이잖아? 아니, 하지만 은지호가 나를 좋아한다는 데서 이미 그녀와 나 사이에는 피할 수 없는 갈등이 생기는 건가?

아, 모르겠어……. 일단 그 애와 직접 대화를 하든지 말든지 간에 그 애에 대해 알아보긴 해야 할 것 같은데. 그 애가 만약 앞으로 내 앞에 나타나면 어떻게 대처해야 할지 정하기 위해서라도.

그렇게 생각하던 나는 멀지 않은 곳에서 인기척을 느끼고 고개를 돌렸다. 책상 위에 가방을 내려놓는 김혜힐을 본 내가 환한 얼굴을 했다.

"어, 혜힐아."

"뭣 때문에 아침부터 책도 안 펴 놓고 고민이야?"

"아, 그게."

김혜힐의 맑고 깨끗한 눈동자를 보며 나는 생각했다. 게다가 김혜힐은 나예리가 왔던 파티에 이미 여러 번 참석한 경험이 있는 듯했다. 그녀라면 나예리에 대해 알지도 모른다.

은지호는 주위 사람들에게 나예리에 대해 물어볼 생각도 하지 말라고 했지만, 혜힐이는 단순히 주위 사람이 아닌걸.

생각을 마친 내가 물었다.

"나예리라고 알아?"

"응? 나예리? 네가 걜 어떻게 알아?"

아직 그녀에 대해 자세히 설명하지도 않았는데 이러는 걸 보면 꽤 유명 인사인 모양이었다. 내가 조금 당황하며 대답했다.

"아, 그게. 저번 은지호랑 같이 왔던 파티에서 만난 적 있어."

"아, 맞다. 그때 너도 왔었지 참."

그리고 그녀는 잠시 아랫입술을 매만지며 고민하더니 다시 말했다.

"뭐, 알긴 알지. 그런 자리에 다니다 보면 그 애에 대해서는 듣지 않는 게 듣는 것보다 더 어려워서……. 말하자면 여자애들 사이에서는 유천영이나 은지호 같은 애야. 독보적인 위치랄까.”

“으음, 그렇구나.”

확실히 그럴 것 같긴 했어. 그때 그 많은 여자애들을 데리고 다니는 것만 봐도.

그때 고개를 주억거리던 내게 김혜힐이 다시 물었다.

“그 애에 대해선 갑자기 왜 물어보는 거야?”

“아, 으음. 그게…… 혹시나 해서. 그 애랑 연관되면 내가 위험하진 않을지…….”

“뭐?”

“최유리 사건 때처럼 말이야. 일단은 그 애한테 물어보고 싶은 게 좀 있는데…….”

그녀가 말도 안 된다는 표정과 함께 대답했다.

“잘 알지도 못하는 애를 최유리랑 비교하다니 너무한 거 아니야?”

“그런가?”

“그 애, 도도하고 까칠하긴 해도 나쁜 성격은 아닌 걸로 알아.”

하긴, 같은 재벌 2세라고 해서 최유리와 비교한 건 역시 내가 너무 심했다. 아니, 그럼 대체 왜 은지호는 나한테 나예리와 만나는 걸 그토록 말린 거야?

그때 그녀가 다시 물었다.

"그 물어볼 거라는 건 뭐야? 정 걱정되면 내가 대신 물어봐 줄 수 있어. 그 애랑 만날 일이 아주 없진 않거든."

"으음, 아냐. 개인적인 거라…… 다른 애 비밀과도 관련되어 있고."

"그래? 알았어, 그럼."

이럴 때 궁금한 티를 전혀 내지 않는 것이 김혜힐의 쿨한 점이다. 나는 그녀가 이래서 좋다.

그때 떠오른 생각에 내가 검지를 입술에 붙이고는 다시 말했다.

"음, 은지호한테는 내가 나예리에 대해 알아봤다는 거 비밀로 해 줘."

"왜?"

"나도 그걸 모르겠어. 아니, 내가 알아야 하는 사실을 나예리가 알고 있을지도 모른다는 정보를 전해 준 건 걔였거든? 그런데 갑자기 말하다 말고 나예리랑은 절대로 연락하지 말라잖아. 내가 저번 파티에서 걔한테 번호도 받았고, 힘든 일 있으면 연락하라는 말도 들었고. 그것도 모자라 은지호 걔는 나예리가 껄끄러운 상대라고까지 하는데. 그럼 당연히 나예리랑 연락하는 건 은지호가 아니라 내가 돼야 하는 거 아니야?"

그러자 어느새 다가온 김혜우와 시선을 교환한 김혜힐이 문득 뭔가 깨달은 듯한 표정을 지었다.

내가 물었다.

"갑자기 왜 그래?"

"음."

나를 앞에 두고 시선을 주고받은 그들이 다시 말했다.

"미안. 이것만은 말 못 해 주겠다."

"뭐? 왜?"

김혜힐이 나한테 숨길 만한 일이 대체 뭐가 있길래? 내가 미련을 담아 김혜우를 돌아보자, 그가 재빨리 고개를 내저었다.

"혹시나 나는 될까, 하고 쳐다보지 마라. 나도 안 되니까."

칫, 눈치 빠르기는.

입을 삐죽인 내가 다시 말했다.

"어차피 우리끼리 얘기니까 은지호는 모르잖아. 나도 은지호가 나예리에 대해 알아보지 말라는 거 무시하고 너희한테 물어본 건데."

"그건 그런데, 이거랑 그거랑 같냐? 때리는 시어머니보다 말리는 시누이가 더 밉다는 말 몰라? 게다가 너랑 우리가 같은 잘못을 저질러도, 은지호 걔가 우리한테 화내겠지 너한테 화내겠냐고."

"나한테 화 못 낼 건 또 뭐야."

그러자 김혜우가 환장하겠다는 표정을 지었다. 고개를 돌려 윤정인의 빈 자리를 바라본 그가 덧붙였다.

"윤정인이 은지호한테 처발릴 때 내가 깨달은 게 하나 있거든? 그게 뭐냐면, 돈과 사람을 써서 무엇이든 할 준비가 돼 있는 녀석은 건드는 게 아니라는 거야."

"무슨 소리야? 윤정인이 은지호한테 왜 처발려? 돈과 사람을 썼다는 건 또 무슨 소리고?"

"그걸 네가 아직도 모른다는 데서 우리가 너한테 이걸 알려 주면 안 된다는 거야."

와, 함단이가 눈치가 느리다고는 하지만 귀가 없는 것도 아닌데 이걸 아직도 숨기다니. 주변 입들을 얼마나 통제한 거야……. 혼자서만 알고 있는 말을 중얼거리는 김혜우의 소매를 붙잡고 내가 다시 물었다. 뭐야, 무슨 뜻이야? 하지만 그는 끝까지 대답해 주지 않았다.

결국 김 쌍둥이에게서 궁금했던 것에 대해 전혀 알아내지 못한 나는 명함을 쥐며 결심했다. 호랑이를 잡으려면 호랑이 굴로 들어가면 된다고, 이참에 유천영에 대해 알아내는 김에 은지호가 나한테 숨기고 있던 것에 대해서도 알아내야겠어. 은지호 너, 숨길 상대를 잘못 골랐다고.

그래서 만나는 건 언제가 좋을까? 달력 위를 오가던 내 눈이 한곳에서 멎었다.

12월 22일에는 고등학교 1, 2학년을 대상으로 실시하는 전국 모의고사가 있다. 기말고사는 그보다 일주일 전에 실시되므로, 사실상 12월 모의고사가 끝나면 2학년 때 치르는 모든 시험은 끝난다고 봐도 좋았다.

아무리 나예리가 은지호만큼이나 바쁘다고 해도 그때만큼은 시간이 넉넉하겠지. 틈을 봐서 그때 만나 달라고 해 보자.

결전의 날은 생각보다 빨리 찾아왔다.

모의고사가 끝나고 크리스마스까지 지난 바로 다음 주말.

나는 높이 솟은 대문 앞에 서서 잠시 망설였다. 5미터는 족히 돼 보이는 견고하게 짜인 흰색 담을 바라보던 나는 고개를 돌리고 작게 중얼거렸다.

"우와, 저건 또 뭐야. 무슨 미래 사회도 아니고."

CCTV 한 대도 아니고 여러 대가 일제히 이쪽을 향해 시선을 맞추고 있는 꼴을 보자니, 곧 빨간 렌즈에서 레이저라도 나와서 날 쏘아 맞힐 것 같았다.

외양만으로도 방문객을 침입자나 그 비슷한 사람이라도 된 것 같은 기분을 느끼게 하는 건물이었다. 난 엄연히 초대된 손님인데 말이야. 나는 난감해하며 벅벅 머리를 헤집었다.

결국 건물에 들어간 것까지는 좋았으나, 엘리베이터에서부터 비밀번호를 입력하게 되어 있었다. 경비원 아저씨가 한참 서성이는 나를 수상하게 여겼는지 부르셨다.

"학생, 몇 호 호출해 줄까?"

"아, 1102호 부탁드립니다."

잠시 후, 대리석과 금장식으로 번쩍번쩍 빛나는 엘리베

이터의 구석에 바싹 붙어 올라가며 나는 중얼거렸다. 노민찬 선생님과 노아리가 사는 곳도 꽤 깨끗했지만, 전혀 달라……. 그나마 이곳과 비슷하다고 할 수 있는 은지호네 집에 가 본 지도 벌써 일 년이 넘었기 때문에 더더욱 주눅 드는 느낌이었다.

집에 도착하기도 전에 잔뜩 긴장해 버린 나는 문 앞에서 벨을 눌렀다.

"네, 나가요."

잠시 후, 문이 열리고 대뜸 튀어나온 것은 사람이 아닌 개 한 마리였다. 그것도 금색 털을 가진 송아지만 한 레트리버. 그 무게에 깔려 엉덩방아를 찧는 나를 보고 누군가 외쳤다.

"안 돼, 오믈렛! 먹는 거 아니야!"

덕분에 겨우 일어난 내가 얼떨떨하게 중얼거렸다. 오믈렛? 대체 오믈렛이 누구야? 설마 나를 가리켜 오믈렛이라고 부른 건 아닐 테고…….

"어휴, 사람을 왜 이렇게 좋아하는 거야. 아무거나 먹으면 안 된다고. 지지야, 지지."

"지지 아닌데요, 사람인데요……."

소심하게 반박하며 나는 침이 잔뜩 묻은 뺨을 문질렀다.

고개를 들자, 실크 잠옷 차림에 슬리퍼를 신고 현관에 서 있는 나예리가 보였다. 파티 드레스 차림이 아닌 데다가 호텔이 아닌 비교적 평범한 현관 앞인데도 여전히 눈부신

미모의 그녀를 보며 나는 잠시 넋을 잃었다. 역시 내 기억 속 그녀의 얼굴은 추억 보정이라거나 분위기 보정 같은 게 아니었구나.

여령이만큼이나 예쁜 사람을 루다 외에, 앗, 미안! 루다야! 하여간 1학년 때의 루다 외에 또 보게 될 줄은 몰라서 정말 놀랍다.

멍하니 서 있는 내 앞에서 오믈렛이라는 이름의 레트리버를 질질 끌어 집으로 들인 나예리가 말했다.

“들어와. 참고로 화장실은 거실에서 왼쪽 복도로 들어가서 세 번째 문이야. 아니면 오른쪽 복도로 들어가서 두 번째 문으로 들어가도 상관없는데, 거긴 좀 젖어 있을 거야. 방금 오믈렛을 목욕시켰거든.”

“아, 예…….”

한울 그룹 소유의 호텔 복도에서도 길을 잃게 만들었던 길치 본능이 또다시 발동하기 시작했다. 방금 뭐라고? 오른쪽 복도를 돌아서 세 번째 문이라고? 문을 휙 열어젖혔다가 어두컴컴한 창고와 마주친 나는 몹시 어색해하며 고개를 돌렸다.

결국 나는 나예리에게 차마 화장실 위치를 다시 한번 가르쳐 달란 말은 못 하고, 대신 마주친 주방 싱크대에서 대충 얼굴을 씻었다. 그러고도 한참이 지난 끝에 나는 간신히 나예리와 마주 앉을 수 있었다.

그녀는 어느새 잘 어울리던 실크 잠옷을 갈아입고 교복 차림이 되어 있었다. 아마도 자기가 다닌 학교의 교복인 모양인데, 그런 화려한 교복은 난생처음 보았다.

그녀가 한동안 도도한 표정으로 말없이 차만 들이켜는 것을 보며 나는 가슴이 조마조마했다.

혹시 '명함을 주긴 했지만 정말 연락할 줄은 몰랐네?' 같은 말을 한다든가, '주제 파악 안 돼?' 같은 말을 하면 어쩌지? 아무튼 나예리를 처음 보자마자 강력한 여주 혹은 악녀 후보라고 예감했으니만큼, 둘 다 어느 정도 가능성이 있었다.

그때였다. 찻잔을 탁 소리 나게 내려놓은 나예리가 경직된 목소리로 말했다.

"1년도 더 지나서 연락을 할 줄이야."

나는 잔뜩 긴장한 채 다음 말을 기다렸다.

눈을 부릅뜬 그녀가 물었다.

"그렇게 인생이 쉬워?"

"네, 네?"

잠시 침묵이 흘렀다.

당황해서 되묻는 내게 나예리가 연달아 말을 쏟아 냈다.

"살기 힘들면 연락하라고 내가 말했잖아. 그런데 이제야 연락했다는 건, 살기 힘들어지는 게 1년에 한 번 정도밖에 없다는 뜻 아니야? 흥, 아주 좋겠어! 그렇게 편한 삶을 살아서!"

"아니, 저기……."

나는 난감하게 말하며 우리 집을 전부 합친 것보다도 더 넓은 거실에서 해맑게 공놀이를 하고 있는 레트리버를 훔쳐보았다. 이런 집에 혼자 살고 있는 사람에게 듣고 싶은 말은 아닌데. 이 정도로 차이가 나면 반여령과 마찬가지로 기분 나쁘다기보다는 그냥 어이가 없다고.

그때 주먹을 꽉 움켜쥔 나예리가 다시 외쳤다.

"절대로 네 연락을 기다린 건 아니야!"

"아, 예……."

"네가 전화해서 살기 힘들다고 하면 당장 우리 학교로 전학 수속을 밟은 다음, 쉬는 시간마다 데리고 다니면서 챙겨 줄 생각, 눈곱만큼도 안 했거든?!"

했구나. 나는 깨달았다.

다음으로 나는 어깨를 들썩이며 안도의 한숨을 내쉬었다.

뭐야, 심지어 그냥 했던 빈말이 아니라 정말로 내 연락을 기다리기까지 했구나. 은지호의 연락하지 말라는 말을 순순히 들었으면 아까워서 어쩔 뻔했어.

그나저나 은지호가 나더러 나예리에게 연락하지 말라고 한 이유는 뭐지? 정말로 나예리 말마따나, 내가 그녀의 학교로 전학이라도 가 버릴까 봐서?

그것도 꽤 재밌긴 할 것 같은데 말이야. 그렇게 생각하며 작게 웃던 내게 나예리가 버럭 외쳤다.

"뭐야, 너? 지금 사람 말을 안 믿는 거야? 난 그럴 생각 없다고 분명히 말했어!"

그러더니 금세 표정을 새침하게 바꾸며 '흥, 그래도 네가 정 힘들다고 하면 내가 한번 고민은 해 볼 테니까……. 어디 신세 한탄이나 해 봐.' 하는 걸 듣고 나는 또 한 번 감탄했다.

와, 정말 그림으로 그린 듯한 츤데레다. 루다도 그랬지만 이 사람은 그보다도 더해.

그리고 나는 재빨리 자세를 가다듬으며 말했다.

"저기, 생각해 주시는 건 감사하지만 전학을 보내 달라고 이러는 건 아니에요. 그보다는 묻고 싶은 게 있어서."

"뭐? 우리 사립 장미 여자 고등학교에 관심이 없단 말이야?"

교복도 이렇게 예쁜데? 그렇게 말하며 대뜸 자리에서 일어나 한 바퀴 도는 나예리를 보며 나는 어이없는 표정을 지었다.

아니, 물론 검은색에 베이지색 체크무늬가 포인트로 들어가고 금장 단추가 포인트로 달린 교복은 예쁘지 않은 건 아니었지만……. 내가 조심스럽게 물었다.

"그러고 보니 오늘 휴일 아닌가요?"

"그래!"

"그런데 왜 교복을……?"

"절대로 네가 우리 학교 교복을 궁금해할까 봐 입고 있던 건 아니야!"

"……."

곧바로 돌아온 나예리의 대답에 얼굴이 창백해진 나는 차를 홀짝홀짝 들이켰다.

아무래도 나예리와 얘기할 때 예의상으로라도 그녀의 학교에 관심을 갖는 일은 없도록 해야겠다. 이러다간 정말로 나도 모르는 새 손목 잡혀 전학 가게 될지도 모르니까.

그녀를 올려다본 내가 다시 물었다.

"그러고 보니 몇 학년이세요?"

파티에서는 내게 몰려온 여학생들이 너무 기세등등해서 얼떨결에 존댓말을 썼지만, 생각해 보니 나는 그녀의 나이도 몰랐다.

나예리가 당당하게 대답했다.

"고2. 열여덟 살. 왜?"

"아, 동갑이네요. 아니, 동갑이다."

"같은 학년이라고 꼭 전학 왔을 때 같은 반이 될 거라고 생각한다면 크나큰 오산이야. 내가 널 위해 같은 반이 되도록 특별히 부탁하는 일 같은 걸 해 줄 것 같아?"

"……."

아, 빨리 본론으로 들어갈까. 작게 뇌까린 내가 다시 입을 열었다.

"저기, 사실은 내 친구가 연예인을 하는데."

"연예인 친구? 그런 애들이라면 나도 넘치도록 있어. 그게 왜?"
처음으로 과도한 반응을 보이지 않고 도리어 고개를 기웃하는 그녀를 보며 나는 작게 웃었다. 표정으로 보아 나를 약 올리려는 뜻에서 말하는 건 아니었고, 진심으로 의아해서 묻는 것이었다.
확실히 은지호가 어느 정도 동의했던 것처럼 둘은 상당히 닮아 있었다. 특히 자신한테 당연한 게 대부분의 사람들한테는 당연하지 않다는 걸 잘 모른다는 부분이.
그렇게 생각하며 나는 대답했다.
"으음, 그 친구가 최근 힘든 일을 겪고도 나한테는 말도 안 하는 것 같아서."
그러자 나예리가 여전히 이해 안 된다는 표정으로 물었다.
"말도 안 하는데 왜 신경 써? 자존심이 상해서 도와 달란 그깟 말도 못 하는 사람. 이쪽에서 먼저 눈치채고 말하기 전에 도와줘 봤자, 알아서 할 수 있었다는 소리나 들을걸?"
어쩐지 경험에서 우러난 것 같은 말이었다. 그리고 턱을 도도하게 치켜든 그녀가 다시 외쳤다.
"먼저 말하지 않는 한 도와주지 마라! 이게 내 지론이야."
아니, 그런 것치곤 내가 말하기 전에 이미 전학 수속부터 교복까지 지나치게 많은 것을 생각해 둔 것 같은데…….
하지만 츤데레의 진심을 파헤치는 건 금기니까 하지 말자. 그렇게 다짐한 내가 다시 말했다.

"아, 그렇긴 한데. 걔는 워낙 나보다 많이 알고 또 잘하는 애라서. 그러니까 걔가 나한테 말을 안 한 건, 자존심이 상해서가 아니라 그냥 내가 아무 도움이 안 될 거라고 생각해선지도 몰라."

"흠."

"아니면 날 말려들게 하고 싶지 않은 걸 수도 있고. 솔직히 말해서는 후자인 것 같은데, 아무리 신경 쓰지 말라고 해도 일단 친구 입장에선 낌새를 채면 뭐라도 도와주고 싶기 마련이라."

"그건 그렇지."

턱을 괸 나예리가 맥없이 중얼거렸다.

좋아, 이런 데서는 죽이 잘 맞네. 속으로 주먹 쥔 나는 애써 가볍게 물었다.

"그런데 요즘 내 친구랑 가깝게 지내는 사람이 너랑도 아는 사이라길래. 혹시 괜찮으면 그 사람에 대해 좀 질문을 하고 싶어서."

"누군데 그래?"

턱을 괴었던 손을 내린 나예리가 물었다.

나는 순순히 대답했다.

"예린이라고. 〈달링즈〉라는 걸 그룹 멤버."

그러자 종일 시큰둥하던 나예리의 안색이 변했다.

그녀는 덜컹 자리에서 일어났다가 다시 앉더니, 두 손을 식탁 위에 모으고 창백한 얼굴로 중얼거렸다. 예린? 예린이라고?

이어진 그녀의 물음에 나는 흠칫 놀랐다.

"네가 나와 예린이 관계가 있다는 걸 어떻게 알아?"

"어?"

"우리 집안과 가까운 사람들 중에서도 일부밖에 알지 못하는 걸, 네가 대체 어떻게 알아?"

"어……."

이게 그렇게까지 엄청난 비밀이었어? 은지호가 하도 별거 아닌 것처럼 말해서 난 아닌 줄 알았지.

멍하니 눈을 깜빡이는 나를 본 그녀가 미간을 크게 찌푸렸다. 그러더니 그녀는 별안간 차분한 태도로 돌아와 다시 등받이에 몸을 기댔다.

"좋아, 예린에 대한 건 말해 줄게. 어차피 나와 관계가 있다는 걸 이미 알고 찾아온 이상, 여기서 숨겨 봐야 다른 상상을 하게 될 뿐이니까."

그녀가 굳어진 눈으로 나를 마주 보며 말했다.

"하지만 너도 내 얘기를 다 듣고 나면 그걸 어디서 알아냈는지 말해 줘. 그 사실이 상당히 멀리까지 흘러 나갔다면 우리 측에서도 대응할 준비를 해야 하니까."

방금까지만 해도 재벌 2세답지 않게 물렁해 보이던 그녀가 갑자기 전혀 다른 사람이 된 것만 같았다.

그녀를 멍하니 보던 나는 다급히 핸드폰을 들어 보이며 말했다.

"자, 잠깐. 그런 거라면 전화 좀 하고 와도 될까?"

"그러든가."

"잠깐만!"

나는 황급히 모퉁이를 돌아 베란다로 가다가 갑자기 나타난 오믈렛에게 허리를 들이받혔다.

"안 돼, 오믈렛. 나 먹는 거 아니야. 나 지지, 아니, 사람이야."

[오믈렛이 누군데.]

갑자기 귓가에 박히는 퉁명스런 목소리에 나는 화들짝 놀라서 대답했다.

"아, 은지호."

[오믈렛이 대체 누구야?]

나는 내 배에 머리를 치대는 오믈렛을 밀어내려고 낑낑거리며 대답했다.

"아, 나예리네 집에서 기르는, 아, 오믈렛 좀! 나예리네 집에서 기르는 골든 레트리버."

아, 오믈렛, 좀! 너 오늘 나랑 처음 보는 거잖아. 근데 왜 이래. 너 나랑 전생에 인연이라도 있었니? 오믈렛에게 푸념하던 나는 은지호의 경악하는 반응에 흠칫 놀랐다.

[네가 거길 왜 가?]

괜히 찔린 나는 애써 태연한 척 대답했다.

"딱히 유천영이랑 연관된 일로 온 건 아니고…… 내가 마침 저번 네가 초대했던 파티에서 나예리란 사람한테 명함을 받은 적이 있었거든. 그런데 알고 보니 이 사람이 그 사람인 거야. 그래서 인생이 힘들면 연락하라는 말을 이제야 실천할 겸, 뭐 겸사겸사……."

[유천영이랑 연관된 일이 아니긴 뭐가 아니야? 그 파티가 벌써 1년 반 전인데 지금까지 한 번도 연락 안 하다가 이제야 연락한 거 보면 그거 맞지 뭐.]

"윽."

[그래서, 예린에 대해서는 물어봤어 안 물어봤어?]

이미 내 머릿속과 이 집에서 일어나는 일쯤 훤히 꿰뚫고 있는 듯한 그의 물음에 나는 어색하게 웃으며 대답했다.

"물어봤지."

[누구한테 들었냐고 물어봤겠네?]

"네가 나한테 나예리를 직접 만나지 말라고 한 게 이것 때문이었어? 나예리가 예린과 연관되어 있다는 것 자체가 상당한 극비 사항이라서?"

은지호는 내 물음에 대답 안 하고 한숨만 푹푹 내쉬었다. 어쩌지, 진짜 그건가? 그게 사실이라면 조금 미안하다고 내가 생각하고 있을 때쯤, 한숨을 그친 그가 다시 말했다.

[그냥 나한테 들었다고 솔직하게 대답해. 그럼 아무것도

추궁 안 할 거야.]

나는 눈을 깜빡이다가 조심스레 물었다.

"그래도…… 돼?"

[이미 그 이름을 꺼낸 이상 내 이름이라도 안 대고 뭘 어쩌려고? 됐어, 너한테 그 말을 하면서 예린이랑 나예리가 연관되어 있다는 게 극비라는 걸 말 안 한 내 잘못도 있고…… 더불어 네가 나예리를 직접 만나러 갈 거라고 예상 못 한 내 잘못도.]

뒤이어 들려온 그의 비꼬는 말에 나는 제자리에서 살짝 비틀거렸다. 다시 한숨을 내쉰 그가 말했다.

[그래도 나도 전에 네 일인데도 너한테 상의도 안 하고 터트린 거 있으니까.]

응? 터트려? 그게 무슨 소린지 고민하던 나는 뒤늦게 그가 저번에 노아리와 있었던 일에 대해 얘기하고 있다는 것을 깨달았다. 그거랑 이걸 한 데 묶기엔 스케일이 너무 다르지 않아?

그때 은지호의 목소리가 다시 들려왔다.

[그러니까 이번 일은 그렇게 넘어가는 걸로 하고, 유천영에 대한 것만 물어보고 최대한 빨리 그 집을 나와. 알았어?]

"응. 그런데 왜 이 집에 오래 있으면 안 된다는 거야? 이 집에 30분 이상 있으면 이 집이 갑자기 로봇으로 변신하기라도 해?"

[헛소리하지 말고. 이만 끊는다.]

“그치만…….”

아직도 내 다리에 치대고 있는 오믈렛을 바라본 내가 다시 말했다.

“나 오믈렛 때문에 아마 얘기 끝나고도 삼십 분 정도는 이 집에 더 붙들려 있어야 될 것 같은데.”

그러자 수화기 너머에서 어처구니없다는 목소리가 날아왔다.

[너 지금 오믈렛이 중요해 내 말이 중요해?]

“음……. 너 혹시 오믈렛 질투해?”

그러자 수화기 너머에서 잠시 정적이 흐르더니, 이윽고 은지호의 노발대발하는 대답이 들려왔다.

[너 이제 하다 하다 내가 걔한테 질투할 사람으로 보여?!]

“아, 하하. 아니지? 그래, 아닐 것 같았어…….”

나도 확실히 아닐 것 같긴 했지만, 그래도 네가 인터넷 소설 남자 주인공이니까 혹시나 해서 물어 봤어. 아주 가끔 있더라고, 그런 남자 주인공…….

여전히 노발대발하는 은지호에게 나는 ‘끊어.’ 하고 말하고는 도망치듯 통화를 종료했다.

내가 자리로 돌아와 앉자마자 나예리가 기다렸다는 듯이 말했다.

“그럼 얘기를 마저 할까?”

나는 고개를 끄덕였다.

“응. 정보 제공자한테 들었는데 자기 이름 말해도 상관없대.”

“좋아, 그럼.”

나예리가 티끌 한 점 묻지 않은 순백의 식탁을 내려다보며 한숨을 내쉬었다. 마치 뭔가를 다짐하는 것 같은 얼굴이었다. 이윽고, 고개를 든 그녀가 낮은 목소리로 말했다.

“예린은, 나예린은 내 쌍둥이 여동생이야. 사정이 있어 따로 살고 있지만.”

나는 나도 모르게 속으로 탄식했다.

아, 예고도 없이 시작됐다…… 인터넷 소설의 주요 소재인 재벌 집의 복잡한 가정사.

“쌍둥이라니…….”

그렇게 중얼거린 나는 식탁 아래로 핸드폰을 꺼냈다.

나는 핸드폰 화면에 예린의 얼굴을 몰래 띄우고 눈앞의 나예리와 비교했다.

내 입에서 또 한 번 탄식이 터졌다.

이럴 수가. 일란성 쌍둥이라더니, 닮은 정도가 아니라 아예 똑같잖아. 왜 지금까지 깨닫지 못한 걸까? 머리 색 때문일까? 나는 나예리의 검은색에 가까운 어두운 머리카락을 힐끔거렸다.

그러고 보면 예린은 배우로 활동할 때도 백금발이었고,

그 외에 가수로 활동할 때에도 어두운색 머리를 한 적이 한 번도 없었다.

나예리가 자신과 닮았음을 상기시키는 것을 피하기 위함일까? 꽤 그럴듯한 추측이라는 생각을 하며 나는 자세를 바로 했다.

의자 등받이에 기댄 나예리가 대수롭잖게 말했다.

"뭐, 이혼으로 형제자매끼리 따로 살게 되는 거야 그리 드문 일은 아니잖아?"

"그, 그렇지."

노민찬과 노아리의 경우를 떠올린 내가 대답했다. 사실 노아리는 부모님의 이혼 때문에 노민찬과 헤어진 게 아니라, 원래 세계에 노민찬이 아예 없었던 거니까 경우가 좀 다르긴 하지만.

다시 고개를 끄덕인 나예리가 시선을 내리깔았다.

"가세가 순식간에 역전되는 일도 흔하고 말이야."

"흔한가……?"

나는 이번에는 말끝을 흐릴 수밖에 없었다. 어머니, 아버지 두 분 다 평범한 회사원인 내 입장에서는 딱히 가세가 기울 일이란 것을 겪어 본 적이 없었다.

팔짱을 낀 그녀가 덧붙였다.

"뭐, 확실한 건 예린이가 나와 엄마를 떠나 아빠를 따라가겠다고 결심했을 때, 거기에 돈에 대한 계산 같은 건 전혀 들어가 있지 않았다는 거야. 당시에 아빠가 훨씬 더 잘 살았던 것과는 상관없이."

나는 조심스레 고개만 끄덕였다.

"애초에 이혼의 원인이 된 게 아빠의 고압적인 성격 때문이었는데도, 아빠는 이혼하는 순간조차 끝까지 자기를 따라오라며 우리한테 윽박질렀어. 그런데도 예린이는 말하더라고, 아빠가 불쌍하다고. 우리 둘 다 엄마를 따라가 버리면 아빠는 혼자가 될 테니까."

"음……. 너무 착했네."

"그렇지?"

내가 머뭇머뭇 꺼낸 말에 나예리가 입가에 희미한 미소를 떠올렸다. 그러나 그것도 잠시, 곧 그녀의 얼굴에서 미소가 흔적도 없이 사라졌다.

"그래서, 다시 보게 됐을 때는 전혀 다른 사람인 줄 알았어."

"뭐?"

그녀의 조용한 중얼거림에 나는 눈을 깜빡였다.

아니, 하지만 요즘은 휴대폰도 있고, 이혼하면 부부간에 연락이 끊어질지언정 자식들 간에 연락이 끊길 일은 거의 없잖아? 물론 우리 어렸을 때야 휴대폰이 초등학생이 쓸 가격의 물건은 아니긴 했지만, 나예리는 부자니까 그런 문제도 없었을 테고.

내가 머뭇거리며 물었다.

"저기, 실례지만…… 혹시 몇 살에 이혼했는지 물어도."

"이혼한 건 우리 둘이 일곱 살 때. 다시 만난 건 우리 둘이 열네 살 때."

"다시 만나는 데 7년이나 걸렸다고?"

나예리가 주저 없이 고개를 끄덕였다.

"그래. 그것도 심지어 우연이었어. 그날 우연히 만나지 않았다면, 난 어쩌면 아직까지도 텔레비전에 나오는 예린이 내 동생이란 걸 모르고 살았을지도 몰라."

나는 의아하게 그녀의 다음 말을 기다렸다.

"당시에 내가 다니던 중학교는 지금 내가 다니는 사립 장미 여자 고등학교의 부속 중학교야. 인근에서 집안 좋고 머리 좋은 여자애들만 다니는 학교라고 소문이 나서인지, 교복만 보고 시비를 걸거나 돈을 뺏으려는 시도가 종종 있었어. 전교생 반 이상이 자가용으로 등교하긴 했지만, 걸어 다니는 학생들을 위해서 선도부에서는 등하교 시간에 순찰을 돌았지. 그리고 나는 1학년 때부터 선도부에 들어간 상태였고."

"왜 굳이 1학년 때부터 선도부를?"

내가 의아하게 물었다. 그거 아침잠도 줄여야 하고 엄청 귀찮지 않나? 게다가 방금 말을 들어 보면 여타 학교의 선도부보다도 할 일이 많았을 것 같은데?

도도하게 머리칼을 쓸어 넘긴 나예리가 대답했다.

"그거야 당연히 학교의 권력을 장악하기 위해서지. 학교의 권력은 이사회와 학생회에서 나오는데, 학생인 내가 이사회를 점령할 수는 없잖아? 그럼 당연히 학생회를 노려야지. 선도부는 학생회에 접근하기 위한 가장 쉽고 빠른 경로야."

"아."

줄줄 흘러나오는 대답에 나는 고개를 작게 끄덕였다.

나를 전학시키고, 심지어 같은 반에 배정하겠다고 자신만만하게 말하던 데는 이런 배경이 있었군. 이런 면모는 오히려 은지호랑 좀 닮은 것 같기도 하고…….

턱을 든 그녀가 말을 이었다.

"사건이 생긴 그날도 나는 학교 주변을 순찰하고 있었어. 그런데 갑자기 편의점 근처 골목에서 비명 소리가 들려온 거야. 그래서 달려갔더니."

"응?"

사건이라고? 갑자기 장르를 범죄물로 달리한 나예리의 말에 나는 눈을 크게 떴다.

잠시 머뭇거리던 그녀가 말을 이었다.

"달려간 곳에는 우리 학교 학생이 발길질을 당하고 있었어. 심지어 나보다도 위 학년이 말이야. 너무 놀란 것 같아서 얼른 일으켜 세우고 당장 경찰을 부르려고 했는데."

그럴 수가 없었어. 말을 맺는 나예리의 목소리 끝이 낮게 눌렸다.

나는 조심스레 입을 열었다.

"그럼 설마, 그때 그 학생을 때리고 있었던 게……."

"7년 전에 헤어졌던 쌍둥이 동생을 다시 만났는데, 세상 그 누구보다도 착했던 애가 우리 학교 학생을 때리고 걷어차고 있는 모습이라니. 내가 얼마나 놀랐을지 상상이 가?"

나는 입을 딱 다물고 눈만 크게 떴다. 세상에, 도대체 그 사이 무슨 일이 있었길래?

어두워진 안색의 나예리가 말을 이었다.

"원래는 경찰을 부르는 게 맞겠지만, 아무리 그래도 7년 만에 만난 동생한테 그렇게 할 수는 없는 거야. 그래서 적당히 선배를 달래서 보내고 단둘이 있는데, 그 애가 나한테 가장 먼저 던진 말이 뭐였는지 알아?"

"뭐였는데?"

"천 원 있냐고 하더라."

나는 눈썹을 찡그렸다. 제삼자의 입장에서 이미 지난 일을 듣는 건데도 대화의 맥락이 도무지 파악되지 않았다.

나도 이럴진대 나예리는 나보다도 더 황당했을 것이다. 그녀가 한숨을 푹 내쉬며 말했다.

"고작 천 원이라면 모르는 사람한테도 줄 수 있는데, 하물며 동생인데 못 줄 게 뭐야? 그래서 천 원을 꺼내 줬더니, 고맙다는 말만 하고 쌩하니 가 버리려 하기에 일단 붙잡았어. 다른 할 말도 많았지만, 일단 사람을 때린 이유부터 들어야 할 거 아니야? 그런데 물어보니까 걔가 하는 말이…….”

나는 나예리가 난감한 듯 머리칼을 헤집는 것을 보았다.

“……자기는 천 원이 부족해서 못 사는 걸 바로 앞사람이 사 가니까 화가 났대. 꼭 자기한테 시비 거는 것 같아서.”

“뭐?”

“나도 그렇게 물었지. ‘뭐?’ 그것밖에 할 말이 없더라. 그런데 걔는 한술 더 떠서, 언니도 그렇게 생각하지 않냐고, 저 사람이 나를 일부러 비웃은 거라고, 그런 말을 하더라?”

말을 멈춘 나예리가 눈썹을 찡그렸다.

“한눈에 뭔가 일이 생겼다는 건 알 수 있었어. 아빠가 예린이를 데려간 다음에, ‘옛날’ 아빠긴 하지만, 아무튼 그런 다음에 사업이 망해서 엄마가 그것 때문에 걱정했던 건 알고 있었거든. 여차하면 양육비 문제를 들어서라도 예린이를 데려오겠다, 그런 말을 했는데 결국 아무 일도 일어나지 않은 걸 보면 그쪽에서 양육비를 받는 것도, 예린이를 돌려보내는 것도 거절했나 봐.”

“으음.”

나는 새삼스레 불편한 마음이 들었다. 아까부터 생각한 거지만 처음, 아니, 두 번째 만난 사이에 가정사를 이렇게까지 자세히 들어도 되는 걸까?

그때 나예리가 다시 말했다.

“걔가 슬슬 가 봐야 한다는 걸 내가 다시 붙잡고 핸드폰

번호라도 달라고 했어. 이대로 보내면 안 될 것 같아서. 그런데 걔가 하는 말이 자기는 핸드폰 없다는 거야. 연습생이라 압수당했다고."

내가 중얼거렸다.

"아, 그럼 연락이 안 됐던 것도……."

"그래. 소속사에 들어가서 그랬던 거지. 소속사에 들어간 뒤로는 식대가 나와서 좋다고 말하는데, 뭐가 어디서부터 잘못된 건지도 모르겠더라. 밥값을 걱정할 정도로 상황이 안 좋았던 건지, 그럼 어째서 아빠는 도와 달라는 말을 전혀 하지 않고 주겠다는 도움조차 거절한 건지."

"그럼, 그 뒤부터 지금까지 계속 연락을 주고받고 있는 거야?"

내 물음에 나예리는 얼굴을 찌푸리더니 딱 잘라 말했다.

"아니, 지금은 다시 연락이 끊겼어."

"뭐? 왜?"

"내가 예린이와 연락을 주고받은 건 그때 만났던 열네 살부터 시작해서 데뷔하기 전인 열여섯 살까지, 총 3년간이야."

"대체 왜……?"

어리둥절해하던 나는 곧 유천영의 경우를 떠올리곤 말했다.

"아, 사생활 관리 때문에?"

그러나 나예리는 잠자코 고개를 내저었다. 뭐야, 그럼

뭐가 어떻게 된 거야?

"열네 살 때 그렇게 만나고 나서, 나는 몰래 예린이를 돕기 시작했어."

나예리가 어두운 얼굴로 말을 이었다.

"엄마가 재혼하게 되면서 용돈이 크게 늘어났고, 달리 쓰는 데도 없었으니까. 그리고 예린이한테 주는 거면 아깝지 않다고 생각한 것도 사실이었고."

"으응."

"그런데 이상한 게, 나는 분명히 기본적인 의식주나 생활비 같은 걸 해결하라고 준 돈이었는데, 걔는 이상하게 자꾸만 귀금속 같은 걸 사 모으는 거야."

"귀금속?"

"그래. 팔찌, 목걸이 이런 거. 만날 때마다 그런 게 바뀌니까 모를 수가 없잖아. 나도 진짜는 웬만큼 만져 봤으니까 보면 진짜인지 아닌지 정도는 바로 알고. 그런데 교통비도 부족하다던 애가 그런 걸 살 돈이 어디서 났겠어? 당연히 내가 준 돈이었겠지."

왜 예린은 귀금속을 샀을까? 나는 고개를 기웃했다. 아버지에게 돈의 존재를 숨기기 위해서? 하지만 그럴 바에는 차라리 현금으로 숨기는 편이 훨씬 나았을 것 같은데. 일단 귀금속 같은 경우는 되팔 때 훨씬 값을 못 받지 않나?

나예리도 나와 같은 말을 했다.

"나는 돈을 숨기길 바라면 내가 차명 계좌를 만들어 줄 테니까 저축을 하거나, 아니면 차라리 현금으로 갖고 있으라고 했어. 그런데 예린이는 그게 싫다는 거야."

"왜?"

"돈은 언제든 사라질 수 있는 존재처럼 느껴진대. 저축하면 언제든 바뀔 수 있는 숫자로밖에 안 보이고. 그래서 형체가 있는 걸로 갖는 게 좋다는 거야."

"도대체 왜……."

말하려다 말고 나는 입을 다물었다. 이혼하고 얼마 안 가 집이 망했기 때문인가? 나예리도 나와 같은 생각을 한 것 같았다.

잠시 먼 곳에 시선을 두고 있던 그녀가 다시 입을 열었다.

"그런 문제 때문에 몇 번 다툼이 있었긴 했지만 그래도 꽤 꾸준히 연락을 했는데, 그 애가 데뷔하고 나서 그것도 끊겼어. 마지막으로 만났을 때 걔가 그렇게 말하더라고."

테이블 위에 있던 나예리의 손등에 파르스름한 힘줄이 돋아났다.

"자기는 자기보다 많이 가진 사람을 보면 견딜 수가 없다고. 그러니까 더는 연락하지 말라고."

"아니, 잠깐. 하지만……."

나는 잠시 머뭇거리다가 말했다.

"예린이 속해 있는 '달링즈'는 데뷔 직후에 크게 성공했잖아?"

"그래."

나예리가 주저 없이 고개를 끄덕였다.

나나 나예리가 동의한 대로 '달링즈'는 데뷔 즉시 독보적인 성공을 거두었다. 데뷔곡이 몇 달간 상점가에서 떠나지 않을 정도였으니까. 그 뒤로 낸 음반들도 줄줄이 성공을 거두며 금세 톱 걸 그룹으로 자리매김했다.

그런데 데뷔한 뒤의 예린이 나예리에게 열등감을 느낄 이유가 없지 않나? 물론 보는 관점에 따라 다르기는 하겠지만, 예린은 순전히 자기 능력으로 성공한 거라 의미가 더 클 텐데.

그때 나예리가 말했다.

"그 애의 가장 무서운 점이 그거야."

"뭐?"

그녀의 얼굴이 이전과는 비교도 안 되게 굳어져 있었다.

"걔는 자기가 가진 것들이 전부 무의미하다고 생각해. 실제로는 가진 게 무척 많은데도, 다 언제 사라질지 모른다고. 인기나 순위나 성공이나 그런 것들 말이야."

"설마."

"그래서 걔는 그런 것에 전혀 관심 없어. 물론 가수 활동이든 연기든 주어지면 하긴 하지만, 구색을 갖추는 것뿐이고. 그러면서도 더 많은 것을 가지고 싶어 하지. 더 많이 가지면 해결될 거라고 생각해서. 사실 진짜 문제는 그런 게 아닐 텐데 말이야."

말을 마친 나예리가 한숨을 내쉬었다. 그녀의 무거운 한숨이 테이블 위로 흩어졌다.

"나는 그 애를 계속 바꾸려고 했지만 3년의 시간으로는 부족했고, 결국 실패했어. 그러니 아마도 걔는 내가 다시 만났을 때 예전 그대로의 사람일 거야. 자기가 갖지 못한 걸 가진 사람에게 태연하게 발길질을 하는 그런 인간."

나는 심장이 쿵 떨어지는 것을 느꼈다. 유천영에게 가장 적대감을 보이는 이들은 언제나 그런 부류였다. 내 불안이 공연한 것이 아님을 처음으로 확인받은 셈이었다.

그때, 턱을 괸 나예리가 다시 중얼거렸다.

"걔가 유천영과 잘 지낸다니, 도무지 이해가 안 가……. 걔는 유천영 같은 부류와 절대로 잘 지낼 수 없는 사람인데."

나는 퍼뜩 고개를 들었다. 그녀는 유천영과 내가 모르는 사이라고 생각해서 혼잣말한 거겠지만, 지금 이건 내가 여기 온 용건을 해결할 기회였다.

"도대체 둘 사이에 무슨 일이 있었던 거지?"

또다시 혼자 중얼거리는 나예리에게 내가 물었다.

"저기."

"응? 왜?"

그녀가 중얼거리던 것을 멈추고 고개를 들었다.

"저기, 둘이 가족 사이인데 이런 거 물어봐서 정말 미안하지만……."

나는 그녀의 눈치를 살피며 조심스레 말했다.

"혹시 예린이 누군가의 약점을 잡고 이용할 가능성도…… 있을까?"

"약점? 약점이라……."

내 말을 들은 나예리의 표정이 싹 변했다. 그녀는 혼자 고개를 주억거리더니, 이제야 알겠다는 것처럼 중얼거렸다.

"그러네, 약점이 있었지. 유천영은 아마 약점을 잡힌 걸 거야. 내가 그 생각을 못 했네."

"뭐?"

경악한 나는 입만 뻐끔거렸다. 아니, 지금 무슨 소리를 하는 거야? 그보다 그걸 그렇게 쉽게 인정해 버리면 어떡해?

다시 정신을 차린 나예리가 말했다.

"아, 미안. 내내 혼자 고민하던 문제에 대한 답을 깨닫는 바람에 정신이 팔려서. 예린이 누구를 협박할 가능성이 있냐고 물었지? 응, 충분히 있어."

이어진 그녀의 말에 나는 다시 놀랐다.

"애초에 내가 생활비를 보내 줄 때도 그 애, 내 약점을 잡으려 했는걸. 특히 부모님께 알리지 않은 남자 친구가 있는지 없는지, 그런 것들."

부모님께 말 못 할 약점을 찾으면 그걸 빌미로 내 용돈을 자기가 원하는 만큼 가져갈 수 있을 테니까. 태연히 덧붙이는 그녀를 향해 내가 어리둥절하게 물었다.

“음, 나는 잘 이해가 안 되는데……. 부모님께 알리지 않은 남자 친구가 있다는 게 협박까지 할 만큼 심각한 약점이 돼? 중학생 때 풋풋한 감정으로 사귀는 일은 얼마든지 할 수 있는 거 아니야? 부모님께 밝혀지면, 그야 좀 부끄럽기야 하겠지만…….”

내가 처음이자 마지막이었던 여단 오빠와의 연애를 떠올리며 묻자, 나예리가 찬찬히 고개를 내저었다.

그녀가 식탁 위로 두 손을 깍지 끼며 말했다.

“아, 그런 문제가 아니야. 나한테는 사실상 약혼하기로 내정되어 있는 사람이 따로 있거든. 그러니 내가 사귀는 사람이 생기면 부모님 입장에선 상당히 곤란해지지.”

“뭐?”

나는 어리둥절하게 되물었다. 그 순간, 불현듯 내 머릿속에 며칠 전 은지호와의 대화가 떠올랐다.

나예리의 이름이 나오자마자 유난히 까칠해진 태도, 그녀에 대해 말을 피하던 것 하며, 내가 나예리에 대해 물었을 때 김 쌍둥이가 보인 반응까지.

내가 그런 일들에서 하나의 결론을 도출하려던 찰나, 나예리가 활짝 웃으며 말했다.

“은지호.”

"……."

"내 약혼자로 내정된 사람은 은지호야."

만개한 꽃처럼 아름다운 미소 앞에서 나는 한동안 아무런 말도 할 수 없었다. 내가 놀란 것을 다른 이유에서라고 생각했는지, 그녀가 태연히 말을 이었다.

"이 바닥에서 정략결혼 같은 건 흔한 일이니까. 게다가 나와 은지호 둘 다 외동이고. 사실은 다른 집안에서도 이미 나와 은지호가 결혼할 거라고 생각했기 때문에 넘보지 않은 거지."

"아, 응."

그제야 정신을 차린 내가 대답했다. 그러나 정신은 딴 데가 있었다.

"나는 사실 정략결혼 같은 건 관심도 없었는데, 은지호를 처음 본 순간 생각하게 됐거든. 상대가 저 애라면 정략결혼도 가능하겠다고 말이야. 아니, 저 애가 아니면 안 된다고."

그건 내가 은지호를 처음으로 봤을 때 했던 생각과는 많이 달랐다. 다른 사람은 다 되더라도 그만큼은 절대로 안 된다는 생각과.

아랑곳하지 않고 나예리가 조잘거렸다.

"그래서 네가 그날 파티에서 나와 은지호가 운명이라고 말해 줬을 때…… 아, 좋아! 한 번만 말할 테니까 잘 들어! 솔직히 말해서 정말로 고마웠어."

볼을 살짝 붉힌 그녀가 투덜거리듯이 말했다.

"왜냐하면, 내가 은지호와 만날 기회가 있을 때마다 꾸준히 내 마음을 전하려고 해 봐도, 은지호는 예의상으로만 응대하다가 금방 자리를 떠 버리고는 했거든. 한두 해도 아니고 몇 년째 그러니까 일각에서는 슬슬 우리가 약혼하지 않을지도 모른다고 얘기가 나오던 참이었어."

그리고 고개를 푹 숙인 그녀는 긴 머리카락으로 붉어진 얼굴을 감추었다. 그녀가 머리카락 사이로 나를 곁눈질했다.

"그런데 네가 그렇게 말해 줘서, 포기하지 말자고…… 마음을 다잡을 수 있었어."

그러더니 금세 기세를 회복해서 '뭐, 진짜 포기하지 않는 이유는 은지호의 옆에 설 사람은 나 정도가 아니면 안 되기 때문이니까!' 하고 의기양양하게 말하는 나예리를 보면서도 나는 예의상의 대답조차 하지 못했다.

다행히도 나예리는 내 상태가 이상하다는 것을 눈치 못 챈 것 같았다. 대체로 남의 눈치를 살필 필요가 없는 삶을 살아서 그런가.

나는 그로부터 두어 시간 정도 꾸준히 나예리의 얘기를 듣다가 자리에서 일어났다. 내가 신발장에서 신발을 신는 그때까지도 오믈렛은 내 옆구리에 열심히 머리를 치댔다.

오믈렛을 차마 상대하지 못할 정도로 마음이 지쳐 있었는데, 따스하고 북슬북슬한 털이 내 몸에 닿는 순간 나도 모르게 팔을 뻗어 그를 끌어안고 말았다. 갑자기 오믈렛의 목을 껴안고 주저앉는 나를 보며 나예리가 말했다.

"뭐, 오믈렛이 보고 싶다면 언제든지 우리 집에 와도 괜찮아. 오믈렛도 여러 사람이 있는 걸 좋아하니까."

뒤에 끝끝내 '딱히 내가 널 보고 싶어서 그러는 게 아니야!' 하는 전형적인 대사를 날리는 나예리를 보며 나는 힘없이 웃었다.

내가 다시 일어나면서 말했다.

"고마워. 그렇게 말해 줘서. 오늘 예린과 그에 얽힌 가정사에 대해서 숨김없이 얘기해 준 것도."

"고마우면……."

나는 기다렸다는 듯 날아오는 그녀의 말을 끊고 말했다.

"그래도 이제 우리 둘 다 고등학교 3학년이니까 앞으로 이 집에 오는 건 힘들 것 같아. 나도 그렇지만 너도 공부하느라 바쁠 테니까."

"아, 음……."

"그럼 안녕."

내 말의 의도를 가늠하듯이 심각해진 나예리의 얼굴을 보며 살짝 웃은 나는 그대로 집을 나왔다.

내리막길을 터덜터덜 한 걸음씩 내려갈 때마다 뇌까지 같이 출렁거리는 느낌이었다. 머릿속에서는 '인터넷 소설의 달인'인 나와 '인터넷 소설의 주민'인 내가 한바탕 싸우고 있었다.

인터넷 소설의 법칙 63조, 남자 주인공과 여자 주인공이 이미 잘된 다음인 소설의 4분의 3 지점 정도에서는 반드시 사랑의 라이벌이 등장한다.

사랑의 라이벌은 최유리처럼 독기 어린 악녀일 때도 있고, 아니면 남자 주인공에게 순수한 연심을 품은 약혼녀일 때도 있는데, 나예리의 경우를 봐서는 아무래도 후자인 모양이었다.

아니, 하지만 은지호와 반여령은 이어지지도 않았는데! 불쑥 치솟은 생각에 억울해하던 나는 다시 정신을 차렸다.

아니지, 이미 내가 이 소설 내용을 화려하게 말아 먹었으니 그런 건 무의미한가? 게다가 시기상으로 보면 고등학교 2학년에서 고등학교 3학년으로 넘어가는 이맘때쯤이 사랑의 라이벌이 등장하기에 가장 적절하긴 하다.

이쯤 되면 이미 수련회니 수학여행이니 체육 대회니 하는 웬만한 굵직한 사건들은 소설에서 다 써먹었을 테니까. 할 일이라곤 기껏해야 수능 공부 정도겠지만, 남녀 주인공이 얌전히 수능 공부에 열중하면 그건 인터넷 소설이 아니지.

자리에 우뚝 멈춰 선 내가 중얼거렸다. 그래, 나예리는 아마도 고등학교 3학년 봄이나 여름쯤에 은지호의 약혼녀로 느닷없이 등장할 예정이었을 거야.

시기상 여름이 가장 적절하겠다. 왜냐하면 여름이면 수

능 끝나고 뭘 할지 꿈과 희망에 부풀어 얘기하기 딱 좋은 시기니까!

여름 밤바다를 보며 반짝이는 눈빛으로 미래를 계획하기 바쁜 남자 주인공과 여자 주인공. 그런 그들에게 천천히 뻗어 오는 어두운 손길!

음, 너무 몰두했나? 나는 재빨리 주위를 둘러본 다음 허공에 뻗은 손을 거뒀다.

아무튼, 본래는 그런 식으로 등장할 예정이었던 나예리를 나는 유천영에 대한 정보를 찾는 과정에서 미리 만나게 되었다. 말하자면 게임에서 원래대로라면 한참 뒤에 만나야 했던 보스를 길을 잃는 바람에 초반에 미리 만나게 된 격이라고나 할까. 아니, 보스 같은 것에 비유하기엔 나예리는 너무 좋은 애였지만.

천천히 심호흡한 나는 다시 정면을 보았다.

좋아, 조금 진정이 됐다. 역시 상황이 긴박하게 돌아갈 땐 인터넷 소설 독자의 관점으로 생각해 보는 것도 도움이 돼.

하지만 그것도 잠시, 나는 곧 나예리의 집에 있을 때와 똑같은 기분이 되어 천천히 팔을 감쌌다.

"그래, 현실이니까……."

소설에서라면 영원히 이런 상황을 유지한 채 끝날 수도 있었겠지.

왜, 소설이나 드라마에서 많지 않은가. 두 남자 주인공이 각각 인기가 너무 많은 나머지, 작가가 둘 중에 끝내 고르지 못해서 마지막 장면에서 여주인공이 두 남자 주인공의 손을 하나씩 붙잡고 걷게 한 뒤 이야기를 끝내 버리는 일.

어느 한쪽도 선택받지 못했지만 또 한편으로 어느 한쪽도 버림받지 않았으니 그것으로 모두가 만족하는 그런 결말.

나는 작게 중얼거렸다.

"고백을 보류한 채로도 몇 달 동안 아무것도 변하지 않은 채 지내다 보니까, 정말로 계속 그렇게 지낼 수 있을 거라고 착각이라도 한 걸까……?"

변하지 않는 마음 따위 현실에 존재할 리 없겠지만, 설령 그런 것이 존재한다고 해도 우리를 둘러싼 상황은 계속 변할 텐데. 어느 나이를 기점으로 더 이상 마음이 상황을 이기지 못하는 순간이 올 것이다.

나는 다시 작게 말했다. 스스로 다짐하듯이.

"그 애들이 나를 좋아하는 것처럼, 또 다른 누군가가 그 애들을 좋아하겠지. 그럴 만한 애들이니까."

아니, 지금도 충분히 그러고 있겠지. 단지 그런 일들이 나예리의 경우처럼 표면에 드러나지 않거나, 아니면 의도적으로 다른 이들이 내게 정보를 숨기고 있을 뿐.

"그런데 나는 왜 충격을 받은 걸까."

나는 다시 소리 내어 말했다. 고작 이런 일에 충격을 받다니, 나 자신이 이해가 되지 않았다.

분명 고등학교 2학년 초까지만 해도 나는 독보적인 존재감의 여학생이 나타나면 그들이 사대천왕 중 누구와 이어질지 고민해 왔다. 아무런 거리낌도, 충격도 없이.

당연히 그들 중 누구도 나를 좋아하게 될 리는 없다고 믿었다. 그것이 내게는 몇 년 동안 변하지 않은 진리이자, 법칙이었다.

그런데 어째서.

나는 입술을 깨물며 팔을 들어 눈가를 가렸다.

"왜 이제 와서 이런 기분이 드는 거야……."

사실대로 말하자면, 나는 최근 며칠 동안 내내 누구의 고백을 받아들일지에 대해 고민하고 있었다. 아무튼 이 고민으로 해를 넘겨서는 안 된다고 내 나름대로의 선을 정해두고 있었다.

그리고 몇 날 며칠 고민을 거듭한 결과, 나는 셋 중 누구의 고백도 받아들이지 않기로 결심했다.

그게 오랫동안 기다려 준 세 사람 모두를 실망시키는 일이 될 거란 것은 알았지만 어쩔 수 없었다. 나는 도저히 한 사람을 택하고 다른 두 사람과 친구로 지내지 못하는 일 같은 것은 견딜 수 없을 것 같았다. 물론 그들은 괜찮다고 했지만, 내가 괜찮지 않을 것 같았다.

아깝지 않은 것은 아니었다. 그 옛날 여단 오빠의 고백을 받았을 때처럼, 충동질에 가까운 속삭임이 나를 뒤흔들었다.

후회하지 않을 자신 있어? 반드시 후회할 거야, 몇 년쯤 지났을 때. 나 같은 걸 사랑해 줄 사람은 그때 그 세 사람밖에 없었다고. 그때 기회를 잡았어야 했다고.

하지만 나는 그 말을 무시했다.

친구 셋을 지키는 대가로 앞으로 아무에게서도 사랑받을 수 없다면, 차라리 그렇게 하겠어.

어차피 나를 좋아하는 사람이 나타날 거란 생각 같은 건 포기하고 살아왔으니까. 지금까지 그렇게 지내 왔는데 앞으로도 안 될 건 없어. 여단 오빠는 내가 단 한 번 만난 기적 같은 거라고 치면 되고.

그런데…….

울상을 지은 나는 손을 들어 명치를 툭툭 쳤다. 그렇게 하면 속에 얹힌 것이 좀 풀릴까 했지만, 오히려 더 아파질 뿐이었다.

땀이 고인 눈가를 손등으로 훔쳐 내는데 핸드폰이 울렸다. 하필 발신인은 은지호였다. 나는 화면 속에 떠오른 이름을 우두커니 보다가, 그냥 핸드폰을 집어넣고 다시 걸어갔다.

그때 뒤에서 목소리가 날아왔다.

"설마하니 1초도 고민 안 하고 바로 집어넣을 줄은 몰랐네."

나는 그 자리에서 우뚝 멈춰 섰다.

내가 중얼거렸다. 설마. 아무리 소설 주인공답게 타이밍

한번 기가 막히게 맞추는 놈들이 주위에 가득이라지만, 이번에는 진짜 설마.

긴 망설임 끝에 뒤를 돌아본 나는 언덕길 위에서 긴 그림자를 드리운 채 서 있는 인영을 보고 절망했다. 아, 진짜.

"사람 얼굴 보고 표정이 왜 그래?"

부루퉁하게 말한 은지호가 성큼성큼 다가와 내 앞에 섰다. 목에 두른 목도리를 머쓱한 듯 매만진 그가 다시 투덜거렸다.

"너 방금 핸드폰 보고 내 전화라는 거 확인하자마자 한 치의 고민도 없이 집어넣은 거 뭐야. 너 설마 평소에도 그랬냐?"

"아니……."

멍하니 내뱉었던 나는 설명이 필요하다는 걸 깨닫고 다시 말했다.

"이번이 처음이야."

은지호는 내 말을 별로 믿는 기색은 아니었지만, 그럭저럭 넘어가려는지 말을 돌렸다.

"예린에 대한 정보는 잘 알아냈는지 확인할 겸, 기우겠지만 만에 하나 네 상태 좀 확인할 겸 나와 봤는데. 왜 이렇게 얼이 빠졌어?"

그렇게 말하며 그가 나예리가 사는 빌라의 하얀 담장을 올려다보았다. 그런 그의 모습을 물끄러미 보던 내가 물었다.

"……나예리네 집 알고 있네?"

"어? 뭐, 그야. 어렸을 때부터 집끼리 교류도 잦았고, 아무래도 서로 어느 동네 사는지 정도는 소문나기 마련이고. 이래저래."

태연하게 대답하는 은지호를 계속 물끄러미 보던 나는 고개를 끄덕였다. 내가 경직된 채로 말을 이었다.

"나예리 말이, 예린이 정말로 유천영의 약점을 잡고 있을지도 모르겠대. 예린은 자기보다 많이 가진 것처럼 보이는 사람을 싫어하니까. 게다가 나예리한테도 이미 약점을 잡아서 이용하려 한 전적이 있고. 둘이 가깝게 지낼 수가 없을 텐데 가까이 지낸다면 이유는 그것밖에 없지 않겠냐며."

"뭐야, 진짜냐."

별꼴 다 보겠다는 듯 눈썹을 찡그렸던 은지호가 다시 표정을 풀더니 흔쾌히 말했다.

"함단이, 늘 헛짚기만 하더니 웬일로 한 번에 맞는 답을 짚어 냈네. 심지어 이번에는 근거도 별로 없었는데 말이야."

내 심각한 표정을 읽었는지, 그의 장난스러운 말투에도 나는 도저히 표정을 풀 수 없었다.

적어도 하루만 틈을 줬더라면 이렇게까지 동요한 모습을 보이진 않았을 텐데, 왜 하필 지금 나타나서. 내가 걱정돼서 왔다는 은지호가 조금 원망스럽기까지 했다.

다행히 은지호는 내가 평소와 다른 것을 유천영에 대한 걱정 탓으로 받아들인 것 같았다. 그가 이런저런 해결 방

안에 대해 얘기하는 동안, 나는 가끔 고개를 끄덕이는 것을 제외하고는 아무 말 없이 그의 옆에서 걸었다.

얼마 가지 않아서 익숙한 차가 보일 거라고 생각했는데, 골목이 끝나도 보이는 게 없자 나는 의아해하며 은지호를 돌아보았다. 그가 어깨를 으쓱하며 말했다.

"나도 가끔은 대중교통을 이용하고 싶어서."

그제야 표정을 푼 나는 평소처럼 대꾸했다.

"지하철이 얼마나 좋은데."

"알아. 오랜만에 타 보니까 좋더라고. 그래서 앞으로도 종종 타려고."

휴일인데도 이 시간의 지하철은 한산했다. 자리가 비어 있었는데도 은지호는 내 옆에 앉는 대신, 굳이 손잡이를 잡고 내 앞에 서는 쪽을 택했다. 어차피 별로 멀리 가는 것도 아니기에 나는 그러려니 했다.

덜컹덜컹 흔들리는 열차 안에서 시간은 엿가락처럼 늘어졌다. 은지호는 웬일로 창문 밖 풍경을 응시하며 말이 없었다. 어쩌면 이제야 내 행동의 이유가 다른 데 있을지도 모른다는 것을 깨달은 것 같았다. 예를 들어, 그와 나예리가 약혼이 내정된 사이란 것을 내가 알아 버렸다거나.

그를 물끄러미 올려다보던 나는 불쑥 말을 꺼냈다.

"있잖아."

"어? 왜."

그제야 그가 오수에서 깨어난 듯이 얼떨떨하게 나를 보았다. 나는 느리게, 그러나 충동적으로 말을 이었다.

“작년 여름 방학쯤인가에 너랑 나랑 거의 매일같이 통화했었잖아. 끝나기 직전엔 맥칼리인지 맥컬렌인지 하는 비싼 술 들고 찾아왔었고. 그때.”

“응.”

“그때 네가 했던 말 기억나?”

은지호가 미동도 않고 태연하게 대답했다.

“내가 했던 말이야 대부분 기억하지.”

그 말에 나는 미간을 좁혔다. 그게 농담이 아니라 진담이라는 것을 알기에 더 재수 없었다.

최대한 표정을 수습하려고 애쓰며, 내가 말을 이었다.

“그때 내가 너한테 회사 상속 외에 딱히 하고 싶은 거 없냐고 했더니, 네가 그랬잖아. 생각하면 욕심내게 된다고. 바라선 안 되는 걸 욕심내게 되니까 아예 생각하지 않는 거라고.”

“어.”

그가 고개를 끄덕였다.

“나는 솔직히 그 말이 잘…… 이해가 안 됐었거든. 아니, 내가 회사 상속인이 아니어서가 아니라.”

나는 고개를 작게 내저었다.

“너도 알다시피 사실 나한테는…… 오랫동안 이 세계가

소설 속이었잖아. 그래서, 내가 아무리 노력해도 아무것도 바뀌지 않을 거라고 생각했어."

이들 앞에선 처음으로 해 보는 얘기였다. 지하철에 사람이 적어서 다행이다. 그런 생각을 하며, 나는 괜히 애꿎은 손톱 거스러미를 긁적였다.

"그래서 음, 나는 '바라선 안 되는 걸' 바라는 게 아니라 '바라도 가질 수 없는 걸' 바라는 게 가장 두려웠어. 이해하지?"

내 조심스러운 물음에 은지호는 낮게 대답했다.

"응."

"그래서 그때부터 욕심을 내지 않는 게 습관이 된 것 같아. 너무 과분해 보이는 게 내 앞에 나타나면 괜히 겁먹어서 피하기나 하고. 너희들도 포함해서. 아, 이런 점에서는 은형이랑 조금 닮았나, 나?"

내가 농담을 해 봤지만 은지호는 답하지 않았다. 깊게 잠긴 눈을 내게 고정하고 다음 말을 기다릴 뿐이었다.

헛기침을 한 내가 말을 이었다.

"내가 그 세월 동안 바란 건 기껏해야 이 세계에 무사히 남는 것뿐이었지만, 그거야말로 내 노력으로 될 일도 아니고…… 그래선지 아주 오랫동안 뭔가를 바라는 감정 자체를 느껴 본 적이 없거든."

"응."

"그래서 하는 말인데."

그를 올려다본 내가 물었다.
“바라는 걸 어떻게 포기해?”
“뭐?”
은지호의 무표정에 한 줄기 금이 갔다. 나는 머쓱하게 웃으며 대답했다.
“넌 잘할 것 같아서.”
“…….”
할 말을 잃은 듯한 그에게 내가 다시 말했다.
“네가 그토록 자랑하던 자제력과 냉철함이란 거, 나도 좀 배워 볼까 하고.”
그제야 평정을 되찾은 은지호가 픽 웃으며 말했다.
“뭐야, 평소엔 내가 그런 말 해도 비웃기만 하더니.”
“그래서 지금이라도 가르쳐 달라는 거잖아.”
그러자 잠시 천장에 시선을 보내던 그가 다시 고개를 바로 하며 대꾸했다.
“그건 나도 모르겠는데.”
“뭐?”
“나도 결국 포기하는 데 실패해서.”
은지호의 그 말에 나는 부리나케 물었다.
“너 우리도 모르는 새 무슨 꿈 같은 거 생겼었어? 그럼 우리한테 진작 말을 했어야지!”
그래야 천하의 은지호를 진로 상담해 보는 즐거움을 누

릴 수 있었을 거 아니야. 나오려던 내 말을 은지호의 말이 가로막았다.

“포기 못 했으니까 지금 이러고 있잖아.”

나는 하려던 말을 멈추고 멍하니 은지호를 올려다보았다. 그의 담담한 검은 눈이 평소와 같이 나를 담고 있었다.

내가 대답이 없자, 그가 못을 박듯 재차 말했다.

“포기 못 했으니까, 지금 이러고 있는 거라고.”

“잠깐, 너 그럼, 그때 말했던 게…….”

뒤늦게 정신을 차린 내가 어안이 벙벙한 채로 대꾸했다. 어느새 평소대로 돌아온 은지호가 투덜거렸다.

“내가 한참 전부터 널 좋아했다는 말을 대체 어떻게 알아들은 건데.”

“그래도 그땐 진로 상담의 맥락이었잖아! 그런데 네가 내 얘기를 하고 있는 줄 내가 어떻게—.”

비명과도 같던 내 말을 은지호의 말이 잘랐다.

“그때 난 네 얘기밖에 한 적 없는데.”

나는 결국 두 손으로 얼굴을 가렸다. 그런 나에게 은지호가 결정타를 날렸다.

“내가 뭔가에 대해 욕심난다는 말을 했다면, 그건 전부 네 얘기였을걸.”

은지호는 몹시 대수롭잖은 투로 말했지만, 그 말을 듣고 있는 나는 당장 지하철 밖으로 보이는 한강에 뛰어들고 싶은 마음뿐이었다.

* * *

집에 들어오자마자 나는 모든 집 안 기물들을 박살 내고 싶은 충동에 빠졌다. 드라마에서 '으아아악!' 하고 외치며 책상 위의 물건들을 모조리 쓸어 내는 사람들의 심정을 조금이나마 알 것 같았다.

지하철에서부터 느꼈던 체할 것 같은 느낌이 아직도 사라지지 않고 내 안에 머물러 있었다. 물론 이걸 설렘이라고 부른다면 부를 수도 있겠지만, 내 지난 세월들이 은지호에게 그런 표현을 붙이는 것을 주저하게 만들었다.

후환이 두려운 나머지 집 안 기물을 박살 내는 대신, 문을 쾅 소리 나게 닫고 방으로 들어온 나는 그 직후 몸을 웅크리며 비명을 질렀다. 으아악, 진짜 뭐냐고!

"'남은 후회도 사라지게 해 줄 테니까 나한테 와' 때도 이렇게까지 기분이 이상하진 않았는데."

토해 내듯 말하고 나서 퍼뜩 정신을 차린 나는 두 손으로 입을 틀어막았다.

미치겠다, 나 방금 은지호 대사를 육성으로 내뱉은 거야? 아무리 인터넷 소설에 들어왔어도 익숙해질 게 따로 있지. 은지호가 했던 말은 말한 사람이 그가 아니라면 자신감 과다 같은 죄목으로 경찰에 잡혀가도 할 말이 없는 것들뿐이란 말이야.

고개를 휘휘 내저은 나는 다리를 끌어안고 무릎에 고개를 파묻었다.

"말이 안 되잖아. 그 말에도 그렇게까지 떨리지 않았는데, 이제 와서 이런다는 게."

게다가 하필이면, 은지호에게 약혼자는 아니어도 약혼을 하기로 내정된 상대가 있고, 그게 다름 아닌 나예리란 걸 알게 된 이 타이밍에?

아니, 오히려 그 사실을 알게 되었기 때문에 은지호의 저런 행동들이 더더욱 크게 다가오는 걸까? 그런 것들이 내게 나예리에 대한 죄책감을 불러일으켜서?

나는 울적한 눈으로 바닥을 내려다보다 가만히 고개를 내저었다. 아니, 그건 그런 게 아니었어. 아무리 내가 내 감정에 둔해도 그 정도는 안다.

오늘 은지호와 함께 있는 내내 나는 유난히 긴장했었다. 예전에 그가 이 세계가 소설이란 것을 폭로하기 전에 들었던 위험한 예감 때문에 그런 것이 아니라, 그의 존재만으로 내게 어떤 위협이 된다는 듯이.

그건 확실히 내가 이 세계에서 바라선 안 될 것들을 바라게 될 때의 감각과도 비슷했다. 들어가면 추락뿐인 걸 알면서도 한 번쯤 발을 내밀어 보고 싶은 검은 구덩이.

하지만, 하지만 왜 하필 이제 와서?

내가 느낀 감정의 정체도 문제였지만, 타이밍도 문제였다. 왜 하필 다른 때도 아니고 유력한 라이벌 후보인 나예리를 만나게 된 지금 흔들리는 건데? 게다가 나예리는 솔직히 내 라이벌씩이나 하고 있기엔 너무 바빠 보이잖아.

역시 이건 그거지? 새로운 인물이 등장하면 그를 기준으로 기존 인물들 사이의 질서가 재편성되는 인터넷 소설의 법칙 때문에…….

"나는 비록 인터넷 소설 속의 인물이라고는 해도 주체성 있는 사람. 겨우 그런 법칙 따위에 질까 봐?"

그러고도 여전히 번뇌를 떨쳐 내지 못한 내가 방바닥을 구르며 나 자신과 씨름하는데, 어둠 속에서 핸드폰 소리가 울렸다. 퍼뜩 자세를 바로 한 나는 달려가서 전화를 받았다.

"여보세요!"

[여보세요, 단아?]

이 사태에서 나를 구해 줄 누군가가 나타났다는 게 너무 반가운 나머지, 내 목소리는 스스로 듣기에도 지나치게 들떠 있었다. 그게 상대방에게 도리어 안 좋은 인상을 심어주진 않을지 걱정되었는데, 다행히도 그런 걱정을 전혀 할 필요가 없는 상대였다.

나는 환히 웃으며 대답했다.

"은형아! 웬일이야? 전화를 다 하고. 요즘 계속 바빴잖아."

그러면서도 여전히 신난 내 목소리에 은형이가 사뭇 의아하게 물었다.

[단아. 그러는 너야말로 뭘 하고 있었길래 이렇게 들뜬 거야? 무슨 좋은 일이라도 있어?]

"좋은 일? 아니! 은형이 너한테 전화 온 게 좋은 일이지!"

그에게 방금 있었던 일에 대한 얘기는 죽었다 깨어나도 할 수 없으므로 나는 황급히 화제를 돌렸다.

그러다 그가 내 마음을 오해하면 어쩌나 싶어진 나는 잽싸게 말을 바꿨다. 정말로 혹시나 하는 거지만, 은형이를 두고 여령이와 경쟁하는 건 사양하고 싶으니까.

"아, 참고로 나한테 은형이 너한테 전화 온 일이 기분 좋은 일이긴 하지만 여령이한테 전화 온 일만큼은 아니야. 음, 그러니까 내 말은, 무슨 뜻인지 알지? 내가 은형이 널 정말 좋아하긴 하는데."

[알아, 단아. 그런 걸로 널 오해해서 우리 사이를 아수라장으로 만들 일은 없으니 걱정하지 마.]

태연히 답한 은형이가 웃음기 깃든 목소리로 덧붙였다.

[그리고, 나도 여령이를 두고 너랑 경쟁하는 일은 사양하고 싶거든. 내가 질 게 분명하니까.]

"아니, 아닐걸. 네가 지긴 왜 져."

[진짜야.]

"요새 둘이 사이 안 좋은 것도 아니면서 왜 그래. 누가 들으면 오해해. 그럼 너나 여령이나 또 고생길, 아니지, 고백길이 열린다고.”

[음……. 이 얘기는 다음에 할까? 아, 그래서 전화한 용건 말인데.]

난처한 듯 말끝을 흐리던 은형이가 불쑥 화제를 돌렸다. 응, 뭔데? 하고 물은 나는 이윽고 들려온 말에 활짝 웃으며 외쳤다.

“역시, 은미라면 될 줄 알았어!”

[하하, 고마워.]

나는 담담해 보이는 은형이보다도 더 신나서 떠들어 댔다.

“아니, 솔직히 말해서 당연히 합격해야지. 은미 정도의 인재를 떨어뜨리면 소현 고등학교가 보는 눈이 없는 거 아니야? 굴러온 복을 걷어차는 거라고.”

[글쎄, 소현 고등학교에는 매해 똑똑한 애들이 몰리니까 그건 좀 과장된 것 같지만, 그래도 합격해서 다행이지. 축하해 줘서 고마워.]

“사실상 1차 시험 점수에서부터 이미 통과였지 뭐. 2차 시험에서 시험지에 이사장이나 재단 욕만 안 쓰면 될 정도의 점수였잖아.”

그렇게 말한 나는 자세를 고쳐 앉으며 다시금 들뜬 목소리로 물었다.

“그래서, 은미 입학 등수 몇 등이야? 1차에서는 1등이었다며. 은미가 2차 시험이라고 망쳤을 리는 없으니, 수석이지?"

[아, 그게. 아니, 은미도 그것 때문에 무척 아쉬워하는 것 같은데.]

안타깝다는 듯한 은형이의 말투에 나는 눈을 휘둥그레 떴다.

"응?"

[1차에서 차석과 아주 근소한 차이밖에 나지 않았는데, 2차에서 그만 뒤집혔다나 봐. 그래서 은미가 차석.]

"진짜? 에이, 아깝다. 그래도 차석도 대단한 거니까."

우리 학년 때는 무려 은지호가 차석이었잖아. 내가 웃음을 꾹 참고 덧붙인 말에, '그건 그래.' 하고 웃으며 대답한 은형이가 마지막으로 말했다.

[그럼 조만간 모이자. 아, 은미가 교복 살 때 너희랑 같이 가고 싶다는데, 언니들이랑 쇼핑하는 게 평생소원이었다며. 그래도 될까?]

"당연하지. 은미 부탁이라면 없는 시간도 쪼개서 만들어야지. 그 김에 입학 축하 파티도 하자."

[바쁜 거 알고 있으니 너무 무리하지는 말고. 그럼 은미한테 그렇게 전해 둘게. 조만간 연락이 갈 거야. 그럼.]

"응! 곧 봐."

전화가 끊기고, 적막 속에 남겨진 나는 가쁜 숨을 몰아쉬며 새로운 소식에 일어난 흥분을 가라앉혔다.

내가 나직이 중얼거렸다.

“와, 다음 해에는 은미도 우리 학교에 입학한다니.”

금세 떠오른 사실에 나는 다시 의기소침해졌다. 뭐, 그래 봐야 학교는 1년밖에 같이 못 다니겠지만.

“이제야 내가 고등학교 3학년이라는 게 진짜로 실감이 나네…….”

은형이와의 통화로 들떴던 기분이 금세 어두워졌다.

나는 어지러워진 머릿속을 정리하고 자리에 앉으며, 은지호와 나예리가 아닌 유천영과 예린의 일을 떠올렸다. 지금 가장 중요한 건 이쪽이었는데, 감정이 너무 널뛰는 나머지 잊고 있었다.

예리에게서 예린이 충분히 흉수가 될 수 있다는 가능성을 확인한 이상, 나머지는 우리 손에 달려 있었다.

집에 돌아오는 길에 유천영과 예린 사이의 일을 해결하기 위해 은지호와 토론하긴 했다.

나는 가장 먼저 제일 쉽고 간단한 방법, 즉 유건이나 유신에게 전달하는 방법을 생각했지만 은지호가 말렸다.

‘신이 형이라면 모를까, 유건 그 형은 자기를 너무 신뢰해.’

‘그게 무슨 소리야?’

‘우리가 자기와 동등하다면 모를까, 그렇지 않을 경우에는 자기가 못 알아낸 것을 우리가 알아낼 수 있을 리 없다고 생각한다

는 거지.'

그 집에서 신이 형이 당하고 사는 취급을 보면 너도 내 말을 이해할 수 있을걸. 은지호가 어깨를 으쓱하며 태연히 뱉은 말에 나는 한마디만 내뱉었다.

'우와.'

나는 다시금 내 친구의 형들의 인성에 대해 재고해 보지 않을 수 없었다.

그때 은지호가 말했다.

'대신 우리는 친구로서 할 수 있는 일이 있잖아.'

'그게 뭔데?'

'직접 물어보는 것.'

그가 가라앉은 얼굴로 덧붙였다.

'유천영 그 자식한테 직접 물어보자고. 걔 표정 숨기는 거 하나는 끔찍하게 못 하잖아. 도대체 어떻게 연기를 하는지 알 수 없을 정도로.'

잠시 멍하니 있던 나는 고개를 끄덕였다. 그건 그래, 나도 텔레비전 속 그의 모습을 보며 매번 그 사실에 의문을 가지곤 한다.

마침 유천영을 만날 날이 얼마 남지 않았다. 책상 위에 턱을 괸 나는 스탠드 불빛에 비친 달력을 바라보았다. 새해를 맞이하고 얼마 지나지 않은 어느 날, 우리는 다 같이 모여 새해를 기념하고 고등학교 3학년이 되기 전 마지막으로 놀기로 했다.

그날만은 유천영도 오기로 했다. 아마 은미와 만나서 교복을 맞춘다면 그것도 이날이 될 것이다. 이 외에 다 같이 만나는 날은 따로 잡기가 힘들 테니까. 단 하루라도 예린과 소속사가 순순히 허락한 것만은 의문이었다. 다 같이 만나기 때문일까.

달력에 동그라미 쳐진 날을 뚫어져라 보던 나는 무심코 중얼거렸다.

"얼른 봤으면 좋겠다."

도대체 내가 은지호와 유천영에게 각각 느끼는 이 감정이 뭔지, 그 정체를 확인하고 싶어.

제64조. 뭐야, 나만 빼고 다 봄이었어?

뭐야, 나만 빼고 다 봄이었어?

겨울 방학이 일주일 정도 지난 1월 7일, 우리는 약속대로 밖에서 다 같이 만났다.

나는 1월 1일에도 나가 놀기는커녕 이제부터는 고3답게 살겠다며 집에 틀어박혀 공부만 했기 때문에, 놀러 나온 것은 새해를 맞이하고 처음이라 조금 설렜다.

은행 안 출금기 앞에서 장갑 낀 손으로 붉어진 코를 연신 매만지는데, 멀리서 다가오는 인영들이 보였다. 나는 장갑을 꼈는데도 차갑게 느껴지는 유리문을 밀고 밖으로 나왔다.

나를 발견하고 헐레벌떡 뛰어온 여령이가 말했다.

"단아, 안 보인다 했더니 들어가 있었어? 잘했어, 바깥 진짜 추워."

"아, 내가 들어가 있는다고 말 안 했나? 톡 보냈는데."

내 말에 여령이가 배시시 웃으며 장갑 낀 손을 들어 보였다. 아, 그렇지. 그런 손으로 터치가 될 리 없지. 미안함에 얼굴을 찌푸리던 내가 그녀의 옆으로 시선을 옮겼다.

새카만 눈과 시선이 마주치자, 나는 표정을 풀며 말했다.

"여단 오빠, 한국 대학교 합격 축하해."

원래대로라면 오늘 정오에 만나서 다 같이 점심을 먹으려 했던 계획은 여단 오빠의 합격 발표 때문에 틀어졌다.

한국 대학교 1차 합격 발표일이 오늘인 것을 감안하지 못한 내 잘못이었다. 내신은 물론 수능 점수까지 무시무시한 여단 오빠는 당연히 즉시 합격했다.

여단 오빠네 가족이 축하의 의미로 점심을 먹기 위해, 약속은 늦은 오후로 미뤄졌다.

내 축하에 여단 오빠가 담담하게 대답했다.

"고마워."

그 높다는 한국 대학교 입시 문턱을 정시로 뚫어 놓고도, 그는 당연히 될 줄 알았다는 듯 태연한 태도였다.

어렸을 때부터 보아 온 차분함이긴 하지만, 오늘처럼 부럽게 느껴진 적은 처음이었다. 내가 작게 덧붙였다.

"좋겠다."

나도 모르게 한 말이었는데, 여단 오빠는 잠시 눈을 깜빡이더니 손을 내밀어 내 머리를 위로하듯 쓰다듬었다.

흠칫 놀라며 고개를 들었던 것도 잠시, 그가 꺼낸 말에 나는 배시시 웃었다.

"너도 붙을 거야."

"에이, 아직 수능도 안 봤는데. 그러긴커녕 아직 3학년 돼서 모의고사 한 번 본 적도 없다."

벌써부터 괜한 희망을 가졌다가 깨지면 내 마음만 다치니까 한 말이었지만, 여단 오빠는 뜻밖에도 진지하게 고민하는 기색이었다. 그리고 다시 고개를 든 그가 말했다.

"1, 2학년 때는 아무래도, 유난히 일이 많았으니까. 네 주변에."

"아, 그, 그렇지."

흠칫 놀라서 대답한 나는 속으로 머리를 굴렸다. 그래서 방금 여단 오빠의 말에서 여단 오빠와 내가 사귄 일은 '일'에 들어가는 걸까, 아닌 걸까?

그때 그가 다시 말했다.

"고3 때는 아무 일도 없었으면 좋겠다. 공부에 마음 편히 집중할 수 있게."

"아, 응. 나도 그랬으면 좋겠다……."

"지금도 잘하지만, 집중하면 더 잘할 거야."

그렇게 말하며 마지막으로 내 머리를 쓰다듬은 여단 오빠가 클랙슨 소리를 듣고 돌아섰다. 도로변에 차를 대 놓고 기다리고 계시던 여령이네 부모님이 창문을 내리고 말했다.

"단아, 오랜만에 만났는데 용돈 좀 줄까? 요즘 공부한다고 방학인데 우리 집에도 통 놀러 안 오고. 아줌마 아저씨 섭섭하게."

"아니요, 괜찮아요! 여단 오빠 대학 들어가서 안 그래도 준비할 거 많으실 텐데."

"얘가 나이 하나 더 먹었다고 벌써 우리 집 재정을 걱정하네. 우리 여령이도 그런 거 걱정 안 하는데."

"엄마! 그런 얘기 할 거면 얼른 오빠 데리고 가."

여령이가 모처럼 뾰족하게 눈을 치뜨며 하는 말에 한참을 웃던 여령이네 부모님은 결국 여단 오빠를 데리고 사라지셨다. 왠지 모를 적막감 속에 잠시 멍하니 서 있던 우리에게 발소리가 가까워졌다.

여령이와 단둘이 있을 때면 으레 그러하듯 시비 거는 불량배들인가 싶었던 나는 반가운 얼굴들을 보고 환히 웃었다.

"반여령, 너는 부모님이랑 길에서 싸우냐? 그것도 너희 오빠가 대학 합격한 이 좋은 날에."

오자마자 핀잔을 날리는 은지호에게 반여령이 스산하게 물었다.

"너랑도 한번 싸워 줘?"

그러더니 그녀는 금세 철길에 핀 민들레처럼 표정을 부드럽게 바꾸고는 말을 건넸다.

"은형아, 안녕."

"안녕."

은형이가 조금 쑥스러운 듯 눈을 가늘게 휘며 던진 인사말은 여령이가 바로 다음 외친 "그리고 은미도! 이게 얼마 만이야!" 하는 말에 묻혔다. 키득대던 나와 눈이 마주친 은형이가 작게 속삭였다.

"거봐, 나는 단이 너한테는 물론이고 은미한테도 진다니까."

"응? 뭐라고?"

"아, 아무것도 아니야."

반여령에게 재빨리 대답하며 웃는 은형이 뒤에서 불쑥 나타난 주인이가 내 어깨에 팔을 걸었다.

"엄마! 나도 왔어! 놀랐지."

나는 웃으며 내 바로 뒤에 놓인 그의 머리를 토닥였다.

"아니? 만나기로 했는데 놀라긴 왜 놀라?"

"그래도 쟤는 보면 놀랄걸."

그의 말에 고개를 돌린 나는 무수히 많은 사람들 속에서도 확연히 눈에 띄는 사람을 보고 작게 웃었다.

짙은 검은색 머리카락과 익숙한 푸른 눈을 그리움 섞인 눈으로 찬찬히 훑어 내린 내가 입을 열었다.

"오랜만이야, 유천영."

"오랜만이야."

마스크를 내리고 내게 한 발짝 더 다가온 그가 대답했다.

* * *

급하게 들어온 카페 안은 훈김 섞인 공기가 흘렀다. 저마다 하고 있던 목도리와 장갑을 잘 개어 의자 등받이에 걸치는 가운데, 유천영만이 끝까지 마스크를 내리지 않았다.

코트를 벗어 등받이에 걸치자마자 반여령이 호기심 가득한 얼굴로 물었다.

"유천영, 넌 왜 마스크 안 벗어? 감기라도 걸렸어?"

"아니."

"그럼 왜 안 벗는데? 안 답답해?"

의아한 듯 연신 묻는 반여령에게 은형이가 웃으며 답했다.

"여령아, 천영이는 이제 유명인이잖아. 마스크를 벗었다가 사람이 몰리면 우리가 곤란해질 거야."

"그래? 그래도 사람이 이렇게 많은데 섞여 있으면 못 알아보지 않아?"

반여령의 말을 듣고 은형이는 물론이고 나도 상당히 난처해졌다. 유천영의 외모가 고작 많은 사람들 사이에 있다고 숨겨질 거라고 생각하는 거니…….

그렇게 생각했지만 차마 말 못 하는 우리를 대신해 은지호가 말했다. 좀 더 공격적인 방식으로.

"반여령, 너 혹시 약간 미적 감각이란 게 없냐? 아니다,

솔직히 말해. IQ랑 EQ를 맞바꾼 거지?"

그래, 내가 드디어 비밀을 밝혀냈네. 제멋대로 말하고 제멋대로 고개를 주억거리는 은지호에게 반여령이 쏘아붙였다.

"그게 무슨 소리야? 내 미적 감각이 어때서? 난 우리 단이 예쁜 것도 알거든?"

"아, 잠깐만. 여령아. 예시가 잘못된 것 같으니까 그러지 말아 줄래……."

힘없이 끼어든 내가 말했다. 공개 처형당하는 기분이거든……. 그럼에도 반여령은 말을 취소할 기색이 아니었다.

사실 한두 번 있는 일도 아니니 별로 부끄러워할 것도 없었다. 어깨를 토닥이는 주인이의 손길을 받으며 내가 한숨을 푹푹 내쉬는 사이, 가만히 듣고 있던 은미 또한 열렬히 고개를 끄덕여서 나를 더 부끄럽게 했다.

도대체 당장 텔레비전에 나와도 이상하지 않을 미소녀들이 왜 하필 나를 가지고 그러는 거냐고.

내가 울상이 되어 빨대로 컵 바닥을 마구 헤집던 그때, 주인이가 아무렇지 않은 목소리로 말했다.

"엄마가 예쁘다는 데는 나도 반박할 맘은 없지만, 그거랑 별개로 천영이가 여령이 눈에 평범해 보이는 것에 대해서 말인데, 환경적인 문제 아닐까?"

반여령이 눈을 동그랗게 뜨고 되물었다.

"환경? 무슨 환경?"

"여령이한테는 잘생긴 오빠가 있잖아. 적응돼 버린 거 아니야?"

그런가? 주인이의 대답을 들은 여령이가 아리송하다는 얼굴로 고개만 기웃거렸다. 그때, 은지호가 컵에 꽂혀 있던 빨대를 꺼내 맞은편을 콕 집으며 말했다.

"야, 아니지. 그렇게 치면 우리 중에는 미적 감각이 망가져 있어야 하는 사람이 한 사람 더 있는데."

그 말에 모두의 시선이 그의 빨대 끝이 가리킨 은미에게 쏠렸다. 졸지에 지목당한 은미가 화들짝 놀라서 물었다.

"네? 저요?"

"그래, 말해 봐. 권은형과 유천영을 어렸을 때부터 보고 자란 입장에서, 유천영 얼굴에 대해 어떻게 생각해?"

"자, 잘생겼죠……."

리포터 같은 은지호의 질문에 눈만 깜빡이던 은미가 천천히 대답했다. 그러자 도로 등받이에 몸을 기댄 은지호가 김샜다는 얼굴로 중얼거렸다.

"아, 진짜네. 말투를 봐서는 예의상 말하는 듯한 투고, 실제로는 별로 잘생겼다고 생각하지 않는……."

"아, 아니에요!"

은미가 갑자기 탕 소리 나게 테이블을 짚고 일어나자, 우리 모두는 눈이 휘둥그레진 채 그녀를 보았다.

"은미야?"

은형이의 조심스러운 부름이 들리지 않는 것처럼, 은미가 잔뜩 상기된 얼굴로 연달아 외쳤다. 정말이지 그녀를 알게 된 이래로 처음 보는 모습이었다.

"천영 오빠는 진짜 잘생겼어요! 진짜, 진짜 잘생겼다구요! 예의상으로 하는 말 아니에요!"

"어, 미, 미안."

그녀의 목소리가 어찌나 박력 있던지, 멍하니 올려다보던 은지호가 저도 모르게 사과의 말을 꺼낼 정도였다. 그러자 정신을 차린 듯 얼굴을 작게 붉힌 은미가 재빨리 자리에 앉으며 말했다.

"우, 우리 오빠는."

"응?"

"우리 오빠는 잘생겼는지 아닌지 잘 모르겠지만…… 적어도 천영 오빠는 그래요. 저는 빈말한 적 없어요."

"……."

우리가 앉은 테이블 위로 잠깐 침묵이 흐르는 가운데, 나는 질책을 담아 은지호를 흘겼다. 너 왜 사이좋던 남매의 우애를 파탄 내고 그래.

은지호가 제가 다 잘못했다는 얼굴로 두 손을 들었다.

간신히 분위기를 수습한 건 주인이였다. 그가 생글생글 웃으며 물었다.

"뭐, 은미 너는 너희 오빠랑 워낙 많이 닮았잖아. 그럼 볼 때마다 거울 속 자기 모습을 보는 것 같고, 워낙 익숙해서 아무런 생각도 안 드는 거 아닐까? 그렇지?"

"네, 네? 맞아요, 그거예요……."

"거봐, 여령이도 전에 여단 형 보고 아무 생각도 안 든다고 했어. 이게 정답이었네."

나는 사회자처럼 상황을 능숙하게 수습하는 주인이를 기특한 눈으로 쳐다보았다. 장하다, 주인아! 새해가 되면서 너의 커뮤니케이션 스킬도 한층 늘어난 듯하구나! 5년 뒤쯤에는 텔레비전 쇼에서 너를 볼 수도 있겠다!

그때 고개를 주억거린 은지호가 주인이의 말을 받았다.

"맞아, 결론적으로는 반여령의 미적 감각을 환경 탓을 해선 안 된다는 거지. 그건 어디까지나 본인이 타고난 문제니까."

"너 오랜만에 보니까 개소리를 자연스럽게 하는 능력이 늘었구나? 하마터면 사람 소리인 줄 알고 넘어갈 뻔했네."

여령이가 기다렸다는 듯이 은지호의 멱살을 낚아채는 것을 본 은미의 안색이 새하얗게 질렸다.

은형이는 재빨리 은미의 고개를 두 손으로 감싸 자신에게 향하게 했고, 주인이는 제 앞에 있던 진정에 좋은 캐모마일 티를 은미에게 밀어 주었다. 유천영은 주머니에서 이어폰을 꺼내 내게 내밀었고, 나는 그것을 은미의 귀에 꽂아 주었다.

일련의 일들이 몹시 자연스럽게 일어나는 가운데, 은미가 떨리는 목소리로 물었다.

"사람 안 죽는 거 맞죠……?"

"그럼, 당연하지."

"죽이지는 않을 거야, 죽이지는."

나에 이은 주인이의 말에 은미의 눈이 울 것처럼 일그러졌다. 그녀가 다시 물었다.

"여령이 언니가 저희 오빠랑 사귀는 거, 맞죠?"

갑작스런 물음에 뻣뻣하게 굳어진 은형이를 대신해 내가 차분하게 대답했다.

"음, 미래형이란다. 아마도……."

"저희 오빠랑 여령 언니랑 싸움 나면 어떻게 해요?"

"……."

은미가 눈물이 그렁그렁 맺힌 눈으로 던진 질문에 나와 주인이는 재빨리 시선을 교환했다. 도대체 무슨 대답을 해 줘야 은미가 안심할 수 있을까?

'너희 오빠는 사실 숨겨진 서열 0위란다, 걱정하지 말렴'? 아니, 아니야. 애를 안심시켜 보겠다고 은형이의 비밀 정체를 가르쳐 줄 순 없어. 그럼 '너희 오빠는 장차 의사가 될 몸이라 다쳐도 스스로 고칠 수 있을 거란다'? 그것도 안 돼, 은형이가 다칠 것을 전제하는 말이잖아.

그때, 유천영의 아무렇지 않은 대답이 내 귓가에 날아왔다.

"청소 업체를 부르면 돼. 더 심하면 인테리어 업자를 부르면 되고."

"유천영! 너 대체 애한테 무슨 소리를 하는 건데?!"

내가 기겁하며 그의 입을 틀어막기도 전에 반여령이 끼어들었다. 은지호와 다투는 도중에도 용케 그 말을 들은 그녀가 이쪽을 돌아보며 외쳤다.

"유천영! 그 말뜻은 뭐야, 나랑 은형이가 세간 살림 다 부수며 싸우기라도 할 거라는 뜻이야?!"

그러자 느리게 눈을 깜빡인 유천영이 대답했다. 그답지 않은 상세한 설명과 함께였다.

"아니. 네가 권은형을 공격하고, 권은형이 피하려다가 그 과정에서 부서질 거란 얘기였는데. 그러니까 정확히는 권은형이 아니라 너만."

"뭐라고?"

반여령이 눈에 쌍심지를 확 켜는 것을 보며 나는 이마를 짚었다. 유천영, 나도 물론 네가 말하는 상황이 눈앞에 지나치게 잘 그려져서 무서울 정도지만, 너는 정말이지 상황을 봐 가며 진실을 말할 수는 없는 거냐.

오랜만에 봐도 여전한 그의 모습에 안심이 되는 한편, 도대체 누가 저런 유천영을 협박할 수 있단 말인가 하는 생각이 다시금 고개를 들었다. 아, 아무래도 이대로라면 예린을 조사하는 건 좀 더 고민해 봐야겠는데.

그때 은지호가 이보다 더 어이없을 수 없다는 말투로 말했다.

"야, 도대체 왜 아까부터 다들 가장 중요한 사실엔 신경을 안 쓰는 거냐?"

"뭔 소리야?"

반여령은 은지호가 헛소리를 했다가는 그대로 목을 쳐 버릴 기세였다.

은지호가 당연하다는 듯이 물었다.

"다들 왜 반여령이랑 권은형이 '세간 살림'을 깨 먹으면서 싸우려면, 그전에 결혼을 해야 한다는 걸 무시하는 건데?"

"……."

지극히 당연하고도 상식적인 은지호의 물음에 잠시 침묵이 흘렀다. 그를 노려보던 것을 멈춘 반여령이 이윽고 은형이를 돌아보았다. 시선을 받은 은형이는 몹시 당황한 얼굴로 진땀을 삘삘 흘렸다. 기분이 이상해진 것은 우리도 마찬가지였다.

그런 우리에게 다시금 은지호의 말이 내리꽂혔다.

"왜 다들 결혼은커녕 아직 사귀지도 않는 녀석들을 두고 세간 살림이니 인테리어 업자니 어쩌니 하고 있는 건데? 이런 걸 혼자 신경 쓰고 있는 내가 이상한 거냐? 아니면 요즘은 사귐을 전제로 결혼하기라도 해?"

은지호가 제기한 지극히 타당한 의문으로 인해 사태는 갑작스레 소강상태가 되었다. 여령이와 은형이가 둘 다 얼굴이 터질 듯 붉어져 눈도 못 마주치는 것을 보며 은지호가 혀를 찼다.

"얼씨구."

주인이도 팔꿈치를 테이블 위에 올리고 턱을 괴며 투덜거렸다.

"주위 헷갈리게 하지 말고 이럴 거면 두 사람 정말 슬슬 사귀었으면 좋겠다. 아니면 은지호 말대로 사귐을 전제로 결혼이라도 하든가."

그 말에 나도 반여령을 돌아보았다.

그래, 반여령! 이참에 밀어붙여! 그러나 반여령은 와이셔츠 칼라 아래로 보이는 목덜미까지 전부 붉어진 것이, '결혼'이란 말을 들은 것만으로 오늘의 부끄러움을 다 써버린 것이 분명했다.

어휴, 어쩔 수 없지 뭐. 그래도 싸움은 멈췄으니 그것만으로 다행인가. 조금만 더 싸웠으면 시선이 쏠린 나머지 유천영의 정체가 들키고 말았을걸.

내가 안도의 한숨을 푹 내쉬는 사이, 은미가 끼고 있던 이어폰을 머뭇머뭇 꺼내 유천영에게 건네는 것이 보였다.

대수롭잖게 그 장면을 지나치려던 나는 예사롭지 않은 모습을 포착했다. 은미가 유천영을 올려다보며 머뭇머뭇 말했다.

"천영 오빠. 이어폰 고마워."

"아니."

담담하게 말한 유천영이 은미의 손 위에 올려져 있던 이어폰을 쥐어 올려 주머니에 다시 넣었다.

손끝과 손바닥이 스치는 그 짧은 순간, 은미의 손끝이 떨리며 그녀의 볼 위에 봄날처럼 따뜻한 기운이 잠시나마 번지는 것을 나는 똑똑히 보았다.

그것에서 그치지 않고 두 사람은 얘기를 나누었다. 오랫동안 알아 온 사이답게 그들 사이에는 나와 여단 오빠 같은 편안함이 있었다.

"오빠는 맨날 이어폰 갖고 다니더라. 내 병실 올 때도."

"응."

"무슨 노래 듣냐고 하면 들려주지도 않고."

"그건, 전자파가 몸에 안 좋을까 봐."

"그럼 이제는 무슨 노래 듣는지 알려 줄 거야?"

고개를 미미하게 끄덕이는 유천영을 보는 은미의 눈 안에 환한 기운이 번졌다. 그 모습을 본 나는 동공에 지진을 일으켰다. 아니, 세상에.

나예리의 경우를 통해 사실 내 주변에는 사대천왕을 좋아하는 사람이 생각보다 훨씬 많을지도 모른다는 걸 깨달았고, 그게 언제 표면에 드러나도 놀라지 말자는 결심을 하기는 했지만.

"……."

정말로 나 빼고 다 봄날이었어? 이 소설, 로맨스는 망했다고 생각했는데 어느샌가 충실히 전개되고 있었어? 나만 몰랐던 거야?

그때, 유천영을 보며 뭔가를 즐겁게 재잘거리던 은미의 시선이 내게 닿았다. 그녀는 흠칫 놀라더니 어깨를 움츠리며 황급히 유천영에게서 떨어졌다.

그 모습을 본 나는 나도 모르게 말할 뻔했다. 아, 아니, 내 눈치 볼 필요 없는데. 나랑 유천영이 무슨 사이라도 된다고. 나는 무슨 영향력을 행사할 입장이 전혀 안 되는데. 더욱이 은형이 동생에게는.

그때 은미를 의아한 듯 응시하던 유천영이 나를 돌아보았다. 그리고 그가 대뜸 꺼낸 말에 나는 당황했다.

"그래서, 아까 그 싸움."

"응?"

"왜 일어난 거였어? 나 때문인 것 같기는 하던데."

진지하게 덧붙이는 유천영을 보며 나는 잠시 희한한 표정을 했다. 아, 역시 유천영, 대화의 흐름을 전혀 읽지 못하고 있었군. 나는 고개를 내저었다.

"아니, 너 때문 아니야. 정확히는 반여령의 미적 감각의 존재 여부와 어떻게든 거기에 시비를 걸어 보고 싶었던 은지호 때문."

"그래?"

"그래."

그렇게 대답한 나는 작게 웃어 버렸다. 왜, 그럼 네가 잘생긴 탓이기라도 할까 봐? 속으로만 그런 생각을 하던 나는 이어진 유천영의 물음에 고개를 들었다.

"그럼, 네가 보기에는."

"어?"

"내가 잘생겼어, 안 잘생겼어?"

유천영이 이제껏 신줏단지 모시듯 쓰고 있던 마스크 한 귀퉁이를 슬쩍 내리며 물었다. 잠시 넋을 잃고 그를 멍하니 올려다보던 나는 이윽고 미간을 좁히며 그의 팔을 약하게 때렸다.

내가 소리 낮춰 속삭였다.

"그런 걸 물어보면서 굳이 얼굴을 보여 줄 필요는 없잖아. 우리 사이에 얼굴 모르는 것도 아니고. 그리고 최근에 일하면서 충분히 알게 됐을 거면서."

"그래서?"

"뭐?"

"대답. 아직 못 들었는데."

나는 살짝 몸을 숙이고 말하는 유천영을 흘겨보는 척하다가 그만 웃어 버렸다. 내가 그의 귀에 대고 '잘생겼어.

됐어?' 하고 작게 속삭이자, 만족한 듯 고개를 주억거린 그가 마스크를 도로 썼다.

하여간, 변덕은. 그를 어이없다는 듯 쳐다보던 나는 갑자기 주위가 소란스러워진 것을 깨닫고 고개를 돌렸다.

처음 보는 사람들이 우리 근처에 몰린 것을 발견한 나는 당황했다. 아차.

이미 우리 사이에 '유천영'이란 이름이 여러 번 큰 소리로 터져 나온 데다가, 유천영이 끼지 않고서도 이미 충분히 시선을 끄는 그룹이었다. 거기에 방금 유천영이 마스크를 잠시나마 벗었던 게 결정적이었던 모양이었다.

"저기, 혹시 〈검은 비〉에 현우 역할로 나왔던 배우분 아니에요? 맞죠?"

수첩을 끌어안고 기대에 부푼 얼굴로 묻는 사람들을 보며 유천영이 난처한 얼굴을 했다. 수첩을 받아 들려던 것도 잠시, 그보다 배는 되는 사람들이 좀비처럼 일어나 이쪽으로 몰려오는 것을 보고 그는 흠칫했다. 결국, 유천영이 사인 두어 개를 간신히 하고 나서 우리는 쫓기듯이 카페를 나와야만 했다.

반여령이 계속 뒤돌아 카페 쪽을 힐끔거리며 중얼거렸다.

"아깝다. 아직 반도 못 마셨는데."

그런 다음 그녀는 새삼 신기하다는 눈으로 유천영을 보았다.

"너 진짜 알아보는 사람이 있긴 하구나."

"여령아, 천영이라서 망정이지, 다른 사람한테 그런 말 하면 상처받아."

은형이가 작게 웃으며 하는 말에 여령이가 '앗, 미안.' 하고 바로 사과했다. 그에 아무렇지 않다는 듯 고개를 내젓는 유천영의 옆에서 은지호가 말했다.

"그러게 사람을 때릴 시간에 음료를 마셨으면 되는 거 아니야."

"지금은 마실 음료도 없는데 어디 사람 좀 더 때려 볼까?"

"너는 진짜 나중에 인테리어 업자도 아니고 건설업자를 불러야겠다."

은지호의 말에 귀 끝까지 붉어진 여령이가 그를 쫓아 달려가며 외쳤다.

"네가 무슨 상관이야!"

그녀의 외침이 창백한 겨울 하늘 위로 흩어지는 것을 들으며 나는 행선지를 고민했다. 은미의 옆에서 두 손을 주머니에 집어넣고 서 있던 주인이가 말했다.

"어디 더 들렀다 가기엔 시간도 애매하니까 교복집에 갔다가 저녁 먹고 헤어지면 되지 않을까?"

"아, 역시 그게 낫겠지? 나도 같은 생각 하고 있었어."

"그러고 보니까 은형이가 교복집 아들로 착각 받았던 때가 있었는데."

발길을 돌리며 덧붙이는 주인이에게 은미가 의아한 듯 물었다.

"네? 그게 무슨 말씀이세요?"

한편, 그가 무슨 말을 하는지 알아들은 나는 곧바로 웃음을 터트렸다. 그 일에 대해 모르는 유천영도 의아하게 물었다.

"저게 무슨 말이야?"

"아, 은형이가 자세히 말 안 했구나. 작년에 서열전 때 있었던 일인데……."

"잠깐만, 단아."

내가 기다렸다는 듯이 꺼낸 말에 은형이가 난처한 듯 말렸다. 우리는 작게 웃으며 일제히 교복집으로 걸음을 옮겼다.

하늘이 어두워지며 서서히 켜지기 시작한 가로등이 어둠을 밀어 올리며 창백한 흰색으로 빛났다.

우리가 탈의실 밖에서 기다린 지 얼마 안 되어 소현 고등학교 교복을 입은 은미가 쭈뼛쭈뼛하게 걸어 나왔다.

사립 학교답게 쓸데없이 고급스러운 우리 학교 교복은 은미의 붉은 단발과 단정한 생김새와 몹시 잘 어울렸다. 와, 그대로 교복 모델 해도 되겠는걸. 감탄하는 내 옆에서 교복집 주인아주머니도 같은 말씀을 하셨다.

비치된 슬리퍼를 신고 갓 태어난 아기 양처럼 비틀비틀 걸어온 은미가 재킷 하단을 매만지며 말했다.

"안 이상한가요?"

"아니, 너무 예뻐! 진짜 예뻐! 교복 모델 해도 되겠어, 은미야!"

"은미야! 옆으로 좀만 돌아 봐! 진짜 너무 예뻐!"

나와 반여령이 야구 경기장에서 흥분한 관중처럼 자리에서 일어나 외쳐 댔지만 은미의 반응은 영 떨떠름했다. 우리를 불신 어린 눈으로 보던 그녀가 은형이에게로 고개를 돌렸다.

"오빠, 이거 어때? 언니들은 내가 뭘 하든 평이 너무 후해서 못 믿겠어."

"아니, 은미야! 우린 정말로 네가 예뻐서."

"맞아, 우린 진짜 솔직하게 말한 건데!"

나와 반여령의 거센 항의에도 불구하고 턱만 짚고 있던 은형이가 이윽고 고개를 기울이며 대수롭잖게 말했다.

"음, 글쎄……. 이상하진 않은 것 같은데."

"진짜? 다행이다."

은형이의 별거 아닌 평가에 도리어 얼굴이 확 밝아지는 은미를 보며 나와 여령이는 고개를 갸웃거렸다. 저 남매, 아무래도 서로에 대해서는 평가가 좀 박한 것 같은데.

아니지, 원래부터 스스로에 대해 평가가 박한 편이니까 서로 닮은 상대방에게도 평가가 박할 수밖에 없나? 음, 아무래도 이게 정답인 것 같군. 내가 개운해진 얼굴로 고개를 끄덕이는 사이, 은형이는 핸드폰을 꺼내어 은미의 사진을 찍었다.

내가 물었다.

"사진은 뭐 하게?"

"아빠 보내 드리게."

"직접 보시면 될 텐데 왜?"

의아해하다 말고 문득 좋은 생각이 떠오른 나는 은형이를 자리에서 일어나게 했다. 얼떨결에 내게 떠밀린 은형이가 의아한 얼굴로 나를 보았다.

저번 학기에 키가 큰 은형이도 오늘 교복을 사야 했기에, 그 또한 방금 갈아입은 교복 차림이었다.

은형이와 은미가 가게 한가운데 나란히 서자 곳곳에서 웃음이 터졌다.

둘을 번갈아 본 은지호가 질린 얼굴로 말했다.

"와, 둘이 그러고 서 있으니까 슬로건이라도 하나 들고 있어야 할 것 같다. '미래가 밝은 소현 고등학교로 오세요!' 이런 거."

"으하하, 뭐 그 정도까지야. 그런데 은형이랑 은미 진짜 닮았다. 내년에 둘이 같이 학교 다니는 모습 보이면 난리 나겠는데? 있어 봐, 내가 사진 찍어 줄게."

그렇게 말한 주인이가 신나서 핸드폰을 꺼내 사진을 찰칵찰칵 찍기 시작했다. 와중에 주인아주머니도 두 사람의 모습을 보고 눈을 빛내며 '학생들, 나도 좀 찍어서 홍보 자료로 쓰면 안 될까?' 하셔서 간신히 거절했다.

은형이와 은미가 다시 사복으로 갈아입고 교복집을 나서려는 참인데, 맞은편에서도 누군가 문을 당겼다.

유리문 하나를 사이에 두고 그와 눈이 마주친 은형이가 당황하며 말했다.

"휘혈이?"

"권현우로군."

어디서부터 어디까지 지적해야 할지 모를 반휘혈의 인사를 들은 은형이의 미간이 구겨졌다. 아무튼 은형이의 얼굴을 저 정도로 흐트러트릴 수 있는 것도 능력이라면 능력이었다.

옆에서 주인이가 작게 중얼거렸다.

"이름이 기억 안 나면 말을 하지 말지."

"하하. 항상 꿋꿋한 게 휘혈이 매력이지."

그렇게 속삭이며 나는 뜻밖의 대치 상황을 지켜보았다.

"너도 교복 사러 온 걸 보니, 키가 컸구나?"

그렇게 말하며 은형이가 반휘혈의 신장을 가늠해 보려는 듯 손을 뻗었지만, 쉽지 않았다. 그도 그럴 게 반휘혈은 이미 2학년 때부터 우리 중 가장 키가 컸기 때문에, 누가 봐도 올려다보게 되는 것에는 변함이 없었다.

고개를 내저은 반휘혈이 툭 던지듯이 대답했다.

"동생."

"동생?"

의아하게 되물은 내가 깨달았다.

아차, 반휘혈의 동생 반휘안도 혼수상태에서 깨어나 의식을 되찾은 지가 꽤 되었지! 그 뒤에는 검정고시를 준비한다던가, 합격했다는 얘기까지 듣고 소식이 끊겼다.

반휘안이 의식을 잃은 것이 반휘혈이 고등학교 올라가자마자 서열 1위를 거머쥐고 얼마 안 되었던 시점이니, 당연히 반휘안은 아직 고등학교에 들어가지 않은 상태였을 것이다.

그런데도 나는 왜 반휘안이 치른다던 검정고시가 중학교 검정고시가 아니라 고등학교 검정고시라고 착각한 거지? 그의 형인 반휘혈의 체구가 워낙 크고 당당해서인가?

우리가 반휘혈의 거대한 신장을 물끄러미 올려다보려니 그의 뒤에서 호리호리한 체격의 누군가가 불쑥 튀어나왔다.

"안녕하세요."

잠시 고개를 숙였다가 드는 짧은 동작이 지극히 예의 바르게 보였다.

고개를 숙이고 있는 동안에는 체구나 부드럽고 유약한 분위기 때문에 영 반휘혈과 형제처럼은 보이지 않았는데, 그가 고개를 들자 안경에 가려진 날카롭고 짙은 눈매가 드러났다.

반휘혈을 시기 질투했던 이들이 반휘안을 가만히 두지 않은 이유를 대강은 알 것 같았다. 그의 눈 안에 숨은 불은 쉽게 꺼질 성정의 것이 아니었다.

아니, 오히려 내면은 이쪽이 반휘혈보다도 더. 그런 생각을 하던 나는 그가 의아한 눈으로 보자 그제야 정신을 차렸다.

내가 반휘혈을 돌아보며 황급히 물었다.

"아, 그래, 휘안이는 어디 학교 가?"

그러면서도 내 머릿속에는 설마 하는 마음이 있었다. 이 교복집에서 취급하는 교복 종류가 그리 많진 않았기 때문이었다.

과연 반휘혈이 기다렸다는 듯 대답했다.

"소현 고등학교에 간다."

"뭐? 진짜? 와, 축하해. 잘됐다."

휘안이 공부 잘하는가 보구나. 이윽고 쏟아지는 축하 세례에 묵묵히 인사하는 반휘안을 보던 내 머릿속에 이 상황과는 전혀 어울리지 않는 뜬금없는 의문이 떠올랐다.

그러고 보면, 사람 이름 하나도 못 외우는 반휘혈은 어떻게 소현 고등학교에 합격한 걸까? 다른 과목이야 어떻게 한다고 쳐도 국어와 역사는 절대로 기준 점수를 넘지 못했을 것 같은데.

이걸 지금 이 자리에서 물어봐도 되는 걸까? 고민에 빠져 있던 나는 은형이의 목소리를 듣고 고개를 들었다.

"정말? 잘됐네, 내 동생도 이번 해에 소현 고등학교에 가는데. 둘이 이참에 얼굴 보고 인사 나누면 어때?"

"아, 네……."

반휘안은 별 흥미를 느끼지 못하는 얼굴이었으나 순순히 대답하며 앞으로 나왔다.

나는 새로운 만남이 시작된다는 생각에 일말의 설렘을 갖고 은미를 돌아보았다. 새해가 지난 지 얼마 안 된 날에, 교복을 맞추러 왔다가 오빠 친구의 동생과 우연히 마주치다니, 이것도 나름대로 인연 아닌가?

그런데 뜻밖에도 반휘안을 소개받는 은미의 표정은 별로 좋지 않았다. 우리 앞에서는 지극히 예의 바르고 얌전하던 그녀는 반휘안을 물끄러미 쳐다보더니 고개만 까딱했다.

"안녕."

"……응, 안녕."

반휘안은 은미가 보이는 적대감에 조금 의문을 갖는 기색이었으나, 아무 말도 하지 않았다.

그 가운데 은미가 은형이의 등을 당기며 속삭였다. 됐지? 가자, 오빠. 얼른.

은형이 또한 당황하는 듯하면서도 반휘혈과 반휘안에게 인사를 건넸다.

"아, 우리 때문에 추운데 밖에 너무 오래 있었지. 미안해. 교복 잘 맞추고 조심히 들어가."

"잘 가라, 권우혁."

"그래, 그래."

은형이는 아예 포기한 모양인지 순순히 대답하고 걸음을 옮겼다. 그를 따라 주인이가 키득키득 웃으며 인사를 하고, 은지호와 유천영 또한 인사하며 차례로 지나쳤다. 나는 그들을 따라가며 교복집 안으로 발을 들이는 반휘혈과 반휘안의 뒷모습을 빤히 보았다.

다시 은미를 돌아본 나는 고민했다. 왜 은미는 반휘안에게 그토록 퉁명스럽게 군 걸까? 내가 본 바로 은미는 지극히 얌전하고 조용한 애였고, 처음 본 반휘안에게 적대감을 가질 이유는 전혀 없을 텐데.

그때, 돌연 침묵 사이로 은미의 억눌린 듯한 목소리가 터져 나왔다.

"오빠. 오빠 학교에서 괴롭힘당하는 거였어……?"

잠시 침묵이 흘렀다. 발을 우뚝 멈춘 우리는 일제히 서로를 돌아보며 눈빛을 교환했다. 저게 대체 무슨 소리지?

은형이가 괴롭힘을 당하다니, 대체 어딜 봐서? 물론 은형이가 괴롭히는 사람과 괴롭힘당하는 사람 중에 어디에 속할 가능성이 더 높냐고 하면, 그가 가진 힘에도 불구하고 후자긴 하겠지만.

주먹을 불끈 쥔 은미가 다시 외쳤다.

"난, 그것도 모르고……!"

"아니, 잠깐만. 은미야. 그런 거 아니야. 도대체 왜 그런 오해를 한 건데?"

무릎을 숙여 그녀와 눈높이를 맞춘 은형이가 부드럽게 물었다. 이윽고 들려온 은미의 대답에 나는 그만 이마를 짚고 말았다. 아이고야.

"그치만, 아까 그 반휘혈이란 사람이 오빠를 계속 이상한 이름으로 불렀잖아. 완전히 제멋대로. 엄마랑 아빠가 주신 이름인데, 어떻게 그걸 마음대로 바꿀 수가!"

"아니, 은미야. 그런 게 아니야."

"정말 싫어. 완전 유치한 괴롭힘이야."

"아니, 그런 게 아니라니까."

"아니긴 뭐가 아니야?"

은형이와 은미의 계속되는 말다툼을 보며 우리는 골치 아프다는 표정을 했다. 자신과 반휘혈은 친구 사이라는 은형이의 말을 은미는 전혀 믿지 않았다. 아무래도 거기엔 반휘혈의 냉담하고 무뚝뚝한 태도와 우월한 체구가 한몫한 것 같았다.

하긴, 반휘혈 겉으로 보기에는 영화에 자주 나오는 가족도 친구도 임무 때문에 잃어버린 비운의 조직원 같지. 이 비유가 맞는 건지는 잘 모르겠지만 아무튼.

하필 그때 우리 근처를 지나치던 한 무리의 학생들이 크게 외쳤다.

"야, 지금 아이바 스쿨에 서열 1위 반휘혈이 와 있대! 항상 그렇지만 오늘은 더 기분이 안 좋아 보인다는데."

"뭐? 그럼 난 어쩌라는 거야? 오늘은 꼭 교복 맞추려고 했는데."

"그보다 난 반휘혈 한번 구경해 보고 싶어! 실물 본 적 없단 말이야."

"말이 되는 소리를 해라, 교복 사거나 구경하는 데 목숨 걸 일 있냐? 차라리 다른 교복집을 찾자."

일련의 대화를 나눈 중학생 무리들이 우르르 사라지자, 은미는 불신 어린 눈으로 우리를 쳐다보았다. 갑자기 휙 뒤돌아 자기 갈 길을 가 버리는 그녀의 뒤에서 우리는 애타게 외쳐 댔다.

"자, 잠깐만! 은미야! 어디 가! 그리고 그쪽 아니야."

* * *

어떻게든 은미를 설득하여 저녁 먹을 식당에 데리고 들어오는 데는 성공은 했지만, 테이블을 둘러싼 우리가 아무리 설명하려고 해도 은미는 전혀 믿지 않았다. 오히려 그녀는 눈썹을 찡그리며 또박또박 되묻기까지 했다.

"오빠가 괴롭힘당하지 않은 거라면 다행이지만, 친구여도 그건 그것대로 충격이에요. 전 서열전이라는 문화 자체에 대해 비판적이고, 오빠와도 그 주제로 이미 여러 번 얘기했어요. 그런데 우리 오빠가 다른 누구도 아니고 서열 1위랑 친구라니."

고요해진 테이블 위로 우리는 조심스럽게 시선을 교환했다. 이 사태 앞에서 은형이가 바로 그 반휘혈보다도 위인 서열 0위라는 얘기 따위를 할 수 있을 리 없었다.

은형아, 앞으로 코난과 비교할 수도 없는 비밀 생활이 너를 기다리고 있겠구나.

내가 위로를 담아 은형이의 어깨를 토닥이는 찰나 음식이 나왔다. 우리는 여전히 침울한 분위기 속에서 식사를 했다.

식사를 마치고 다들 잠시 핸드폰을 확인하거나 화장실을 다녀오는 틈을 타 나는 슬그머니 자리에서 일어났다. 그때, 나를 따라 일어난 은미가 내 소매를 조심스레 잡아끌었다.

"언니, 저 잠시만."

"응?"

"할 얘기가 있어요."

나는 의아한 채로 그녀에게 이끌려 가게 밖으로 나왔다.

나와 마주 보고 선 은미가 잠시 스웨터 밑단을 매만지다가 입을 열었다.

"언니, 저 말인데요. 천영 오빠를 좋아하는 거 전혀 아니에요."

"엥?"

갑자기 저게 무슨 소리지? 전혀 예상치 못한 그녀의 발언에 나는 당황했다. 은미도 나 못지않게 부끄러운지, 잔뜩 붉어진 얼굴을 하고서 말했다.

"그러니까, 제가 드리고 싶은 말은요, 언니. 천영 오빠랑 뭔가 하실 때 저는 전혀 신경 쓰지 않으셔도 된다는 거예요."

"아니, 잠깐잠깐."

당황하여 손을 내젓는 내 말을 그녀가 단호하게 끊었다.

"저, 알고 있어요. 천영 오빠가 언니 좋아하는 거. 고백도 했다는 거."

그리고 그녀가 물기 어린 눈으로 나를 올려다보았다.

"천영 오빠에게 직접 들었어요. 오빠가 고백하고 얼마 안 돼서."

"어……."

나는 정곡을 찔린 사람처럼 가만히 서 있고 말았다. 그런 나를 보며 은미가 씁쓸하게 웃었다.

"저희는 가족만큼 가까운 사이니까요. 원하든 원치 않든, 서로에 대한 건 가장 먼저 듣거나 눈치채게 돼요. 그래서 사실은 듣기 전부터 알고 있었어요. 천영 오빠에게 좋아하는 사람이 생겼다는 거."

"은미야……."

나는 조심스럽게 그녀를 불렀다.

말로는 괜찮다고 말하고 있었지만, 정작 그렇게 말하는

그녀의 얼굴은 전혀 괜찮지 않아 보였다. 분명 몇 달이 지난 일일 텐데도 그녀가 그 일을 입에 올린 순간, 얼굴 위에 스치고 지나가는 아픔을 나는 똑똑히 보았다.

어떻게 해도 감출 수 없는, 마음의 베인 상처. 아무리 얇게 벤 것이라고 해도. 혹은 베이지 않았다고 스스로를 속여 봐도. 나 또한 그런 상처를 한때, 아니, 꽤 오랫동안 품고 지냈기에 알 수 있었다.

그러나 그에 대해 언급하는 것은 불가능했다. 정말 괜찮냐고 물어보는 것은 더더욱 불가능했다. 왜냐하면, 그 원인을 제공한 건 다름 아닌 나였으니까.

더없이 복잡한 얼굴로 입을 다무는 나를 보며 은미가 다시 살짝 웃었다.

그녀의 얼굴이 가게에서 새어 나온 노란빛에 밝게 빛났다. 그래서인지 그녀의 웃음은 크리스마스트리의 조명처럼 더욱 애틋하게 보였다.

붉어진 눈가를 매만지던 그녀가 느리게 입을 떼었다.

"역시 이런 얼굴로 말하면 설득력이 없죠? 맞아요, 저, 천영 오빠를 한 번도 좋아한 적이 없는 건 아니에요. 그런데 그냥, 지나간 일이에요."

"……."

"첫, 사랑이었어요."

'첫사랑'이라는 말을 발음하는 그녀의 입술이 가볍게 떨렸다. 마치 그 단어의 달콤쌉싸름함을 음미하기라도 하는 것처럼.

시선을 내리깔고 잠자코 눈가를 매만지던 은미가 다시 말했다.

"그런데 저는, 그냥, 어쩔 수 없었어요. 오빠와 제가 원래는 그렇게 살갑고, 자주 보는 사이가 아니었다는 건 알고 계시죠?"

나는 고개를 끄덕였다.

작년 이맘때쯤 일어났던 유천영과 은형이네 아버지의 교통사고. 그때 은미의 병실을 방문했던 은형이에게 은미가 고통스럽게 쏟아 내던 저주의 말들은, 내가 잊고 싶다고 해도 결코 잊을 수 있을 만한 것이 아니었다.

"오빠가 그렇게 저를 오랫동안 혼자 내버려 뒀을 때, 유일하게 제게 안부 문자를 보내 주던 사람이 천영 오빠였어요. 매일, 매주 꼬박꼬박. 명절에 얼굴을 비치던 것도 바쁘던 아빠를 제외하면 천영 오빠가 유일했어요."

고개를 숙이고 스웨터 소매를 말아쥔 그녀가 이윽고 토로했다.

"그러니까 제게는, 그냥 제겐 달리 좋아할 만한 사람이 없었던 거예요."

"……."

"다른 사람이 없어서, 좋아한 거예요. 아시겠지요?"

그러나 그렇게 말하는 은미의 얼굴은 '다른 사람이 없어서' 좋아했던 사람을 떠나보낸다기에는 너무나 슬퍼 보였다. 새삼 죄책감이 내 등을 타고 기어올랐다.

은미가 원해서 선택한 고독이 아니었다. 그때 가족인 은형이보다도 은미의 곁에 남아 준 유일한 사람이었다. 그런 유일한 사람에 대한 감정을, 단지 중학교 친구일 뿐인 내가 짓밟아도 되는 걸까? 고작 나 때문에 포기하게 만들어도…… 괜찮은 걸까.

그때, 은미가 내 마음을 읽은 것처럼 말했다.

"제가 포기할 수 있었던 건, 천영 오빠가 어떤 사람인지 어렸을 때부터 봐 와서 알고 있기 때문이에요."

"뭐?"

"한 번 정하면 절대로 바꾸지 않는 사람."

내가 어리둥절하게 보는 가운데, 고개를 돌린 은미가 가라앉은 얼굴로 말했다.

"다른 사람이 뭐라고 말해도 바꾸지도, 포기하지도 않는 사람……. 누군가는 외곬이라고 하겠지만, 저한테는 그게 구원이었어요."

나는 잠자코 그녀를 바라보았다.

"불청객이었던 저희 남매를 아무 말 하지 않고 받아들여 줬을 때도 그랬고. 천영 오빠가 은형 오빠와 제가 사이가 안 좋아졌다고 해서 제게 찾아오는 걸 그만두지 않았던 때도 그랬어요. 전 천영 오빠가 그런 사람이라는 데 정말로 감사했어요, 매일같이."

"……."

"그러니까 언니를 질투하거나 포기해 달라고 하는 치졸한 짓은 안 해요. 어차피 지나간 첫사랑이었을뿐더러, 설령 그렇게 해서 언니가 포기한다고 해도 천영 오빠가 포기하지 않을 테니까요."

나는 이번에야말로 할 말을 잃고 말았다. 미안하다는 말조차 차마 할 수가 없어, 나는 그저 손을 들어 은미의 어깨에 얹었다. 내 마음이 전달되기만을 바라며.

말없이 내 도닥임을 받던 은미가 이윽고 고개를 푹 숙였다.

"너무 다정해요."

"응?"

"왜 그렇게 다정한 걸까요. 천영 오빠도, 언니도."

"……."

"좋아하지 않을 수 없게."

결국 한 손을 든 그녀가 스웨터 소매로 눈가를 훔쳤다.

"좋은데, 정말로 좋은데, 가끔은 그게 너무……."

끝내 말을 다 하지 못하고 울음을 터트리는 은미를 멍하니 보던 나는 황급히 그녀를 품에 안았다.

내가 니트가 젖어 드는 것을 느끼며 그녀를 어색하게 토닥이던 참인데, 가게 문이 열리며 누군가 다가왔다.

하필이면 유천영이었다. 이미 완전 무장을 마치고 한 팔에 코트와 목도리를 걸친 그는 우리가 껴안고 있는 것을 보고 잠시 의아하단 표정을 지었다. 이윽고 그가 팔에 든 것들을 은미에게 건넸다.

"왜 옷도 안 입고 나갔어."

"아, 응, 미안. 오빠, 고마워."

재빨리 내 품에서 떨어진 은미가 붉어진 코를 훌쩍이며 그것들을 받아 들었다. 나야 코트를 걸치고 나왔기 때문에 딱히 건네받을 물건도 없었다. 그런데 유천영은 잠시 내 차림을 보고 눈을 찡그리더니 제가 맨 짙푸른 색 목도리를 풀었다.

아니, 왜 하필 이 상황에.

황급히 뒷걸음질 친 내가 고개를 내저었다.

"됐어."

"그래도."

"됐다니까."

그와 연신 실랑이하던 나는 불안한 눈으로 은미를 돌아보았다. 차라리 준다고 할 때 순순히 받을 걸, 괜히 거절하는 바람에 이런 상황이 됐다.

다행히 우리를 보는 은미의 눈에는 어떠한 유감도 없었다. 봄 햇살처럼 그저 따뜻하고 맑았다.

결국 끝끝내 내게서 거절당한 유천영은 한쪽 눈썹을 꺾

더니 목도리를 도로 맸다.

“정말 안 추워?”

끝까지 내게 그렇게 묻는 유천영을 빤히 보던 은미가 배시시 웃더니 말했다.

“저는 그럼 오빠 데리고 나올게요.”

“아, 응.”

내가 얼떨결에 대답하자, 은미는 잘해 보란 눈빛을 남기고 딸랑 소리와 함께 가게 안으로 사라졌다.

아, 이게 아닌데. 유천영과 단둘이 남게 된 나는 괜히 머쓱함에 머리를 긁적였다. 그러다 문득, 유천영이 방금 상황을 오해할 수도 있겠다는 생각이 들었다.

내가 그의 눈치를 살피며 물었다.

“음, 뭐 물어볼 거 없어?”

“딱히.”

“그래? 음, 그렇다면 다행인데. 나는 왜 네가 무슨 오해를 하고 있다는 생각이 자꾸만 들지.”

유천영이 담담하고도 단호하게 대답했다.

“은미가 운 이유는 은미한테 물어볼 거야.”

나는 유천영을 물끄러미 올려다보았다. 이윽고 그가 ‘왜?’ 하고 묻자, 나는 가만히 웃으며 고개를 내젓고 말았다.

나는 속으로만 생각했다. 정말이지, 유천영의 이런 면 때문에 은미가 유천영을 좋아할 수밖에 없었겠구나.

그때, 이번에는 유천영이 미간을 찡그리더니 말했다.

"이번에는 네가 뭔가 오해하는 것 같은데."

아니, 갑자기 왜 이래? 우리 방금까지 분위기 좋았잖아. 나는 잔뜩 당황하며 물었다.

"내가 뭘?"

"네가 그렇게 다 안다는 듯한 눈빛 보낼 때 제대로 알고 있었던 적이 거의 없었어."

"……."

갑자기 이런 돌직구를 던지다니. 사람 민망하게. 나는 조용히 그를 흘겨보다가 툭 내뱉었다.

"아, 그런 거 아니거든…… 그냥, 네가 새삼 다정한 사람이라고 생각했어."

"갑자기?"

이해 안 된다는 듯이 미간을 살짝 좁히고 고개를 기울이는 그를 보며 내가 작게 웃었다.

"응, 겉모습이나 말투 때문에 잘 티는 안 나는데. 오래 알면 알수록 정말 다정하다고. 그런 생각을 했어."

나만 유천영의 돌직구에 당하는 건 억울했기에, 나는 일부러 그가 잔뜩 당황하기를 바라면서 부끄러움도 없이 그런 말을 했다.

그런데 뜻밖에도 유천영은 잠시 미간을 좁히더니 대답했다.

"최근에도 그런 말 들었는데."

"뭐? 누구한테? 우리는 아닐 테고."

유천영이 대답 없이 고개를 돌려 버리는 것을 보며 나는 그가 숨기고 있는 것에 대해 새삼스럽게 떠올렸다.

나는 얼굴을 굳혔다. 그가 저렇게 대답을 회피할 만한 존재라면 역시 예린, 그녀일까?

직관보다는 확신에 가까웠다. 어떻게 그런 확신이 가능한지는 나조차도 몰랐다.

그러나 앞뒤 상황을 검토해 본 나는 고개를 내저었다. 아니야, 나예리의 집에서 내가 얻었던 건 어디까지나 전례와 가능성뿐, 확실한 증거는 어디에도 없었어.

이미 내가 인터넷 소설의 법칙을 통해 맞힌 일이 많다고는 해도, 그만큼 틀린 일도 많아. 그러니까 그런 생각은 잠시 접어 두자.

그리고 고개를 든 내가 입을 열었다.

"유천영."

여전히 그는 나를 물끄러미 보고 있었다. 오늘은 렌즈도 끼지 않아 오랜만에 보는 선명한 푸른 눈이 낯설었다.

내가 한참을 잠자코 있자 그가 물었다.

"왜?"

"네가 전에 그랬지. 축제 날 내가 쓰러졌을 때 병원에 찾아와서."

유천영은 대답 없이 고개를 끄덕였다.

"만약 너 때문에 내가 위험해진다면, 너는 내 곁을 떠날 거라고. 그럴 수밖에 없다고."

"그래."

주저 없이 대답하는 그를 잠자코 보던 내가 말했다.

"하지만 만약, 나 때문에 네가 위험해지면?"

"……."

"아니, 왜, 그럴 수도 있잖아. 사람 상황이란 게 한결같지 않으니까. 진짜 혹시 모르는 일이긴 한데 너도 위험해질 수 있는 거잖아. 네 집안, 아니, 집안은 아니겠지만, 평판, 뭐가 됐든지 간에."

횡설수설한 내 말에 유천영은 아무 말 없이 나를 빤히 쳐다보았다. 나는 괜히 얼굴이 달아오르는 것을 느끼며 빠르게 말을 이었다.

"아무튼, 만약 그때가 오면 너는 어떻게 할 거야? 날 두고 도망칠 수 있어?"

유천영은 생각할 필요도 없다는 듯이 곧바로 고개를 내저었다.

"아니."

"너 때문에 내가 위험해졌을 때는 네가 떠나겠다며?"

"이거랑 그건 다르지."

"다르긴 뭐가 달라?"

내가 나도 모르게 언성을 높이자 유천영이 의아한 듯 나를 쳐다보았다.

아차, 아직은 상황에 대한 의심을 드러내선 안 되는데. 유천영이 나와 은지호가 하는 일을 눈치챈다면 순순히 협조해 주긴커녕 더 꽁꽁 숨길 가능성이 높으니까.

괜히 이곳저곳을 둘러본 나는 결국 포기하고 말을 꺼냈다.

"나랑 은지호는…… 의심하고 있어. 네가 혹시 어떤 위험에 빠지지는 않았는지. 그도 그럴 게, 네가 최근 너무 너답지 않은 일만 하니까."

"……."

"그리고 만약 그렇다면, 그게 네 옆에 새로 있게 된 사람들과 연관이 있다는 것도."

유천영은 전혀 놀라지 않은 얼굴로 차분히 팔짱을 끼며 벽에 기대었다. 그런 그에게 내가 말을 맺었다.

"그리고 궁극적으로는, 나 때문에 네가 누군가에게 이용당하고 있을지도 모른다는 생각을 했어."

스스로 듣기에도 다소 터무니없게 들리는 말을 꺼내며 나는 유천영의 눈치를 보았다. 그러나 그가 여전히 반응이 없자, 나는 괜히 목소리를 높였다.

"알겠어? 그러니까 나 때문에 네가 위험해졌을 때 어떻게 하겠냐는 질문에 네가 아무것도 하지 않겠다고 대답해 버리면, 우리로서는 당연히 걱정될 수밖에……."

그때였다. 여전히 벽에 기대어 내 말을 듣던 유천영이 불쑥 대답했다.

"가만히 있겠다는 말은 안 했는데."

"엥?"

"달아나지 않겠다고 했지, 가만히 있겠다는 말은 한 적 없어."

유천영의 말에 나는 잠시 기억을 되짚어 보고는 고개를 끄덕였다. 그러게, 확실히 그런 말은 한 적이 없네. 그러다 퍼뜩 정신을 차린 내가 다시 말했다.

"아니, 그래도 위험에 처했는데 달아나지 않겠다는 말이 위험을 감수하고 싸우거나 버티겠다는 말이 아니고 뭐야?"

"그것도 안 할 거야."

"그럼?"

그가 여느 때와 다름없는 얼굴로 태연하게 내뱉은 말에 나는 멍해졌다.

"형들 부를 건데."

"……."

갑자기 정적이 내려앉은 우리 사이를 싸늘한 바람이 스치고 지나갔다. 그 속에서 나는 방금 유천영이 뱉은 말을 조용히 입속으로 되뇌었다.

형들 부를 건데.

형들 부를 건데.

형들 부를…….

나는 하마터면 힘이 풀려 그 자리에 주저앉을 뻔했다. 흠칫 놀란 유천영이 두 손을 뻗어 그런 나를 일으켜 세웠다.

"갑자기 왜 그래?"

"그럼 내가 안 이러게 생겼어? 네가……."

나는 이보다 더 일그러질 수 없는 얼굴로 유천영을 보다가 말했다.

"네가 형들을 부를 거라는데."

"그게 왜?"

유천영이 심각한 얼굴로 되물었다.

"그럼 너는 내가 그런 상황에서 혼자 버텼으면 좋겠어?"

"아니, 당연히 그건 아니지만……."

당황하며 그렇게 대답한 나는 손을 들어 아직도 지끈거리는 이마를 감쌌다. 보통 그런 말을 들었을 때 사람이 기대하게 되는 일반적인 대답이라는 게 있다. 특히 그 말을 하는 사람이 인터넷 소설에서 '--'를 맡고 있는 냉미남일 경우에는 더더욱.

나는 유천영의 훤칠한 키와 냉랭한 얼굴을 보며 내가 그동안 잊고 있던 것을 새삼스레 깨달았다. 이 녀석, 막내였지. 그것도 온 집안 친척들에게 사랑받고 자란.

갑자기 은지호가 자기에게 무슨 일이 닥칠 때마다 괜히 애꿎은 유천영을 가리켜 '너는 막내라서 좋겠다'라거나 '재벌 2세로 태어나려면 형제자매가 많아야 한다'라고 손가락질해 대던 이유를 조금은 이해할 것 같은 기분이 들었다.

유천영에게 유건과 유신이라는 든든한 뒷배가 있는 이상, 그에게 감당 못 할 일은 없을 것이다.

아니, 하지만 은지호는 유건과 유신에 대해 언급하며 그들이 유천영에게 일어나는 일에 대해 눈치 못 챘을 가능성도 언급했었다. 그 말은 유천영이 위험에 처했어도 형들의 도움을 청하지 않는 상황 또한 있을지도 모른다는 뜻인데. 과연 그게 구체적으로 어떤 상황일지는 나도 잘 모르겠지만…….

눈썹을 찡그리고 고민에 빠져 있던 나는 유천영의 부름에 고개를 들었다.

"함단이."

나는 그를 쳐다보며 물었다.

"응?"

"내 걱정은 하지 말고, 네 걱정만 해."

"그래도……."

"내가 형들에게 도움을 청하지 않았다면, 그건 별일이 아니라서 그런 거니까."

그렇게 말한 유천영이 손을 들어 내 머리카락을 헝클어트리듯 쓰다듬었다. 나는 이상한 표정으로 그를 빤히 쳐다볼 수밖에 없었다. 저 말을 정말 믿어도 좋은 걸까?

하지만 여느 때처럼 담담한 그의 얼굴에 거짓말을 하는 기색이라고는 전혀 없었다. 하긴, 생각해 보면 유천영이

제일 못 하는 게 있다면 거짓말이었지. 결론을 내린 나는 한숨과 함께 고개를 숙였다.

뭐야, 내가 지금까지 은지호와 함께 알아보러 다닌 게 전부 헛수고가 됐네. 그래도 예상했던 바를 생각하면 헛수고인 게 차라리 다행인가…….

나는 다시 고개를 들어 유천영을 바라보았다.

무엇보다도, 유천영이 별일이 아니라고 판단했다면 정말로 별일이 아니겠지. 그렇게 생각하며 나는 그가 방금 매준 목도리를 매만졌다.

유천영은 어쩌면 내가 본 사람 중에 가장 이상한 사람일지도 모른다. 눈치 없는 듯하면서도 어느샌가 보면 중요한 사실들은 전부 꿰뚫고 있었고, 무심한 듯하면서도 사실은 그 누구보다도 다정했다.

나는 기어이 내게 목도리를 매 주고 한 걸음 물러나 만족한 듯 웃는 유천영을 빤히 보았다.

그리고 아무 표정 없는 듯하다가도 웃는 순간에는 그 누구보다도 경이롭게 웃지, 지금처럼.

오랫동안 보아 온 미소인데도 여전히 쉽게 눈을 뗄 수 없었다. 그 모습을 빤히 보던 나는 뒤에서 들려온 외침에 돌아섰다.

어느새 가게에서 옷과 가방을 챙겨 나온 이들이 나를 부르고 있었다.

"가자, 함단이, 유천영!"

"아, 응."

나는 황급히 대답하며 그들을 따라갔다.

* * *

그로부터 약 한 달간, 나는 밖에는 거의 나가지 않고 공부만 했다. 함께 모였던 이들 중 한국 대학교에 안정적으로 갈 수 없는 성적이 나밖에 없다는 사실이 긴장감에 불을 지폈다.

모의고사 한 회분을 다 풀고, 잠시 쉴 겸 해서 핸드폰을 든 나는 반 단톡방이 평소와는 비교도 안 되게 시끄럽다는 사실에 놀랐다.

"누구 생일이라도 되나."

그렇게 중얼거리며 단톡방에 들어갔던 나는 반 친구들이 공유한 기사를 보고 눈을 휘둥그레 떴다.

[유천영과 나예린 〈안개의 나라〉에 함께 참여……. 〈검은 비〉에서 쌓은 돈독한 친분 과시.]

[배우 유천영과 〈안개의 나라〉 원작자 노아리는 같은 학교 출신?]

[윤정인 : ㅁㅊ 이 정도면 우리 학교 노아리랑 유천영한테 상 줘야 하는 거 아님??]

[이민아 : 진짜 홍보상 이런 거라도 줘야 되겠네. 안 그럼 노양심]

[정세연 : ㅇㅈㅋㅋㅋㅋ]

연이어 올라오는 메시지들을 보며 나는 눈을 휘둥그레 떴다. 유천영이 예린과 같은 영화에 출연한다고? 나예리가 예린과 유천영이 절대로 친하게 지낼 수 있을 리 없다고 단언한 지 얼마 안 된 이 시점에?

무심코 달력을 돌아본 나는 미처 잊고 있던 사실을 깨닫고 말았다.

고등학교에 올라오고 맞이하는 세 번째 3월 2일이 고작 2주 앞으로 다가와 있었다.

* * *

〈컬쳐팝〉 소속의 신인 아이돌 그룹은 무심코 휴게실에 들어가다 말고 흠칫 놀라 물러섰다. 휴게실에 있는 이들이 자신의 존재를 알아차리기 전에 그들은 후다닥 뒤돌아 그곳을 빠져나왔다.

복도로 걸음을 내디딘 그들이 흥분한 목소리로 속닥거렸다.

"소문이 진짜였어?"

"쉿, 목소리가 너무 커. 따라 나오면 어쩌려고."

"아차. 입조심해야겠네."

"그리고 어차피 우리가 이거 외부에 흘리면 사장님한테 큰일 나는 건 우리 쪽이야."

그렇게 말한 그가 방금 나온 휴게실 쪽을 다시 힐긋거렸다.

"우리는 데뷔한 지 얼마 안 된 신인이기라도 하지, 저쪽은……."

불청객이 들어왔다 나간 후에도 휴게실은 전과 같은 고요를 유지하고 있었다. 불청객의 존재를 그 누구도 눈치채지 못했기 때문이 아니었다. 밖으로 얘기가 새어 나가든 말든 별 상관없기 때문이었다.

어차피 발해 그룹이 알아서 해 주겠지. 예린은 생각했다. 아니면 다른 쪽에서 손을 보태거나. 무심코 잊고 있던 쌍둥이 언니의 존재를 떠올린 예린은 기분이 더욱 나빠졌다. 그녀가 응석 부리듯이 머리를 기대고 있던 어깨에 무게를 실었다. 그러자 살짝 인상을 쓴 유천영이 차갑게 말했다.

"그만해. 무거워."

"조금만 더."

예린은 저도 모르게 투정 부리듯 말했다. 그리고 다음 순간 스스로의 그런 말투가 마음에 들지 않아 눈썹을 찡그렸다.

자신은 지금 유천영의 약점을 잡은 입장이었다. 그러니

이보다는 더 당당하게 요구할 수 있어야 한다.

그러나 유천영의 담담하기 짝이 없는 목소리를 들으면 자기도 모르게 기가 눌려 부탁 조의 말을 내뱉게 된다. 항상 약점 잡힌 사람을 이용하는 데 거리낌이 없었던 자신답지 않은 일이었다.

유천영이 손에 들린 대본 책을 넘기며 담담하게 말했다.

"약속한 시간 지났잖아. 더는 싫어. 그리고 방금 사람들 왔다 갔잖아. 너도 곤란할 거 아니야."

"그럼 다른 곳으로 가. 사람들 없는 곳으로."

"그것도 싫어."

"왜?"

대본 책을 덮고 물끄러미 예린을 바라보던 유천영이 말했다.

"너랑은 안 가."

고민할 가치도 없다는 듯한 그 말에 예린은 입술을 지그시 깨물었다. 그것도 잠시, 다시 입술을 푼 그녀가 입꼬리를 비틀어 올리며 웃었다.

밝고 명랑하던 인상의 얼굴에 순식간에 독기가 깃들었다.

그녀가 빈정거리는 투로 말했다.

"너 내가 하운에게 네 여자 친구에 대한 것 전부 불어 버려도 괜찮아? 그걸 하지 않는 조건으로 너는 내 말을 듣기로 한 거잖아? 계속 이런 식으로 나오면 곤란해."

손을 뻗어 유천영이 들고 있던 대본을 확 낚아챈 그녀가 그것으로 유천영의 턱을 겨누었다.

"처음 회사를 옮길 때만 해도 고분고분한가 싶더니, 몇 달도 안 가서 다시 네 본색을 드러내잖아. 발해 그룹 막내 도련님으로 살다가 남의 말 들으려니까 그렇게 힘들어?"

"난……."

예린을 빤히 보던 유천영이 입술을 달싹였다.

"단순히 그런 조건 때문에 네 말을 따랐던 건 아니야."

그 말에 예린의 몸이 그대로 굳었다. 일말의 기대를 담고 유천영을 바라보던 눈이 이어진 말에 다시금 일그러졌다.

"그런 문제라면 내가 해결하지 않더라도, 내가 말만 하면 해결해 줄 사람이 내 주변엔 많아."

"아, 그러셔. 아주 잘났어!"

"단지 훨씬 쉽고 단순하게 해결할 방법이 있고, 그게 이거였을 뿐이야."

"무슨 소리야? 내 요구가 쉽고 단순하기라도 하다는 뜻이야? 앞으로 내가 뭘 더 요구할지 어떻게 알고? 너 정말 여유 만만이다. 다른 사람들이 뭐든 네 생각대로 할 것 같아?"

예린이 분한 듯 쏘아붙이는 말에도 유천영은 묵묵부답이었다. 그 차분함에 예린이 더욱 화가 나던 찰나, 그가 예린의 손에서 대본을 비틀어 빼내며 나지막이 말했다.

"네가 처음 날 갖고 싶다며 말을 꺼냈을 때."

"그래."

"네가 원한다고 말한 건 내 돈과 배경뿐이었어."

"당연하지. 너를 내 뒷배로 삼으면 아무도 감히 날 건드리려는 생각을 하지 않을 테니까."

"그럼 왜 이런 걸 요구하는 거야?"

"뭐가?"

도도하게 되묻는 예린에게 유천영이 말을 이었다.

"시도 때도 없이 사람 불러서 같이 있어 줄 것을 요구하거나, 기댈 어깨나 몸을 찾는 것. 단지 얘기를 들어 주기를 원하는 것."

"……."

"그런 건 돈과 배경을 가진 사람이 아니라, 아무나라도 할 수 있어. 그런데 왜 하필 나한테 그런 걸 요구하는 거야?"

"하고 싶은 말이 뭐야? 그럼 너 말고 이런 걸 요구할 다른 사람이라도 찾으라는 거야? 아니면 내가 너한테 더한 걸 요구하길 바라?"

"그런 게 아니야."

눈을 부릅뜨며 험악하게 묻는 예린에게 유천영은 고개를 내저으며 담담하게 대꾸했다.

"넌 너한테 필요한 걸 착각하고 있어."

"착각한 적 없어, 한 번도."

"아니."

유천영이 다시 대본에서 시선을 떼고 예린을 바라보았다. 그가 무덤덤하게 말을 이었다.

"내가 네게 더 이상 필요 없어지는 순간을 기다리고 있었는데, 이대로는 도저히 오지 않을 것 같아서."

"그게 무슨 소리야?"

"너는 지금까지 네게 다정하거나 친절하게 대하는 사람들을 전부 쳐 냈지. 아니면 받아 주는 듯하다가 약점을 잡아서 이용하거나."

예린은 얼굴을 굳힌 채 말을 잇는 유천영을 빤히 보았다.

"아무것도 없는 네게 그런 식으로 구는 게 수상하니까. 어차피 네가 그들을 이용하지 않았으면 그들이 널 이용할 셈이었을 게 뻔하니까."

"갑자기 무슨 말을 하는 거야? 내 지난 죄를 묻기라도 하겠다는 거야?"

"그런 게 아니야."

시선을 들어 올리며 유천영이 물었다.

"네게 필요한 게 정말 나인 것 같아?"

"무슨……."

"네게 필요한 게 정말 돈과 배경을 가진 누군가인 것 같아?"

"……."

잔뜩 일그러지고 새하얗게 질린 그녀의 얼굴을 보며, 유천영이 마지막 물음을 던졌다.

"네가 정말 가진 게 아무것도 없는 것 같아?"

한참을 굳어 있던 예린이 쾅 소리와 함께 자리에서 일어났다. 휴게실 문을 박차고 나가며 그녀가 외쳤다.

"재수 없어! 네가 뭘 안다고! 나에 대해 다 안다는 듯이!"

예린이 휴게실을 떠나고, 홀로 남은 유천영은 다시 찾아온 고요 속에서 아무런 동요 없이 대본을 넘겼다. 그러다 말고 그는 문득 한숨을 내쉬며 대본을 덮었다.

그 스스로 결핍된 것이 없어서일까, 유천영은 예전부터 뭔가가 결핍된 사람을 잘 알아보았다.

그중에서도 특히 아주 작은 친절이나 다정함만을 필요로 하는 사람을.

제65조. 개학식 전날에 생긴 일

개학식 전날에 생긴 일

3월 2일이 가까워지고 있다는 것을 깨닫자, 최근 내 주변 사람들의 기행이 이해가 되었다.

주인이는 문득문득 아무 용건도 없이 전화를 걸었다가 공부에 방해되겠다며 끊어 버리고, 여령이는 조용히 있을 테니 굳이 우리 집에서 텔레비전 보면 안 되냐고 묻질 않나, 은지호나 은형이는 내가 무슨 굶어 죽을까 봐 걱정하는 사람들처럼 밥때가 될 때마다 뭣 좀 먹었냐고 메시지를 보냈다.

심지어 연락이 잘 안 되던 유천영조차 새벽에 틈틈이 메시지를 남겨 놓곤 했다.

나는 그 모든 게 나처럼 이제 진짜로 고등학교 3학년이 된다는 스트레스에서 기인했거나, 그도 아니면 방학이 중간쯤 지나가고 나니 슬슬 학교 안 가는 것도 심심해서 그러는 줄 알았는데, 실은 둘 다 아니었던 거지. 슬쩍 한숨을 내쉰 나는 앞으로 이들의 기행이 갈수록 나아지긴커녕 더 심해질 거라고 짐작했다.

과연 내 짐작은 틀리지 않았다.

작년에 내가 무려 일주일씩이나 사라졌었던 2월 23일 이틀 전, 나는 난데없이 우리 집에서 다 같이 모여 밤새 영화나 보자는 제안을 받고 어이가 없어졌다.

마침 밖에 나와 있던 내가 걸음을 재촉하며 물었다.

“나 이제 진짜 일주일 뒤면 고3이거든? 내년에 한국 대학교 캠퍼스에서 내 모습 보기가 싫은 거니?”

나 빼고 만나고 싶었으면 말을 하지 그랬어. 그러자 은지호가 투덜거리며 대답했다.

[야, 그럴 리 있냐? 아, 알았어. 그럼 우리는 거실에서 놀고, 너 혼자 방에 들어가서 공부해도 돼. 대신 잘 때는 나와서 거실에서 다 같이 자라.]

“아니, 그날도 그다음 날도 평일이란 걸 좀 고려해 줄래? 낮에 노는 건 된다고 쳐도 밤엔 엄마 아빠 오신단 말이야.”

[그래? 그럼 어쩔 수 없지.]

마침내 포기한 듯한 그의 말에 안도의 한숨을 내쉬던 나는 이어진 말에 눈을 크게 떴다.

[쥬노 호텔의 가장 좋은 방, 궁금하지 않아?]

아니, 물론 제주도에 수학여행을 갔을 때 그런 생각을 안 한 건 아닌데, 그래도 말할 게 따로 있지! 나는 기겁하며 외쳤다.

"아니, 우리끼리 보호자도 없이 어떻게 외박을 해? 절대 안 돼, 우리 부모님도 허락 안 할걸."

그러자 은지호가 다시 목소리를 바꾸어 투덜댔다.

[아니, 그럼 어쩌라고? 반여령 집도 안 되지, 너희 집도 안 되지, 진짜 24시간 카페에서 날을 새?]

그에 잠시 뒤통수를 긁적인 내가 조심스레 말했다.

"네가 뭘 걱정하는 건지는 알겠는데, 나 이번 3월 2일에는 진짜 괜찮을걸? 정 걱정되면 여령이 옆에 데려다 놓고 잘게."

[반여령만으로 안 될 것 같으니까 하는 소리지. 어디 뒤통수 맞은 적이 한두 번이야? 재작년 3월 2일에는 아무 일도 없더니, 작년 3월 2일에는 갑자기 일주일 전에 가질 않나.]

은지호가 다시 투덜거렸다.

[너야말로 뭘 믿고 이번 해엔 괜찮다고 확신하는 건데?]

그에 나는 걸음을 멈추었다. 2월 하순임에도 불구하고 뺨과 다리에 부딪치는 바람이 싸늘했다.

잠시 그대로 멈추어 있던 나는 이마를 긁적이며 대답했다.

"그런 게 있어……. 자세히 설명하기는 힘들지만."

[이제 우리는 이 세계가 소설 속이란 것도 알고, 네가 매

번 소설 바깥 세계와 이 세계를 오간다는 것도 아는데. 그런데 아직도 우리가 알면 안 될 게 남아 있어?]

나는 대답 없이 한숨만 내쉬었다. 은지호의 말은 지극히 타당했지만, 그가 아직 모르는 게 하나 남아 있었다.

그건 바로, 열세 살 이전의 나와 열세 살 이후의 내가 분리되어 있다는 것.

정확히는 내게 열세 살 이전에 한해서는 이 세계에서의 기억과 바깥 세계에서의 기억, 두 개의 기억이 공존한다는 사실 말이다.

본래 내게는 바깥 세계에서의 기억밖에 없었지만, 작년에 반여령의 기억 상실 소동과 관련해서 일을 겪은 뒤로 이쪽 세계에서의 내 기억 역시도 꾸준히 돌아오고 있었다. 그러다 며칠 전쯤, 문득 이런 느낌이 들었다.

전부 되찾았어.

그와 동시에 뭐라고 해야 할까, 분명히 겉으로는 별로 달라진 것이 없었지만 이 세계에서의 내가 완전해진 듯한 느낌이 들었다.

그 느낌은 정말이지 너무 이상해서 겪어 보지 않은 사람에겐 설명 못 할 감각이기에, 나는 은지호에게 마땅히 할 말을 찾지 못했다.

그때였다. 침묵이 계속되자 뭔가 미심쩍었는지, 소리를 낮춘 은지호가 조심스럽게 물었다.

[혹시 노아리와 관련된 일이냐?]

"아."

[걔가 너한테 뭔가 조치를 취해 준 거야? 그래서 이젠 안심해도 된다는 거냐?]

이거면 되겠다. 더 파헤칠 염려도 없고. 그렇게 생각한 내가 흔쾌히 말했다.

"어, 응. 그래. 미리 말 못 해서 미안. 어떻게 설명해야 할지 알 수가 없어서."

[아니, 됐다. 그런 거라면야 말하지 않은 것도 이해가 가. 아직도 우리 중에 노아리 얘기 듣기 껄끄러워하는 녀석들 많으니까.]

"으응."

어색하게 대답하며 고개를 숙인 나는 은지호의 말에 다시 고개를 들었다.

[……난 그때 당시에는 당연히 내가 알아낸 사실에 대해 우리 모두 알아야 한다는 마음이었어.]

"응."

[억울하잖아, 내가 완전히 내 것이라고 생각했던 삶이 사실은 다른 사람의 창작물일 뿐이란 게. 그러니까 우리에게 우리의 운명을 마음대로 할 권리가 없다면, 최소한 그것의 배후에 대해서는 알아야 할 권리가 있다고.]

"네 말 무슨 뜻인지 이해해."

내가 낮은 목소리로 조심스럽게 꺼낸 말에 은지호 또한 작게 한숨을 쉬었다. 그러더니 그가 다시 말했다.

[그런데 다시 돌아보니, 그 애한테는 못할 짓을 했다는 생각이 들어.]

"……."

[너무 비현실적이고 말도 안 되는 이야기였기 때문에, 그 얘길 꺼내기 위해선 누구도 도망칠 수 없는 상황이 필요했어. 그러기 위해선 예고도 하지 않고 터트려야 했고. 지금도 그보다 더 나은 방법은 없었다는 생각이 드는데, 그거랑은 별개로…….]

나는 잠자코 눈을 내리깔고 그의 얘길 들었다.

[난 솔직히 우주인이 그 애를 그렇게 바로 내칠 줄은 몰랐어. 자기 선 안에 사람을 잘 안 들여놓는 대신, 한 번 들이면 끔찍이 아끼는 녀석이니까.]

멈췄던 걸음을 힘겹게 떼며 내가 대답했다.

"그렇지. 너한테도 그렇고, 나한테도."

[그래서 그럴 줄은 몰랐어. 게다가, 나중에 알고 보니 그 애, 학교에서 그나마 가깝게 지내던 사람이 우주인이랑 너 외에 아무도 없다더라고.]

"응. 그랬지."

[요즘은 너랑도 잘 안 어울리는 것 같던데.]

은지호가 조심스럽게 말했다. 하지만 그녀가 날 거부하

며 했던 얘기를 그에게 털어놓을 수는 없었다.

어차피 노아리가 원치 않는 한, 나와 노아리는 앞으로도 대화할 일이 없을 것이다.

내가 적당히 얼버무리려 속으로 말을 고르던 그때, 문득 내 눈에 익숙한 상이 맺혔다.

하필이면 반 모임 때 잠깐 보았던 곳과 동일한 장소였다.

아직 날씨가 풀리지도 않았는데, 언제부터 나왔는지 모를 노아리가 벤치 위에 앉아 고개를 푹 숙이고 있었다. 그녀의 두 손은 코트 주머니 안에 깊숙이 쑤셔 넣어져 있었다.

나는 잠깐 그 모습을 보다가 황급히 말했다.

"어, 은지호, 잠깐만. 나 아는 사람 만나서, 잠깐 끊을게."

[어? 어, 그래.]

조금 당황한 듯한 은지호의 목소리가 사라지고, 나는 노아리에게로 황급히 뛰어가다 말고 흠칫 멈췄다.

노아리에게서 더는 자기에게 신경 쓰지 말란 얘기를 들은 것이 불과 서너 달 전의 일이었다. 그런데 그것과 똑같은 상황에 내가 다시 나타나 여기서 뭘 하고 있냐는 말을 건넨다면, 노아리가 내게 보낼 것은 경멸의 시선밖에 없겠지.

한참이고 제자리에 멈춰 서 있던 내가 마침내 그 자리를 떠나려고 다시 돌아서던 그때였다.

"단이 언니?"

뒤에서 날아온 목소리에 나는 고개를 돌렸다. 연약하기

그지없는 목소리는 곧 겨울바람에 형체도 없이 산산이 찢길 것만 같았다.

돌아본 곳에는 노아리가 울 것 같은 얼굴로 나를 보고 있었다. 그녀가 간절하게 물었다.

"언니, 죄송한데, 저 좀 데려가 주실 수 있어요?"

"……."

"저, 가출했어요."

* * *

처음에는 당황스러운 마음뿐이었다. 왜냐하면 내가 지금까지 보아 온 노아리는 늘 나이에 맞지 않게 초연하고, 침착했고, 심지어 윤정인네 별장에서 모르는 사람들에게 바글바글 둘러싸였을 때도 태연하게 제 할 일만 했으니까. 그런데 가출이라고? 그런 질풍노도의 청소년이나 할 법한 짓을.

하지만 나는 노아리를 말없이 집으로 데려왔다. 노아리가 원래 세계로 가지 못하고 이 세계에 남아 있는 한, 나는 그녀에 대한 죄책감을 계속 간직할 수밖에 없었다.

노아리를 우리 집 거실에 앉힌 나는 코트를 벗자마자 주전자 물을 올려 따뜻한 차 한 잔을 끓여 주었다.

생소한 향에 머그잔을 코 가까이 가져와 킁킁대던 노아리가 물었다.

"이게 뭐예요?"

"허브티. 진정 효과가 있다고 하더라고. 나도 작년에 처음 마셔 봤는데, 정말 효과가 있는 것 같아서 그 뒤에도 종종 마셔."

"그렇군요. 진정……. 잘 마실게요."

컵을 꽉 쥐며 조심스레 말하는 노아리에게 작게 웃어 준 나는 방으로 들어갔다.

옷을 갈아입으며 내가 중얼거렸다. 왜 가출했는지 이유를 물어봐서는 안 되겠지?

사실 굳이 묻지 않아도 이유가 짐작이 가긴 했다.

마지막에 만났을 때 노아리는 '이 세계의 사람들을 도저히 소설 속 인물 이상으로 느낄 수 없어서' 나와 더는 가깝게 지낼 수 없다고 분명히 말했었지만, 그게 그녀의 진심이 아니란 건 눈빛만 봐도 알 수 있었다.

노아리는 그때 혼란스러워하고 있었다.

자기가 만들어 낸 인물들이 더 이상 자기가 만들어 낸 인물들처럼 느껴지지 않는 것에 대해. 진짜 사람처럼 느껴지는 것에 대해.

그래서 내가 묻지도 않았던 노민찬의 소설 속 설정 따위를 떠벌릴 수밖에 없었던 거겠지. 나는 한숨을 내쉬었다. 그러지 않으면 노민찬 선생님에게 소설 속 인물과의 적절한 거리감을 유지할 수 없었을 테니까. 한편 노민찬 선생님은 노민찬 선생님대로, 하나뿐인 여동생이 갑자기 벽을 치려고 하니 당황스러울 수밖에 없었을 테고.

그로부터 촉발된 갈등은 아직도 현재 진행형인 모양이었다. 불과 개학이 일주일도 남지 않은 시점에 노아리가 가출까지 한 걸 보면.

다시 거실로 나가며 나는 머리를 긁적였다.

그나저나 곤란하게 됐네. 혹시 몰라 오늘부터 반여령을 내 방에 재울 생각이었는데. 노아리가 오면 그럴 수가 없잖아. 두 명이라면 모를까 세 명이나 자기엔 침대도 너무 좁은 데다, 무엇보다 서로 불편할 테고.

어쩔 수 없지, 3월 2일 전에는 돌아가 달라고 부탁해 볼까? 그런 고민을 하던 나는 소파에 앉아 있던 노아리가 나를 돌아보며 말하자 당황했다.

"언니, 저 언제까지 여기에 있어도 될까요?"

"어, 음……."

"편히 말씀해 주세요. 저 공모전 상금도 받아서, 여기서 나간다고 해도 머무를 데가 없진 않으니까."

노아리의 말에 빠르게 정색한 내가 말했다.

"아니, 아무리 그래도 그건 아니지. 그 말은 너 돈 주고 자는 곳이 아니면 잘 곳이 없다는 거잖아. 보호자도 없이? 위험한 건 둘째 치고, 방 안 빌려줄걸."

"하지만……."

뭔가 말하려다가 금세 수그러드는 노아리를 물끄러미 보던 나는 소파 팔걸이에 걸터앉았다.

내가 물었다.

"왜 가출했는지 물어봐도 돼?"

"별거 있겠어요? 아마 예상하신 그대로일 거예요. 그냥……."

작게 한숨을 내쉬는 노아리의 눈에 어두운 기운이 스치듯 번졌다.

"소설 속 인물이 저한테 가족인 것처럼 이래라저래라 하는 게 마음에 안 들어서요."

"음."

이제는 노민찬을 이름으로도 부르지 않는 노아리의 행태에 나는 잠자코 입을 다물었다. 마찬가지로 소설 속 인물이라고도 할 수 있는 내 앞에서조차 저러는 걸 보면, 노아리는 이미 궁지에 몰렸는지도.

그때 문득 내 머릿속에 떠올랐다. 노아리가 원래 세계로 돌아갈 수 있을지도 모르는 유일한 방법이.

노아리와 나는 작년부터 문장을 실현시키는 그녀의 힘을 이용해 다른 세계에 가려고 온갖 방법을 시도했지만, 실패했다.

하지만 그런 힘조차 필요 없이 다른 세계와 이 세계를 오갈 수 있는 방법이 단 하나, 존재했다.

"아리야……."

무심코 입을 열었던 나는 막상 노아리의 시선을 받자 당황해서 다시 입을 닫았다.

아니, 하지만 정말로 내가 지금 여기서 그 방법을 제시해도 되나? 나만 다시 돌아올 수 있는가는 둘째 치고, 그건 지금까지 몇 년간 나를 걱정하고 또 나를 위해 노력해 준 친구들의 모든 수고를 배신해 버리는 게 되는데.

하지만 눈앞에 있는 노아리의 초췌한 얼굴과 모든 희망을 잃어버린 눈을 보니, 도저히 아무것도 아니라는 말은 나오지 않았다.

결국 나는 한숨과 함께 입을 열었다.

"아리야, 이번 3월 2일에 나랑 있을래?"

노아리의 고개가 의아한 듯 기울었다. 이윽고 내 말뜻을 이해한 그녀의 눈이 커졌다.

힘없이 웃은 내가 덧붙였다.

"어쩌면, 이게 너를 원래 세계로 돌려보낼 유일한 방법일지도 몰라."

얼어붙은 채 나를 올려다보던 그녀가 이윽고 고개를 세차게 내저었다.

"아니요, 하지만 언니는……."

나는 아무런 대답도 하지 않았다.

"언니는 분명히 저를 만났을 때, 이 세계를 떠나고 싶은 게 아니라 이 세계에 남고 싶은 거라고 했잖아요. 그러니 그 방법을 가르쳐 달라고."

"그건 맞아."

그제야 내가 한숨 쉬듯이 대답했다.

"언니를 이루고 있는 사람들은 저 세계가 아닌 이 세계 사람들이라고, 그러니까 이 세계에서가 아니면 언니는 언니일 수가 없다고. 분명히 저한테 그랬잖아요."

"지금도 그렇지."

"그런데 지금 돌아가 버리면……."

나는 다시금 한숨을 내쉬며 자세를 고쳐 앉았다. 더없이 진지한 그녀의 얼굴에 대고 내가 말했다.

"나도 확신이 있어서 하는 말은 아니야. 그냥 다른 모든 방법으로 실패했으니, 다른 세계로 가는 것만은 너의 '문장'으로도 어떻게 되는 게 아닌 걸까 하고. 그렇다면 남은 방법은 이것밖에 없다는 건데, 시도라도 해 봐야지."

"그치만……."

"그리고 아까도 말했다시피, 될 거라는 확신이 있어서 이러는 건 아니야. 아니, 사실 예상은 안 될 거라는 데 더 가까워."

"그건 왜죠?"

노아리가 물기 어린 눈을 동그랗게 뜨며 나를 올려다보자, 나는 뒷머리를 벅벅 헤집다가 말했다.

"그게, 내가 이 세계에서의 기억을 전부 되찾은 지 좀 됐거든. 원래는 내게 없던 열세 살 이전의 기억들 말이야."

"아……."

"나는 이게, 뭐라고 할까, 내가 완전히 이 세계의 인물이 되었다는 하나의 증거라고 생각해. 그러니까 내가 다른 세계에 갈 일은 아마 더는 없을 거라고."

노아리는 기뻐하기도 그렇다고 슬퍼하기도 어렵다는 표정으로 내 눈치를 보았다. 나는 조용히 그런 그녀를 보며 말을 이었다.

"그렇긴 해도 너 역시 나처럼 다른 세계에도 존재하는 사람이니까, 우리 둘이 함께 있으면 3월 2일에 한 번쯤은 다른 세계로 갈 가능성이 존재하지 않을까?"

"확실히 그건 가능성이 있을지도……."

진지하게 중얼거리는 노아리에게 나는 웃으며 덧붙였다.

"그리고, 이번에는 설령 바깥 세계로 간다고 해도 다시 돌아올 거란 확신이 있거든."

내 말에 노아리가 다시 고개를 들었다.

"네?"

"이제 내가 있을 곳은 여기라고. 그러니까 설령 내가 거부한다고 해도 이 세계가 나를 다시 부를 거라고."

그리고 나는 눈을 내리감으며 무겁게 말을 맺었다.

"그리고 무엇보다…… 만약 그러지 않더라도 다들 나를 찾아 줄 거라고."

사실 그 정도의 확신은 없었지만, 그러지 않으면 노아리는 분명 이 계획을 반대할 것 같았다.

과연 내가 그렇게까지 말하자, 나를 빤히 바라보던 노아리가 한숨과 함께 고개를 끄덕였다.

그녀가 미안한 기색으로 말했다.

"언니, 정말 고마워요……."

"아니야, 널 원래 세계로 보내 주기 위해 최선을 다하겠다고 약속했잖아."

"그래도 저는 아무것도 못 해 드렸는데."

"휘안이랑 은미 건도 있고."

그 말에 나를 멍하니 올려다보던 노아리가 이윽고 깨달은 눈빛을 했다.

그녀에겐 어쨌거나 1년 전의 일, 게다가 반휘안과 권은미가 내게는 친한 친구들의 동생이고, 따라서 중요한 사람들이라고 해도 노아리에게 그들의 이미지는 자기 소설에서 불운하게 희생된 인물 정도였을 것이다.

둘 다 원래 소설에서는 병원에만 있었을 테니 비중이 높을 리도 없고.

그러니까 노아리가 그들을 구해 줘 놓고서도 존재를 잊고 있었다고 해도 무리는 아니다.

난감한 듯 머리를 쓸어 넘기던 노아리가 문득 나를 보더니 결연한 얼굴로 말했다.

"언니, 만약 제가 떠나기 전에, 물론 떠나게 됐을 때의 얘기지만, 하여간 뭔가 도와드릴 수 있는 게 있다면 말씀해 주세요. 저도 제 힘, 후환이 두려워서 잘 쓰지는 않지만 언니를 위해서라면 얼마든지 쓸 수 있어요."

"어, 응? 아니야, 그런 걸 바라고 하는 일도 아닌데."

황급히 손을 내저으며 대답했지만 그 순간 내 머릿속에 무수히 많은 선택지가 쏟아지듯 떠오른 것은 어쩔 수 없었다.

그도 그럴 게 '소설적 맥락에서 자연스러운' 일이라면 무엇이든 이루어 주는 노아리의 능력은 활용도가 무궁무진하니까. 마치 쓰면 무엇이든 이루어지는 마법의 연필과도 같았다.

가장 먼저 떠오른 '수능 만점 맞게 해 주세요'라는 생각을 나는 황급히 머릿속에서 지웠다. 아니, 그건 전국의 수험생들을 생각하면 너무 양심이 없지.

그, 그래도 '한국 대학교 합격할 만큼만 수능 잘 보게 해 주세요' 정도의 소원은 괜찮지 않을까? 아니, 하지만 사실상 그게 '수능 전과목 1등급 나오게 해 주세요' 하는 소원이랑 다를 게 뭔데? 앞의 소원에서 아주 약간 내려갔을 뿐이라고.

아니, 역시 로또가 먼저인가? 노아리의 힘으로 부모님이 로또 1등 당첨되게 하면, 이번에야말로 재벌 2세의 꿈을 이룰 수 있지 않을까? 그러다 나는 내가 너무 쓰레기 같은 나머지 스스로 머리를 쥐어박았다.

노아리가 조금 겁에 질린 얼굴로 물었다.

"왜 그러세요?"

"아, 아니. 아무것도 아니야. 필요한 건 차차 생각해 볼게."

"네……."

이상하다는 눈길을 보내는 노아리를 뒤로하고 방으로 들어온 나는 문을 찰칵 닫았다.

그리고 문득 핸드폰을 내려다본 내가 한숨을 내쉬었다.

"아, 애들한테 뭐라고 말하지? 혼나겠네……."

* * *

나는 일단 가장 먼저 반여령에게 전화해서 혹시 앞으로 일주일 정도 우리 집에 머무를 계획이었다면 취소해 달라고 말했다.

여령이가 화들짝 놀라며 말했다.

[안 돼! 너희 집에서 할 보드게임도 하루에 한 개씩 다 정해 뒀는데!]

"아니, 고작 둘이서 보드게임을 뭘 얼마나 하려고. 그리고, 음, 미안. 아무튼 안 될 것 같아. 집에 손님이 와서."

[무슨 손님? 사촌이라도 올라온 거야? 방학이니까 그럴 수는 있지만…….]

"음, 여령아. 놀라지 말고 잘 들어."

나는 한숨을 푹 내쉰 다음 말했다.

"아무래도 다른 세계에 좀 다녀와야 할 것 같아."

[뭐?!?!]

역시나 여령이의 반응은 몹시 좋지 않았다. 나도 모르게 핸드폰을 귀에서 멀리 떼자 여령이가 다시 고함을 퍼부었다.

[왜 거기 가는 걸 무슨 슈퍼마켓이라도 가는 것처럼 말해?! 네가 평소에 가는 세계는 우리만 없어서 그나마 다행이지, 축제 때 다녀왔던 세계는 알 수 없는 괴물들까지 있었다며! 그런데 다른 세계로 가겠다는 말이 그렇게 쉽게 나와?!]

"미, 미안. 그런데 아무래도, 노아리를 데려다줘야 할 것 같아서."

그에 반여령이 착 가라앉은 목소리로 물었다.

[갑자기 그 애는 왜 나와?]

"그게, 사실 아리는 나와는 달리 이 세계로 넘어오면서 가족 구성까지 바뀌어 버린 상황이라서…… 적응이 많이 힘든가 봐. 실제로 지금도 갑자기 생긴 오빠랑, 그러니까 노민찬 선생님이랑 싸워서 집을 나왔고."

[…….]

"될지 안 될지 모르겠지만, 일단 한번 시도는 해 봐야 할 것 같아. 음, 네가 뭘 걱정하는지는 알지만…… 아마 일이 잘 풀린다면 아리만 데려다주고 다시 돌아올 수 있을 거야."

그러자 반여령은 한참을 아무 말도 하지 않았다. 엄지와 검지로 콧대만 멋쩍게 문지르던 내가 조심스럽게 물었다.

여령아?

그러자 울 것 같은 목소리로 대답이 돌아왔다.

[너무해. 그렇게 말하면 반대도 못 하겠잖아.]

"아."

[싫어. 네가 그 세계에 가는 거, 정말 싫어. 다시는 못 돌아올지도 모르는데. 자발적으로 간다는 것도 너무 싫어.]

"……."

[그런데 그런 말을 들어 버리면, 말릴 수도 없잖아…….]

끝내 땅을 파고들 것처럼 낮아지는 반여령의 목소리를 듣던 나는 어깨를 움츠렸다. 안절부절못하던 내 머릿속에 이윽고 한 가지 생각이 스쳤다. 어쩌면 여령이의 마음을 조금이나마 달래 줄 방도가 있을지도 몰라.

내가 어색한 말투로 물었다.

"어, 저기, 대신에 혹시 필요한 거 있어? 아리의 힘으로 가능한 거라면 뭐든 할 수 있을지도 모르는데."

그러나 대답하는 반여령의 태도는 여전히 퉁명스러웠다.

[그런 거 없어……. 아니, 하나 있어.]

"뭔데?"

[널 무사히 돌려보내 주는 거.]

"……."

내가 할 말을 잃어버린 사이 전화가 뚝 끊겼다. 핸드폰을 붙들고 잠시 멍하니 서 있던 나는 이윽고 크게 휘청하며 책상에 몸을 기댔다.

반여령, 진짜 얘는, 그런 박력 있는 말을 할 거면 미리 경고 좀 해 주지 않고는. 왜 내 주변 여자애들은 다들 이렇게 설레는 걸까? 이것도 이 세계가 인터넷 소설 속인 것과 무슨 관계가?

쓸데없는 고민에 빠졌던 나는 사대천왕이 있는 단톡방에 반여령에게 아까 했던 것과 같은 말을 똑같이 했다.

처음 내가 말을 꺼냈을 때 다짜고짜 전화부터 걸어 대던 이들은 내가 점차 설명을 이어 나가자 곧 잠잠해졌다.

대체로 착한, 음, 착한 성격인 것 외에도, 은지호와 유천영을 제외하고는 하나같이 복잡한 가정사를 가지고 있으니만큼 가족과 관련된 말에는 어쩔 수 없는 모양이었다.

주인이가 자신만만하게 말했다.

[아들 : 못 돌아온다고 해도 다시 찾아낼 자신 있으니까]

나는 그런 주인이의 메시지를 자못 심각하게 바라보았다. 그가 노아리가 돌아가는 것에 개의치 않는다면 그건 그것대로 좋았지만, 솔직히 신경이 안 쓰일 리 없다는 것이 내 생각이었다. 일단은 모르는 척해 줘야 할까. 그렇게 고민하는 사이 새로운 메시지가 떠올랐다.

[은지랄호 : 난 안 잊을 자신 있거든]

[아들 : 아니 지호야]

[아들 : 불가능한 말은 하는 게 아니지]

[아들 : 전에도 같이 잊어버려 놓고(메롱)]

[은지랄호 : 전에 문도 안 열어 주려던 놈 설득한 게 누구였더라?]

[우주인 : (웃음)(웃음)]

왠지 이모티콘 사용이 심상치 않은 것을 본 나는 곧바로 주인이에게 전화를 걸었다. 아니나 다를까 통화 중이란 안내 음성이 들려오자 나는 쓰게 웃으며 종료 버튼을 눌렀다.

하여간, 화나면 웃는 버릇은 달라지지 않는구나. 역시 주인이 기분 별로 안 좋은 것 같은데. 그런 생각을 하던 내 눈에 새롭게 떠오른 메시지 창이 보였다.

[유천영 : 조심히 다녀와]

[권은형 : 단아, 조심히 다녀와. 돌아오는 게 어려울 것 같으면 기다리고 있어. 주인이 말대로 우리가 데리러 갈 테니까.]

활짝 웃은 나는 재빨리 손가락을 움직여 '고마워.' 하는 메시지를 보냈다.

그리고 나는 핸드폰을 두 손으로 쥐며 웃었다. 다른 세계에 가는 것이 이토록 두렵게 느껴지지 않은 것은 처음이었다. 자의에 의한 것과 타의에 의한 것의 차이인가? 걱정한 것보다 수월하게 허락을 받아 낸 나는 그날로 노아리와의 동거에 들어갔다.

여령이가 하도 우리 집을 제집처럼 들락날락해서 그런지, 부모님은 두 분 다 노아리의 존재에 크게 개의치 않는 눈치였다.

다만 엄마가 시기가 예사롭지 않다는 것을 들어 '혹시 고3이라고 부모님하고 싸우고 가출한 거 아니지?' 하고 의심했지만, '얘 고2야, 엄마.' 하는 내 대답에 쉽게 넘어갔다.

노아리와 눈이 마주치자 나는 어깨를 으쓱했다. 뭐, 아무튼 노아리가 고등학교 2학년인 건 사실이긴 하지, 게다가 엄밀히 말하자면 부모님이 아니라 오빠하고 싸운 거고. 그 오빠도 일이 제대로 된다면 더 이상 오빠가 아니게 될 예정이고.

턱을 괴고 그런 생각을 하던 나는 문득 섬뜩함을 느꼈다. 잠깐, 노아리는 정말로 아무렇지도 않은 걸까? 그녀를 그렇게 아끼는 노민찬 선생님을 다시는 보지 못하게 되어도. 하다못해 작별 인사라도 남기는 편이 덜 찜찜하고 좋지 않을까?

노아리는 자기가 떠나면 이 세계에 혼자 남게 될 노민찬 선생님에게는 아무런 영향도 남지 않을 거라고 생각하는 듯했지만, 나도 속 편하게 그렇게 믿기엔 전에 김혜힐이 했던 말이 마음에 걸렸다.

'기억이 사라져도 감정은 남는다'고. 어쩌면 꿈에서 만난 모르는 사람을 너무 친근하게 느껴 버리는 것 또한, 다른 세계에서의 방문자들이 남기고 간 잔재일지도 모른다고.

만약 그 말이 사실이라면, 노아리가 사라지고 나서도 노민찬은 꿈속에서 간혹 노아리를 만날 것이다. 그렇게 그녀와 만나게 되면 그는 어째서 말 한번 해 주지 않고 자기를 떠난 거냐고 울지도 모르지. 그러다가 아침이 찾아와 잠에서 깨어나면, 방금 꿈에서 왜 자신이 모르는 사람을 붙잡고 눈물 흘렸는지 몰라 의아해할 것이다. 그런 일이 계속 반복된다면…….

역시 제대로 된 마무리를 위해서라도 인사 정도는 하는 게 좋지 않을까? 그렇게 생각한 내가 책상 위에 놓여 있던 문제집에서 시선을 떼고 뒤를 돌아봤다.

내 침대 헤드에 기대어 앉아 책을 읽고 있던 노아리가 고개를 들었다.

"왜 그러세요?"

"음, 저기 있잖아."

"네?"

"내 친구가 그러는데, 아니, 내 친구들이 하는 말 들어 보면, 알던 사람이 다른 세계로 넘어가서 기억이 사라져도 감정 같은 건 남는 모양이더라. 꿈에도 나올 수도 있고. 뭐 그런 식으로."

"……."

한때 내게는 몹시 위안이 되었던 말이지만, 노아리는 좋아하긴커녕 얼굴을 굳혔다.

하긴, 애초에 이 세계에서 나가면 모든 이에게서 자기에 대한 기억이 모조리 지워질 것이란 것을 위안 삼던 그녀였다. 그런 그녀가 어떤 심정으로 이 세계에서의 하루하루를 버티고 있는지 모를 것은 아니었다. 하지만…….

나는 주저하다가 입을 뗐다.

"음, 노민찬 선생님께 작별 인사라도 남기지 않을래? 이제 겨우 이틀 남았는데. 아니, 하루인가?"

그렇게 말한 내가 달력을 가리켰다. 노아리가 우리 집에 오고도 내 일상은 크게 달라지지 않아서, 어영부영하다 보니 어느새 2월의 마지막 날이 되어 있었다.

이제 내일인 3월 1일 자정이 되면, 그때 차원 이동 시도가 성공했는지 실패했는지를 확실히 알 수 있다. 불행인지 다행인지 아직까지 차원 이동의 조짐은 한 번도 없었다.

그러자 노아리의 얼굴이 매섭게 굳었다. 그녀는 잠시 입술을 짓씹더니 읽고 있던 책에 다시 고개를 박았다. 축 늘어진 앞머리 사이로 작은 목소리가 흘러나왔다.

"안 할래요."

잠시 굳었던 나는 애써 태연히 어깨를 으쓱했다.

"어, 응. 그거야 네 마음이지. 나도 굳이 강요하고 그럴 생각은 아니었어."

"그 사람에게 티끌만 한 조각이라도, 남기기 싫어요."

"으응."

괜히 말을 꺼냈다가 본전도 찾지 못한 나는 슬그머니 고개를 돌렸다. 에휴, 저렇게 싫어할 줄 알았으면 말도 안 꺼내는 건데.

그때, 작은 목소리가 내 귓가에 날아왔다.

"제가 그 사람에 대해 아무런 생각도 하지 않으려면, 그 사람 역시 저에 대해 아무런 생각도 하지 않아야 하니까. 그게 마음이 편하니까."

"너……."

나는 눈을 크게 뜨며 다시 고개를 돌렸다. 그 말은 역시, 노민찬에게 양심의 가책을 느낄 정도로는 그를 사람처럼 생각하고 있다는 뜻이잖아.

바로 그때, 갑작스럽게 핸드폰 진동이 울렸다. 나와 노아리 둘 다에게서였다.

우리 둘의 핸드폰에 동시에 연락이 오다니, 이게 어떻게 된 거지? 우리 둘의 연락처를 동시에 가지고 있는 사람은 주인이밖에 없는데, 설마?

의아해하며 핸드폰을 꺼낸 나는 금세 맥이 빠졌다.

"아, 반 배정 나왔구나."

내가 배정된 반은 교실 위치에 대한 학부모들의 항의를 피하기 위해 알파벳으로 C라고만 표시되어 있었다.

하지만 분명히 8반일 거라는 확신이 왔다. 3년째 이런 식이다 보니 이제는 아무 감흥도 없었다.

그러는 동안, 아이콘 옆에 붙은 숫자가 하나둘 늘어나기 시작하며 8반 단톡방이 몹시 시끄러워지기 시작했다. 내가 C반에 배정받았음을 알린 나는 다른 애들의 반을 살폈다.

역시나라고 해야 할지, 석봉중 사대천왕을 포함한 주요 인물들은 전부 C반에 배정된 상태였다. 루다와 이민아에 반휘혈까지 있는 것이 반가워서 나는 작게 웃었다.

축제 때 반휘혈의 공개 고백을 계기로 착실히 공식 연인으로 거듭난 정세연까지 있는 것을 보아하니 우리 반은 다음 해에도 닭살이 넘쳐나겠군. 뭐, 찬바람이 부는 것보다야 낫겠지.

그렇게 생각하던 나는 뒤이어 날아온 메시지에 깜짝 놀랐다.

[아들 : 엄마! 몇 반이야?]

[아들 : 난 C반!]

C반이라고? 이럴 리가 없는데? 너무 놀라서 눈을 휘둥그레 뜬 나는 입만 뻐끔거리다 노아리를 돌아보았다. 눈이 마주치자 내가 할 말을 눈치챈 노아리가 담담히 말했다.

"돌아갈 날이 계속 가까워져 오는데 언니는 계속 아무 말씀이 없으시고, 그 와중에 언니가 '이번 해에도 그 녀석들이랑은 같은 반 못 되겠지?' 하는 말을 들어 버려서. 손 좀 썼어요."

"어떻게? 사대천왕은, 특히 유천영은 나도 만나기 힘든데."

"어느 사람들이 어떻게 뭉치는지는 대충 파악했으니까. 무리 중에 한 사람씩만 만나면 되는 거 아니겠어요?"

노아리가 태연히 어깨를 으쓱했다.

"옆집이란 핑계로 여령 언니를 잠깐 만났고, 소설에 필요한 인터뷰 핑계를 대면서 신서현 선배를 만났는데, 어떻게 잘된 모양이네요."

그렇게 말한 노아리가 턱을 괴고 다시 중얼거렸다.

"아무래도 그 사람들은 각각 자기들이 나오는 소설 주인공이다 보니 둘이 같이 있으면 한쪽이 다른 쪽의 엑스트라 취급이 되는 모양이에요. 그러니까 두 무리를 같은 반으로 묶는 시도에도 큰 반발이 없었겠죠. 어쨌건 한 반은 보통 서른 명 정도고, 그 모두가 주연일 수는 없어서 필연적으로 빈자리에는 엑스트라가 들어가기 마련이니. 전교 등수 때문에 좀 걱정이 되기는 했지만, 역시 전국 1등과 전국 2

등을 같은 반에 넣어 버리는 학교에서 그런 건 상관없었던 모양이고."

노아리가 뭔가 자기만 아는 것 같은 소리를 했지만, 내 귀에는 전혀 들어오지 않았다.

계속 멍하니 있는 나를 노아리가 의아하게 불렀다. 언니, 언니?

그녀가 걱정스럽게 말했다.

"당연히 좋아하실 줄 알았는데, 제가 괜한 짓을 했나요?"

"망했다……."

"망해요? 뭐가요?"

나는 여전히 넋이 나간 채 말했다.

"올해 내 반 등수, 완전 망했다."

그제야 노아리가 거기까진 예상 못 했다는 듯 실수했다는 표정을 지었다.

"아차."

"최소 5등, 아니, 유천영이 공부를 안 한다고 쳐도 4등은 떨어질 거야."

나는 머릿속으로 내 미래 등수를 열심히 계산해 보았다. 우리 반에서 나보다 공부 잘하는 애들이 얼마나 되더라?

김 쌍둥이에 이루다, 얘네는 아예 이길 수가 없는 수준이고, 윤정인은 공부는 하나도 안 할 것같이 생겨서 의외로 나랑 비슷하지. 민아도 나랑 엎치락뒤치락하는 수준이고.

그래서 내 반 등수는 보통 5등에서 7등 사이에 머물렀다. 그런데 이제는 그게 두 자리로 떨어진다고?

나는 잔뜩 울상을 지었다. 안 돼, 전교 등수도 아니고 반 등수가 두 자리면서 한국 대학교 가겠다는 소리를 당당하게 할 수 있을 리 없잖아. 원래 계획도 이렇긴 했지만 이제 정말 고등학교 3학년 때는 공부만 해야 할지도 모른다.

파란만장한 청춘, 안녕! 인터넷 소설의 사건 사고들도 3학년 때는 제발 안녕!

수험생 우대 좀 해 줍시다, 거! 다른 나라도 아니고 대한민국을 배경으로 하고 있으면서 너무하네!

나는 속으로만 그렇게 외쳤다.

* * *

나와 노아리가 예상치 못한 방문객을 만난 것은 바로 다음 날의 일이었다. 3월 1일에서 3월 2일로 넘어가는 결전의 순간까지 고작 두 시간 정도가 남았을 때였다.

혼자서 편의점에 갔다가 손목에 비닐 봉투를 달랑달랑 걸고 우리 집이 있는 층에 도착한 나는 우리 집 현관문이 열려 있는 것을 보고 고개를 기웃했다. 어라? 누가 왔나? 이 시간에 택배 같은 게 올 리 없는데. 배달 음식?

니트와 면바지에 감싸인 모델 같은 뒤태를 보고 나는 얼굴을 굳혔다. 아차.

과연 내가 알아본 대로, 우리 집 현관에 서 있는 사람은 다름 아닌 노민찬, 아니, 노민찬 선생님이었다. 우리 반 전 담임 선생님인데도 최근 며칠간 노아리와 계속 함께였기 때문인지 반말이 입에 붙어서.

나는 그의 맞은편을 흘긋 보았다. 그의 앞에 우두커니 서서 노민찬이 쏟아 내는 말을 가만히 듣고만 있는 사람은 단연 노아리였다.

조금 떨어진 곳에서 서로 어깨를 감싸고 그 모습을 보고 계시던 부모님이 나를 보자 얼른 들어오라고 손짓했다.

내가 엉거주춤하게 문을 닫고 다가가자마자 엄마가 내 귀를 확 잡아채며 속삭였다.

"가출 아니라며!"

"아니잖아. 부모님이랑 싸운 거 아니고, 오빠랑 싸운 거……."

"쓰읍!"

그쯤 해 두란 표현에 나는 슬그머니 입을 다물었다. 아니, 거짓말한 건 없다, 뭐. 내가 불만스레 눈을 굴리는 동안, 현관에선 노민찬 선생님이 원한다면 무릎이라도 꿇을 기세로 말했다.

"아리야, 제발 돌아가자. 네가 간섭하는 거 너무 싫어하는 게 보여서 나도 최대한 자제하려고 했는데. 그래도 개학 전날까지 안 돌아오니까 너무 걱정이 돼서……. 제발 같이 가자, 응?"

"안 돼요, 지금은 못 돌아가요……. 제발 저 두고 가세요. 학교는 알아서 갈 테니까."

"아리야!"

"제발 한 번만!"

노민찬 선생님과 노아리의 외침이 터져 나온 것은 거의 동시였다. 비명처럼 외친 다음, 노아리는 차마 그의 눈을 마주하지 못한 채 딴 곳을 보며 덧붙였다.

"이번만 저 내버려 두고 가 주세요. 내일부터는 집에 돌아갈게요. 그러니까 제발 오늘만, 단 하루만."

"아리야……."

"확인할 게 있어서 그래요. 오늘만 지나면 정말로 돌아갈 거예요."

그렇게 말한 노아리가 비로소 노민찬 선생님을 보고는 힘겹게 웃었다. 그러자 노민찬 선생님의 표정은 도리어 울 것처럼 변했다.

왜 저러지? 내가 의아하게 보던 찰나, 굳어진 눈으로 노아리를 내려다보던 그가 천천히 말했다.

"아리야, 네 웃는 모습 오랜만에 보니까 참 좋다. 그런데, 그런데 나는 왜……."

이어진 그의 말에 노아리의 얼굴이 창백해졌다.

"네가 날 다시는 안 볼 생각으로 웃는 것 같지?"

“…….”

그야말로 정곡이었다.

말 몇 마디로 형언할 수 없는 심정에 빠진 나와 노아리를 보면서, 노민찬 선생님이 고개를 천천히 내저었다.

“아니, 쓸데없는 생각이겠지. 나도 참, 네가 분명히 내일이면 집으로 돌아온다고 했는데, 나는 또 왜 이렇게 매달리고 있는 건지…….”

다시금 고개를 내저은 노민찬 선생님이 그제야 우리 가족을 돌아보더니 고개를 숙였다.

“안녕하세요, 작년에 단이 전 담임이었던 사람입니다. 어머님은 전에 한번 단이 쓰러졌을 때 병원에서 뵌 적이 있는데, 아버님은 오늘 처음 뵙네요.”

“아, 안녕하시오.”

어찌나 당황했는지 천하의 아빠가 말을 더듬을 정도였다. 노민찬 선생님은 개의치 않고 부드러운 목소리로 말했다.

“처음 뵙는데 너무 못난 모습 보여 드려 죄송합니다. 다시는 이런 일 없도록 하겠습니다.”

“아, 아니요. 거, 형제자매끼리 꼭 한 핏줄이라고 딱 맞을 수는 없는 것이고……. 하늘의 인연은 신비한 법이라.”

“여보.”

엄마가 작게 말하며 옆구리를 찌르자, 그제야 아빠가 정신을 차리고는 입을 다물었다.

노민찬 선생님은 불쾌해하기는커녕 열게 웃더니, 나를 향해서도 미소를 보내고는 뒤돌아섰다.

"그럼. 안녕히 계세요. 가능하면 다음에 단이 손에 뭐라도 들려 보내겠습니다."

"아니, 그렇게 할 필요 전혀 없어요. 오히려 우리 쪽에서 사정도 자세히 안 듣고 홀랑 애를 맡아 버려서 걱정이 많으셨겠어요."

"아닙니다. 아리가 위험한 곳에 가 있지는 않을까 걱정했는데, 단이가 아리 부탁을 들어줘서 그저 고마울 따름입니다."

어머니와 온화하게 대화를 나눈 노민찬 선생님이 마침내 문을 나섰다.

문이 철컥 잠기고 거실이 다시 고요해지자마자 나는 엄마에게 등을 한 대 맞았다.

"아야!"

"아는 무슨 아! 너는 진짜 혼날 줄 알아!"

잔뜩 화난 얼굴로 그렇게 말하는 엄마 앞에 노아리가 끼어들었다. 그녀가 눈물이 그렁그렁해진 얼굴로 말했다.

"아니에요, 제가 부탁드려서 그런걸요. 사실대로 말씀드리면 허락해 주시지 않을까 봐 제가 거짓말을 하자고 했어요. 정말 죄송해요."

"하지만……."

노민찬 선생님과 완전히 같진 않더라도 꽤 닮은 얼굴에 엄마는 들었던 손을 내리며 멋쩍어했다.

그런 엄마에게 노아리가 다시 말했다.

"정말 죄송해요. 오늘까지만 있고 바로 짐 정리해서 내일 나갈게요."

"아니, 그럴 필요까지야……."

지나치게 간절한 노아리의 태도에 결국 더 할 말을 찾지 못한 엄마는 잘 자란 말만 남기고 도로 안방으로 들어갔다. 아무렴, 지난 몇 년간 내가 사대천왕과 반여령과 가깝게 지내면서 별일 다 겪었던 엄마도, 설마 딸의 전 담임과 그 동생이 우리 집 거실에서 싸워 댈 거라고는 상상 못 했을 것이다. 나는 한숨을 푹 내쉬었다.

엄마, 미안해. 나 이제 슬슬 내가 일을 만들고 다닌다는 거 인정해야 할 것 같아.

그리고 나는 자리에 남아 있던 노아리에게 손짓했다.

"우리도 돌아가자."

"네."

자정이 되기를 기다리는 동안 지난 며칠간 그랬던 것처럼 나는 공부를 했고, 노아리는 책을 읽었다.

하지만 둘 중 누구도 전혀 집중하지 않고 있다는 것은 알 수 있었다. 결국 11시가 넘어갈 무렵, 나는 책을 아예 덮고 대놓고 딴생각을 하기에 이르렀다.

그러고 보니 노아리가 원작자인 〈안개의 나라〉가 최근 유천영과 예린이 캐스팅되어 영화화 진행 중인데, 만약 노아리가 이 세계에서 사라지고 나면 그 일은 어떻게 되려나? 흔적도 없이 증발하려나, 아니면 그와 비슷한 규모의 다른 일로 교체되려나? 전자라면 이 일로 기회를 얻게 된 다른 사람에게는 좀 미안한데.

그런저런 생각을 하던 나는 문득 시계를 보고 놀랐다. 아차, 어느덧 12시가 넘어 있었다. 나는 반사적으로 내 방 옷장에 걸린 교복을 돌아보았다.

아무런 변화도 일어나지 않았다. 내 교복은 여전히 고급스럽고 단정한 디자인 그대로였다.

이번에는 창밖을 돌아보았지만, 날씨가 갑작스레 바뀌었다거나 하지도 않았다. 마지막으로 핸드폰을 들어 사대천왕과 반여령이 있는 단톡방까지 확인한 내가 중얼거렸다.

음, 허사인가?

다시 돌아본 노아리의 안색이 전과는 비교가 안 될 정도로 어두웠다. 그녀의 눈치를 보던 내가 조심스레 물었다.

"저기, 아리야. 우리 슬슬 누울까? 내일 학교 가려면 일찍 자야 하기도 하고, 그리고, 음."

"……."

"나, 나도 자던 중에 세계가 바뀌었던 적이 몇 번 있거든. 아니, 대부분 그랬어."

봐, 세계를 오가는 일이 두 눈 뜨고 있는 사이에 일어날 리 없잖아…… 내가 애써 설득하자 퀭한 눈으로 나를 보던 그녀가 주섬주섬 이불 속에 들어가 누웠다.

아니, 양치질도 안 하고 눕는 거야? 하긴, 딱히 먹은 게 없으니 그래도 되긴 하겠다. 후다닥 욕실로 가서 잘 채비를 마친 나도 조심스럽게 그녀의 옆에 누웠다.

아무래도 잠이 안 올 것 같다는 걱정과는 달리, 나는 아주 깊게 잠들었다.

그러다 다시 눈을 떴을 때 벽에 걸린 시계의 모양과 옷장에 걸린 교복의 형태, 그리고 내 옆에 누워 있는 노아리를 본 내가 작게 중얼거렸다.

"아, 이게 뭐야……."

안 돌아갔어.

고등학교 3학년이 되는 3월 2일, 나는 다른 세계에 가지 않고 소설 속 세계에서 온전히 눈을 떴다.

제66조. 인터넷 소설에는 고3 우대 없나요?

인터넷 소설에는 고3 우대 없나요?

집으로 돌아갈 마지막 방법이 실패했음에도 불구하고 노아리는 별로 낙담한 것처럼 보이진 않았다.

그녀가 현관 앞에 서서 담담히 말했다.

"안 될지도 모른다고 언니도 말씀하셨잖아요. 저도 별로 기대하진 않았어요."

"그런데 너, 너무 안색이……."

걱정하는 내 말을 자르듯이 가방을 든 노아리가 신발을 신으며 말했다.

"또 봐요, 언니."

그러더니 다시 나를 돌아본 그녀가 문득 떠올랐다는 듯이 말했다.

"참, 이제 학교에서 아는 척하실 필요는 없으세요."

"아니, 왜……?"

"이것 때문에 언니한테 화풀이하는 게 아니라, 저희가 보지 않는 편이 더 나은 사이란 건 여전하잖아요. 지금 제가 먼저 가는 것도 반여령, 아니, 여령 선배 눈에 띄지 않기 위해서인데."

나는 그녀의 눈치를 보며 조심스럽게 말했다.

"여령이는 아마 그렇게 신경 안 쓸 텐데."

"제가 신경 쓰여요."

그런가? 하긴, 그렇겠지. 고개를 주억거리는 내게 노아리가 별다른 인사도 없이 문을 나섰다. 새하얀 아침 빛 아래로 녹아드는 노아리의 뒷모습을 나는 한참 동안 보고만 있었다.

그러다 나는 다시 방에 돌아와 교복으로 갈아입고 학교 갈 준비를 했다. 그러는 동안에도 머릿속은 안개에 싸인 것처럼 혼미하기만 했다.

정말로 3월 2일이 되어도 이제 더는 다른 세계에 가지 않을 거라는 내 예상이 맞아떨어지다니. 이렇게 평범하게 3월 2일을 맞아 본 것이 거의 처음이라선지 기쁘기보다는 어색하기만 했다. 특히 작년의 난장판을 떠올리면.

여기엔 차차 적응되겠지. 그리고 나는 다시 한숨을 내쉬었다.

하지만 아리에 대한 건…… 도대체 어떻게 해야 할까?

내가 제안한 마지막 방법마저 소용없다는 게 밝혀진 이상, 아리는 앞으로 노민찬을 비롯한 이 세계의 가족들과 기약 없이 함께해야 할지도 모른다. 성인이 되어 독립을 하려고 해도 그때까지는 약 2년이라는 시간이 남아 있다.

내가 중얼거렸다.

“그 힘을 써서 조금이라도 더 편하게 살면 좋을 텐데, 그건 후폭풍이 무서워서 싫다고 하고.”

나도 도와주고 싶어도 뾰족한 수가 있어야 말이지. 이번이 내가 노아리를 도와줄 유일한 기회였는데. 다시 한숨을 내쉰 나는 가방을 메고 밖으로 나갔다.

밖으로 나가자마자 문 바로 옆에 기대어 있던 여령이가 나를 발견하고 환하게 웃었다.

묘하게 경직된 눈가와 입매를 보아 그녀가 이전까지 잔뜩 긴장하고 있었다는 사실을 알 수 있었다. 그제야 내가 이 세계에 남았다는 사실이 누군가를 기쁘게 할 수 있다는 것이 실감나서, 나는 간신히 웃을 수 있었다.

총총 다가온 여령이가 내 두 손을 꽉 붙잡았다.

“단아, 이제 정말로 더는 걱정 안 해도 되는 거야? 계속, 여기 있을 수 있는 거야? 3월 2일에 우리랑 같이 있지 않아도?”

“으, 응. 아마도 그런 것 같아.”

“잘됐다!”

활짝 웃으며 나를 와락 껴안은 여령이가 이윽고 물러나더니 우물쭈물 말했다.

"아, 하지만, 그 애가 돌아가지 못한 건 정말 안됐다고 생각해."

유천영과 마찬가지로 타인의 고통에 약한 그녀가 연민하리라고는 생각했었다. 나는 그저 고개를 끄덕였다.

그래도 여령이는 금세 다시 기분이 좋아진 모양으로, 생글생글 웃으며 나를 이끌었다.

아파트 앞에서 나는 은지호와 주인이에 더불어, 은형이와 유천영까지 마주쳤다.

심지어 유천영네 차 안에는 은미까지 있었다. 그야 오늘부터 그녀도 소현 고등학교 학생이 될 테니 당연한 일이지만.

이마를 짚는 내 앞에서 그들은 당당하게도 말했다.

"네가 연락을 안 받으니까 걱정돼서 찾아올 수밖에 없었잖아."

"그래, 알았으니까 얼른 가자. 지각했다가는 또 작년처럼 뒤통수에 가방을 얻어맞게 될 텐데."

뻔뻔히 말하는 은지호에게 내가 대꾸하자, 그건 싫었는지 작게 혀를 찬 그가 차 안으로 사라졌다.

누구 차에 탈 것인가로 가위바위보가 있고 나서 나는 은지호의 차에, 반여령은 유천영네 차에 올라탔다.

3월 2일 아침에 이들과 일상적인 대화를 꽃피우는 기쁨을 만끽하다 보니 어느새 교문이었다.

작년의 일로 톡톡히 깨달음을 얻은 우리가 일찍 등교했기 때문에, 다행히 아직은 교문을 둘러싼 인파도 없었다.

복도에서 각자의 교실로 헤어지는 대신 다 함께 8반의 문 앞에 섰을 때 내가 느낀 설렘은 정점에 달했다.

이제는 정말 모두 같은 반인 거구나. 그렇게 생각하며 문을 열어젖히자 시야 가득 들어오는 것은 익숙한 얼굴들뿐이었다.

가장 먼저 민아와 세연이처럼 작년에 같은 반이었던 여자애들이 활짝 웃으며 손을 흔들었다. 웃으며 그들에게 따라서 손을 흔들어 주는 참인데, 어디선가 경박한 목소리가 날아왔다.

"으악, 이런 미친."

그에 지지 않으려는 듯 은지호가 날 선 목소리로 대꾸했다.

"왜 너는 사람을 보자마자 욕이냐?"

그러자 윤정인이 얼굴을 찡그리며 당연하다는 듯이 대꾸했다.

"그럼 욕이 안 나오게 생겼냐? 전국 1, 2등하고 한 반이 되다니 이게 무슨 일? 아, 권은형까지 있네. 올해 내 반 등수 조졌다."

"아, 그건 뭐, 안타깝기는 한데 내신은 반 단위가 아니라 전교 단위로 산출하니까. 힘내라."

그리고 어차피 우리 학교는 내신 1등급 찢어 먹어서 수시는 잘 쓰지도 않잖아. 은지호가 태연히 덧붙인 말에 윤정인이 다시금 얼굴을 팍 구겼다.

"이 자식이 예의상으로도 아니란 말은 안 하네."

"거짓말을 왜 하냐?"

"으악, 진짜 재수 없어! 들린다, 내 미래의 반 등수에 이어 인성까지 망하는 소리."

그때 잠자코 듣고 있던 은형이가 온화한 미소를 내걸며 앞으로 나섰다.

"정인아, 그런 말이 어디 있어. 같이 열심히 하자."

그리 크지 않은 목소리였는데도 산만하던 교실 안의 모든 시선이 그에게 집중되었다.

오, 과연 만인의 반장. 내가 감탄하던 찰나, 입만 빼끔거리던 윤정인이 두 손을 등 뒤로 감추더니 수줍게 대답했다.

"으, 응. 열심히 하자."

그러자 잠시 교실에 정적이 흐르는가 싶더니, 이윽고 폭동이 일어났다.

다들 질색하며 외쳤다.

"으, 윤정인 또 권은형 앞에서만 저러는 거 보래요!"

"쟤 진짜 작년부터 하는 짓 좀 봐! 이민아랑은 위장 연애하는 거라고!"

"아, 아니야! 자기야, 뭐라고 말 좀 해 봐."

황급히 매달리는 윤정인에게 이민아가 빙글빙글 웃으며 대답했다.

"응? 아니, 뭐. 별로 틀린 말도 아닌 것 같은데."

"아니야! 나는 정말 자기뿐이야."

도저히 개학 첫날이라고는 볼 수 없는 놀라운 개판을 물끄러미 보던 나는 이제껏 문을 막고 있던 이들을 설득했다.

"우리 들어가기나 하자. 우리 때문에 다른 애들 못 들어오겠다."

그러면서 나는 책상 사이 복도를 지나가다가 신서현의 어깨를 툭 두드렸다.

올해도 힘내란 뜻이었는데, 어떻게 알아들은 것인지 신서현은 용케도 웃었다. 회한과 고뇌가 가득 담긴 미소였다.

나와 반여령이 고심 끝에 이민아의 뒤에 앉자마자 우리 쪽을 돌아본 이민아가 고개를 쭉 내밀며 말했다.

"와, 대박. 올해는 여령이랑도 같은 반이네. 계속 오며 가며 봤는데 이제야 처음 같은 반 돼 본다. 안녕?"

"아, 안녕."

여령이가 답지 않게 바짝 긴장해서 대답하는 것을 보고 나는 작게 웃고 말았다. 귀여워, 진짜.

이민아 또한 그런 여령이를 한참 동안 빤히 보다가 웃으며 말했다.

"뭐야, 왜 그렇게 긴장해. 귀엽게."

"어, 응?"

"난 너 엄청 센 성격인 줄 알았는데. 사대천왕 애들 혼자서 휘어잡을 때도 그렇고."

"아, 아니야."

"아니긴 뭐가 아니야? 나 다 봤어."

단호한 이민아의 말에 여령이의 얼굴에 옅은 공포가 떠올랐다. 민아 말마따나 남자애들과 드잡이질하는 것은 잘해도 여자애들과 대화하는 것에는 영 서투른 반여령이었다.

그때 민아가 단호한 얼굴로 책상을 탕 치더니 외쳤다.

"'우리 반은 환자를 부려 먹을 정도로 약하지 않아! 그러니 너는 얌전히 기다리기나 해!'"

"으, 으아아."

"'승리는 내가, 아니, 우리가 가져다줄 테니까!'"

"하지 마!"

울상이 되어 작게 외치는 여령이를 보며 민아와 세연이가 숨넘어갈 듯 깔깔댔다. 여령이가 울상을 지은 채 나를 향해 구해 달라는 눈빛을 보냈지만 나는 애써 무시했다.

솔직히 말해서 좀 걱정된단 말이야. 고등학교 오고 드디어 처음으로 같은 반이 된 건 좋지만, 초등학교나 중학교 때처럼 나랑 같은 반이 되었으니 나 외의 다른 여자 친구는 필요 없다고 하진 않을지.

내가 아무런 반응이 없자 여령이는 울상이 되어 다시 고개를 돌렸다. 그때 민아가 씩 웃더니 그녀에게 주먹을 내밀었다.

"너랑 나랑 같은 반이니까 이제 체육 대회 여자 피구는 걱정 없겠다."

그러자 가만히 눈을 깜빡인 여령이가 조심스레 손을 내밀어 민아의 주먹에 자기 주먹을 맞부딪혔다. 이윽고 금세 긴장이 풀렸는지, 셋이서 도란도란 말하는 모습을 나는 흐뭇하게 지켜보았다.

친해졌으면 좋겠다. 아마 김혜힐이랑도 친하게 지낼 수 있겠지? 강자에게 강하고 약자에게 약한 건 김혜힐도 똑같으니까.

김 쌍둥이는 밤늦게까지 게임을 하는 김혜우 때문에 특히 개학 전날이면 늘 늦곤 했으니까, 아마 오늘도 그럴 테고…… 나는 이제 몇 개 남지 않은 빈자리를 확인했다.

루다는 원래는 누구보다도 빨리 등교하곤 했는데 요새는 도피 생활을 청산했기 때문인지, 루카스와 같이 살기 때문인지 자주 늦곤 했다. 아무래도 내 생각에는 후자 같지만.

턱을 괴고 무료하게 교실을 둘러보는데 희한한 광경이 눈에 띄었다.

우리 반 두 곳을 중심으로 사람들이 구름처럼 몰려 있었는데, 하나는 주인이고 하나는 유천영이었다. 특히 유천영의 주위에는 처음 같은 반이 돼서 사인을 받으러 온 애들에

다 옆 반 애들까지 몰려서 인산인해를 이루고 있었다. 와, 작년에는 7반과 우리 반 모두 엄청 주목을 모았는데 올해는 어떠려나. 두 반이 합쳐진 거나 다름없으니 엄청나겠지?

그런 생각을 하던 내 등을 누군가 툭툭 두드렸다. 뒤를 돌아본 나는 뜻밖의 얼굴을 보고 탄성을 툭 내뱉었다.

"어."

"안녕."

"네가 왜 여깄어?"

한 손에 가방끈을 쥔 이지한이 뚱한 얼굴로 대답했다.

"왜 여기 있긴, 이 반이 됐으니까 여깄지."

김혜힐 남자 친구마저 같은 반이 됐단 말이야? 이 경우에는 노아리가 손을 썼다고 들은 적은 없으니 우연인가? 아니, 어쩌면 김혜힐과 이지한 둘만의 운명인 걸지도. 혼자 배시시 웃는 내 뒤에서 이민아가 경쾌하게 인사했다.

"어, 이지한 왔냐!"

"어. 나 왔다는 거 윤정인한테는 말하지 마."

"개웃겨, 너도 그렇고 신서현도 그렇고 죄다 자기 왔다는 말 윤정인한테는 하지 말래."

미션 임파서블이야, 뭐야. 깔깔거리는 이민아를 피곤하다는 눈으로 쳐다본 이지한이 쓱 몸을 돌리더니 신서현에게 다가갔다.

그러는 걸 보면 이지한은 아무래도 신서현 과로, 윤정인의 지나치게 넘치는 에너지에 지친 사람들임이 분명했다. 어쩌면 이미 둘만 그런 이름의 모임에 가입해 있을지도 모른다.

그러나 이지한과 신서현에게는 불행하게도, 윤정인에게 존재를 숨기려던 그들의 시도는 실패로 돌아갔다.

"왔느냐, 나의 친구들아. 너희가 나와 같은 반이 돼서 기쁘듯이 나도 참으로 기쁘단다."

둘의 어깨에 팔을 한쪽씩 걸치고 뻔뻔하게 말하는 윤정인에게 이지한이 질색하며 물었다.

"누구세요? 이상한 사람이야."

"어허, 기쁨을 숨기는 것은 좋지 못하다."

"그거 대체 무슨 컨셉이냐?"

그렇게 말하던 이지한은 윤정인을 진지하게 상대해 봐야 소용없다는 걸 깨달은 듯, 주변을 둘러보며 화제를 돌렸다.

"그런데 교실은 또 왜 이렇게 시끄러워? 사람은 왜 이렇게 많고? 이 정도면 다른 반 애들 다 여기 몰려온 수준 아니냐?"

설마 이것도 다 너 때문이냐? 기어이 끝에 가서는 의심에 가득 찬 물음을 윤정인은 가볍게 부정했다.

"아니, 당연히 아니지. 너 사대천왕이라고 못 들어 봤냐? 아니다, 이제 오대천왕이구나. 하여간 걔네가 이번에 싹 다 이 반이란 거 아니야."

"아, 진짜? 어쩐지 머리 색이 휘황찬란하더라니."

이지한이 아무렇지도 않게 뱉은 말에 나는 눈을 부릅떴다. 머릿속에 느낌표가 백만 개쯤 지나간 느낌이었다.

이 세계에서 인터넷 소설 인물들 머리카락의 이상함을 눈치채는 사람이 나 말고도 있었다니! 어쩌면 그도 김혜힐과 마찬가지로 공포 소설 주인공이기 때문에 그런지도 몰랐다.

한편 윤정인은 아리송한 듯 고개를 기웃거렸다.

"그래? 난 잘 모르겠는데."

"모르기는 무슨? 들어오면서 잠깐 봤는데 무지개, 아니다, 무지개는 모르겠고 프랑스 국기 정도는 만들 수 있겠더만."

나는 진지하게 이지한의 말을 곱씹었다. 프랑스 국기라, 파란색과 흰색과 붉은색으로 만들어지는 것이니 과연 그렇군.

그리고 나는 속으로 결심했다. 이지한과 꼭 친해져야지. 김혜힐 남자 친구니까 어차피 친해지겠지만, 그래도 더 친해져야지. 이 세계에서 정상적인 색채 감각을 가진 사람들은 아주 귀하니까.

그때 익숙한 사람들이 뒷문을 열고 들어왔다. 잠에 취한 김혜우의 뒷목을 질질 끌고 오는 김혜힐과 두 손을 주머니에 넣고 건달처럼 걷는 루다의 모습을 보며 나는 크게 외쳤다.

"혜힐아! 루다야!"

"나는 왜 무시하냐."

김혜우의 투덜거림에 그를 향해서도 반갑게 인사를 건넨 내가 물었다.

"혜힐아, 방학 동안 잘 지냈어?"

"응, 반 배정표를 보기 전까지는. 진짜 우리 학교 어떻게 된 거 아닐까 몰라. 이래선 전교 10등 안에 들어도 반에선 5등도 안 나오겠어."

드물게 투덜거리는 김혜힐의 뒤에서 루다 또한 답했다.

"당연히 잘 지냈지. 단이 넌 공부하느라 바쁜 것 같던데."

"어, 응. 연락 잘 안 됐지, 미안."

"아니야, 그보다 그러다가 몸 상하겠어. 쉬엄쉬엄해."

여느 때처럼 다정한 그의 말을 들으며 나는 작게 웃었다. 고등학교 3학년 첫날 포부를 말하기는 좀 그렇지만, 나는 잠시 망설이다가 작게 속삭였다.

"한국 대학교 가고 싶어서. 너희 다들 한국 대학교 갈 것 같으니까."

"아, 으, 응."

그런데 웬일인지 루다의 표정은 그런 건 생전 처음 들어본다는 표정이었다. 그러더니 갑자기 표정을 바꾼 그가 삶의 목표가 생긴 사람처럼 외쳤다.

"조, 좋아. 그럼 나도 한국 대학교를 목표로 해 볼까?"

"엥? 루다 너 당연히 한국 대학교가 목표인 거 아니었어? 그 성적으로?”

눈을 휘둥그레 뜬 내가 말도 안 된다는 듯이 묻자 루다는 쑥스러워하며 답했다.

“딱히 생각해 본 적 없어서.”

와, 은지호도 그렇고 여령이도 그렇고, 너무 공부 잘하는 애들은 갈 수 없는 대학이란 게 별로 없는 나머지 진로에 대해서도 별 고민 안 하는군. 하긴, 수능 보고 느긋하게 골라 가면 될 테니까.

으음, 갑자기 힘이 빠지는데. 그래도 힘내자. 싱숭생숭한 표정을 짓고 있던 나는 그새 학생들이 꽤 많이 빠져나갔음을 깨닫고 고개를 돌렸다. 아무래도 이제 슬슬 아침 조회 시간이 다가오는 모양이었다.

“나중에 다시 얘기해.”

“응.”

루다와 간단히 인사를 나눈 나는 자리로 돌아갔다.

한편 루다는 놀랍게도 윤정인의 옆에 앉았는데, 앉고 싶어서 앉았다기보다는 앞줄을 제외한 빈자리가 그곳밖에 남지 않아서인 것 같았다.

루다가 옆에 앉자마자 윤정인이 머리를 휙 쓸어 넘기며 말했다.

“아, 이놈의 인기.”

“뭐래, 딴 데 간다.”

인상을 팍 일그러뜨리고 말하는 루다에게 조금 떨어진 곳에 앉아 있던 주인이가 장난스럽게 외쳤다.

“형! 내 옆자리로 와!”

“…….”

금세 조용해진 루다가 책상에 코를 박는 것을 나는 연민 반, 웃음 반으로 바라보았다. 그때, 소란 사이로 유난히 또렷한 목소리가 날아왔다.

“천영아, 아까부터 무슨 생각을 그렇게 해?”

그렇게 말한 사람은 은형이였다. 말한 사람이 은형이란 것 때문에, 또 그 상대가 유천영이란 것 때문에 순식간에 모두의 시선이 그쪽으로 쏠렸다. 공기의 흐름이 달라진 걸 나조차 느낄 수 있을 정도였다.

와, 유천영이 연예인이기는 하구나. 속으로만 감탄하던 내게 유천영의 차분한 목소리가 들려왔다.

“그냥…….”

“그냥?”

“네가 윤정인이랑 반여령 중에 누구를 더 좋아할지, 하는 생각.”

“…….”

잠시 침묵이 흘렀다.

질문을 던졌던 은형이가 온화하게 웃는 채 굳어진 가운데, 자리에서 벌떡 일어난 윤정인이 비명처럼 외치는 소리가 온 교실을 가득 울렸다.

"넌 제일 얌전하다 했더니 혼자 뭘 고민하고 있는 건데?!"

소리 없이 강한 또라이 아니야, 이거! 윤정인의 박한 평가에도 불구하고 별로 부정하고 싶은 마음은 들지 않았다.

그들에게서 고개를 돌린 내가 작게 한숨을 내쉬었다.

차원 이동이란 중대한 문제 하나가 해결되긴 했지만, 결코 작년보다 평화롭다고 할 수는 없는 학기 첫날이었다.

* * *

폭격 맞은 것처럼 온통 시끄럽던 교실이 간신히 진정된 것은 담임 선생님이 들어오고 나서였다. 앞문이 벌컥 열리며 들어온 이를 확인한 반 아이들이 일제히 외쳤다.

"어?"

"선생님이 왜 거기서 나와요?"

출석부를 옆구리에 끼고 단정한 봄 니트와 청바지를 걸친 그는 다름 아닌 노민찬 선생님이었다. 쏟아지는 질문에 눈을 접어 웃은 그가 다정하게 말했다.

"오랜만에 보자마자 그런 말이 어디 있니, 너희."

그리고 출석부를 교탁 위에 내려놓은 그가 담담히 말을 이었다.

"선생님도 잘은 모르겠지만 일단 올해 이 반을 맡게 되었단다. 3학년 국어도 내가 가르칠 거야."

"엥."

당황한 감탄사를 내뱉는 우리를 쓱 둘러본 노민찬 선생님이 다시 말했다.

"다들 담임 선생님의 체면이 부끄럽지 않게 국어 공부 열심히 해 줄 거지? ……뭐, 보아하니 걱정할 필요는 없을 것 같지만."

그렇게 말하는 선생님의 시선은 명백히 반여령과 은지호에게 머물러 있었다. 그야 단순히 전교 1, 2등도 아니고 전국 1, 2등씩이나 하는 애들을 기억하지 않을 수는 없을 것이다.

게다가 둘 외에도 우리 반에는 은형이와 김 쌍둥이 등 전교 10등 안에 항상 이름을 올리는 애들이 대거 포진해 있었다.

갑자기 잊고 있던 내 반 등수에 대한 걱정이 다시금 고개를 드는 바람에 나는 책상 모서리를 꽉 붙들었다. 현기증 난다……. 농담이 아니고 진짜로 현기증 난다…….

그때 책상 위에 두 손을 포개고 얌전히 앉아 있는 은형이를 본 노민찬 선생님의 눈이 휘둥그레졌다. 왜 저러지?

노민찬 선생님이 반가운 얼굴로 말했다.

"그러고 보니까, 혹시 올해 신입생 차석이 은형이 네 동생이니? 이름도 그렇고, 얼굴도 그렇고. 선생님 방금 잠깐 입학식 보고 오는 길이거든."

"아, 네. 제 여동생이에요."

확실히 둘은 삼자가 봐도 한눈에 알아볼 수 있을 만큼 닮아 있는지라, 은형이도 이상하게 여기지 않고 대답했다.

그러자 작은 수군거림이 들불처럼 번졌다.

"우와, 권은형 여동생이 차석이라고?"

"제길, 역시 공부도 유전이구나."

그 가운데 노민찬 선생님은 어째서인지 조금 슬픈 듯한 미소를 띠었다. 왜 저러시지? 고개를 기웃하던 나는 문득 어젯밤의 일을 떠올리고 얼굴을 굳혔다. 아차.

여태까지 중에 가장 정신없는 아침을 맞이해서 그만 잊고 있었네. 개학 직전에 노아리와 노민찬 선생님 사이에 있었던 일을.

하나뿐인 여동생과 사이가 그 지경으로 틀어졌으니 다른 남매를 보고 복잡한 기분이 안 들 수 없겠지. 두통이 느껴지는 관자놀이를 꾹꾹 누른 내가 생각을 계속했다.

그러고 보면 은형이의 동생인 은미가 당연한 듯 공부를 잘하는 것처럼, 상당한 문학적 재능을 지닌 노아리의 오빠인 노민찬 선생님의 담당 과목이 국어인 것도 뭔가 유전적인 연관이 있는 걸까? 그게 아니라면 하고많은 과목 중에 하필 국어를 담당할 이유는 없겠지.

그리고 나는 다시금 한숨을 내쉬었다. 가상의 오빠가 저렇게까지 '그럴듯한' 설정으로 존재하니까, 노아리가 혼란스럽지 않을 수 없는 거다.

그때 들려온 낯익은 목소리에 나는 고개를 돌렸다.

이미 변성기가 온 지 한참이 지난 고등학교 남학생들 중에서도 유독 낮고 무거운 목소리였다.

"제 동생도 신입생 중에 있습니다."

"어, 어? 그래, 그렇구나……."

드물게 시키지도 않은 말을 하는 반휘혈을 보며 노민찬 선생님은 적잖이 당황한 표정을 지었다.

그것도 잠시, 그가 고등학교라기보다 유치원 선생님에 가까운 미소를 지으며 물었다.

"누구인지 알려 주겠니? 오며 가며 인사나 하면 좋겠구나."

"신입생 수석 반휘안입니다."

당연하다는 듯이 흘러나온 대답에 모두의 눈이 휘둥그레졌다. 나 또한 크게 놀랐다.

그때 본 바로 똑 부러져 보이고 공부 잘할 것 같다는 생각을 안 한 건 아니었지만, 은미와 비등할 정도였다고?! 은미는 이미 중학교 3학년의 나이에 고등학교 2학년 문제집을 아무렇지 않게 풀어 버리던 수재란 말이야. 그것도 별다른 사교육도 받지 않은 채.

한편, 반휘혈과 가까이 앉아 있던 은형이도 상당히 당황한 얼굴로 물었다.

"신입생 수석이 네 동생이었어?"

"그렇다."

"그렇구나……. 축하해."

"축하할 일도 아니다. 내 동생이 수석을 차지하는 건 당연한 일이니까."

바로 그 동생에게 져서 차석을 차지한 여동생을 두고 있는 은형이로서는 기분 나쁠 수도 있는 발언이었지만, 은형이는 그저 떨떠름하게 고개만 끄덕였다. 충격에 빠진 다른 애들이 중얼거렸다.

"공부는 유전이 아니었어. 이럴 수가, 좋은 핑계였는데."

"엄마, 죄송합니다. 방금 은형이 보고 했던 생각 반성할게요."

그때 혼자만 삐딱한 반응을 보이는 이가 있었으니, 다름 아닌 루다였다. 그가 뾰족한 말투로 말했다.

"흐음, 형제가 저렇게 다르다니 수상한데? 능력치가 저렇게까지 몰빵일 수가 있나?"

나는 턱을 괴고 그렇게 말하는 루다를 빤히 보았다. 완연히 반짝이는 금색 머리카락을 가지고서 '능력치'라든가 '몰빵'이라든가 하는 단어를 태연히 내뱉는 걸 보니 너도 이제 한국인 다 됐구나. 물론 2학년 때 진작 다 된 것 같긴 했지만.

그리고 나는 허허 웃었다. 그래도 그렇지 반휘혈과 반휘안의 친형제 여부를 의심하면 쓰나. 친형제도 아닌데 그토록 닮은 너랑 루카스도 있는데, 그 반대의 경우도 충분히 있을 수 있지 뭐.

그때, 루다를 휙 돌아본 반휘혈이 딱딱한 말투로 물었다.

"몰빵이 뭐지? 나도 내 동생도 그런 빵은 먹은 적 없다. 내 동생이 똑똑한 건 타고난 덕이지 빵 때문이 아니다."

휘혈아, 그 빵이 아니야. 나는 속으로 안타깝게 생각했다. 턱을 괴고 있던 손을 삐끗한 루다도 황당하다는 얼굴로 물었다.

"빵…… 뭐라는 거야? 아니, 그보다 너, 내 이름은 외우긴 했어?"

"물론이다, 오로라."

"너 솔직히 말해. 친동생 아니지?"

"그런 의심은 불쾌하군. 방금 내 말의 어디에 그런 의심을 할 구석이 있었지?"

"전부야, 전부. 처음부터 끝까지."

두 사람이 금세 전투태세에 들어가는 것을 본 나는 더 이상 저곳에 신경 쓰지 않기로 다짐하고 고개를 돌렸다. 솔직히 말하자면, 반휘혈 네 쪽이 조금 더 심했다고 생각해. 아니, 오로라는 정말 심했어.

그리고 나는 다시 생각했다. 노민찬 선생님과 노아리 간이든, 은형이와 은미 간이든 유전적인 연관을 생각하는 건 그만두자. 역시 유전자는 별 상관없을지도 모른다.

* * *

범상치 않은 인물들과 모조리 한 반이 되어 걱정이 태산 같았던 것이 무색하게도, 우리 반은 오히려 다른 반들보다도 순조롭게 굴러갔다.

이런 데서 별로 깨닫고 싶진 않았지만, 나는 루다가 사대천왕이 반 분위기를 '꽉 잡는다'고 표현한 것이 무슨 뜻이었는지 무섭도록 깨달았다.

단지 그들이 있는 것만으로 작년처럼 황시우 같은 녀석이 나대는 일 같은 건 전혀 일어나지 않았다.

물론 이제는 자신이 서열 1위임을 당당히 드러내고 다니는 반휘혈이 있어서인지도 모르고, 지금은 우리 학년의 전설처럼 돼 버린 이루다의 존재도 한몫했을지도 모르지만.

어쨌건 우리 반은 학기 초의 어수선한 분위기도 거의 없이 빠르게 안정기에 접어들었다.

내가 제일 염려했던 것은 은형이와 윤정인 중에 누가 반장이 될지 하는 것이었는데, 7반 출신은 대부분 은형이를 지지할 테고 우리 반 출신은 대부분 윤정인을 지지할 테니 파벌 싸움으로 번질 수도 있었다. 그러나 그 또한 윤정인의 양보로 쉽게 해결되었다.

"난 전교 회장 될 거거든! 더 큰물을 노려야지."

"그, 그래."

아니, 그걸 양보라고 불렀어야 하는지는 모르겠다. 아무튼 그렇게 해서 우리 반 반장은 은형이, 부반장은 여령이가 되었다.

그날로 이민아를 부회장 후보로 등록을 마친 윤정인은 선거 운동이랍시고 전교를 쏘다녔다. 3월 중순에 있는 학생회장 선거에서 그들이 낙승할 것은 불 보듯 뻔해 보였다.

나는 반여령과 김혜힐, 이민아와 함께 밥을 먹기 시작했고, 사대천왕은 사대천왕끼리 밥을 먹기 시작했다. 그들은 내게 반여령을 뺏긴 것에 대해 아무런 불만도 없어 보였다. 아니, 오히려 진작 좀 데려가질 그랬냐고 은지호가 투덜대다가 반여령에게 정강이를 한 대 맞았다.

그 외에 반에서 은지호와 이루다의 사이가 좀 안 좋고, 유천영이 노아리의 원작을 기반으로 한 영화 〈안개의 나라〉 촬영 때문에 다시 학교에 뜸하게 보이기 시작한 것을 제외하면 상당히 평화로운 나날이었다.

내 성적 빼고는.

"엄마……. 나 어떡해."

3학년에 올라오고 첫 전국 모의고사가 있던 날, 시험 당일 학교에서 기계로 자체 채점을 마치고 나눠 준 성적표를 받자마자 나는 엄마를 찾기 시작했다.

점수는 물론, 반 등수와 전교 등수까지 몇 시간 만에 알 수 있다는 것이 우리 학교의 무서운 점이었다. 난생처음 전교 등수도 아니고, 반 등수 두 자리 성적표를 받아 든 내 손에서 식은땀이 나기 시작했다.

그때 성적표를 받고 한들한들 돌아오던 반여령이 의아하게 나를 불렀다.

"왜 그래, 단아?"

"아, 아니야."

나는 허겁지겁 성적표를 주머니에 구겨 넣었다. 나는 물론 반여령을 무척 좋아하지만, 성적에 대한 고통만은 결코 그녀와 함께 나눌 수 없었다.

때마침 성적표를 들고 미간을 잔뜩 찡그린 채 복도를 걸어오던 김혜힐과 내 눈이 마주쳤다.

그러자마자 그녀가 한숨 섞인 목소리로 말했다.

"단아, 믿어져? 전교 등수가 그대로 반 등수가 되다니."

앗, 드디어 고통을 공유할 사람이 나타났다. 나는 반색하며 대답했다.

"나도 전교 등수랑 반 등수 얼마 차이 안 나. 5등인가?"

"물론 내신은 전교 기준으로 산출한다는 걸 알고는 있지만, 왠지 싫네. 기분이 안 좋아."

"그치, 나도 각오는 하고 있었는데 진짜 등수 본 순간 심장이 철렁……."

김혜힐과 얼마간 떠들던 나는 다시 반여령에게 생각이

미쳤다. 김혜힐이 자리로 돌아가고 고개를 돌리니, 반여령은 이미 자기 자리에 앉아 먼곳만 보고 있었다.

심사가 복잡해 보이는 그녀의 뒷모습을 보며 나는 한숨 쉬었다. 반여령이랑 같은 반이 됐을 때는 좋기만 했는데, 막상 시험 날이 되니까 좀 그렇네.

시험 날 반여령과 집으로 돌아갈 때면 나는 의식적으로 시험에 대한 얘기를 하나도 꺼내지 않았다. 어차피 묻지 않아도 반여령이 전국 1등일 것을 알고 있어서이기도 했고, 반여령은 자기가 잘하는 일을 말할 때 자랑스러워하기보다 숨고 싶어 한다는 것을 알고 있어서이기도 했다.

하지만 시험 본 직후에는 당연히 반 애들과 시험 성적에 대해 떠들게 되니까 말이야. 어쩌다 보니 반여령을 소외하는 듯한 꼴이 된다.

중학교 때는 반여령과 시험 얘기 같은 거 해도 아무렇지도 않았는데, 민감할 시기가 아니기도 했고, 애초에 반여령과 나를 다른 종족으로 상정해 놓고 있기도 했고. 다시 한숨을 내쉬던 나는 반여령이 따라서 한숨을 내쉬자 반사적으로 손을 뻗었다.

내가 그녀의 손등 위에 내 손을 올려놓자, 어두운 얼굴로 창밖을 바라보던 반여령이 흠칫 나를 돌아보았다.

내가 말했다.

"여, 여령아. 혹시나 해서 말인데."

"응?"

나는 괜히 긴장하며 말을 이었다.

"너도 은지호처럼 전교 2등 하다가 전교 뒤에서 2등 할 생각 같은 건 하지 마."

내가 생각해도 대단한 헛소리였다. 여령이가 황당한 듯 눈을 깜빡이는 가운데, 내가 다시 말했다.

"난 널 그대로 좋아해. 알지?"

"……."

이번에야말로 더한 헛소리가 되고 말았다. 앞자리 남학생이 우리를 돌아보며 '쟤네 또 시작이야…….' 하는 표정을 짓는 것이 눈에 띄었다.

나는 침착하게 생각했다. 차라리 이대로 교실 밖으로 나갈까? 어차피 이제 곧 저녁 시간이니까 아무도 신경 쓰지 않을 것 같은데.

그때였다. 갑자기 두 팔을 벌린 반여령이 나를 꼭 껴안았다. 나는 얼떨떨하게 그녀의 포옹을 받아들였다.

"여, 여령아?"

"단아, 나는 다 필요 없고 너만 있으면 돼! 진짜야!"

갑작스러운 그녀의 고백에 교실의 시선 모두가 내게 쏠렸다. 그 가운데 은형이의 시선이 섞여 있는 것을 본 나는 입 모양으로 말했다.

은형아, 미안해…….

어쩌면 둘의 연애에 가장 방해되는 사람은 나일지도 모른다.

내가 여령이와 껴안고 갑자기 로맨틱한 분위기를 연출하고 있을 때, 갑자기 복도 쪽이 시끌시끌해졌다.

무슨 일이지? 나는 여령이의 품에 안긴 채 고개만 돌렸다. 저 반응은 마치, 사대천왕이 등교할 때와 똑같은 반응인데.

유천영도 오늘은 모의고사 때문에 학교에 나왔으니, 유천영을 보기 위해 온 인파일까? 아니, 하지만 그렇다기엔 유천영은 이미 점심시간 때 곤욕이란 곤욕은 다 치렀는데.

그때, 뒷문 사이로 살랑거리는 붉은 단발이 빼꼼 튀어나왔다. 그녀가 지나가던 남학생 하나를 붙잡고 소심하게 말했다.

"저기, 은형 선배 좀 불러 주실 수 있나요?"

흔치 않은 미소녀의 등장에 얼굴이 붉어진 남학생이 뭐라고 대답하기도 전에, 자리에서 벌떡 일어난 은형이가 뒷문 밖으로 나갔다.

"은미야? 우리 학년까지 무슨 일이야?"

대번에 화색이 된 은미가 외쳤다.

"오빠!"

그를 마주한 그녀는 병아리처럼 신나게 삐악거렸다.

"나 좋은 소식 있어서, 얼른 말해 주려고."

"어차피 학교 끝나고 집에서 볼 텐데."

"오빠는 야자 하고 늦게 오잖아. 핸드폰도 그때 돌려받고. 그래서. 헤헤."

볼을 살짝 붉히고 배시시 웃으며 말하는 은미의 모습은 외동딸이라는 데 별 불만 없이 살던 나조차 여동생을 바라게 될 정도로 귀여웠다. 몇 번 본 나조차 이런 지경이었으니, 우리 반 모두는 남녀노소 불문하고 은미를 보며 넋을 잃고 있었다.

그때 은미의 뒤에서 머리 하나는 더 큰 인영이 불쑥 튀어나왔다. 엄마야! 다들 놀라는 가운데, 저승사자처럼 혈색이 안 좋은 그가 무뚝뚝하지만 예의 바른 목소리로 말했다.

"죄송합니다, 혹시 이 교실에 반휘혈 선배님이 계실까요?"

이번에는 반휘혈이 자리에서 일어났다.

나는 복도가 시끄러워졌던 이유를 그제야 깨달았다. 은미도 그랬지만, 반휘안도 대단히 시선을 끄는 미남이었다. 아직은 병색을 떨치지 못한 탓에 안색이 안 좋고 많이 마르긴 했지만, 잘 먹고 잘 쉬면 빠른 시일 내에 변할 것임을 알 수 있었다. 무엇보다도 반휘혈 동생인걸.

반휘혈 또한 뒷문으로 나가자 두 쌍은 자연스레 뒷문 앞에 선 듯한 모양새가 되었다. 어느새 주변은 고요해져서 대화 내용을 엿듣기에 무리가 없을 정도였다.

엿듣는 건 안 되겠지만, 솔직히 별 내용이 아닐 것 같기도 하고, 궁금하기도 해서 나도 아닌 척 귀를 기울였다.

다시 은형이의 목소리가 들려왔다.

"할 얘기란 게 뭐야, 은미야?"

"으, 응. 오빠, 나, 수석 다시 탈환하는 데 성공했어!"

그렇게 말하고 환히 웃으며 브이를 그리는 것을 보면 은미는 보기보다 승부욕이 강한 모양이었다.

승부욕, 좋지. 혼자 중얼거리는 내게 이번에는 반휘혈의 목소리가 들려왔다.

"왜 불렀지?"

"나 오늘 학교 끝나고 도서관 들러서 자습하고 갈 테니까 형은 그냥 바로 가라고. 그 말 하려고 들렀어."

은미와 달리 반휘안의 용건은 형제다운 평범한 것이었다. 의외네, 저쪽은 별로 등수 같은 건 신경 안 쓰나? 눈을 깜빡이는 내게 반휘혈의 대답이 들려왔다.

"데려다주겠다."

"아니, 괜찮아. 방향도 반대잖아."

"싫다. 내 마음이다. 그것보다, 웬 자습이지? 공부 같은 건 쉬엄쉬엄해도 될 텐데. 건강에 더 신경 쓸 때가 아닌가."

"아니야, 형. 그래도."

그리고 나는 반휘안이 핏기없는 입술 끝을 비틀어 올리는 것을 똑똑히 보았다.

"걸어온 싸움은 피하지 않는 주의라서. 내가 약한 게 몸이지 정신이 아니잖아, 형."

선전 포고 같은 반휘안의 말에 입을 살짝 벌렸던 나는 반휘혈의 대답을 듣고 뒷골이 당기는 것을 느꼈다.

"하지만 건강한 정신은 건강한 몸에 깃든다."

야, 반휘혈! 너 동생이 기껏 승부욕을 불태우고 있는데 그런 말로 찬물을 끼얹는 게 아니지!

한편, 반휘안도 설마 열심히 해 보겠다는 말에 그런 대답이 돌아올 줄은 몰랐는지 당황하고 있었다.

그때 은미가 불쑥 고개를 내밀더니 큰 소리로 말했다.

"아, 맞아! 오빠. 그리고 나 부반장 됐어."

"형, 난 반장 됐어."

은미에 이어 반휘안 또한 지지 않겠다는 듯 말했다. 그에 심상치 않은 기운을 감지한 은형이의 얼굴이 살짝 굳어졌다.

"자, 잘했어. 은미야."

"응! 오빠는 이번에도 반장 맞지? 초등학교 때부터 지금까지 내내 반장이었잖아!"

"으, 응. 그렇긴 한데. 그게 갑자기 여기서 왜 나올까?"

나는 그럴 이유를 잘 모르겠는데. 난감한 미소를 달고 조곤조곤 말하는 은형이의 옆에서 반휘안도 목소리를 높였다.

"형, 형은 요즘 힘든 거 없어? 형 중학교 때부터 지금까지 내내 알바를 두 개씩은 해 왔잖아. 그런데 거기에 공부까지 하다니. 내가 항상 형 자랑스러워한다고 말했나?"

그러나 반휘혈은 반휘안의 의도를 전혀 눈치채지 못한 듯 태연하고도 당당하게 대꾸했다.

"그래서 공부를 안 하고 있다."

"형!"

잠시 비틀거리던 반휘안이 애써 웃으며 뒷수습을 했다.

"그래도 난 형이 좋아. 공부 좀 못 하면 어때? 사람은 성적보다는 인성이라고 생각해."

"그런가? 인성……. 도라지와 네 친구 정유진은 나만 보면 복장 터진다며 욕을 퍼붓던데."

"……그래도 형은 최소한 사람이 다른 사람 이름 좀 못 외운다고 깔보거나 하진 않잖아."

그에 반휘혈이 당연하다는 듯 대답했다.

"물론이다. 개인의 기억력을 탓할 생각은 전혀 없다. 이름을 못 외울 정도면 타고난 문제일 것이 분명하니까."

"……."

어째서인지 반휘안은 자기가 더 착잡한 얼굴이 되어 입을 다물었다.

나는 그의 심정을 깊이 이해했다. 너도 놀랐지? 나도 설마 반휘혈이 아직까지 자각조차 못 했을 거라고는…….

그것도 잠시, 입을 다문 반휘안이 권은미를 흘겨보았다. 그에 권은미 또한 지지 않겠다는 듯 반휘안을 노려보았다.

두 사람의 느닷없는 신경전을 본 나는 의아해졌다. 저 둘이 왜 저러지? 각각 수석과 차석이란 것 외에 사이가 저렇게까지 틀어질 일이 있었나?

사실 둘 다 등수에 크게 욕심 있는 성격 같진 않았는데. 게다가 방금 그 대화를 봐선 수석을 뺏긴 것보다도 빼앗긴 상대가 더 문제라는 것 같아 보였다.

거기까지 생각한 나는 깨달았다. 아, 설마?

은미, 아직도 반휘혈이 은형이 이름을 틀리게 부른 걸 일부러 그랬다고 생각 중이구나!

은미는 은형이가 반휘혈보다도 높은 서열 0위란 걸 알리가 없으니, 전형적인 모범생인 오빠가 서열 1위에게 잘못 찍혀 괴롭힘당하고 있다고만 생각하고 있겠지. 반면 반휘안은 은미가 반휘혈을 싫어하는 이유가 '사람 이름도 못 외울 만큼 멍청해서'라고 생각한 모양이고.

저런, 원래대로라면 둘이 지금쯤 친해졌어도 이상하지 않을 만큼 착한 애들인데, 도대체 어쩌다 저런 오해를 하게 된 거야? 나는 얼굴을 찌푸렸다.

그보다도 학급의 대소사를 맡게 될 반장과 부반장의 사이가 저래서야, 저 반 학생들이 몹시 걱정됐다.

나와 마찬가지로 이상한 낌새를 눈치챈 은형이가 무슨 말을 하려는 찰나 권은미와 반휘안이 휙 뒤돌아서더니 빠르게 달리기 시작했다. 누가 교실에 먼저 도착하는지 경쟁이라도 하는 듯한 속도였다.

잠시 넋을 잃고 그 모습을 바라보던 은형이가 넌더리 난다는 얼굴로 말했다.

"휘혈아, 너는 네 동생을 설득해. 나는 내 동생을 설득해 볼게."

"어떤 부분을 설득해야 하지?"

"하아……. 설명해 줄 테니 잠깐 따라와."

한숨을 내쉰 은형이가 반휘혈의 뒷목을 잡고 터덜터덜 걷는 것을 보며, 나는 안타까운 눈빛을 보냈다.

은형이는 아무래도 우리 반뿐만 아니라 다른 학년 일로도 한동안 고생을 하게 될 모양이었다.

그 뒤에도 반휘안과 권은미는 사사건건 온갖 일로 부딪힘으로써 다른 층에 있는 은형이의 뒷목을 잡게 만들었다.

반휘혈은 왜 안 잡냐고 물어도, 그는 다른 학년에서 일어나는 신경전을 알 만큼 눈치가 빠른 것도, 섬세한 것도 아니기에 어쩔 수 없었다. 그렇게 해서 고통은 온전히 은형이 한 사람만의 몫으로 남았다.

3월 말, 전교 회장 선거도 무사히 윤정인과 이민아의 당선으로 끝난 어느 날, 모처럼 은형이의 요청으로 유천영을 제외한 사대천왕과 반여령과 함께 밥을 먹게 된 나는 수저를 움직이며 그의 푸념을 들었다.

"도대체 왜 같은 부까지 들어가 버린 건지 모르겠어. 둘

다 학급 임원이니까 적당히 프린트 걷을 때 상대방의 부를 확인하고 한쪽이 피할 수도 있었을 텐데, 양보하면 지는 느낌이라 싫었던 걸까? 아니, 그래도…….”

말하다 말고 끝내 한숨을 내쉬며 고개를 떨구는 그의 등을 나는 안타깝게 토닥여 주었다.

맞은편에서 그런 은형이를 안타깝다는 듯 보던 주인이가 그의 푸딩을 슬쩍 가져갔다. 나와 눈이 마주치자, 그는 실실 웃으며 말했다.

“아니, 엄마. 나는 은형이가 너무 상심한 것 같아서, 과식하다가 체할까 봐.”

유창하게 변명하면서도 그는 푸딩을 다시 집어 은형이의 식판으로 얌전히 돌려놓았다.

그것을 다시 주인이에게 돌려주며, 은형이는 한숨을 푹 내쉬었다.

“먹어. 네 말대로 나 지금 뭔가 먹었다간 체할 것 같으니까.”

“히히, 땡큐.”

희희낙락하며 다시 푸딩을 가져가던 주인이의 손이 이어진 그의 말에 멈췄다.

“그러고 보니까 둘 다 문예부에 들어갔으니까, 거기에 있겠구나. ‘그 애’도.”

“…….”

아까 전까지만 해도 해 뜬 것처럼 화창하던 안색이 금세 푸르죽죽해진 그가 푸딩을 은지호의 식판 위에 올려놓았다.

그 광경을 보며 나는 쓰게 웃었다. 늘 쾌활한 주인이가 노아리의 일만 관련되면 감정을 숨기지 못하는 건 봐도 봐도 꽤 신기했다.

그것보다, 나도 아리의 근황을 알고 싶어지면 은미한테 살짝 물어보면 되려나? 내가 그런 생각을 하는 동안, 맞은편에서는 은지호가 미간을 구기며 투덜거렸다.

"이걸 왜 갑자기 나한테 주는데."

"아니, 갑자기 나도 그걸 먹었다간 체할 것 같은 기분이 들기 시작해서."

"그러니까 그런 걸 왜 찝찝하게 나한테 주냐고. 나는 체해도 된다는 거냐?"

그러더니 은지호가 푸딩을 느닷없이 내게 넘겼다.

나는 크게 떴다. 응? 갑자기?

세 명이나 거쳐 나한테 오다니, 무슨 저주의 푸딩 같네. 그렇게 생각하면서도, 나는 희희낙락하며 푸딩을 주머니에 넣었다. 히히, 이따 매점에서 스푼 하나 챙겨서 쉬는 시간에 먹어야지. 고3에게 당분은 귀하다.

그런 나를 곁눈질로 보던 은지호가 뜯지도 않은 자기 푸딩도 내 쪽으로 밀어 주며 말했다.

"그보다 이 분위기 좀 어떻게 해 보지? 두 사람이 그렇게 입 다물고 있으니까 다 같이 체할 것 같다고."

그때 자기 푸딩도 내 쪽으로 밀어 준 반여령이 책상 위를 탕 치며 외쳤다.

나는 갑자기 내 앞에 산처럼 쌓인 푸딩을 멍하니 쳐다보다가 고개를 들었다.

“아, 그래! 우리 다 같이 야구 보러 안 갈래?! 반휘혈한테 말해서 은미랑 휘안이도 같이!”

“갑자기?”

“나, 친구들이랑 다 같이 야구장 가는 거 꼭 해 보고 싶었어! 다들 재밌다고 그랬단 말이야!”

황당하다는 듯이 묻는 은지호에게 순순히 대답해 준 여령이가 다시 주먹을 불끈 쥐며 외쳤다.

“그리고 곧 프로 야구 개막하잖아! 개막할 때 돌아가며 하는 시범 경기는 전 좌석 무료래. 예매도 필요 없고.”

“아, 그건 좀 괜찮은데.”

시큰둥하던 나는 무료라는 말에 금세 태도를 바꾸었다. 학생인 내게 교통비 외에 별 지출 없이 색다른 경험을 할 수 있다는 것은 큰 메리트였다. 게다가 반휘혈이나 반휘안도 지출이 크면 부담스러워할 것 같으니까.

마침 3월 모의고사 끝난 지도 얼마 안 됐으니까 한번 놀러 가고 싶기도 했고. 그렇게 생각하며 나는 다른 이들을 힐끗거렸다.

그런데 다들 크게 끌려 하는 것 같아 보이지 않았다. 은지호는 인터넷 소설 남자 주인공 아니랄까 봐 '무료? 그게 뭐?' 하는 티를 온몸으로 내고 있었고, 주인이는 은근히 야외 활동에 별 관심이 없는 데다가 직접 하는 것도 아니고 구경하는 거라면 더더욱 그랬다. 은형이야말로 스트레스를 받으면 나가서 놀기보다는 집안일을 하는 성격이었다.

새삼 세 사람의 성격을 떠올려 본 나는 고개를 내저었다. 안 되겠네, 이 조합.

그때 여령이를 돌아본 은형이가 선뜻 물었다.

"그래, 괜찮을 것 같네. 언제 갈까?"

나 못지않게 은형이의 성격을 잘 아는 여령이가 눈을 동그랗게 떴다.

"응? 가 줄 거야, 진짜?"

은형이는 선선히 고개를 끄덕였다.

"응, 어차피 은미도 한 번도 안 가 봤으니까. 네 살 때쯤 가긴 했을 텐데 아마 기억 못 할 거야."

"아, 그렇겠네!"

"뭐, 그때는 선택권이 없었으니까 좋아할지 안 좋아할지는 모르겠지만, 안 가겠다고 하면 나만 가지 뭐."

"응? 왜?"

고개를 기웃하며 묻는 여령이를 보고 은형이가 작게 웃음을 터트렸다. 단지 그것만으로 그녀에 대한 그의 감정을 알 것 같은 기분이라 괜히 마음이 간질간질해진 나는 고개를 돌렸다.

"왜라니? 우리가 지금까지 같이 놀러 간 게 한두 번도 아닌데 왜 그렇게 놀라?"

"아, 아니. 그래도. 은형이 너 시끄러운 곳 별로 안 좋아하잖아."

"음, 아니야. 가끔 가는 건 좋아해. 그리고, 네가 가고 싶다며."

다정한 얼굴로 그렇게 말한 은형이가 갑자기 눈을 크게 뜨더니, 고개를 푹 숙이며 붉어진 귀를 매만졌다. 자기가 어떤 표정으로 어떤 말을 했는지 이제야 깨달은 모양이었다. 여령이 또한 빨개진 얼굴로 푹 고개를 숙였다.

정말이지 저 둘은 좋아한다는 말을 하루에도 수십 가지 방식으로 하는군. 사귀는 것 빼곤 다 하는 것 같아.

턱을 괴고 생각하던 내가 뒤이어 날아온 은지호의 말에 고개를 돌렸다.

"그래, 가자, 가. 지금 아니면 언제 가겠냐."

"아, 진짜? 너도 가게?"

"너 3월이니까 그나마 어울려 줄 생각하는 거지, 이번 달 지나면 놀러 나오지도 않을 거잖아."

"아하하."

속이 훤히 읽혔다는 부끄러움에 나는 뒷머리를 긁적이며 멋쩍게 웃었다. 아니, 하지만 반 등수 두 자리는 역시 충격적이었단 말이야.

아무튼 그렇게 교실로 돌아간 우리는 반휘혈에게 반휘안을 데리고 주말에 나오지 않겠냐고 물었다. 반휘혈은 흔쾌히 가겠다고 대답했고, 거기에 관심을 보인 우리 반 애들이 그러고 보니 야구 개막 시즌이었다며 자기들끼리 하나둘 계획을 잡기 시작했다.

캘린더에 약속 날짜를 기록한 나는 일주일도 남지 않은 숫자를 보며 작게 웃었다.

* * *

약속 당일, 우천 때문에 경기가 취소되는 것을 걱정했지만 다행히 그런 일은 없었다. 야구 경기가 저녁 여섯 시 반에 있다 보니 다들 그전까지는 각자 할 일을 하다가 다섯 시쯤 역에서 만나기로 약속했다.

시계를 보고 덜 푼 문제집을 덮은 나는 허둥지둥 준비를 마치고 옆집 문을 두드렸다. 그 순간 문이 열리며 나온 사람이 여령이가 아닌 여단 오빠인 것에 나는 나도 모르게 당황했다.

3월이 되고서는 처음 마주친 그였다. 열린 문 사이로 희미한 빛이 쏟아져 그의 윤곽을 은은하게 감쌌다. 지극히 짧은 순간 동안 나는 그의 단정하게 잘린 머리카락과 잘생긴 얼굴, 조금 마른 뺨의 윤곽을 훑어보았다.

그는 대학생이 되었음에도 별로 달라진 것이 없었다. 사실 원래부터 더 멋있어질 데도 없는 사람이기도 했다.

빠르게 당황을 추스른 내가 아무렇지 않게 말했다.

“어, 오빠. 집에 있었네.”

“주말이니까.”

“잘 지내? 앗, 아니, 이럴 때가 아니라, 여령이 좀 불러줄 수 있어? 내가 조금 급해서.”

그때 여단 오빠의 뒤에서 헐레벌떡 뛰어나온 여령이가 ‘단아!’ 하고 외쳤다. 늘 아슬아슬하게 준비하는 우리 모습이 어이없는 나머지 나는 짧게 웃었다. 그리고 여령이의 손을 잡은 내가 여단 오빠를 보며 말했다.

“오빠, 나중에 다녀와서 얘기해! 다녀올게!”

“아, 잠깐만.”

그때 여단 오빠가 다시 나를 붙들었다. 응? 눈을 휘둥그레 뜨고 쳐다보는 내게 그가 말했다.

“지금 나가면 밤에 들어올 거잖아. 추울 텐데 옷 더 입고 가.”

“응? 아, 아냐. 그래도 3월 말인데. 그리고 나 빨리 가야 돼. 다시 옷 찾고 있을 시간 없어.”

그러나 여단 오빠는 그 말을 듣자마자 문에 버팀 쇠를 걸더니 도로 집 안으로 들어가 버렸다. 어쩌지? 그냥 갈까? 기다려?

나와 반여령이 복도에서 발을 동동 구르는 사이, 1분도 안 돼 다시 나온 여단 오빠가 내게 옷 한 벌을 건넸다.

"어, 오빠……."

"거의 안 입은 거야. 앞으로도 안 입을 거라 안 돌려줘도 돼."

"대체 무슨 옷이길래? 선물 받은 거야?"

애초에 안 입을 옷을 샀을 리는 없고.

그러다 말고 나는 새로운 사실을 깨달았다. 아니, 하지만 여단 오빠가 선물 받은 옷을 아무리 마음에 안 든다고 해도 '안 돌려줘도 된다.'며 남에게 넘길 리도 없는데.

의아했지만 고민을 해결할 시간이 없었다. 사실 밤에 돌아올 것을 고려하면 좀 걱정됐던 것도 사실이라, 고맙다고 인사를 한 나는 옷을 품에 안고 무작정 달리기 시작했다.

역에 도착해 잠실 방향으로 가는 지하철을 타고 나서야 품에 안은 옷의 정체를 확인한 나는 짧게 신음했다. 악, 이게 뭐야. 여령이 또한 고개를 내밀었다.

"뭔데 그래?"

이윽고 그녀의 표정이 나와 똑같이 변했다. 아, 앞으로도 안 입을 거라고 한 이유가 있었네. 그녀가 고개를 주억거렸다.

여단 오빠가 내게 넘긴 것은 다름 아닌 한국 대학교 경영학과 과 잠바였다. 오빠 경영학과 갔구나. 한국 대학교에서도 경영학과를 가다니, 역시 여단 오빠. 아, 아니, 이게 아니고.

"그래, 여단 오빠 성격에 안 입을 만하지……."

저런 얼굴에 한국 대학교 과 잠바를 입고 다니면 당연히 시선이 쏠릴 수밖에 없을 것이다.

처음엔 저렴하고 따뜻하다고 해서 멋모르고 시켰다가, 막상 입고 다니니 너무 시선이 많이 쏠리는 바람에 더 이상 입고 다니길 포기했겠지.

더 입고 다닐 생각이 없으니 자취방에 두는 대신 고향 집에 가져왔을 테고, 그러다가 지금은 이렇게 내 손안에…….

나는 불현듯 손을 떨기 시작했다. 아니, 아무리 다시는 안 입을 거라고 준 거라지만, 무려 한국 대학교 과 잠바잖아! 나 이거 정말 입어도 되는 거야? 왠지 사기 치는 기분인데. 앗, 하지만 한번 입어 보고는 싶다. 좋은 기운을 받을 수 있을 것 같아. 이거 말하자면 그거잖아, 전국 수능 1등이 썼던 샤프 같은 거.

그런 고민에 휩싸여 끙끙대는 사이, 어느새 역에 도착했다. 우리처럼 프로 야구 개막을 보러 온 사람들이 꽤 많은지, 인파로 붐볐다.

물론 그 속에서도 은지호와 주인이, 은형이를 찾는 것은 몹시 쉬웠다. 인파가 원형으로 몰려 있는 곳을 찾기만 하면 되었다. 게다가 오늘은 은형이와 꼭 닮은 은미까지 있어서 시선이 더 쏠릴 수밖에 없었다.

"유천영은 역시 못 오나 보네."

일행들을 둘러본 내가 가장 먼저 꺼낸 말에 은형이가 고개를 끄덕였다.

"응, 하필이면 오늘 대본 리딩이라 못 온대. 다녀와서 재밌으면 말해 달라고 했어."

"들으면 어쩔건데? 바빠서 오지도 못할 거면서."

은지호의 어이없다는 말에 이어 여령이가 말했다.

"걘는 분명히 우리 중에 가장 게으른데 우리 중에 가장 바쁘게 사는 것 같아. 가만 보면."

여령이의 그 말에 모두가 고개를 끄덕였다.

주인이가 산뜻하기까지 한 목소리로 물었다.

"역시 엄마 말대로 누구한테 협박당하고 있는 거 아니야?"

그러더니 그는 아차 한 얼굴로 은미를 보았다. 다행히 그녀는 은형이와 뭔가 얘기하느라 그 말을 듣지 못한 것 같았다.

주인이의 등을 살짝 때린 은지호가 말했다.

"야, 네가 그런 말 하면 사실일까 봐 겁나니까 그만해라. 가기나 하자."

그러면서 돌아서던 은지호는 내 품에 신줏단지처럼 안겨 있는 잠바를 보더니 눈썹 끝을 치켜올렸다.

"그건 뭐야? 옷을 가져왔으면 입지 왜 그러고 있어?"

"아, 하하, 이건, 더워서. 그보다 빨리 가기나 할까?"

나는 그렇게 말하며 은지호의 등을 떠밀어 위로 올려 보냈다.

걱정했던 것과 달리 반휘혈과 반휘안을 찾는 것 또한 쉬웠다. 반휘혈의 키가 190이 좀 넘다 보니, 그저 인파 속에서 불쑥 튀어나온 무언가를 찾으면 되었다.

거기에 팁이 하나 더 있다면, 반경 3미터 근처의 사람들이 맹수를 본 것처럼 어깨를 움츠리며 피해 간다, 그럼 백퍼센트다.

반휘혈과 합류한 우리는 곧장 구장으로 직행했다. 입구 앞에서 은형이가 말했다.

"먼저 들어가 있어. 나는 먹을 것 좀 사서 들어갈게."

"정말 찾아올 수 있겠어?"

"들어갔다가 다시 나오기엔 너무 멀 것 같아서."

걱정스러운 여령이의 말에도 의연하게 대답한 그가 반휘혈을 잡아끌었다. 은미와 휘안이에게도 같이 가자고 제안하는 걸 보니, 일부러 따로 행동하면서 둘에게 자기들의 사이좋은 모습을 보여 줄 속셈인 것 같았다. 그제야 그의 계획을 깨달은 우리는 알겠다고 하고 구장으로 올라갔다.

좁은 복도를 통과하여 다시 넓은 공간으로 빠져나오는 순간 펜스가 둘러쳐진 넓은 구장과 색색의 좌석이 나를 반겼다. 높이 세워진 조명들이 쏟아 내는 하얀 불빛이 눈부셨다.

반사적으로 손차양을 만들어 눈에 대며 나는 걱정스레 중얼거렸다.

“이런 경기를 공짜로 해 버리면 저 전기세는 어떻게 감당해? 엄청 비쌀 것 같은데.”

“그걸 왜 네가 걱정하냐?”

뒤에서 날아온 은지호의 어이없다는 듯한 물음을 무시한 내가 다시 중얼거렸다.

“청소비는 어떻게 해? 사람이 저렇게 많은데, 다 먹을 거 하나씩 들고 있잖아.”

은지호가 나를 향해 진심으로 어이없다는 눈빛을 보내는 동안, 눈이 좋은 반여령은 용케 우리 모두가 앉을 만한 빈 자리를 발견하고 외쳤다. 여기야, 여기!

그렇게 해서 찾아낸 좌석은 위아래로, 위는 다섯 개가 붙어 있었고 아래는 세 개가 붙어 있었다.

우리는 그것을 보고 심각하게 얘기를 나누었다.

“휘혈이랑 은미랑 휘안이를 아래에 앉으라고 하면 어떨까? 은미가 휘혈이가 그렇게 무서운 애가 아니란 걸 알아줬으면 좋겠는데.”

내 말에 주인이가 흔쾌히 동의했다.

“그러다 분위기 좀 괜찮아진 것 같으면 내가 내려갈게. 난 누구랑 봐도 상관없으니까.”

“아, 그럴래? 그거 괜찮겠다.”

"응응, 그럼 앉자."

우리가 자리에 앉고, 얼마 안 있어서 은형이와 휘혈이가 은미와 휘안이를 데리고 도착했다.

은형이와 휘혈이가 둘이 예상한 그런 사이가 아니란 것을 깨달았을 텐데도 둘의 표정이 적잖이 안 좋은 것을 보며 나는 생각했다. 어쩌면 둘의 사이를 개선하는 건 포기해야 할지도…….

하하, 뭐, 은미가 휘혈이가 은형이를 괴롭히는 게 아니란 것만 알아도 이 야구 경기 나들이는 큰 수확이지, 뭐. 게다가 애초에 이곳에 온 것도 둘의 관계 개선을 위해서라기보다는 그냥 여령이가 오고 싶어 한 거였고.

그리고 나는 조심스레 말했다.

"저, 은미야. 자리를 간신히 잡긴 했는데 좌석이 떨어져 있어서. 괜찮으면 휘안이랑 휘혈이랑 아래에 앉을래?"

"네?"

전혀 상상치도 못했다는 듯, 눈을 크게 뜨는 은미를 보며 여령이와 주인이는 괜히 딴청을 피웠다.

내가 애써 웃으며 말을 이었다.

"어쩔 수 없네, 미안. 중간에 자리 좀 바꾸긴 할 거야."

"아, 아니에요. 괜찮아요."

금세 시무룩해진 은미는 반휘혈과 반휘안의 옆에 자리를 잡고 앉았다. 반휘안은 갑자기 기운 없어진 은미가 신경 쓰이는지, 가끔 그녀를 힐끔거렸다.

이윽고 그가 들고 있던 팝콘 상자를 은미에게 내밀며 말을 거는 걸 본 나와 주인이는 눈을 마주치고 웃었다. 뭐, 저 정도면 중간에 자리를 바꿀 필요도 없이 오늘 밤쯤 되면 친해져 있지 않을까?

그리고 우리는 나와 여령이, 은형이, 은지호와 주인이 순으로 자리에 앉았다. 이제 곧 시작될 경기를 기다리다 말고 내가 말했다.

"그러고 보니까 드라마나 영화 보면 키스 타임 같은 거 나오던데, 설마 여기는 그런 거 없겠지?"

내가 그렇게 말하자마자 은지호와 주인이가 서로를 쳐다보더니 슬쩍 멀어졌다. 한편 은형이는 불안한 듯 휘안이 바로 옆에 앉아 있는 은미를 힐끗거렸다.

그때, 여령이가 확신 어린 말투로 말했다.

"걱정 마! 없어, 없어. 내가 알아. 나도 걱정돼서 찾아봤는데, 시범 경기 때는 그런 거 없대."

"아, 그래?"

다행이다. 나는 한시름 놓으며 좌석에 몸을 기댔다.

그로부터 10분 정도 지나자 마침내 경기가 시작되었다. 솔직히 말해서 우리는 부모님의 출신 지역 때문에 응원하는 팀이 각자 달랐기에, 차라리 아무도 응원하지 않는 팀을 골랐다. 선수들의 이름은 거의 다 처음 듣는 이름뿐이었지만, 나와 여령이는 괜히 신나서 잘 모르는 응원가를 하나하나 따라 하고 미리 챙겨 온 응원 봉을 맞부딪혔다.

경기가 계속될수록 관중들의 응원가는 고조되었다. 그런 걸 보면 썩 재미없는 경기는 아닌 모양이었다. 룰을 잘 모르는 우리는 계속 경기장을 보며 '뭐가 스트라이크고 뭐가 볼이야?' 같은 소리나 하고 있었다.

아무것도 모른다고 해도 응원가를 따라 부르거나 소리를 높이는 것만으로 꽤 재미있었다. 그런 것을 보면 알게 모르게 수험 스트레스가 꽤 쌓인 걸지도 모르겠다고 나는 생각했다.

음, 다음부턴 그냥 소리 지르러 야구장 와 볼까? 아무 팀이나 응원하러. 앗, 그러다가 괜히 이 팀 저 팀 다 응원하러 다니는 게 걸려서 스파이라고 몰매 맞는 거 아니야?

내 머릿속 상상이 관중들에게 붙잡혀 '너는 누구 편이냐!' '나는…… 잘하는 놈 편이오!' 하는 데까지 나아갔을 즈음, 갑자기 긴장되었던 공기가 탁 풀어지며 주변이 소란해졌다.

뭐지? 의아하게 고개를 돌린 내 눈에 펜스를 뚫고 밤하늘 위로 시원하게 포물선을 그리며 날아가는 야구공이 보였다. 나는 나도 모르게 자리에서 일어났다. 옆에서 벌떡 일어난 반여령이 나와 은형이의 팔을 잡고 호들갑을 떨어댔다.

"와아, 단아! 봤어? 은형아, 홈런! 홈런이야!"

여령이의 적지 않은 힘에 속절없이 흔들리면서도 은형이는 미소를 지우지 않았다.

"으, 응."

"저기 사람들 몰려든다! 주우려나 봐! 아, 나도 저쪽에 앉을걸!"

나는 신난 게 언제냐는 듯 무척 아쉬워하는 여령이와 그런 여령이를 다정하게 쳐다보는 은형이를 번갈아 보았다.

은형이는 기분이 꽤 좋아 보였다. 사실 휘혈이와 함께 은미와 휘안이를 데리고 먹을 것을 사러 다녀왔을 때부터 그리 안색이 좋지 않아서, 사실은 컨디션이 안 좋은데 억지로 나온 게 아닐까 괜히 걱정했는데. 또, 사실 휘혈이와 두 동생 사이에 끼는 것 자체도 보통 피곤한 일이 아닐 테고.

나는 문득 깨달았다. 아니, 어쩌면 내가 은형이를 보았을 때 생각했던 그대로 그가 몸 상태가 좋지 않다는 건 사실일지도 모른다.

반장의 일이 쏟아지는 3월인 데다가, 최근에는 그놈의 의리가 뭐라고 윤정인의 선거 운동을 도와주기까지 했다. 솔직히 윤정인조차 '바쁜 거 알고 있으니 그러지 않아도 된다.'고 했는데 은형이가 무리하면서 감행한 거였다.

그러니 아무리 철인인 그라고 해도 상태가 완전히 좋을 수는 없었다. 거기까지 생각한 나는 새삼 주변을 둘러보았다. 어쩌면 이 경기장 일대를 꽉 메우고 있는 군중들이 뿜어내는 숨과 소음, 그리고 음식 냄새도 그에겐 모두 고역일지도 모른다.

그리고 나는 그의 기분 좋게 웃는 얼굴을 바라보았다. 그럼에도 은형이가 저렇게 웃을 수 있는 건 역시, 야구장에 온 여령이가 일곱 살 꼬마 애처럼 신나 보이기 때문이겠지. 좋아하는 사람이 저토록 좋아하는데 싫어하지 않을 사람은 없으니까.

역시 저 둘은 사랑이네……. 혼자서 중얼거리던 나는 갑자기 주위가 비명 소리와 함께 시끄러워지자 당황하며 두리번거렸다. 엥? 무슨 일이지?

그러던 내 눈에 전광판에 비친 남녀의 모습이 보였다. 앗, 뭐야! 내가 비명처럼 물었다.

"키스 타임 없다며?"

그 말에 화들짝 놀라 전광판을 돌아보는 여령이의 옆에서 은형이가 황급히 일어났다. 그가 심각해진 얼굴로 말했다.

"휘안이랑 나랑 자리 좀 바꿀게."

"아, 잠깐. 그럼 그땐 여령이랑 휘안이가 같이 앉게 되잖아!"

내 말에 은형이의 얼굴이 굳었다. 우리가 이도 저도 못하는 사이 비명 같은 환호성이 터져서 돌아보니, 전광판에 비친 남녀 커플이 진하게 키스를 하고 있었다.

분위기를 보아 꽤 오래된 연인인 모양이었다. 그도 아니면 신혼이거나. 굉장하네, 이렇게 공개적인 장소에서. 그렇게 생각하던 나는 문득 불안감을 느꼈다.

설마 우리한테 포커스가 맞춰지진 않겠지? 아니, 하지만 이렇게 눈에 띄는 인물들이라면 한 번쯤 카메라에 담아 보고 싶어질지도……. 에이, 그래도 설마, 우리는 다 학생인데. 아니, 하지만 일곱 살 애들도 카메라에 잡는 경우가 종종 있던데.

그때 갑자기 전광판 화면이 바뀌며 술렁거림이 일더니, 이윽고 주변 사람들이 하나둘 이쪽을 돌아보기 시작했다. 전광판을 돌아본 나는 뒷목을 잡았다. 아차, 설마가 사람 잡았구나.

전광판에 떠올라 있는 건 다름 아닌 자리에서 엉거주춤하게 일어나 있던 은형이와 그런 은형이의 팔을 붙잡은 여령이였다.

둘 모두 일순 주변이 환해지는 착각이 들 정도의 선남선녀이기 때문인지, 분위기가 이전과는 비교도 안 되게 후끈 달아올랐다. 그들이 마치 비련의 연인인 것처럼 서로 팔을 꼭 붙잡고 있었다는 사실도 한몫했다.

키스해! 키스해! 외침과 휘파람이 섞여 날아오는 가운데, 여령이와 은형이는 어쩔 줄 모르는 것처럼 서로를 응시했다. 이윽고 은형이의 목덜미가 붉은 물이 차오르는 것처럼 느리게 달아올랐다.

이러다간 발을 빼기 힘들어질 것 같은데. 걱정스러워진 나는 여령이의 팔을 붙잡고 소곤거렸다.

"모르는 사이인 척해."

여령이보다도 먼저 그 말을 들은 은형이가 엉거주춤하게 여령이에게 잡힌 팔을 빼냈다.

바로 그 순간이었다. 여령이의 어깨를 잡아당기는 내 귓가에 음산한 목소리가 울렸다.

"어딜 가?"

"여, 여령아?"

떨리는 목소리로 되묻는 은형이의 얼굴 옆을 손바닥으로 턱 짚은 반여령이 내뱉었다.

"눈 감아."

그 말을 들은 나는 거칠게 기침을 토해 냈다.

아, 아니, 잠깐만. 반여령, 좀 진정해. 너 지금 눈 돌아간 거 아니냐?

당사자가 아닌 내가 이럴 지경이었으니 당사자인, 그것도 좋아하는 여자애에게 이런 일을 당하고 있는 은형이의 당혹감은 알 만했다.

풍랑 맞은 배처럼 잔뜩 떨리는 눈을 한 은형이가 애써 침착하게 말했다.

"아니, 잠시만. 여령아. 이런 건 좋지 않아. 내가 아무리 널 좋아한다지만—."

"—나도 널 좋아한다는 건 왜 빼!"

반여령이 버럭 외치자, 잠시 굳었던 은형이가 덧붙였다.

"응, 그래, 나도 널 좋아하고 너도 날 좋아하지만……."

"그냥 서로 좋아한다고 해!"

"서, 서로 좋아하지만……."

말을 맺는 은형이의 속눈썹이 기어이 울 것처럼 파르르 떨렸다. 이러면 안 되겠지만, 어쩌면 오늘 은형이가 우는 모습을 두 번째로 볼지도 모른다는 생각에 나는 조금 두근거렸다.

눈을 내리깐 은형이가 다시 말했다.

"그, 그렇지만 여긴 너무 공개적이고……."

그때 여령이의 말이 은형이의 말을 잘랐다.

"싫으면 그냥 가도 돼."

"여령아?"

"날 밀치고, 도망쳐도 돼."

그렇게 말하는 반여령의 목소리는 전에 없이 연약하게 들렸다. 나는 의아하게 그녀의 얼굴을 살폈다. 왜 저러는 거지?

이윽고 나는 깨달았다.

내가 왜 여령이가 은형이의 계속되는 거절에도 불구하고 의연하게 잘 버티고 있다고 착각했을까?

은형이와 여령이는 명백히 서로를 좋아했지만, 그 표현

방식은 전혀 달랐다. 은형이는 처음부터 이뤄지려는 마음은커녕 고백할 생각조차 없었고, 실제로 그가 마음을 표현한 건 대부분 여령이가 자기를 좋아하게 하기 위해서가 아니라 오히려 자기를 포기하게 하기 위해서였다.

하지만 여령이는 달랐다. 그녀는 자신의 마음을 자각하는 그 순간부터 은형이와 사귀고 싶어 했고, 자기 마음을 꾸준히 표현해 왔다.

그럼에도 은형이는 그걸 본체만체했다. 그건 물론 여령이마저 자기 불행에 끌어들이게 될지도 모른다는 두려움 때문이었지만, 어쨌거나 그가 그런 자기 연약함을 여령이에게만은 필사적으로 숨겼으므로 겉으로 보여진 것은 그랬다.

그러니 여령이가 은형이가 자기 고백을 받아 주지 않는 이유가 사실은 자기가 싫어서라고 오해하는 것도 무리는 아니었다.

갑자기 찾아온 무거운 분위기 속에 여령이가 울 듯이 미간을 찡그렸다. 그 모습을 보며 멍하니 굳어진 은형이에게, 그의 머리 옆을 짚고 있던 팔을 스르르 내린 그녀가 말했다.

"네가 지금 거절하면, 나도 네가 나 싫어한다는 뜻으로 알고 정말로 포기할게."

"……."

은형이는 아무런 말도 하지 않고, 기이한 무표정으로 그런 여령이의 얼굴을 빤히 바라보기만 했다.

입술을 잘근 깨문 여령이가 다시 말했다.

"네가…… 어떤 성격인지 누구보다도 잘 아니까. 네가 사실은 내가 싫은데도 날 상처 주기 싫어서 지금까지 말하지 않았다고 해도 이해할 수 있어. 그러니까 힘들게 말로 할 필요 없이, 네가 여기서 도망치면 그걸로 나는……."

"여령아."

그때였다. 갑작스런 부름에 고개를 든 여령이의 얼굴 위로 어두운 그림자가 졌다. 나도, 반여령도, 일순 무슨 일이 일어나는 건지 깨닫지 못했다.

눈을 커다랗게 뜨고 아무 말도 못 하는 반여령에게 은형이가 입 맞추었다.

이윽고 우리를 보던 관중 사이에서 우레와 같은 함성이 터졌다. 그러거나 말거나, 여령이는 뒤통수를 한 대 얻어맞은 것처럼 멍한 얼굴로 은형이를 보기만 했다.

이윽고 다시 입술을 뗀 그가 거기서 그치지 않고 다시 고개를 숙였다. 전에는 그저 입술끼리 가볍게 맞댄 것에 불과했다면, 이번에는 손을 뻗어 그녀의 뒷목을 감고 제 쪽으로 당겼다. 여령이의 검은 머리카락이 은형이의 손가락에 실타래처럼 얽힌 모습을 나는 멍하니 바라만 보았다.

다음으로 내가 한 일은 손을 뻗어 내 옆에 있던 주인이의 눈을 가리는 것이었다. 흥미진진한 표정으로 그 모습을 구경하던 주인이가 불만을 토로했다.

"엄마, 갑자기 왜 그래?"

"애…… 애들은 이런 거 보면 안 돼."

"저기, 평소의 호칭 때문에 잊고 있는 것 같은데 엄마랑 나 동갑이야."

"그, 그래도 보면 안 돼. 교육에 안 좋아."

"엄마, 진정 좀 해. 내가 보기에 지금 이 장면을 가장 봐선 안 되는 사람은 엄마인 것 같은데."

주인이와 내가 그런 어처구니없는 대화를 주고받는 동안, 여령이의 입술에 전보다 길게 입술을 맞대고 있었던 은형이가 마침내 입을 떼었다.

기울었던 고개를 바로 한 그가 여령이의 이마에 이마를 맞대고 말했다.

"여령아."

"……."

"나 포기하지 마."

여전히 충격에 빠져 멍한 반여령에게 그렇게 말하는 은형이의 눈가가 울 듯이 붉었다. 지금까지 살면서 남에게 부탁을 받기만 했던 은형이의 부탁하는 모습은, 아니, 그걸 넘어서 거의 애원하는 모습은 내게도 큰 충격이었다.

울 듯이 눈을 찡그린 채, 금방이라도 끊어질 것 같은 목소리로 그가 계속 말했다.

"나 포기하지 마, 여령아."

"……."

"오래 기다리게 해서 미안해. 내가 너무…… 겁이 많아서."

그렇게 말한 은형이가 긴 속눈썹을 감고 여령이의 손을 가져와 입술에 스치듯이 댔다.

"그래도 나 포기하지 말아 줘, 여령아. 조금만 더, 조금만 더 기다려 줄래? 그럼 내가……."

"어, 으응……."

"네 곁에 갈게."

은형이와 여령이에게 관중들이 기대한 것은 어디까지나 키스뿐이었기 때문에, 이후에 두 사람이 주고받았던 심상치 않은 대화는 다행히도 사람들의 주목을 사지 않았다.

우리를 침묵으로 몰아넣은 여령이가 붉어진 뺨을 문지르며 화장실에 다녀오겠다고 사라지고 나서, 은형이와 함께 남겨진 나와 은지호, 주인이는 무슨 말을 해야 할 줄 몰랐다.

특히 나를 가장 난감하게 한 것은, 앞 좌석에서 몸을 틀어 이쪽을 올려다보며 입을 빠끔거리는 은미의 존재였다.

미안해, 은미야. 내가 네 오빠의 돌발 행동을 전혀 말리지 못했어. 은형이가 할 땐 하는 사람이란 것을 예상했어야 했는데. 심지어 지금의 은형이는 여동생인 은미조차 안중에 없는 듯, 웃는 눈으로 여령이가 사라진 곳을 하염없이 바라만 보고 있었다.

그 모습을 보며 나와 은지호, 주인이가 한데 모여 쑥덕거렸다.

"미친, 내가 저럴 줄 알았어. 사귀기 전부터 살림이 어쩌고 할 때부터 알아봤다니까."

은지호의 말에 이어 주인이가 말했다.

"난 솔직히 여령이가 벽 치기 할 때 은형이가 잡아먹힐 거라고 생각했는데, 뛰는 여령이 위에 나는 은형이가 있을 줄은 몰랐지."

"맞아, 맞아."

내가 열심히 동의하던 그때, 갑자기 누군가 내 등을 쿡 찔렀다. 뒤를 돌아본 나는 윤정인과 이민아를 비롯한 우리 반 애들의 등장에 깜짝 놀랐다.

아 참, 내가 반에서 야구 시즌 개막 얘기를 꺼낸 뒤에 다른 애들도 따로 약속을 잡았었지.

잠시만, 그럼 얘들도 방금 반여령과 은형이가 했던 짓을 전부 본 거야? 으악, 어떡해!

당사자도 아닌데 나는 괜히 내가 더 안절부절못했다.

그러나 충격과 흥분 어린 말들이 쏟아질 거란 내 예상과 달리, 그들은 평소처럼 잠잠하기만 했다. 엥? 내가 의아해하는 사이, 윤정인이 밝은 얼굴로 물었다.

"와, 권은형이랑 반여령 언제부터 사귄 거냐? 나 그것도 모르고 전광판 보다가 놀라서 눈알 빠지는 줄 알았다니까."

"맞아, 맞아."

다른 애들이 그에 일제히 동의하는 것을 들으며, 나는 비로소 그들이 무슨 오해를 했는지 깨달았다. 한숨을 내쉰 내가 그 말을 정정하기도 전에 뒤에서 은지호의 말이 날아왔다.

"쟤네 안 사귀어."

"미친?"

그 말을 듣자마자 윤정인이 툭 내뱉은 말이 우리 모두의 심경을 완벽히 요약했다.

우리는 다시금 고개를 돌려 여전히 기분 좋아 보이는 은형이를 바라보았다.

얌전한 고양이 부뚜막에 올라간다는 말은 이럴 때 쓰라고 있는 것이다.

* * *

다행히 연장전까지 가지 않고 경기가 끝나 여유롭게 지하철을 탈 수 있게 된 우리는 다 함께 역으로 향했다.

걷다 말고 잠시 고개를 들어 주변을 살핀 나는 함께 걷고 있는 인물들의 면면을 보고 기묘한 표정을 했다.

결론부터 말하자면, 은형이와 여령이는 사귀지 않기로 했다. 여령이의 장래 희망은 변호사이고 은형이의 장래 희망은 의사이기 때문에 아직은 두 사람 모두 학업에 집중하겠다는 이유였다.

그 말을 들은 나는 속으로 생각했다. 글쎄……. 한 손을 가슴에, 다른 한 손은 성적표에 올리고 잘 생각해 보렴. 정말로 너희의 꿈을 이루기 위해 공부가 더 필요하다고 생각하니? 하지만 둘의 뜻이, 그렇다니 뭐. 제삼자인 내가 왈가왈부할 일은 아니지.

그렇게 당장은 사귀지 않기로 결정한 두 사람은, 그럼에도 불구하고 느슨하게 손을 잡은 채 걷고 있었다.

앞서 걸으며 둘만의 분위기를 연출하고 있는 그들을 보며 나는 눈을 가늘게 떴다.

대체 저럴 거면 왜 안 사귀겠다고 한 건데……? 게다가 저 커플, 이제 보니까 손잡기도 전에 입 맞춘 거 아니야? 입 맞추고 나서야 손잡고 사귀다니, 순서가 완전 엉망진창이잖아.

그러다 말고 나는 작게 한숨을 내쉬었다. 아니, 뭐, 인터넷 소설에서 정상적인 과정을 거치지 않고 사귀는 것쯤이야 흔히 있는 일이지만.

하지만 그 대상이 다른 누구도 아니고 바른 생활의 대표 은형이라니, 역시 좀 충격받았어. 나는 다시금 그때의 감상을 곱씹으며, 쥐고 있던 손을 고쳐 잡았다.

아무튼 행복감에 휩싸인 은형이가 은미조차 홀랑 내다 버렸기 때문에, 은미를 챙기는 것은 내 몫이 되었다.

은미를 충격에서 빼내야 한다는 사명감에 나는 애써 말

을 걸었다.

"은미야, 야구 경기는 재밌었어?"

그러자 내내 은형이와 여령이에게 못 박혀 있던 은미의 시선이 나를 향했다. 그런데 뜻밖에도 마주친 그녀의 눈에서 충격의 기색이라고는 조금도 찾아볼 수 없었다.

"네! 진짜 재미있었어요. 그리고 마지막에, 홈런 볼 저희 쪽으로 왔잖아요."

"맞아, 그랬지."

"사람들 다 같이 잡으려고 일어나서 손 뻗는 거 진짜 재밌었어요."

그렇게 말한 은미가 상기된 뺨을 하고 허공에 빈손을 뻗는 시늉을 해 보였다.

"제가 잡았으면 좋았겠지만, 그냥 가까이 날아온 것만으로 만족해요. 다음에는 더 길게 뻗어야지!"

"으, 응. 재밌었다니 다행이야."

그렇게 말하며 나는 다른 곳을 힐끗 보았다. 얼마 떨어지지 않은 곳에서 문제의 홈런 볼을 쥐고 걷고 있는 사람은 다름 아닌 반휘안이었다.

그 당시 주변에 있던 관중들 중에 반휘혈과 대적할 만한 체급과 운동 신경을 가진 사람은 아무도 없었기 때문에, 홈런 볼은 쉽게 반휘혈의 손으로 들어갔다. 반휘혈은 물론 무척이나 자랑스러워하며 홈런 볼을 반휘안에게 선물로 주었다.

그때 내 시선을 느낀 반휘안이 고개를 들어 나를 보았다. 내가 뭐라고 말하기도 전에 그가 난감한 표정을 짓더니 말했다.

“저도 드리고 싶긴 한데, 드리면 틀림없이 형이 삐질 거라서요.”

그의 말을 들은 나는 황급히 고개를 내저었다.

“뭐? 아, 아니야. 갖고 싶어서 본 거 아니야. 그냥 마침 얘기가 나와서.”

그리고 나는 내 옆의 은미를 한 번 더 쳐다보았다. 앗, 이거 기회잖아! 두 사람이 자연스럽게 말을 섞을 수 있게 해 줄 기회.

방긋 웃은 내가 다시 말했다.

“휘안이 너는 재밌었어?”

“아, 네. 그렇죠, 뭐.”

담담한 그의 대답에 나는 속으로 흠칫했다. 아차, 잘못 물었나? 그러나 그의 입가에 떠오른 미소를 보아하니, 방금 그 대답은 예의상이 아닌 진심인 모양이었다.

공을 쥐지 않은 손으로 스마트폰을 매만진 반휘안이 중얼거렸다.

“저는 2년 동안이나 잠들어 있었으니까, 갑자기 깨어나 보니까 세상이 너무 바뀌어 있어서 이상한 기분이었거든요. 특히 이 스마트폰이란 것도 그렇고.”

"아, 응. 진짜 그렇겠네."

기술의 발전이 여간 빠른 게 아니니까. 나는 황급히 고개를 끄덕였다.

"그런데 야구장은 별로 안 달라졌구나 하는 생각이 들어서요."

"그래?"

"좋았어요. 왠지 안심이 됐달까."

"다행이네."

웃으며 대답한 나는 옆에서 은미가 반휘안을 뚫어져라 보는 것을 느끼고 흠칫했다. 아차, 은미는 모르는구나? 반휘안과 반휘혈에게 얽힌 사연을.

그때 은미의 시선을 느낀 반휘안이 물었다.

"왜?"

나와 얘기할 때와는 달리 적잖이 삐딱한 목소리였다. 그에 발끈한 표정을 짓는 것도 잠시, 은미가 머뭇거리며 대답했다.

"저기, 일부러 들은 건 아닌데. 좀 이상한 말이 들려서. 2년 동안, 잠들어 있었다고……."

"별로, 숨길 만한 이야기도 아니야. 말 그대로 2년 동안 혼수상태였던 것뿐이야. 얼마 전에 다시 깨어났고."

"어쩌다가?"

그렇게 되묻는 은미의 눈에 미약한 두려움이 떠올라 있

었다. 아차, 나야 은미가 나은 이유를 안다고 해도, 은미에게 어디까지나 그것은 이유 없는 기적이었을 뿐이니까.

재발을 두려워하고 있을 터였다. 그런 그녀가 병마라는 단어 자체를 꺼려 하는 것은 당연한 일이었다.

반휘안은 여전히 담담하게 대답했다.

"별 이유 아니었어. 그냥 운이 좀 나빴을 뿐. 하굣길에 싸움에 휘말렸는데 그때 좀 잘못 맞았거든."

"아아."

"내가 왜 깨어났는지는 의사들도 몰라. 기적이래."

그렇게 말한 반휘안이 문득 떠올랐다는 듯 은미를 보았다.

"그러고 보니까 너도 검정고시지?"

"으, 응."

머뭇머뭇 대답하는 은미를 보며 나는 깨달았다. 둘은 벌써 서로 그것까지 알고 있구나. 하긴, 같은 반인 데다 갓 고등학교 올라온 애들 사이에서 '너 어느 중학교 나왔어?'라는 질문은 당연한 거니까.

"너는 왜?"

반휘안의 대수롭잖은 질문에 빰이 새하얗게 질린 은미가 머뭇머뭇 대답했다.

"아, 나는, 오랫동안 아팠어서."

"아파?"

반휘안의 얼굴에 처음으로 동요가 떠올랐다.

고개를 작게 끄덕인 은미가 속삭였다.

"저기, 반 애들한테는 말하지 말아 줘. 병원이나 병에 대한 얘기 같은 거 별로 하고 싶지 않아서."

오랫동안 살다 왔으니 좀, 지긋지긋하기도 하고. 은미의 말에 다시 고개를 끄덕인 반휘안이 희한하다는 얼굴을 했다.

"그럴 거면 그냥 안 말하면 되잖아."

"그, 그치만 너도 네가 아팠었던 이유 말해 줬으니까. 나도 말하고 싶었어."

"나야 그런 얘기 듣든 말든 별 상관없으니까 말한 건데."

황당하다는 듯 그렇게 말한 반휘안이 잠자코 시선을 내리깔아 은미를 보았다.

이윽고 그의 얼굴에 다감하고 누그러진 표정이 떠올랐다. 이제껏 은미에게는 한 번도 보여 준 적이 없는 표정이었다.

"……언제부터 아팠어?"

정적 뒤에 깔린 물음에 은미는 조금 당황한 얼굴로 대답했다.

"다섯 살쯤. 내가 기억하지도 못할 만큼 오래전에."

"이제는 안 아픈 거야?"

"응. 분명히 난치병이라고 그랬는데, 몇 달 전부터 갑자기 차도가 보이기 시작하더니, 갑자기 퇴원해도 된다기에 얼떨떨했어."

거기까지 말한 은미가 갑자기 고개를 들더니 웃었다. 먹구름이 걷히고 해가 드는 것처럼 갑작스럽게.

"나도 기적이었대. 너처럼."

그런 은미의 미소를 나도, 반휘안도 한순간 말문을 잃고 멍하니 바라보았다.

나는 문득 벅찬 기분이 들었다. 그들이 말하는 '기적'의 진짜 정체를 나만이 알고 있기에.

은지호는 내가 일으킨 모든 변화들에 대해 당연하다는 듯 말하지 말라고 했지. 내가 이 모든 것을 내 노력으로 바꾼 거니까.

유천영은 그러니까 떠나지 말라고 했다. 훌쩍 떠나기에 너는 이미 너무 많은 것을 바꿨다고, 그러니까 이제는 떠나서는 안 된다고. 끝까지 함께해야만 한다고.

그리고 나는 잠시 아득한 표정을 지었다.

하지만 노력으로 이 이야기를 바꾼 것은, 본래는 행복할 수 없었던 인물들을 행복하게 바꾼 것은 노아리도 마찬가지가 아닌가? 그렇다면 그녀 역시 이 세계에 머무를 이유는 충분할 텐데.

그러나 현관에서 노민찬과 노아리가 싸우던 모습, 노아리가 노민찬을 향해 바락바락 쏟아 내던 독기 어린 말을 떠올린 내 얼굴이 금세 어두워졌다.

아니야, 이미 돌아가겠다는 사람한테 내가 대체 무슨 생각을. 은미와 휘안이의 행복한 모습이 너무 눈부셔서 잠시 정신을 놓기라도 한 모양이지.

귓가에 들려오는 은미의 조잘대는 목소리에 내가 다시 고개를 들었다.

“그래서 못 가 본 곳들도 무지 많거든. 이번에 야구장을 시작으로 다 가 볼 거야. 특히 놀이공원은 어렸을 때는 키가 너무 작으니까 탈 수 있는 놀이 기구가 거의 없어서 아쉬웠는데, 이번엔 꼭…….”

수족관, 스케이트장, 콘서트……. 은미의 쉴 새 없는 수다를 잠자코 듣고 있던 반휘안이 불쑥 말했다.

그 말에 나는 믿을 수 없다는 표정으로 그를 쳐다보았다.

“나도, 같이 가 줄까?”

“뭐? 진짜?”

“물론 같이 갈 사람이 없다는 가정하에 얘기지만. 너희 오빠는 고3이니까 바쁠 테고, 우리 형도 고3이고.”

고개를 돌린 반휘안이 쑥스러운 듯 덧붙였다.

“나도 깨어나고 아직 안 가 본 곳은 많으니까.”

“좋아, 약속해! 손가락 걸어, 얼른.”

“뭘 손가락까지야.”

금세 친절한 태도를 버리고 까칠하게 구는 반휘안과 티격태격하는 은미를 보던 나는 흐뭇하게 웃었다. 좋아, 이걸로 야구장에 왔던 2차 목표까지 완벽하게 달성했다.

거기에 반여령과 은형이의 일까지, 완벽 그 이상의 성과이다 보니 어딘지 두려워질 지경인데. 이렇게 좋은 일 뒤에는 꼭 나쁜 일이 하나씩 터지니까.

그것도 잠시, 고개를 기우뚱한 나는 쾌활하게 웃었다. 뭐, 아직 오지 않은 나쁜 일을 벌써부터 걱정할 필요는 없겠지? 오늘은 모처럼의 행운을 즐기자.

그건 그렇고, 날씨가 꽤 추웠다. 나는 그때까지도 신줏단지 모시듯 안고 있던 잠바를 꺼내 들었다.

흠, 내가 감히 이걸 어떻게 입냐는 생각으로 팔 한 번 안 꿰 보고 고이 돌려줄 작정이었는데, 막상 추워지니 좀 고민이 되는걸. 게다가 배색이 예쁘기도 하고.

파스텔톤 하늘색에 흰색 조합이라니. 이 잠바를 입은 여단 오빠의 모습을 상상하던 나는 잠시 몽롱해졌다. 도대체 누가 이 색을 골랐을까? 여단 오빠 기막히게 쿨톤 잘 받는 건 어떻게 알고? 물론 다른 색도 다 잘 어울리긴 하지만.

그리고 나는 마침내 결심을 마쳤다. 좋아, 한번 입어 볼까!

그러나 내가 잠바에 한쪽 팔을 꿰기도 전에 물음이 날아왔다.

“아까부터 궁금했는데, 그건 진짜 웬 잠바냐?”

“아, 은지호.”

걸음을 옮겨 내 옆으로 다가온 은지호가 잠바를 내려다보며 희한하다는 표정을 했다.

“야구장에 간다는 생각에 들떠서 안 입던 야구 잠바를 꺼내 왔다기엔 사이즈가 영 안 맞고. 너한테는 남자 형제도 없는데, 너희 아버지 옷일 리도 없고.”

“아, 그게.”

솔직하게 말하기가 꺼려져서 내가 망설이던 사이, 뭔가를 발견한 은지호가 손을 확 뻗었다.

“이게 뭐야? 웬 숫자? 등의 영어는 또 뭐…… 아하.”

내가 피할 새도 없이 잠바 뒤에 새겨진 글자를 확인한 은지호가 묘한 얼굴을 했다.

잠바를 끌어안고 재빨리 물러난 나는 그의 눈치를 살폈다. 은지호가 경영학과의 영어 뜻을 모를 확률은……? 제길, 역시나 없었군. 하긴, 방에 있는 책의 반 이상이 원서인 애한테 뭘 기대한 거야.

이윽고 잠바 소매를 쥐고 있던 손을 스르르 놓은 은지호가 나를 삐딱하게 보며 물었다.

“그 형은 또 언제 만난 건데? 그 형 자취한다며.”

“이웃집이니까 언제든지 마주칠 수 있잖아. 아니, 뭐, 자취한다고 출가한 것도 아니고.”

여기 오기 직전에 우연히 만난 거거든? 내가 덧붙인 말에도 은지호는 심드렁한 얼굴로 ‘흐음.’ 하는 소리나 냈다.

분명히 더 하고 싶은 말이 있는 얼굴이라 나는 후다닥 잠바부터 입었다. 똑딱이 단추까지 야무지게 채우고 나서 고개를 드니 은지호가 잔뜩 불만 어린 얼굴로 나를 보고 있었다.

아, 역시 내가 조금만 늦었어도 이 잠바를 못 입게 말렸을 거로군. 내가 더 빨라서 다행이야. 희희낙락 걸음을 옮기는 내 뒤로 은지호가 바짝 따라붙었다.

"나랑 바꿔 입자."

"싫은데. 너는 겉옷 가져왔잖아. 왜, 별로 안 따뜻해?"

"아니, 이게 더 따뜻할걸. 이거 백 퍼센트 천연 울이야. 그러니까 바꿔 입……."

"잘됐네, 그럼 그거 입어."

내가 그의 말을 자르고 재빠르게 말하자 은지호의 미간이 구겨졌다. 그 흔치 않은 모습에 나는 폭소하고 싶은 것을 애써 참았다.

분해하던 것도 잠시, 은지호는 빠르게 평정을 되찾고 나를 따라 지하철 계단을 내려왔다. 그러면서 그가 평소의 느긋한 태도로 물었다.

"넌 그 잠바가 좋냐?"

"그럼 안 좋겠냐. 아, 오해하지 마. 옷의 주인 때문이 아니라 대학교 이름 때문이거든."

"흐음."

뭔가를 고민하던 은지호가 다시 내 옆에 다가와 서더니 물었다.

"그럼 내년에 대학 가면, 내 잠바 너 줄까?"

나는 그를 의아하게 올려다보았다. 아니, 저게 무슨 소리야?

"필요 없는데? 나도 한국 대학교 가면 이 잠바 갖고 있겠지. 아니면 너 설마, 다른 말이 하고 싶은 건……."

"아니, 그런 말이 아니라. 너 경영학과 갈 건 아니잖아. 그럼 어쨌든 다른 잠바일 거 아니야."

"그건 그런데."

그렇게 대답한 나는 잠시 고민했다. 확실히 과 잠바가 두 개 있으면 색도 바꿔 입을 수 있고, 좋을 것 같긴 해. 그런데 쟤는 필요 없나? 학년이 올라가면 안 입을 것 같긴 하지만, 나름 대학 생활의 꽃 아니야?

그때 은지호가 다시 꺼낸 말에 나는 의아해하며 고개를 들었다.

"대신 네 잠바는 나 줘."

"뭐? 네가 그걸 어디에 쓰게? 서로 학과 사칭이라도 하자고?"

내 경악스런 물음에 은지호의 미간이 구겨졌다. 한숨을 푹 내쉰 그는 '과 잠바 바꿔 입는 게 무슨 뜻인지 확인이나 좀 해 봐라.' 하는 말만 남기고 자리를 떴다.

그게 무슨 뜻인데 저래? 의아해하며 핸드폰으로 검색해 본 나는 이윽고 은지호를 따라 내려가며 외쳤다.

"야, 은지호! 커플끼리 하는 걸 나한테 하자고 하면 어떡해!"

"그러니까 너한테 하자고 했다고는 생각 안 해?"

"이 사기꾼! 이유도 말 안 하고! 내가 너한테 덥석 그러자고 했으면 어쩔 건데?"

"그럼 나만 좋은 거지 뭐……."

태연히 대답하는 은지호의 팔을 꼬집자 그가 아야 하는 소리를 냈다. 그게 엄살에 불과하다는 것을 아는 나는 눈만 치켜뜨다가 이번에는 내가 먼저 계단을 내려갔다.

그에 잠시 나를 멍하니 쳐다보던 은지호가 이윽고 다시 쫓아오며 물었다.

"그런데 너 얼굴은 왜 그러냐?"

"뭐가?"

"아니, 너 얼굴이……."

"모르겠는데."

그렇게 말한 나는 과 잠바를 추켜올려 내 얼굴을 꽁꽁 감추었다.

실은 거울을 안 봐도 알 수 있었다. 지금쯤 내 얼굴은 아마, 목부터 이마까지 새빨갛게 달아올라 있을 것이다.

제67조. 여주인공과 여주인공 라이벌과 나

여주인공과 여주인공 라이벌과 나

한동안 이상할 정도로 순조로운 나날들이 흘러갔다. 교실에서는 윤정인과 권은형이 평화롭게 분위기를 주도했고, 매점에 가면 반휘안과 권은미가 함께 먹을 것을 고르고 있는 모습을 흔히 볼 수 있었다. 노아리의 일만은 여전히 해결되지 않았지만, 일단은 겉으로 보기엔 그럭저럭 태평성대라고 해도 될 것이다.

덕분에 나는 요즘 새로운 가능성을 의심하고 있었다.

수험생 우대, 그냥 한 말이었는데 사실은 정말로 있는 거 아니야? 하긴, 수험생이 벼슬이나 다름없는 대한민국이니까 꽤 그럴듯해.

"뭣보다 이게 그 증거 같고."

내 말에 옆에서 초코바를 잘근잘근 베어 먹고 있던 유천영이 고개를 돌렸다.

그가 물었다.

"뭐가?"

"아니, 분명히 하루가 멀다 하고 학교를 빠지던 걸로 모자라 이제는 연락까지 안 되던 애를 이렇게 허구한 날 볼 수 있게 되니까 신기해서."

"그거라면 별문제 아니라고 했잖아."

아니, 뭐. 그랬긴 한데. 나는 잠시 미묘한 표정을 지었다.

정확한 표현은 '별일이었으면 진작 형들을 불렀을 거야. 내가 아직까지 형들을 부르지 않은 걸 보면 알겠지만 별일 아니야.'였지만.

단순히 별일 아니란 말과 그 둘 사이에 얼마나 큰 차이가 있는지 아니? 너의 인터넷 소설 남주력이 달려 있는 문제란다.

그러나 유천영의 태연한 얼굴을 보아 알 것 같진 않아서, 나는 그냥 두말없이 방금 사 온 아이스크림만 입에 물었다.

우리는 지금 우리 아파트 옥상에 앉아 있었다. 유천영이 최근 3, 4일에 한 번 꼴로 내게 놀러 오기 시작하고 나서 종종 찾기 시작한 곳이었다.

유천영과 함께 있으니 이 옥상의 흉흉한 소문도 그럭저럭 넘길 만한 것 같았다. 슬슬 4월도 중순에 접어들어선지 날씨도 많이 따뜻해져서 찬바람도 별로 안 부는 것 같고.

말없이 서울의 야경을 보며 아이스크림을 먹던 내가 다시 입을 열었다.

"……정말 아무 문제 없는 거 맞아?"

그러자 유천영이 다시 나를 돌아보았다.

"또 그 소리."

"그치만 너, 핸드폰 아까부터 계속 울리는데."

한참 전부터 핸드폰 액정 위에 이름이 떠올라 있었기 때문에 상대가 누구인지는 잘 알 수 있었다. 예린.

잠시 눈을 내리깔고 핸드폰을 바라보던 유천영이 물었다.

"신경 쓰여?"

"아니, 신경 쓰인다기보다는…… 너 진짜 안 받아도 돼? 한 시간 전부터 계속 울린 것 같은데."

나는 이 일이 있기 전까진 유천영이 남의 전화를 한 시간이나 무시할 수 있을 만큼 가차 없는 성격의 소유자라고는 상상도 못 했다.

그가 주저 없이 대답했다.

"일 얘기는 아니야. 일 얘기였으면 다른 사람이 전화했겠지."

"그런 문제보다는……."

아니, 뭐, 나도 유천영이 예린 같은 수상쩍은 인물과 깊게 엮이는 건 반대하고 싶지만, 그래도 어쨌건 같은 회사 동료이고 한솥밥 먹는 식구인데. 이렇게까지 해도 괜찮은 건가?

아, 모르겠다. 내가 유천영한테 예린이랑 친해지지 말라고 직접 말해서 얘가 이러는 것도 아니니까, 피하는 건 다 피할 만한 사정이 있어서 그러는 거겠지. 나예리 말마따나 예린이 유천영을 어설프게 협박해 보려다 실패했을지도 모르는 일이고.

그렇게 생각해 보려 해도 찝찝한 기분은 여전히 남았다. 나는 턱을 괴고 중얼거렸다.

"뭔가 기분이 이상한데……."

"또 왜."

"내가 손대지 않아도 모든 일이 술술 풀리니까."

사실, 나는 유천영의 일에 대해선 틀림없이 내가 직접적으로 나서서 뭔가 해야 할 거라고 생각하고 있었다. 루다의 경우처럼 남의 회사에 밤에 몰래 잠입하는 지경까진 아니더라도. 적어도 유장우나 예린 등, 유천영의 주변 사람을 직접 대면하는 일은 있을지도 모른다고.

그런데 아무것도 하지 않았는데 유천영이 갑자기 전부 해결됐다며 거짓말처럼 내 앞에 자주 나타나니까.

나를 빤히 보던 유천영이 다시 입을 열었다.

"원래도 네가 신경 쓸 필요 없는 일이었고, 그마저도 지금은 해결됐어. 찝찝해하지 마."

"으응."

잠시 고민하던 내가 다시 물었다.

"너 그럼 최근 광고에 너 다시 안 보이기 시작한 것도, 그 해결됐다는 일과 관련 있는 거야?"

한동안 유천영의 시대라고 해도 좋을 만큼 유천영은 온갖 광고에 자주 나왔었다.

분명히 유천영이 미성년자인 것을 생각하면 나름의 한계가 있을 텐데, 도대체 어떤 점이 드라마의 본래 남자 주인공보다도 유천영을 더욱 각광받게 만든 건지. 그러다 말고 야경에 은은하게 빛나는 유천영의 얼굴을 본 나는 깨달았다. 역시 외모인가?

그때 그가 작게 고개를 끄덕였다.

"응. 관계있어."

"그럼 단순히 〈검은 비〉의 영향력이 끝난 게 아니라, 정말로 네가 귀찮아서 다 거절한 거구나. 예전엔 모종의 사정 때문에 거절 못 했지만 지금은 그래도 되는 거고."

내 말에 말없이 옅은 미소만 짓는 유천영을 보고 나는 조금 어이없어졌다. 돈도 명성도 다 싫고 산에 처박혀 살겠다는 마음, 나는 전혀 모르겠지만…… 유천영이라면 이해가 될 것 같기도 해. 무엇보다 유천영은 돈도 권력도 이미 가지고 있으니까.

내가 다시 물었다.

"그럼 연기를 그만두려고 했던 것도, 다시 원래 계획대로 진행되고 있어?"

유천영이 다시 고개를 끄덕였다.

"이번 〈안개의 나라〉만 끝나면 바로 더는 작품 안 하고 정리하려고 해."

"우와, 그런 말 들으니까 새삼 빠르게 느껴진다. 그래서 〈안개의 나라〉 촬영은 언제 끝나는데?"

"아마 9월까진 갈 것 같아."

"으, 끝나면 거의 바로 수능 준비해야 하네. 힘들겠다."

"어차피 〈안개의 나라〉 외엔 아무런 일도 안 할 거니까, 틈틈이 하면 돼."

"야, 너 고등학교 공부 너무 쉽게 본다?"

나는 작게 웃으며 그의 팔을 툭 쳤다.

"너 벌써 거의 일 년 가까이 쉬었잖아. 막상 그동안 쌓인 진도 보면 너도 막막할걸."

내 말에도 유천영은 아무 대답 없이 미미하게 웃기만 했다. 자신 있다 이거지? 한쪽 눈썹을 들었다 놓은 내가 말을 이었다.

"아무튼 도움 필요하면 말해. 이 누님이 너 일할 동안 한 게 공부밖에 없지 않겠니. 그러니까 네가 필요하다고 하면, 당연히 도와줄 수 있어."

뜻밖에도 유천영은 내 말보다 내 호칭에 더 신경을 쓰는 기색이었다.

“누님이라니. 좀 싫은데. 누구 생각나서.”

“누구?”

“나라 누나.”

“아니, 은지호도 그렇고 너도 그렇고, 대체 그 언니가 뭘 어떻게 했길래…….”

어이없어하는 나를 잠자코 쳐다보던 유천영이 불현듯 무슨 생각이 떠올랐는지 짧게 웃었다. 그러더니 그가 손가락을 까딱여 가까이 오라는 시늉을 하기에 나는 순순히 고개를 숙였다.

“내 이번 모의고사 점수, 알아?”

“아니? 너 시험만 치고 바로 말도 안 해 주고 떠났잖아. 알 리가 있나.”

윤정인의 손에 유천영이 받아 가지 않은 성적표가 남아 있긴 했지만.

몇몇 애들이 궁금하다고 노래 부르는데도 윤정인이 절대 안 보여 줬지. 유명인의 사생활 노출은 함부로 하는 거 아니라고. 표현이 좀 이상하긴 하지만, 어쨌든 유천영은 좋은 친구를 많이 뒀다.

그리고 내가 고개를 기울이며 물었다.

“왜? 몇 점인데?”

유천영이 다시 내 귓가에 입술을 붙였다. 이윽고 그에게서 흘러나온 대답에 나는 고개를 퍼뜩 들고 그를 보았다.
"거짓말이지."
"아니. 난 너한테 거짓말 안 해."
촬영장에서 상대역을 보는 것 같은 유천영의 진중한 눈빛에 나는 뒷목을 잡았다.
"그런 로맨틱한 말은 이럴 때 쓰는 거 아니야, 이 나쁜 놈아."
한참을 씩씩대다가 벌떡 일어난 내가 계단을 척척 내려가도 유천영은 나를 붙잡지도 않았다. 계단을 내려가다 말고 확인해 보니 그가 간다고 했던 열두 시가 거의 다 되어 있긴 했다.
결국 마음을 바꾸고 그를 엘리베이터 앞까지만 데려다준 나는, 집에 가자마자 주인이에게 전화를 걸었다.
"진짜 재수 없어, 소설 남자 주인공들……."
[엄마, 그게 나한테 할 소리야? 내 생각에는 나도 그중에 한 명인 것 같은데……. 아니, 아니야. 계속 말해.]
"아니, 나는 세상에 은지호도 아니고 유천영이 그 타이밍에서 나한테 그럴 줄은 몰랐다! 도와주겠다는 사람한테!"
그러다 핸드폰이 징징 울리는 소리에 나는 잠시 통화를 멈추어 놓고 메시지를 확인했다. 뭐야?

[유처녕 : 화났으면 미안]

[유처녕 : 귀ㅇ · ㅓ]

[유처녕 : 귀여워ㅅ서]

핸드폰을 노려보던 내가 다시 화면을 귀에 가져다 대고 말했다.

"아니, 귀여워서 그랬단다! 귀여워서! 그래, 너한테는 내 점수가 귀엽겠지!"

[아니야, 엄마. 진정해. 무엇보다 천영이는 엄마 점수도 제대로 모를걸. 엄마 3학년 되고 나서 좀 이상해진 것 같아. 아니, 그야 공부가 힘드니까 어쩔 수 없겠지만…….]

"진짜 재수 없어, 소설 남자 주인공들……. 은형이 빼고 다 재수 없어."

[나는 안 빼 주는 거야, 엄마?]

일련의 대화가 지나가고 나서야 비로소 마음을 추스른 나는 계속 신경 쓰이던 점을 얘기할 수 있었다.

회전의자에 걸터앉은 내가 발을 까딱거리며 말했다.

"유천영이 일을 해결하기 위해 쓴 방법이 뭐였을지, 나는 전혀 짐작이 안 가. 걔 성격에 누구한테 협박을 하겠어, 뭘 하겠어? 형들을 부르지 않은 걸 보면 알아서 한 것 같긴 한데."

주인이가 담담하게 동의했다.

[으음, 나도 그건 궁금하긴 한데.]

"그렇지? 주인이 너도 그러는 걸 보면 나만 아무것도 예상 안 가는 건 아니지?"

나는 다리를 의자 위에 올리고 무릎에 턱을 괴었다. 음, 진짜 궁금한데…….

내가 다시 말했다.

"아무튼 뭐랄까, 완전히 상하 관계가 역전된 모양이더라고. 한 시간 동안 같이 있었는데, 그동안 전화가 수십 통이 왔는데 한 번도 받질 않더라니까. 사실 좀 놀랐어, 유천영이 다른 사람 전화를 그렇게까지 무시할 수 있는 사람이었나 해서."

[어, 잠깐.]

그때 주인이가 툭 내뱉은 말에 나는 눈을 크게 떴다.

그가 가라앉은 목소리로 덧붙였다.

[나, 천영이가 무슨 방법을 썼는지 알 것도 같은데.]

"뭐? 정말?"

어떻게 그것만 듣고? 황당해하는 나를 두고 다시 생각에 잠겼던 그가 천천히 말을 꺼냈다.

[누군가를 땅으로 처박을 때…… 은지호는 확실한 결단과 계획을 갖고 일을 진행하거든.]

느닷없는 그의 말에 나는 고개를 기울였다.

"응?"

[나는 저 사람에게 어떤 짓을 할 것이고 이것이 어떤 결

과를 불러올지 알고 있다. 물론 이것은 그 사람에게는 나쁜 짓이겠지만 상관없다. 그 결과는 모두 내가 감당하겠다. 그렇게.]

"어, 으응. 그렇겠지. 은지호 성격상."

[그런데 천영이는 그게 아니란 말이야. 사실 그 애는 아무리 자기를 싫어하는 사람이어도, 심지어 자기한테 나쁜 짓을 한 사람이어도 그 사람이 불행하기를 바라진 않는 사람이잖아.]

"아, 응. 무슨 말인지 알아."

나는 병원에서 유천영과의 대화를 되새기며 대답했다. 그때 유천영은 분명히 그렇게 말했었지, '이 세상에는 불행이 필요 이상으로 많다.'고. 그랬던 그가 남이 불행하기를 바라는 모습은 쉽게 상상이 가지 않는다.

[그런데 천영이는 아무런 나쁜 의도 없이도, 심지어 나쁜 짓을 전혀 하지 않고도 상대방을 손쉽게 끌어내릴 수 있거든. 그것도 은지호가 하는 것 이상으로 비참하게.]

"뭐?"

[난 그게 천영이의 진짜 무서운 점이라고 생각해.]

글쎄, 나는 유천영에게서 음험한 의도 같은 것은 한 번도 느껴 본 적이 없기 때문에 주인이의 말이 얼른 와닿지 않았다.

내가 미간을 좁히고 혼자 고민하자, 주인이는 내가 고민에 빠진 것을 눈치채고 빠르게 말했다.

[엄마는 몰라도 되는 얘기야. 어차피 엄마가 유천영에게 그런 일을 당할 일은 절대 없을 테니까.]

"음, 아니, 나 어쩌면 조금은 알 것 같기도 한데."

[뭐?]

내가 머릿속에 떠올린 것은 일전에 은미에게서 들었던 말이었다.

'오빠가 그렇게 저를 오랫동안 혼자 내버려 뒀을 때, 유일하게 제게 안부 문자를 보내 주던 사람이 천영 오빠였어요. 매일, 매주 꼬박꼬박. 명절에 얼굴을 비치던 것도, 바쁘던 아빠를 제외하면 천영 오빠가 유일했어요.'

그리고 내가 내 잃어버린 기억의 조각을 처음 되찾았을 때, 견디지 못하고 집을 뛰쳐나가 거리를 방황할 때 마주쳤던 유천영.

따뜻한 오렌지 주스라는 어이없는 메뉴를 시켜 놓고 테이블에 마주 앉아 그가 건네던 다정한 말들.

한참을 말없이 앉아 있던 내가 마침내 꺼냈던 말.

'너는 어떻게, 항상 그러냐.'

절실히 필요했던 바로 그 순간 내밀어진 단 하나의 손길.

가장 짙은 어둠 속에 갑자기 한 줄기 빛이 새어든 듯이, 얼음 속에 갇혀 있다가 간신히 구조된 듯이 막혔던 숨통이 트이는 안도감. 차갑게 식었던 손끝에 피가 돌 듯, 눈물 나게 따뜻해지는 그 감각.

평소에는 무심하다가도 그런 순간의 유천영은 꼭, 상처받은 누군가를 보살피기 위해 태어난 사람 같아서, 그와 함께 있으면 그런 생각마저 들곤 했다.

이 사람이 곁에 없으면 내가 살 수 있을까? 이 다정함 없이도 내가, 앞으로 살아갈 수 있을까?

바로 그런 생각이 은미가 유천영을 좋아하도록 만들었고, 아마 내게도 그와 떨어지는 상상을 하는 것만으로 가슴을 저미는 듯한 통증을 느끼도록 했을 것이다.

거기까지 생각한 나는 마침내 단언했다.

“아니, 나 확실히 알 것 같아. 유천영이 어떤 방법을 썼는지.”

나예리의 부모님이 이혼할 때, 나예린이 문제가 많고 폭력적인 성향이었던 아버지를 따라가겠다고 말한 것은 혼자가 될 그가 불쌍해서였다.

그런 것을 보면 본래의 그녀는 아마 따뜻하고, 친절한 성격이었을 것이다. 자신의 다정함이 누군가를 구원할 수 있을 거라고 믿었을 것이다. 그러다 실패했고.

그런 과정을 거쳐 남들의 약점을 잡는 성격으로 변모했다고 해도, 사람의 본질이란 게 그렇게 쉽게 변할까?

더군다나 어렸을 때의 일이다. 어린아이가 그런 자애로움을 갖는 것은 쉽지 않다. 자신이 이용하는 사람과 자신을 이용하는 사람에게 둘러싸여서, 아마도 예린은 숨 막힐 만큼 외로웠을 것이다.

그리고 가장 필요한 순간 나타나, 가장 필요한 것을 준 구원자. 그가 떠나겠다고 했을 때, 그보다 두려운 일이 있을 수 있을까?

주인이와의 통화를 마친 나는 한숨부터 내쉬었다. 의자 등받이에 기댄 내가 힘없이 중얼거렸다.

"유천영, 너는 어쩌자고 그렇게……. 하필이면 너 아니면 안 될 사람들만 좋아하게 해서."

그런 그가 좋아하는 사람이 다름 아닌 나라는 것이 이토록 마음 무거울 수가 없었다.

부재중 전화 목록을 확인한 나는 다시 한숨 쉬었다.

"그리고 나는 또 어쩌자고…… 이런 애하고 엮여서."

부재중 전화 목록에는 '나예리'라는 이름이 선명하게 찍혀 있었다.

아니, 그러니까 나는 나를 좋아하는 녀석들을 좋아하는 그녀들의 사정에 대해 자세하게 알고 싶은 마음도, 친해질 마음도 전혀 없다니까. 그래 봐야 내 입장만 복잡해질 뿐인데.

내 입에서 한숨이 그치지 않았다. 아, 미치겠다, 정말.

* * *

일이 해결되었다고 말한 것이 빈말은 아니었던 듯, 유천영은 영화 촬영 틈틈이 학교에 출석했다. 물론 보통 학생만큼은 아니지만 그래도 2, 3일에 한 번 꼴은 되는 것 같았다.

처음에는 토끼 눈을 뜨고 유천영이 숨 쉬는 모습이나 수업 듣는 모습 따위를 하염없이 구경하던 우리 반 학생들도 출석 2주쯤 지나자 그럭저럭 적응하기 시작했다.

5월이 되어 바꾼 자리에서, 유천영은 놀랍게도 윤정인과 짝꿍이 되었다. 내 옆에서 나만큼이나 어이없다는 얼굴로 주인이가 말했다.

"정말 안 어울린다."

"그러게."

"고생 좀 해라."

이건 신서현의 말이었다. 그는 심지어 전에 없이 따뜻한 손길로 유천영의 어깨를 토닥여 주기까지 했다.

그렇게 해서 유천영과 함께 앉게 된 윤정인은 유천영과 짝이라며 의기양양해하던 것도 잠시, 고개를 기웃거리며 말했다.

"야, 그런데 왜 이렇게 춥냐? 5월인데 에어컨 트냐, 우리 반?"

"아, 그거 유천영 때문일걸."

누군가가 무심코 한 말에 윤정인의 고개가 그리로 향했다.

"뭔 솔?"

"몰랐어? 유천영 찬바람 나온다고 유명하잖아. 함단이 말로는 중학교 때부터라던데."

나머지 사대천왕은 이미 배를 잡고 쓰러진 와중에, 그 말을 들은 유천영이 고개를 휙 돌려 날 노려보았다. 아니, 주인아. 너는 내가 유천영의 적이 될 일이 없다고 말했지만, 그건 사실이 아닌 것 같구나.

그리고 나는 재빨리 두 팔을 들어 엑스 자를 그려 보였다.

"난 그런 말 한 적 없다. 진짜야. 중학교 때 얘기 꺼낸 건 은지호 아니야? 내가 했던 웃긴 말들 문장 단위로 기억해서 아무 때나 말하고 다니는 건 재밖에 없어."

"야, 함단이. 내가 언제……."

발끈해서 말하는 은지호를 뒤로하고 윤정인이 어깨를 감싸며 호들갑을 떨어 댔다.

"으, 사람 몸에서 찬바람이 나오다니. 게르마늄 팔찌에서 음이온 나온다는 얘기는 들어 봤어도. 너 혹시 에어컨이야? 아니면 나쁜 짓을 너무 많이 해서 원혼이라도 몰고 다니는 거 아니야?"

"뭔 개소리야."

"끼아악, 유천영이 나한테 욕했어!"

노민찬 선생님이 교실로 들어온 것은 윤정인이 자리 바꿀 사람을 찾겠다며 몸에 열이 많은 사람 손 들어 보라고 하던 무렵이었다.

놀랍게도 몸에 열이 많은 사람이 네 사람이나 나와서 그들끼리 가위바위보를 하던 무렵, 우리는 노민찬 선생님을 발견했다.

"어, 쌤."

토요일 1교시, 본래라면 일찌감치 자리 바꾸기를 마치고 자습이 시작되었어야 할 때였다. 칠판 위에 아직 지워지지도 않은 자리 배치표를 본 윤정인이 잽싸게 변명했다.

"제가 유천영이 싫어서 따돌리려고 이러는 게 아니라요, 유천영의 몸에서 나오는 찬바람이 세상을 따돌려서."

"개소리 좀 하지 마."

"이거 봐요, 선생님! 유천영이 막 공인인데 바른 말 고운 말 안 쓰고!"

"글쎄, 정인아. 선생님은 방금 와서 잘 모르지만 그건 너한테 원인이 있을 것 같구나."

여느 때처럼 호들갑스러운 윤정인과, 드물게 짜증 난다는 표정을 짓고 있는 유천영을 번갈아 본 노민찬 선생님이 조심스럽게 말했다.

"너무하세욧!"

"하아, 다들 그만 떠들고 이쪽 보자."

노민찬 선생님께서 한숨과 함께 꺼낸 말에 정신없이 웃고 있던 내가 고개를 들었다. 무슨 일이지? 원래는 자습 중에는 잘 안 들어오시는데.

"음. 원래는 월요일에 소개하려고 했지만, 본인이 워낙 강력하게 요구해서 이렇게 토요일에 소개하게 됐다."

"소개라고요?"

대체 누구를? 우리 사이에 각종 추측들이 빠르게 오갔다.

졸업한 선배 아니야? 이제 슬슬 선배들 초청해서 진로 상담할 시기잖아. 그건 그렇지, 그런데 그런 건 보통 강당에서 하지 않나? 소란 속에서 일찌감치 추측을 포기한 나는 턱을 괴고 앞문만 보았다.

마침내 문이 열리고, 그 사이로 전에 한 번 보았던 교복이 나타나자 나는 눈을 크게 떴다.

허리께까지 내려오는 짙은 머리카락. 풍성한 속눈썹과 장밋빛 입술. 춤이라도 출 듯 늘씬한 체구와는 달리, 사무적이고 딱딱한 걸음걸이로 교실 앞에 선 나예리가 우리를 돌아보았다. 그러더니 빙긋 웃었다.

"다들 만나서 반가워. 나는 장미 여자 고등학교 나예리라고 해."

정적은 아주 짧았다.

헐, 미친, 개예뻐, 온갖 웅성거림이 떠올라 소란해지는 그때, 노민찬 선생님이 나예리의 말을 받았다.

"나예리 양은 우리 소현 고등학교와 이번에 자매 결연을 맺게 된 장미 여자 고등학교 학생으로, 우리 학교에 교환 학생으로 오게 됐다. 한동안 우리 반에서 지낼 테니 잘 지내라."

"헉, 대박."

"미친, 교환 학생? 그런 좋은 제도가 우리 학교에 있었단 말이야?"

나는 은지호의 반응을 살폈다. 모두가 희귀한 교환 학생의 등장으로 열광하는 가운데 그의 주변만 살얼음이 끼어 있었다.

하긴, 그럴 수밖에 없나? 나예리의 말을 들어 보면 그녀가 은지호에게 구애한 건 하루 이틀의 일이 아니니까.

노민찬 선생님이 빈 책상을 가져오기 위해 교실을 나가고, 나예리가 은지호에게 다가가자 그는 꼭 내가 그를 처음 봤을 때처럼, 싸가지 없고 세상 모든 여자가 자기를 좋아한다고 착각하는 소설 남자 주인공의 모습으로 차갑게 쏘아붙였다.

"무슨 수작이야? 여기에는 왜 왔어?"

그러나 은지호에게 다가가는 줄 알았던 나예리는 내 옆을 지나갈 때쯤 걸음을 멈추더니, 몸을 틀어 내 책상을 탕 내리쳤다.

진땀 날 정도로 예쁜, 그야 아이돌 멤버랑 같은 생김새이니 당연하겠지만, 하여간 그런 얼굴을 내 코앞에 바짝 들이민 그녀가 싸늘하게 물었다.

"너, 왜 내 전화 안 받아?"

나는 속으로 진땀을 주르륵 흘렸다.

아니, 저한테 대체 왜 이러세요…….

"나예리, 갑자기 단이한테 왜 그래? 잘 모르는 사이 아니야?"

뜻밖의 상황에 모두가 멍해진 가운데, 그렇게 물은 건 다름 아닌 김혜힐이었다. 아 참, 그랬지. 혜힐이는 파티 때문에 나예리와 안면이 있다고 했었지.

나예리가 싸늘하게 대꾸했다.

"잘 모르는 사이 아닌데?"

우리가 그럼 잘 아는 사이였나요? 할 말을 잃은 김혜힐을 대신해 내가 속으로만 대꾸했다.

그때, 이번에는 등 뒤에서 뻗어 나온 손이 내 책상을 후려쳤다.

졸지에 두 미소녀의 손길을 하사받게 된 초라한 책상을 내려다본 나는 생각했다. 이 책상, 부러지는 거 아니야?

그도 그럴 게, 내 등 뒤에서 나타나 책상을 후려친 사람은 다름 아닌…….

"너 뭐야?"

귀기 어린 검은 눈을 일렁이는 반여령이었으니까.

격투 선수 못지않게 살벌한 눈빛을 주고받는 두 사람을 보며, 나는 얼떨결에 사자 우리에 굴러떨어진 펭귄의 심정을 알 것만 같았다.

심지어 이 소설의 남자 주인공인 사대천왕조차 두렵다는 듯이 멀찍이 떨어져 있었다. 아니, 너네는 그러면 안 되는 거 아니냐. 역시 이 소설, 뭔가 심하게 잘못된 거 맞지?

그때 유일하게 나선 사람이 있었으니 다름 아닌 루다였다. 나는 희망에 찬 눈으로 그를 보았다.

그래, 루다야, 내가 너 괴물들의 학교에서 깽판을 칠 때부터 알아봤어! 물론 내가 그걸 보면서 한 생각은 사실 정말 '믿음직스럽다.' 따위가 아니라, '오, 얘는 여기서 이러고 있을 게 아니라 차원 이동해서 소드 마스터를 해야 할 것 같은데.'였지만. 어쨌든 이제 믿을 건 너밖에 없다! 가라!

그러기가 무섭게 결의를 다진 것처럼 주먹을 불끈 쥔 그가 앞으로 나섰다.

"저기, 둘 다 일단 단이는 가운데에서 빼고 말하지, 좀? 얘 지금 너희 사이에 있다가는 말라 죽을 것 같은……."

하지만 그는 말을 채 끝맺지도 못하고 둘의 시선에 밀려 한발 물러났다. 그러더니 가슴께를 움켜쥔 그가 중얼거렸다.

"아니, 이건…… 내가 감당할 게 아니야."

그렇게 말하고 또 한발 물러나는 루다를 보며 나는 배신당한 표정을 지었다.

루다야, 너 서열 1위 앞에서도, 심지어 괴물 앞에서도 물러난 적이 없었잖아. 그런데 너마저 이러기야? 아니지, 이건 그만큼 반여령과 나예리가 위험하다는 걸 증명하는 건가?

나는 다시 두 사람을 돌아보았다. 루다가 잠시 끼어들었던 것 따위는 아무 일 아니었다는 것처럼 마주 보던 두 사람이 이윽고 입을 열었다.

먼저 말을 꺼낸 것은 반여령이었다.

"왜 남의…… 단이한테 전화를 받으라 마라야?"

반여령, 너 대체 왜 내 이름 앞에 '남의' 따위를 붙이는 건데. 애들이 다 오해하는 눈으로 우릴 쳐다보잖아.

그러자 고운 눈썹을 찡그린 나예리가 지지 않겠다는 듯이 외쳤다.

"'남의'라니? 왜 단이가 나한테 '남의' 단이야? 물론 내가 이렇게 말한다고 해서 단이를 오믈렛에 이어 둘째로 들일 거고, 이름은 '토스트'로 짓겠다는 생각 같은 걸 했다는 소리는 아니야."

나는 그녀 역시도 경악한 표정으로 쳐다보았다. 아니, 이쪽은 허락도 받지 않고 남의 거취에 대해 뭘 계획하는 거야.

문득 새로운 가능성을 떠올린 나는 표정을 바꿨다. 설마, 이 학교에 온 것도 사실은 나를 직접 데려가려고? 아니면 나와 학교 생활을 함께하기 위해서?

그러기가 무섭게 나예리가 그 가능성을 부정했다. 머리카락을 휙 쓸어 넘긴 그녀가 반여령을 보며 심드렁하게 말했다.

"뭐, 너무 그렇게 노려보지 마. 이 애가 전화를 안 받은 건 어디까지나 내가 교환 학생을 온 부차적인 이유일 뿐이니까……. 대답 안 할 거라면 됐어."

눈을 내리깔아 잠시 나를 쳐다보던 나예리가 그대로 나를 지나쳤다.

"어차피 내 목적은 따로 있으니까."

"뭐라고?"

반여령이 나를 보호하듯 내 앞을 가로막는 가운데, 그녀마저 그대로 지나친 나예리가 마침내 멈춰 선 곳은 은지호의 앞이었다. 그는 아까 자기 예상이 빗나간 충격이 컸는지, 아직도 미간을 구긴 채 팔짱을 끼고 있었다.

그런 그를 내려다본 나예리가 빙긋 웃으며 물었다.

"앞으로 잘 부탁해. 은지호. 같은 학교에 같은 반까지 다니게 됐으니까 잘 챙겨 줄 거지?"

"반장은 내가 아니라 다른 녀석이야. 그 녀석한테 부탁해."

"평소보다도 쌀쌀하네? 그래도 너무 그러지 마, 은지호. 우리는 소꼽친구잖아. 그리고……."

은근한 말투로 말한 그녀가 손을 뻗어 은지호의 팔을 붙잡고는 다시 속삭였다.

"내가 여기에 교환 학생으로 온 이유는, 너 때문이니까."

그녀의 파격적인 언행에 우리 반 안의 공기가 잔뜩 술렁였다.

그에 아랑곳하지 않고 여전히 미소 짓고 있는 그녀를 보며, 나는 처음으로 그녀가 인터넷 소설의 여주인공 라이벌처럼 보인다는 생각을 했다.

* * *

나예리가 교환 학생으로 온 일은 모처럼 평화롭던 내 일상에 던져진 폭탄이었다.

내게 심상치 않은 관심을 보이는 나예리 때문에 반여령은 반여령대로, 또 은지호는 은지호대로 신경이 곤두섰고, 나와 가장 친한 두 사람이 그런 상태이니 내 신경이 남아날 리 없었다.

결국 그날 야자 시간, 나는 공부는 때려치우고 책이나 읽기로 했다.

"나 이거 방금 다 읽었는데, 너 읽을래? 꽤 괜찮아. 읽고 나 대신 도서관에 반납만 해 줘."

뭐 읽을 것 없냐는 내 물음에 신서현이 그렇게 말하며 내민 것은 노아리의 〈안개의 나라〉였다.

공모전은 시나리오 공모전이었지만, 영화보다도 책이 더

일찍 나왔다. 노아리가 최근 두문불출했던 게 노민찬과 사이가 안 좋은 탓도 있었지만, 이 작업을 하느라고 그랬구나.

그렇게 생각한 내가 책을 받아 들며 물었다.

"이거 정말 내가 읽어도 돼? 예약하고 기다리는 사람 수십 명쯤 있는 거 아니야?"

"아니야, 우리 학교 도서관에 20권이나 들어왔거든. 전교생이 읽는다고 해도 꽤 넉넉해."

"일 잘하네, 우리 학교."

나는 자리에 앉아 책을 펼쳤다. 어디 보자, 전에 에필로그밖에 못 읽었지만 뒤의 내용이 궁금하기는 했다.

나는 이어폰을 끼고 주변의 소음을 완전 차단하고는 책장을 넘겼다.

〈안개의 나라〉는 고등학교 3학년인 여주인공이 아버지의 오랜 소원에 따라 가족이 다 함께 귀농을 하게 되면서 시작된다.

여주인공의 여동생은 외향적인 성격이라 친구들을 두고 오기 싫다며 무척 짜증을 내지만, 원래 친구가 별로 없는 여주인공은 비교적 무던한 반응이다.

그렇게 해서 오게 된 아버지의 고향은 버스가 하루에 몇 번 다니지 않는 시골. 심지어 고등학교도 근처에 없어, 여주인공과 여주인공의 동생은 학교를 가기 위해 매일 새벽같이 일어나 인근 도시로 가는 버스를 타야 한다.

게다가 마을 안에는 꺼림칙한 전설이 있었다.

'악귀'에 대한 전설.

산에서 내려온 악귀가 낮이면 모습을 감추고 마을 사람들 사이에 섞여 있다가, 밤이 되면 사람들을 잡아먹고 온갖 불행을 일으킨다는 이야기였다. 정월 대보름날 마을의 종탑이 스스로 울리면 그건 마을에 악귀가 숨어 있다는 징조이니, 그를 찾아내 죽여야 한다는 이야기.

전설을 믿는 사람들은 전설을 믿지 않는 사람들을 배척하고, 그에 따라 여주인공과 여주인공의 동생은 마을 또래에게서 배척당하기 시작한다. 그중 유일하게 그들의 편이 되어 준 것은 마을에서 나고 자랐는데도 전설을 믿지 않는 한 남자애뿐.

거기까지 읽은 내가 생각했다. 그러고 보니 유천영이 〈안개의 나라〉에서 어떤 역할을 맡았다더라? 이 유일한 조력자 남자애의 역할이었나? 비중이나 인물상으로 봐도 남자주인공인 것 같지, 차분하고 이성적인 성격이니까.

그리고 여주인공의 여동생 역할은 예린이려나. 거기까지 생각한 나는 다시 책에 집중했다.

소설이 초중반에 접어들자 마침내 종탑이 울리고, 거짓말처럼 이런저런 악재들이 일어나기 시작하며 마을 사람들은 점차 광기에 휩싸이기 시작한다.

악귀를 잡아내야 한다는 사람들과 그 사람들을 말리는

여주인공 가족 사이에 대립이 일어나고, 그러다 마침내 한 사람이 악귀의 정체로 지목되는데, 그는 바로…….

마른침을 삼키며 책장을 넘기던 나는 어느새 종이 치자 화들짝 놀라서 고개를 들었다. 어느새 오늘의 야자 시간이 끝나 있었다.

"와, 진짜 공부 하나도 안 했네."

뭐, 그래도 요즘 열심히 했으니 오늘 하루 쉬었다 치고 앞으로 더 열심히 하면 되지 뭐. 그렇게 생각하며 책을 가방에 집어넣은 나는 자리에서 일어났다.

* * *

"다녀왔습니다아악."

완전히 지친 나는 쓰러질 듯이 비틀거리며 신발을 벗었다.

신발 정리를 하지도 않고 방으로 들어가 침대에 몸을 묻으려는데, 거실에서 엄마의 목소리가 날아왔다.

"단아, 잠깐 거실로 나와 봐."

"왜?"

"엄마 아빠 할 얘기 있어."

나는 불만스레 눈을 비볐다. 하필 지금? 너무 졸린데.

하지만 방에 들어오기 직전, 소파에 앉아 있던 엄마와 아빠의 심각한 얼굴을 본 것도 같았다. 결국 나는 군말 않고 다시 거실로 나갔다.

막상 마주한 부모님의 분위기가 예상보다도 더 심각해 보이자 나는 덜컥 겁이 났다. 왜 저러지? 우리 집에 혹시 무슨 일이 생겼나? 아빠나 엄마의 직장에 무슨 일이 생긴 건, 아니, 하지만 설마 갑자기 이렇게…….

속으로 혼란스러워하던 내게 엄마가 말했다.

"단아, 네가 아빠 좀 말려 봐."

"왜?"

"너희 아빠가……."

나는 두근대는 심장을 느끼며 엄마의 얼굴을 쳐다보았다.

마침내 엄마의 입에서 한숨과 함께 흘러나온 말에 나는 탄성을 터트렸다.

"너희 아빠가 글쎄…… 전원주택을 사서 이사 가자고."

"엥?"

"아니, 글쎄, 너희 아빠 꿈이 귀농인 건 알지? 나도 너희 아빠 평생 일한 건 안쓰러우니까 잠자코 그 소원 들어주려고 했는데, 글쎄 이 양반이, 최근에 아빠 친구가 갖고 있던 전원주택을 싸게 내놓았다는 거야. 시세보다도 1억은 저렴한 가격에."

나는 불안한 예감과 함께 고개를 끄덕였다.

"으, 응."

"그래서 내가 너 고등학교 졸업할 때까지만 참아 보라고 했는데, 이 양반이 그새를 못 참겠다고, 그사이 팔리면 어쩌냐고……. 그 가격에 더 좋은 집 못 구할 텐데. 은퇴하고 평생 살 거 아니냐고 이러고 있다. 아이고.”

“아…….”

“너도 가만히 있지 말고 뭐라고 좀 말려 봐!”

하지만 나는 도무지 대답할 겨를이 없었다. 나는 다만 아직 다 읽지 못한 〈안개의 나라〉가 있는 방 안을 힐끗거렸다.

저 소설이 어떻게 시작되더라? 그래, 분명히…… 막 고등학교 3학년이 된 여주인공이 아빠의 귀농 의지에 따라 시골로 이사를 가면서 시작됐었지. 그리고 나는 그만 말로도 다 못 할 만큼 엄청난 불안감에 휩싸였다.

아니겠지, 설마. 아닐 거야…….

천만다행으로 내 사정은 〈안개의 나라〉 속 주인공보다는 훨씬 나았다.

아버지가 구매하시겠다는 전원주택의 위치는 경기도로, 우리 학교까지는 어떻게든 지하철로 통학이 가능했다. 뭐, 통학 시간이 왕복 20분에서 왕복 1시간 반 정도로 늘어나긴 했지만.

게다가 어차피 어머니와 아버지의 직장도 학교 가는 길에 있어서, 출퇴근하시면서 나를 태워 주시는 것 정도는 가능했다.

부모님의 출퇴근 시간에 맞춰 기상해야 하니 내 아침이 조금 더 고달파지긴 하겠지만, 고3 때 전학을 가는 것보다는 그게 더 낫지. 우리 학교가 학군과는 상관이 없는 사립 고등학교라서 정말 다행이었다.

그러나 내가 〈안개의 나라〉 주인공 처지가 되는 미치고 팔딱 뛸 전개는 피했다고 해도, 어쨌건 이사가 작은 일이 될 수는 없었다.

늘어나는 통학 시간이야 둘째 치고서라도, 고개를 퍼뜩 든 내가 간절하게 말했다.

"엄마, 아빠, 그럼 우리 이웃집은?"

"어……."

내가 그 말부터 꺼낼 줄은 차마 몰랐던 듯, 엄마가 말을 잃었다. 주먹을 꽉 움켜쥔 내가 다시 말했다.

"우리 이제, 여령이네랑 이웃집 아니야? 다시는 못 봐?"

"그야 지금처럼 옆집에 살지 않으니까, 특별한 날이 아니면 못 보기야 하겠지. 그래도 그렇게 멀리 가는 것도 아니고, 만나려면 평일에도 언제든지 만날 수 있어. 또, 너는 어차피 여령이랑 같은 학교 다니기도 하고……."

"그거랑 이거랑은 다르지!"

내가 외친 말에 엄마는 물론, 엄마 뒤편의 소파에서 드물게 안절부절못하던 아빠도 놀란 표정을 지었다.

입술을 씹던 내가 가라앉은 목소리로 말했다.

"나는, 여령이네랑 우리가 평생 이웃일 줄 알았단 말이야."

"단아, 그건…… 엄마는 지금 이사 가자는 아빠의 의견에 동의하지는 않지만, 그래도 이 아파트도 벌써 20년 됐으니까 그건 힘들 거야. 여령이네가 막 결혼했을 때 이사 왔으니까, 이 아파트는 너희랑 같이 나이를 먹은 셈이잖니."

나는 풀이 죽은 채로 엄마의 설명을 들었다.

"그런데 엄마 아빠 은퇴하고 나서도 계속 사는 건 아무래도 힘들지. 우리 여든 살 될 때쯤이면 이 아파트는 나이가 쉰 살은 될 텐데, 그 전에 어떻게든 이사를 가긴 할 거야."

"그, 그건. 전원주택 가지 말고 같은 아파트로 들어가면……."

가능성 없는 소리란 걸 알면서도 나는 그렇게 말했다. 그러자 엄마는 알 거 다 아는 애가 왜 이러냐는 눈으로 나를 보았다. 나도 알긴 알지만…….

나는 얼굴을 일그러뜨리며 고개를 숙였다.

하지만 난, 여령이의 이웃집에 살고 있지 않은 나 같은 건 한 번도, 단 한 번도 상상해 본 적 없는걸.

심지어 처음 이 세계에 떨어져 여주인공 소꿉친구로 점지어진 내 운명을 깨달았을 때조차, 전학 갈 생각은 했어도 이사 갈 생각은 한 적 없다. 그거야 물론 내가 어렸을 때부터 살아온 이 동네를 쉽사리 떠날 수 없다는 이유가 가장 크긴 했지만, 지금은 그 외에도 떠날 수 없는 이유가 수십 가지는 생겼다.

그런데 왜 하필 이제 와서 이런 일이? 생각을 거듭하던 나는 깨달았다.

어쩌면, 지금 이때가 원작 소설인 〈해가림〉에서 내가 퇴장하는 시간이 아니었을까?

확실히 고등학교 3학년쯤 되었으면 나와 반여령 간의 과거도 밝혀졌을 만하고, 어떤 식으로든 해결이 되었을 터였다.

물론 원작 소설의 설정을 생각했을 때 안 좋은 방향으로의 해결일 게 뻔하지만. 내가 은지호에게 매장당하든, 주인이에게 매장당하든, 아니면 사대천왕의 선두에 선 반여령에게 공개적으로 털리든.

어쨌건, 원작 소설에서 내가 퇴장해야 할 시기이기 때문에 하필 이 시점에 아버지가 이사를 제안한다는 가설은 꽤 타당해 보였다. 아니, 하지만 이런 걸 알아내 봐야 도대체 무슨 소용이지? 그렇게 생각한 나는 다시 고개를 들었다.

반여령과 내가 앞으로 어떤 식으로든 옆집이 아니게 될 거라니. 지금이 아니더라도, 어떤 방식으로든 우리는 각자 이사를 떠날 것이라니.

어쩌면 아예 모르지도 않았던 이런 명제에 왜 이제 와 새삼 이렇게까지 충격을 받는 건지 알 수 없었다.

안 된다는 걸 알면서도, 나는 다시 묻고야 말았다.

"그래도 안 가면, 안 돼?"

“단아…….”

“나, 여령이네랑 옆집이 아니게 된다고 생각하니까, 너무 싫어. 어떻게 해야 할지 모르겠어.”

“…….”

“이제 나는 주말에 누구랑 놀아? 집에 밥이 없으면 누구랑 밥을 먹어? 필요한 물건이 없으면 어디에서 빌려? 잠깐 산책하고 싶을 때 누구랑 나가? 너무 답답할 때 내 얘기 들어 줄 사람은, 물론 전화로도 된다지만, 얼굴 보고 내 얘기 들어 줄 사람은.”

내 두서없는 말의 연속에 엄마는 할 말을 잃은 듯했다.

내가 마침내 말을 멈추자, 그제야 내 얼굴을 물끄러미 보던 엄마가 입을 열었다.

“단아.”

엄마가 의미 모를 표정으로 말했다.

“……네가 참 많이 변하긴 했구나. 여령이랑 같은 학교 가기 싫다고 엄마 붙잡고 울면서 부탁하던 게 엊그제 같은데.”

“이제 그런 부탁 절대로 안 해. 할 리가 없잖아.”

다급히 외친 나는 더는 견디지 못하고 두 사람에게서 돌아섰다. 아무 말 없이 방으로 들어와 문을 닫아도 거실에서는 잔소리가 날아오지 않았다.

침대에 걸터앉은 나는 멍하니 생각을 이어 나갔다. 최근 내가 완전히 되찾은 이 세계에서의 기억 속 반여령의 모습이 자꾸만 떠올랐다.

가령 태풍이 왔던 날 우리 엄마를 대신해서 여령이네 어머니가 우리를 데리러 와 주셨던 일이나, 여단 오빠와 반여령과 나, 셋이 나란히 현관에 서서 마른 수건으로 머리를 말리며 젖은 어깨를 오들오들 떨던 일.

여름에 간이 풀장을 베란다에 설치해 놓고 물을 받아 물장구를 치던 일이나, 동짓날에 새알을 빚어 팥죽을 끓이던 일.

간혹 햇빛 좋은 날이면 셋이서 아파트 앞 경사로를 내려가 도서관에 가서 오후까지 처박혀 있곤 했던 일.

여단 오빠는 주로 역사책을 읽었고, 나는 알기 쉽게 설명된 과학책을, 여령이는 글자가 개미만 한 백과사전 따위를 읽었다.

어렸던 우리에게는 너무 가팔랐던 경사로에서 내가 한 번 크게 구르자, 여단 오빠와 여령이가 다음부터는 내 양옆에서 손을 잡고 조심조심 걸음을 옮기던 일. 어쩌면 작년까지 그들이 당연한 듯 나를 가운데에 끼고 걷던 것도 다 그때의 잔재인지도 몰랐다.

그런 생각을 하며 입가에 가벼운 미소를 떠올렸던 것도 잠시, 나는 다시 울상을 지으며 무릎에 얼굴을 파묻었다.

"아, 너무해. 이제 와서 이러면, 나더러 뭘 어떻게."

내가 울음에 잠긴 목소리로 중얼거렸다.

"나더러 뭘 어떡하라고……."

내가 기억을 최초로 되찾기 시작했을 때 떠올렸듯, 반여령은 나라는 퍼즐의 일부 조각이 아닌 퍼즐 판 그 자체였다.

내가 반여령이란 사람을 웬만큼 알게 되었음에도 과거에 그녀와 나 사이에 있었던 싸움에 대해 전혀 추측하지 못했던 이유는, '반여령이 있는' 내가 '반여령이 없는' 나와는 전혀 다른 존재였기 때문이었다.

그런데 이제 와서, 이제 와서 그 사람과 다시 멀리 떨어지라고? 나는 하얗게 질릴 만큼 주먹을 세게 움켜쥐었다.

지금 당장 집을 나가 반여령을 보고 싶은 마음을 나는 계속 억눌러야만 했다.

내가 지금 반여령을 찾아가 방금 알게 된 걸 말한다면, 내가 울기도 전에 그녀가 더 크게 울음을 터트릴 테니까.

그러면 그때야말로 나는 그녀와 그녀의 가족들, 우리 집과 구조가 똑같은, 우리 집만큼이나 익숙한 그녀의 집 모두를 두고 가야 한다는 사실을 절실하게 깨닫게 될 테니까.

* * *

다음 날, 그칠 줄 모르고 떠오르는 과거의 추억과 새집으로 이사 갈지도 모른다는 불안감 사이에서 한참을 오락가락하던 나는 결국 한숨도 자지 못한 채로 등교했다. 내가 보기에는 어제에 이어 오늘도 제대로 된 공부는 그른 듯했다.

젠장, 수능이 이제 며칠 남았더라. 아무튼 200일은 안 남았을 텐데. D-200 넘은 거 얼마 전에 확인했으니까. 퀭한 눈으로 그런 생각을 하는 나를 은지호와 반여령이 걱정스럽게 쳐다보았다.

"함단이, 너 어디 아프냐? 설마 감기는 아니지? 4월도 아니고 5월에."

"단아, 많이 아프면 중간에 수업 빠지고 양호실 가서 잘래? 나도 같이 핑계 대고 빠질게."

둘의 말에 나는 손만 휘휘 내저었다.

"아니, 뭐 그럴 것까지야. 그리고 나 오늘은 정말로 자리에 붙어 있어야 돼. 수업 안 듣더라도 자습이라도 해야지, 안 그러면 큰일 나. 어제도 놀았단 말이야."

그러자 은지호와 반여령은 동시에 말로 설명 못 할 만큼 묘한 표정을 지었다. 그럼에도 지난 세월 덕에 귀신같이 그 의미를 알아차린 내가 다시 말했다.

"'몸이 더 중요하지, 성적은 떨어져도 올릴 수 있지만 몸은 컨디션 떨어지면 다시 올리기 쉽지 않잖아.' 그런 소리는 하지 마라. 인간적으로 전국 1등과 전국 2등이 할 소리는 아니라고 생각한다. 성적이나 컨디션이나 나한테는 올리기 어려운 건 똑같아."

"하지만……."

울상을 지은 반여령이 꺼내려는 말을 시선으로 칼같이

차단한 내가 은지호를 돌아보았다.

“덧붙여 은지호 너는 그럼 과외 같이 받자는 얘기도 꺼내지 마라. 우리 집에는 감당할 돈도 없거니와, 그렇게까지 신세 지면 어떻게 갚아야 할지 감도 안 오니까. 아, 그렇다고 과외 할 필요도 없이 네가 직접 가르쳐 준다는 말도 하지 마. 네가 아무리 잘 가르쳐 봐야 일정이 스파르타일 게 뻔하니까.”

“…….”

그러자 은지호가 나로서는 거의 처음 본 패배감 깃든 표정을 지었다. 이윽고 고개를 돌린 그가 투덜댔다.

“함단이, 고3 되고 예지력은 늘어나고 말에 필터링은 사라졌어, 아주. 이제 곧 있으면 점집도 차리겠네.”

“어, 수능 망하면 하나 차리려고.”

나는 태연하게 대꾸했다.

“말이 씨가 된다며 나한테는 ‘망한다’의 ‘망’ 자도 못 꺼내게 하던 게 누구였더라.”

계속 투덜거리는 그의 등을 억지로 떠민 내가 교문을 통과했다.

교실 문을 열자마자 여느 때처럼 떠들썩한 소음이 나를 반겼다. 전체 학생의 반 정도가 7반과 8반 출신으로 이루어진 3학년 8반은 아닌 게 아니라 좀 과하게 시끄러운 데가 있었다. 1학기보다 2학기가 시끄러운 게 보통인데 벌써부터 이러면 수능 전쯤엔 어떻게 될지, 나는 최근엔 기대를 넘어서서 좀 걱정이 되기 시작했다.

그나마 다행인 건, 다른 반 출신 학생들이 이 분위기에 적응 못 하고 스트레스를 받았으면 꽤 마찰이 생겼을 텐데, 대신 자신들의 숨겨진 끼를 마구 발산하기 시작했다는 점이다.

덕분에 축제도 아닌데 슈퍼스타S(소현)를 진행하려는 듯 심취하여 발라드를 부르고 있는 남학생과, 또 그것을 구경하고 있는 한 무리의 학생들과, 컴퓨터를 둘러싸고 게임을 하고 있는 무리와, 교실 뒤편에서 다이어트 댄스를 추고 있는 다섯 명의 여학생을 지나친 나는 김혜힐과 이민아의 뒷자리를 찾아 반여령과 함께 앉았다.

나를 돌아본 김혜힐이 운을 뗐다.

“안녕, 오늘도…….”

“놀라운 개판이지.”

내가 그 말을 받았다. 우리는 끊이지 않는 발라드를 배경으로 한동안 어제 있었던 일이나 뉴스에 대해 얘기를 나누었다. 우리로선 배경 음악이 어제처럼 힙합이 아니라 발라드라서 그저 다행이란 마음뿐이었다. 심지어 꽤 잘 부르기까지 했다.

그러다 김혜힐이 갑자기 화제를 바꿨다.

“그러고 보니까 어제 말이야, 네가 대체 나예리에게 뭘 했길래 나예리가 너한테…….”

“아, 그거 말인데…….”

갑작스러운 이사 얘기 때문에 완전히 잊고 있었네.

내가 막 설명하려던 그때, 호랑이도 제 말 하면 나타난다고 뒷문이 열리며 나예리가 왕처럼 당당한 걸음으로 등장했다.

심상치 않은 기백에 넋 놓고 보는 것도 잠시, 반여령과 사대천왕, 아니, 오대천왕으로 인해 단련된 우리 반 애들은 이윽고 태연히 인사를 보냈다.

“예리야, 안녕.”

“안녕.”

예의 바르게 하나하나 인사를 받아 준 그녀는 주위를 두리번거리며 무언가를 찾는 듯하더니 마침내 원하는 것을 발견한 듯 눈을 빛냈다.

그녀가 걸음을 옮겨 향한 곳은 이번에도 은지호의 앞이었다. 은지호는 이어폰도 끼지 않은 주제에 인기척을 못 느낀 척 고개도 들지 않았지만, 그녀는 상관없다는 듯이 생글생글 웃으면서 물었다.

“답지 않게 늦게 왔네? 난 당연히 네가 여덟 시쯤엔 올 줄 알고 기다렸는데.”

그는 여전히 그녀에게는 시선도 주지 않은 채, 서랍을 뒤적이며 대꾸했다.

"그 시간에 오면 함단이랑 반여령이 수면 시간 부족하다고 내 머리채 잡아."

"같이 등교해?"

그렇게 물은 나예리의 고개가 이곳으로 향했다. 시선이 마주치기 전에 간신히 고개를 돌린 나는 속으로 안도의 한숨을 내쉬었다.

내가 속으로만 투덜거렸다. 나랑 반여령이 자기 머리채 잡을까 봐 늦게 오는 거라니, 그게 무슨 소리야? 그가 과연 순순히 머리채를 잡혀 줄 위인인가는 둘째 치고, 더 많이 잠잘 핑계로 우릴 이용하고 있는 거 아니야?

하지만 생각해 보면 우리와 함께 등교하기 전의 은지호는 지금보다 한 시간은 더 일찍 등교하곤 했으니, 그 말이 사실일 가능성도 있었다.

아무튼 그게 사실이건 아니건 간에, 나는 더 이상 나예리의 관심을 끄는 건 사양이란 말이야.

어쨌건 나는 여주인공 친구고 나예리는 여주인공의 가장 강력한 라이벌 후보라고! 아무리 여기가 소설 속이란 인식이 덜해졌대도 본능적으로 피하고 싶은 게 당연하잖아. 내가 지금까지 소설에 엮여서 무슨 일을 당했는데?

눈을 질끈 감으며 고개 숙인 나를 보던 나예리의 눈이 가늘어졌다. 이윽고 미련 없이 휙 고개를 돌린 그녀가 다시 은지호를 보며 말했다.

"나 선도부에 들고 싶어. 어제 교환 학생으로 와서 이 학교 구조 아직 모르겠으니까 네가 안내해."

와, 내가 은지호가 남에게 명령조를 듣는 건 살다 살다 처음 들어 보네. 엿듣는 티를 내선 안 된다고 생각하면서도 나는 무의식적으로 감탄했다.

정작 은지호는 아무렇지도 않게 대꾸했다.

"남의 학교 와서 선도부는 웬 선도부? 얌전히 있다 교환 학생 끝나면 조용히 돌아가. 그리고, 네가 설령 하고 싶다고 해도 왜 내가 학교 구조를 안내해 줘야 하는데. 학급 반장인 권은형한테라도 부탁하든가."

"너는 내 소꿉친구잖아. 소꿉친구를 두고 내가 뭐 하러 굳이 처음 보는 반장과 이 학교를 돌아다니겠어? 그리고 걔, 지금 반에 없어."

나와 마찬가지로 둘의 대화를 아닌 척 귀 기울여 듣고 있던 여령이가 중얼거렸다.

"듣고 보니 그러네. 은형이는 어디 갔지?"

알고 보니 교실이 평소보다 더 개판이었던 데는 은형이의 부재도 한몫한 모양이었다. 반여령의 옆얼굴을 보며 나는 얼굴을 굳혔다. 이사 얘기는 대체 언제 꺼내면 좋지?

그때 은지호의 대답이 다시 들려왔다. 나는 고개를 돌렸다.

"소꿉친구는 무슨. 어렸을 때 공적인 자리에서 몇 번 본 것도 소꿉친구라고 하냐? 이상한 수작 부리지 말고 선도부를 찾아가든 뭘 하든 알아서 해. 괜히 날 끌어들이지 말고."

"흐음, 이런 식으로 나오면 나도 방법이 있는데."

나예리의 의미심장한 말에 은지호가 한쪽 눈썹을 꺾었다.

"뭐?"

"네가 학교를 안내해 주지 않으면, 나는 선도부를 찾아 헤매다 그만 길을 잃고 이사장실에 들어가 버릴지도 모르지. 이사장님께서는 틀림없이 날 알아보실 테고, 무슨 용건이냐고 물으시면 난 이렇게 말해야겠지? 지호가 너무 바빠서 학교 안내를 해 주지 못해서, 어쩔 수 없이 저 혼자 길을 찾고……."

노래하는 듯한 나예리의 말을 끊고, 은지호가 한숨과 함께 자리에서 일어났다.

"하아. 가자, 가."

"후후, 좋아."

마침내 목적을 달성한 나예리가 만족스럽게 웃으며 그를 따랐다. 뒷문을 닫으며 은지호가 나예리에게 경고하는 말이 희미하게 들렸다.

"같은 수작 두 번 부렸다가는 가만 안 둬."

나는 마치 영화 마지막 장면이라도 보는 듯한 기분으로 둘이 사라지는 모습을 관찰했다.

그러다 정신을 차리고 고개를 들자, 어째선지 뒷문이 아니라 나를 보고 있는 교실의 모두를 볼 수 있었다.

내가 당황하며 물었다.

"아, 아니, 왜?"

모두를 대표하여 윤정인이 대답했다.

"오, 아니……. 이 드라마에 드디어 제대로 된 라이벌이 등장했구나 해서. 요컨대 발단 전개 절정까지 왔다는 느낌."

"남의 인생을 멋대로 드라마 취급하지 마."

눈을 찌푸린 내가 대꾸했다. 아니 뭐, 드라마가 아니라 소설이란 점에서 사실 크게 다르진 않지만.

그때 루다가 심드렁한 말투로 끼어들었다.

"라이벌은 웬 라이벌? 서로 노리는 게 같아야 라이벌이지, 쟤가 은지호를 좋아한다고 해도 단이가 은지호를 안 좋아하는데 그게 어떻게 라이벌이냐? 말도 안 되는 소리 하지 말고 책이나 펴."

"우우, 고3한테 책이나 펴라니, 너무했다. 그러는 자기도 아직 책 안 폈으면서."

"시끄러."

까칠하게 대꾸하는 그에게 윤정인이 웃으며 물었다.

"야, 너도 사실 단이가 요즘 유난히 저쪽 신경 쓰는 것 같으니까 맘에 안 들어서 그러는 거지? 솔직하게 말해."

그러자 얼굴이 금세 새빨갛게 물든 루다가 더듬거리며 대꾸했다.

"그, 그게 무슨 말도 안 되는, 야, 완전 날조……."

그렇게 말하며 주위를 두리번거리던 그는 나와 눈이 마주치자 당황하며 고개를 휙 돌렸다. 반은 민망하고, 또 반은 미안한 마음에 나는 가만히 한숨을 내쉬었다.

사실, 윤정인 말대로 내가 최근 저쪽에 도무지 신경을 끊지 못하는 건 사실이었다. 그야 하나는 내게 고백한 사람이고 하나는 나를 키우고 싶다고 고백한 사람의 조합이니, 내가 아닌 누구라도 그럴걸.

하지만 내가 저쪽에 과하게 신경을 쓰는 건 정말 그런 이유뿐일까……? 나는 이마를 찡그리며 최근에는 영 진도를 나가지 못한 문제집에 집중했다.

은지호와 나예리가 돌아온 것은 수업 시작이 간신히 5분 정도 남은 시각이었다. 나는 잠이 부족해서 이사에 대해 어떻게 얘길 꺼낼지, 또 은지호나 나예리에 대해선 어떡해야 할지 생각을 정리하지도 못한 채, 수업 시간 내내 졸다가 점심시간을 맞이했다.

종이 울리고도 한참을 멍하니 앉아 있던 나는 느릿느릿 고개를 돌렸다. 윤정인이나 이민아처럼 발 빠른 애들은 이미 급식실로 달려가 버리고 없었다.

반여령과 은형이가 수능 끝나고 사귀기로 합의를 본 뒤로 우리는 중학교 때처럼 사대천왕과 반여령, 나, 이렇게 여섯 명이 함께 점심을 먹고 있었기 때문에 내가 사대천왕

쪽을 돌아본 건 당연했다.

유천영은 오늘 학교에 나오지 않았고, 뒷문에 서서 손짓하는 은형이와 주인이 옆에서 실랑이를 벌이고 있는 나예리와 은지호가 보였다.

나는 눈을 크게 떴다.

그들을 발견한 여령이가 의아한 듯이 물었다.

"너희 뭐 해?"

알고 보니 둘의 싸움은 아침에 있었던 것과 거의 같은 패턴이었다.

"은지호, 나랑 밥 먹자. 밥 먹자고. 밥 먹자니까."

"아, 싫어. 싫다고. 싫다는 사람 말이 안 들려?"

재네도 저렇게 유치하게 싸우는구나. 저러니까 도저히 인터넷 소설의 등장인물들 같지 않네.

내가 그렇게 생각할 때쯤, 나예리가 돌연 말투를 바꾸었다.

"그런데 너 협박이 꽤 유해졌구나. 오히려 너 열 살 때쯤 송덕배한테 했던 말이 몇 배는 무서웠던 것 같아. 너 송덕배 기억나?"

"송제 망한 지가 언제인데 기억이 나겠냐? 아, 솔직히 말해서 기억은 나. 내가 한 말도 뭐였는지 대충 기억은 나는데, 아무튼 나는 밥을 먹으러 가야 하니 이제 그만 좀 비켜 보시지."

그렇게 말하며 은근슬쩍 도망치려던 은지호는 나예리의

발에 다시금 진로가 막히자 이마를 구기며 한숨 쉬었다.

방글방글 웃으며 그를 쳐다보던 나예리가 중얼거렸다.

"나, 이제 교실이 비어서 같이 먹을 사람도 없는데."

그러자 은지호가 수작 부리지 말란 말투로 말했다.

"그게 뭐가 대수야? 네 사교력에 이미 먹는 애들 사이에 껴서 먹는 건 쉬울 거 아니야?"

"굳이 소꿉친구를 두고 그래야 할 필요가 있을까?"

나예리의 말을 들은 은지호가 난처한 듯 주위를 두리번거렸다. 급기야 나와 눈이 마주치자, 그가 이러긴 정말 싫다는 듯 한숨을 푹 쉬고서 말했다.

"미안한데, 반여령, 함단이. 너희 오늘만 얘 좀 주워 가 주면……."

도무지 자기가 같이 밥을 먹을 수는 없으니 우리에게 떠넘기려는 것 같았다.

어쩔 수 없이 고개를 끄덕이려던 나는 그의 뒤에서 나를 빤히 보던 나예리와 눈이 마주치고 말았다. 그 순간, 나는 나도 모르게 한 걸음 물러났다.

이윽고 반여령의 팔을 잡은 내가 다급히 말했다.

"바, 반여령. 가자."

"응? 그래도 혼자 먹게 둘 수는……."

소외된 사람을 절대 가만 못 두는 반여령의 말을 내가 잘랐다.

"은지호랑 먹고 싶다잖아."

"야, 함단이!"

내 말을 들은 은지호가 으르렁거리듯 외쳤지만 나는 그를 얼른 외면하고 은형이와 주인이의 팔을 잡아끌었다. 가자, 가자. 주인이는 주저 없이 나를 따라오며 재밌다는 듯 실실 웃었다.

그 뒤를 득달같이 따라온 은지호로 인해 우리는 결국 가까운 곳에 앉게 되었다. 어쩌다 보니 평소 우리 일행에 나예리를 껴서 다 같이 먹는 듯한 형국이었다.

소문의 교환 학생이 포함된 우리 무리를 향해 급식실 학생들의 뜨거운 시선이 쏟아졌다. 그러나 그중에 가장 뜨거운 건 다름 아닌 나를 향한 은지호의 원망 어린 시선이었다.

애써 그와 눈을 마주치지 않으려고 애쓰면서, 나는 아예 몸까지 반대쪽으로 틀어 앉아 밥을 입에 퍼 넣었다.

그런 나를 흥미롭다는 듯 쳐다보는 나예리의 시선까지 더해지자, 나는 딱 죽고 싶은 기분이 되었다.

그런 나를 향해 주인이가 걱정스럽게 물었다.

"그나저나 엄마, 아침부터 생각했는데 오늘 안색 안 좋네. 어제 집에서 무슨 일 있었어?"

그에 숟가락을 내려놓은 나는 까슬해진 뺨을 매만졌다.

"어, 잠을 좀 못 잤는데 티 나나 봐. 평소처럼 성적 관련이나 뭐 그런 건 아니야."

"으음."

"아직 확정된 것도 아니라서, 확실해지면 말해 줄게."

내 말에 주인이는 조금 불만스러운 표정이면서도 고개를 끄덕였다. 이번에는 내가 그에게 물었다.

"그러는 주인이 너는 오늘따라 기분 좋아 보이는데, 너야말로 무슨 일 있는 거야?"

"어, 티가 났어?"

금세 히쭉한 웃음을 지은 주인이는 대각선 자리의 은지호를 턱짓으로 가리켰다.

"난 은지호가 괴로우면 괴로울수록 기분이 좋아지거든, 엄마. 아마 한동안은 계속 이럴 거야."

"아하, 그렇구나……."

무슨 말을 해야 할지 알 수 없어서 어색하게 웃는 내게 은지호의 외침이 들려왔다.

"야, 우주인, 너 그게 친구가 할 소리냐?"

물론 주인이는 들은 척도 하지 않았다. 그가 젓가락질을 하며 태연히 덧붙였다.

"아, 그리고 참고로 말하자면 나는 나예리 너 마음에 들어. 은지호를 괴롭혀 준다는 이유 외에도."

"어머, 그거 잘됐네. 나도 그런데."

마주 보고 활짝 웃은 두 사람은 심지어 신문 1면에 나올 것처럼 우아하게 악수하기까지 했다.

주인이와 악수를 마친 나예리가 다시 나를 돌아보았다.

내가 젓가락을 입에 물며 조심스레 시선을 피하는 그때, 대뜸 옆에서 뭔가 건네졌다. 나는 옆을 보았다.

"자."

그러고 보니 오늘의 후식은 며칠 전, 야구 경기장에 갈 계획을 짜던 날에도 나왔던 푸딩이었다.

방금까지만 해도 잔뜩 화난 것처럼 굴더니 돌연 푸딩을 툭 던져 주는 은지호의 의도를 알 수가 없었다. 심지어 그는 푸딩을 건네주고 나서도 내 쪽은 쳐다보지도 않았다. 그러다 내가 계속 가져가지 않자, 그제야 그가 나를 돌아보며 물었다.

"안 먹어? 너 이거 좋아하잖아."

"어, 어? 그렇게 좋아하진 않는데."

"그럼 그땐 왜 푸딩을 주머니에 집어넣고 도토리를 주운 다람쥐 같은 표정을 지은 건데?"

은지호의 독창적인 표현에 주인이가 맞은편에서 빵 터졌다. 기어이 식탁을 두드리며 깔깔 웃음을 쏟아 내는 그를 보던 나는 다시 은지호를 돌아보았다.

"그야 단 거고, 공짜니까."

"이유가 어떻든 간에 좋아했던 거잖아. 그런데 왜 안 가져가냐고. 이번엔 돈 받을까 봐 그래? 안 그럴게."

"……."

"난 단것보다는 쓴 거 좋아해서 어차피 잘 안 먹어."

그제야 은지호가 아주 가끔, 피곤해 보이는 얼굴로 쓰레기통 앞에서 홍삼 스틱 같은 걸 물도 없이 입에 쭉 짜 넣던 모습이 머릿속에 떠올랐다.

그에 잠시 웃던 나는 이윽고 웃음을 거두고 고개를 내저었다.

"아니야."

"아니라니, 뭐가?"

"필요 없다니까."

"너 왜 나한테 화난 것처럼 굴어?"

평소와 달리 날카로운 은지호의 목소리에 나는 흠칫하며 고개를 들었다. 그의 예리한 시선이 금방이라도 나를 파헤칠 것만 같았다.

나와 눈이 마주치자 그가 한 자 한 자 씹어 말했다.

"지금, 화내야 할 사람은 사실 나 아니냐? 내가 너한테, '그런 일'을 한 걸 제외하고서라도."

그가 말하는 '그런 일'이 무엇인지는 너무나도 잘 알기에 나는 입술만 깨물었다.

그야 다른 애들은 물론이고, 나예리도 있는 자리에서 내게 고백했다는 사실을 크게 떠들 수는 없을 것이다.

내가 대답이 없자 은지호가 말을 이었다.

"너 나예리 알게 된 지는 얼마 안 됐잖아. 나와 알게 된

지는 벌써 6년이나 됐고. 그럼 당연히, 어제 교환 학생으로 온 애보다는 내 기분을 더 신경 써야 하는 거 아니야? 그런데 내가 싫다는 상황에 날 던져 놓고 멋대로 도망가? 심지어 내가 도와 달라고 직접 말하기까지 했는데도?"

그가 기어이 덧붙였다.

"네가 지금 나라면 기분이 어떨 것 같아?"

어떨 것 같냐고? 내가 싫어하는 남학생에게 고백을 받는 상황이었고, 그와 단둘이 있는 걸 피하기 위해 은지호에게 도움을 요청했는데 그가 단번에 내치는 상상을 한 나는 빠르게 말했다.

"아, 그건 정말 미, 안. 정말 미안해. 잘못했어, 내가."

그제야 거꾸로 솟은 산을 그렸던 은지호의 눈썹이 겨우 수평을 되찾았다.

나를 빤히 보던 그가 한결 가라앉은 목소리로 말했다.

"……잠 못 잔 이유를 우리한테 말 안 하는 건, 우리가 해결 못 할 이유라서냐."

"어, 응."

나는 수척한 눈가를 매만지며 대답했다. 안 듣는 척하면서도 실은 다 듣고 있었구나.

"나중에 일 터졌는데 우리가 해결해 줄 수 있는 거 괜히 혼자 삽질하고 있었던 거면 가만 안 둬."

"야, 너는 무슨, 사람을 잠재적 폭탄으로 보냐. 그러는 거 아니다."

그의 괜한 으름장에 실실 웃으며 대답한 나는 다시 먹는 것에 열중했다.

사실대로 말하자면, 이사 가기 싫다는 말 따위를 은지호에게 했다가 은지호가 지금까지 명절날 세뱃돈을 모아 온 통장 같은 걸 써서 우리 집을 덜컥 사 버릴까 조금은 겁났다. 농담이 아니라 진짜로.

그제야 나를 계속 노려보던 은지호가 표정을 풀며 웃었다.

"그래, 그럼."

그의 갑작스러운 온도 변화에 기분이 이상해진 나는 부지런히 숟가락질만 했다. 그러던 내 귓가에 차가운 목소리가 스몄다.

"그런데, 왜 다시는 안 그러겠다는 말은 안 하냐?"

나는 대답 대신 빠르게 밥을 입안에 퍼 넣고 자리에서 일어났다.

야, 어디 가! 하는 은지호의 외침이 등에 달라붙었지만 나는 뒤도 돌아보지 않았다.

나예리가 은지호가 날 좋아한다는 걸 눈치챘을까? 급식실에서 돌아오자마자 내가 가장 먼저 떠올린 생각이었다.

파티에 은지호와 내가 함께 왔을 때는 분명 견제하는 눈치였지만, 최근 그녀의 행동을 보면 은지호가 나를 좋아할 거라고는 전혀 의심 안 하는 것 같았다. 사실 일반적으로 그걸 의심하는 쪽이 이상하겠지만…….

게다가 미안한 말이지만, 나예리는 별로 눈치가 빠른 편이 아닌 것 같았다. 다른 애들에게 들은 바로는 나예리의 성적도 은지호 못지않았지만, 역시 성적과 눈치는 별개인 걸까. 하긴, 남의 눈치 살필 일이 거의 없을 테니 당연하겠지. 오히려 은지호 쪽이 좀 이상한 거고.

그렇게 생각한 나는 손을 꽉 쥐며 결심했다. 좋아, 은지호가 마음 상하지 않을 선에서 나예리가 은지호의 마음을 눈치 못 채게 하자!

우리 반 애들이야 내가 고백 얘기를 하면 경기 일으키는 걸 알고 있으니 나예리 앞에서 대놓고 하진 않을 거고, 소문이 좀 걱정되긴 하지만 설마 나예리가 소문을 다 믿지는 않겠지.

그러나 생각과 실천 사이에는 역시 하늘과 땅만큼의 차이가 있었다. 나는 은지호가 말을 거는 족족 움찔대거나 자리를 피해 버려서 그를 열 받게 했다.

그의 얼굴은 시간이 갈수록 일그러지기 시작했는데, 그 구체적인 결과는 6교시 체육 시간에 확인할 수 있었다.

6교시 체육 시간에는 본래는 배구 토스를 하게 되어 있었으나, 반휘혈과 이루다가 포함된 미친 운동 신경의 우리 반이 너무 빨리 끝내 버린 관계로 자유 시간으로 전향했다.

마침 날씨도 좋은데, 축구나 하자는 제안에 남자애들은 두 패로 갈라졌다. 나는 발야구 하자는 이민아의 제안을 거절하고 구령대 그늘에 앉아 반여령의 무릎 위에 머리를 누였다. 90도로 기울어진 세상은 장난감 상자 안처럼 보였다.

"시—작!"

나는 둔하게 눈을 깜빡이며 윤정인의 외침에 따라 남자애들이 뛰기 시작하면서 흙먼지가 마구 일어나는 광경을 지켜보았다. 반휘혈과 은형이, 주인이가 한 팀이고 은지호와 루다, 윤정인이 한 팀이었는데, 그럭저럭 불꽃 튀는 대결이 될 것도 같았다.

내 예상과는 달리 경기는 은지호와 루다의 일방적인 우세로 기울었다. 반휘혈과 은형이가 합을 맞추는 데 난항을 겪고 있기 때문이었다.

반휘혈은 자기 마음속 전국 서열 0위인 은형이에게 최대한 기회를 양보하려 했고, 은형이는 본래가 그런 성격이었다. 반면 은지호와 이루다는 입으로는 서로를 죽어라 물어뜯으면서도 호흡만은 무섭게 잘 맞았다.

그러나 그런 일방적인 우세도 은지호의 실수 한 번에 날아가고 말았다.

"아."

시원하게 허공으로 솟구쳐 담장을 넘어가 버리는 공을 보고 은지호가 태연히 중얼거렸다.

그런 그에게 터벅터벅 다가간 루다가 열이 머리끝까지 올라 외쳤다. 시작하기 전엔 심드렁하면서 막상 하고 나면 누구보다도 진지한 그였다.

"야! 너는 무슨 세상을 사이드 미러로 보냐?! 골대가 실제로 보이는 것보다 멀리 있기라도 하냐고! 무슨 코앞에 있는 골대에 들어갈 공을 하늘 끝까지 차올리고 있어!"

"형, 반대 아닐까, 반대? 골대가 실제로 보이는 것보다 멀리 있으면, 공을 길게 차는 게 맞는데……."

"아, 맞고 자시고 지금 그런 게 중요하냐고! 거의 넣은 골을 놓쳤는데! 우리 이러다 지게 생겼잖아!"

"형, 잊은 것 같아서 말하는데 형이랑 나는 상대 팀이야."

그런 주인이와 루다의 대화를 전혀 관계없는 사람처럼 무심히 듣고 있던 은지호가 드디어 정신을 차린 듯 말했다.

"아, 미안."

그가 공이 넘어간 담장을 보며 느릿느릿 말을 이었다.

"내가 좀 열 받는 일이 있어서……. 그거 생각하다 보니 잠깐 힘 조절이 안 됐다."

"열 받는 일? 그게 뭐……."

말하다 흠칫한 루다가 돌연 이쪽을 보더니 입꼬리를 올렸다. 그가 본 것이 나인지, 아니면 나로부터 얼마 떨어지지 않은 곳에 있는 나예리인지는 확실치 않았다.

이윽고 가벼운 조소를 떠올린 이루다가 은지호의 어깨를

툭 쳤다.

"애도 아니고, 관심 좀 안 줬다고 삐지냐?"

헉, 잠깐만, 루다야.

나는 황급히 누워 있던 몸을 벌떡 일으켰다. 내 뒤에서 주말극을 시청하듯이 태연한 김혜힐의 목소리가 들려왔다.

"오, 꽤 세게 나오는데. 하긴, 이루다 성격을 생각하면 저건 오히려 양반이지."

"아니, 혜힐아. 지금 그렇게 침착하게 말할 때가 아니고."

"뭐 어때? 자기들끼리 싸운다는데. 즐겨."

내가 울상을 지으며 하는 말에 혜힐이 옆에 있던 이지한이 마찬가지로 시큰둥하게 대답했다. 으윽, 누가 둘이 연인 아니랄까 봐.

둘에게서 공감을 얻기를 포기한 나는 은지호를 돌아보았다. 걱정했던 것과 달리 아무렇지 않은 얼굴로 잠시 하늘만 쳐다보던 그가 이윽고 루다를 보며 대꾸했다.

"어. 올해 들어서 벌써 1, 2학년에서만 30번 넘게 고백받았지만 아무런 반응도 못 얻은 사람이 할 말은 아니니까 닥치시길."

"야. 말 다 했냐?"

"잊은 것 같은데, 먼저 시비 건 건 너다."

그렇게 말하고 이루다의 어깨를 툭 밀친 은지호가 공이 넘어간 담장 쪽을 향해 걸음을 옮겼다.

땀에 젖어 티셔츠가 달라붙은 그의 등에서 고요한 분노가 울컥울컥 배어 나왔다. 다른 애들도 차마 그런 은지호에게 말을 붙이지 못하는 기색이었다.

이런 상황에서의 돌파구는 언제나 윤정인이었다. 이마를 한 번 긁적이고는 은지호에게 다가간 그가 아무렇지도 않게 말했다.

"아, 한창 재밌었는데 흐름 끊겨서 아쉽게 됐네. 야, 은지호. 이따가 이거 끝나고 매점 가실?"

하는 걸 봐선 아무런 대답도 없을 것 같았는데 의외로 아무렇지 않게 대답이 돌아왔다. 하긴, 은지호는 상관없는 사람에게 화풀이하는 성격은 아니었다.

"갑자기 뭐냐?"

"아, 왜, 좋잖아. 공 차고 나서 아이스크림. 이기면 내가 살게, 지면 네가 사."

"흐름 끊겨서 지면 내 탓이라 이거냐?"

"아, 은지호. 거참 사람이 예민하네. 예민하게 진실을 잘 캐치해……."

"말 다 했냐, 너."

윤정인과 은지호가 티격태격하며 담장 밖으로 사라지자, 운동장에는 기묘한 침묵이 찾아왔다.

구령대에 있던 모두의 시선을 받은 나는 다만 위를 올려다보며 생각했다. 아, 모르겠다…… 두 사람이 싸우면서도 주어를 생략해 준 덕에 나예리가 '이루다 저 애는 은지호를 좋아하나?' 하고 중얼거리고 있는 게 천만다행이었다. 나는 아무 말 없이 반여령의 무릎에 벌렁 도로 누웠다.

이게 겨우 전초전에 불과하다는 것을 그때의 나는 몰랐다.

체육 시간이 끝난 직후 청소 시간이었다. 다들 옷을 갈아입느라 아직 청소가 시작되지 않은 사이, 내내 안 보이던 은지호가 이루다와 함께 웬 박스 하나를 들고 나타났다.

그 광경을 본 나는 눈을 크게 떴다. 한편 다른 애들은 곧바로 박스의 정체를 깨닫고 반색하며 외쳤다.

"뭐야, 아이스크림 우리 반 것까지 사 왔어? 누가 돈 냈어? 윤정인이, 네가?"

"내가. 아니, 윤정인 이 자식이 웃긴 게, 우리 팀이 분명히 이겼잖아. 그런데 나랑 이루다가 아직 싸운 상태니까 이런 건 진정한 승리가 아니래. 그러면서……."

기다렸다는 듯 투덜대는 은지호의 말을 자른 윤정인이 쾌활하게 외쳤다.

"야, 은지호랑 루다가 아이스크림 사 왔으니까 다들 와서 하나씩 골라 가! 오늘은 이거 먹고 청소하자."

"반장은 나인데, 누가 보면 네가 반장인 줄 알겠네."

그렇게 말하며 답지 않은 장난을 건 것은 은형이였다. 그에 은형이를 돌아본 윤정인이 씩 웃었다.

"무슨 소리야, 나는 우리 반 일에 대해서라면 완전 은형이 믿지. 이런 내 마음 오해하면, 아이, 싫어."

"토 나올 것 같으니까 작작 하고 얼른 골라서 가기나 해라."

둘 사이에 끼어든 은지호가 인상을 잔뜩 찌푸리고 말했다. 그러더니 그는 사람들 사이에 우두커니 서 있는 나를 발견하고 손짓했다.

"함단이. 너부터 와서 아이스크림 골라 가."

빗자루를 안고 있던 내가 스스로를 가리키며 물었다.

"응? 나? 왜?"

"너 이런 거 맨날 자리 운 없어서 싫어하는 아이스크림 가져가잖아."

적나라하지만 정확한 그의 말에 나는 눈살을 찌푸리며 한 걸음 다가갔다가 다시 물러섰다.

"아, 됐어. 무슨 나부터 골라. 그냥 근처 있는 사람들부터 집어 가라고 그래."

"안 골라? 정말? 그럼 내가 네 취향대로 미리 빼놓는다."

"아, 그러니까 나는 그냥 아무거나 먹어도 된다니까."

고작 아이스크림 갖고 특혜를 보긴 싫어서 나는 그렇게 말했다. 물론 우리 고등학생들에게 먹을 것이 무엇보다도 중요한 문제긴 하지만.

그러자 은지호는 잠시 미간을 찌푸리더니 아무 말 없이 박스를 놓았다. 우리 반 애들이 기다렸다는 듯이 우르르 달려들어 아이스크림을 고르기 시작했다.

수십 개의 팔이 뻗어 나와 뒤엉키는 모습을 가만히 보다가, 나는 그냥 빈손으로 교실을 나가려 했다.

그때, 뒤에서 낮게 깔린 목소리가 날아왔다.

"함단이, 애들이 먹는 틈에 나랑 얘기 좀 하자."

그 목소리만 들어도 심상치 않은 용건인 게 짐작이 갔다. 내가 반사적으로 몸을 굳히던 찰나, 군중 속에서 나예리가 그에게 다가갔다.

"지호야, 나……."

"미안한데, 나중에."

하나도 안 미안해 보이는 얼굴로 말한 은지호가 다시 나를 빤히 보았다. 이런 식으로 삼각관계에 끼고 싶지 않았던 내가 한 걸음 물러났다.

"어, 아니야. 나중에 얘기하자. 먼저 예리랑 얘기하고, 그다음에……."

"야, 함단이."

경고하듯 말한 그가 성큼성큼 다가왔다. 보폭이 큰 탓에 도망쳐야겠다고 생각했을 땐 이미 그의 그림자가 내게 드리울 정도로 가까워져 있었다. 나는 마른침을 삼키며 숨소리가 들릴 정도로 가까워진 그의 얼굴을 올려다보았다.

내게 고개를 숙인 그가 다른 사람 귀에는 들리지 않을 크기로 말했다.

"내가 너한테 최우선이 되게 해 달라는 게 아니라, 내 최우선이 네가 되도록 허락해 달라는 거잖아. 그런데 그것마저 안 된다고 하면…… 나는 뭐 어떡하라고."

나는 마른침도 못 삼키고 그의 얘기를 들었다.

"그냥 내가 챙기고 싶은 건데, 그것마저 안 된다고 하면."

여전히 굳어진 내게 그가 연달아 물음을 던졌다.

"너는, 내가 널 챙기는 게, 그렇게까지 싫냐? 신경 쓰이고, 남의 눈치 보이고."

그가 다시 물었다.

"내가 널 신경 써서 좋은 것보다도, 번거롭고 불편한 게 더 커? 그럼 나야 어쩔 수 없지. 내가 고치는 게 맞지. 그런데……."

"……."

"넌 정말 내가, 그렇게까지……."

그렇게 말하고 고통스러운 듯 일그러지는 그의 얼굴을 보며, 나는 그 뒤에 숨은 말을 짐작할 수 있었다.

그렇게까지 내가, 싫어?

하지만 난 그에 대해 어떤 말도 할 수 있는 입장이 아니었다. 아직 그에 대한 내 입장이 정리되지 않았을뿐더러, 여기는 교실이었다. 게다가 우리를 지척에서 지켜보는 나예리가 있었다.

그때, 계속 대답이 없는 나를 가만히 내려다보던 은지호가 문득 초연해진 얼굴로 말했다.

"너랑 오래 알고 지내서 너에 대해 잘 알게 된 게, 이럴 땐 안 좋네."

"뭐?"

느닷없는 그의 말에 나는 눈을 깜빡였다.

"나, 네가 싫은 말을 해야 하는데 그러기 미안할 때 아무 말도 안 하는 걸 알거든."

"……."

"내 고백에 대해서도, 그리고 지금도. 사실 네가 계속 대답하지 않는다는 데서부터 알고 있었는데……. 그래도 혹시나 무슨 심경의 변화가 생길까 봐. 내가 계속 노력하고 마음을 표현하면, 언젠가는 마음을 바꿀지도 모른다는 작은 희망 때문에."

낮게 웃은 은지호가 덧붙였다.

"지금 뭐가 가장 괴롭냐면, 내가 호의로 했던 모든 일들이 그저 너한테는 번거롭고 귀찮고 차라리 없었으면 더 좋았을 그런 일들이었을까 봐. 아니, 그런 일들이었을 게 분명해서."

"……."

"미안하다."

그리고 한 손을 들어 이마를 가린 그는 잠시 가만히 있더니, 빠르게 걸음을 옮겨 나를 지나쳤다. 나는 그런 그를 차마 붙잡지 못하고 가만히 바라보았다.

문득 고개를 돌려 다시 교실을 바라보니, 상자 안의 아이스크림은 가장 인기 없는 것 두어 개를 제외하고는 모두 동이 나 있었다. 나와 은지호만이 아이스크림을 고르지 않았으니 정확히 수가 맞았다.

은지호와 내가 얘기를 나눈 것은 체감과는 달리 무척 짧은 시간 동안이었기 때문에, 교실 안의 아무도 이쪽을 쳐다보고 있지 않았다. 그나마 김혜힐이나 윤정인이 심상치 않은 분위기를 읽은 듯 걱정스럽게 힐끗거렸지만, 그냥 나는 웃으며 고개를 내저었다.

내 자리로 향하며 나는 상자 안의 아이스크림을 꺼내 왔다. 물론 그것은 내가 싫어하는 아이스크림이었다.

나는 별 불만 없이 그 아이스크림의 포장을 까서 입에 물고 그대로 굳어진 듯 앉아 있다가, 한숨을 내쉬며 천천히 눈을 내리감았다.

* * *

그날 이후로 많은 것이 바뀐 것은 아니었다.

은지호는 여전히 나와 반여령과 함께 아침에 등교했고, 내게 장난을 자주 걸었고, 시답잖은 주제로 얘기를 나눴다. 둘이서만 같이 매점을 갈 때도 있었다. 오히려 평소에 가벼운 다툼이 있었을 때보다는 훨씬 나은 분위기였다.

다만 나를 사소하고도 집요하게 챙기던 행동은 일체 사라졌다. 더 이상 다른 사람보다 나를 우선하지도 않았고, 특히 나예리에게는 더욱 그랬다. 그는 나예리가 뭘 하자고 하면 미간을 좁히면서도 순순히 그에 따랐다.

그녀를 대하는 은지호의 태도를 보면서, 나는 은지호가 말로는 투덜대면서도 나예리를 속으로 꽤 인정하고 있다는 것은 알 수 있었다.

그도 그럴 게 나예리는 벌써 다른 반의 우수한 인재들을 자기편으로 포섭한 뒤였다. 소현 고등학교에서 인맥을 제대로 쌓아 가겠다고 마음이라도 먹은 것 같았다. 그녀를 보면 만화에 나오는 동료 수집가 같은 것이 떠오를 정도였다.

은지호는 똑똑하고 유능한 사람을 좋아했고, 나예리는 과연 그 기준에 부합했다. 그러니까, 은지호가 제 높은 기준을 꺾고서도 특별 취급한 것은 나 정도가 거의 유일했다는 얘기였다. 그렇게 생각한 나는 한 손을 주먹 쥐고 힘을 주었다.

아니면 사실은 나도 내가 모르고 있을 뿐, 나만이 가지고 있는 어떤 가치 같은 게 있는 걸까? 그리고 은지호는 그걸 알아봐 준 걸까?

하지만 이제 와서는 아무래도 상관없는 문제였다. 나는 은지호의 달라진 태도에 대해 원래 이렇게 될 일이었다고 담담하게 받아들였다.

나보다도 안절부절못해하는 것은 오히려 내가 아닌 주변 사람들이었다. 특히 루다는 나예리와 얘기하고 있는 은지호를 보며 만족한 표정을 짓다가, 또다시 나를 보더니 열 받은 듯한 표정을 짓다가, 오락가락했다.

은형이는 반장 일로 여러모로 바빠선지 아무것도 눈치채지 못한 듯했지만, 주인이는 진작 뭔가 깨달은 눈치로 우리 쪽을 쳐다보았다.

은지호와 사이가 그렇게 되고 나서 일주일쯤 지난, 딱 나예리가 전학 온 지도 그만큼이 지난 날의 점심시간이었다.

나는 밥을 먹다 말고 얘기를 꺼냈다.

"음, 다들 놀라지 말고 들어, 특히 반여령."

"응?"

오늘 급식으로 나온 대구를 놀라울 정도로 정교하게 해체하고 있던 반여령이 고개를 들었다. 나는 애써 태연하게 말했다.

"우리 집 말인데, 이사 갈지도 몰라. 아주 멀리는 아니고, 경기도 가평 알지? 그 정도 거리로."

잠시 정적이 흘렀다. 이윽고 툭, 쨍그랑, 하는 소리와 함께 반여령의 숟가락이고 젓가락이고 그녀가 해체한 생선과 함께 식탁 아래로 쏟아져 내렸다. 그 과정에서 반여령의 치마를 거친 것은 물론이었다.

양옆에 앉아 있던 주인이와 은형이가 놀라며 당장 반여령을 자리에서 일으켰다.

"조리사분들께 말해서 휴지나 물티슈 가져올게. 물티슈가 좋겠다. 아, 그런데 단이 이사 얘기는, 아, 어떡하지? 일단 다녀올게."

허둥지둥하다가 조리실로 휙 사라지는 은형이에 이어 주인이도 기겁하며 말했다.

"여령아, 너 지금 대구 시체, 아니, 뭐라고 해야 하지, 하여간 그거 밟고 있어. 얼른 일어나서 자리 옮겨. 신발에서 간장 냄새 나겠다."

그러나 반여령은 여전히 시선을 내게 고정한 채로 아무 말이 없었다. 이윽고, 그녀의 눈에 눈물이 그렁그렁해졌다. 그 정도는 예상 범위 안의 반응이었기에 나는 다급히 말했다.

"미, 미리 말 안 해서 미안. 밥 먹다가 말한 것도 미안. 다 같이 있을 때 말해야 할 것 같았는데, 아무래도 다 같이 모일 기회가 별로 없다 보니까."

그렇게 말하며 나는 구석에 앉은 유천영을 힐끗 보았다. 그 또한 꽤 놀란 듯, 웬만해선 커질 일이 없는 푸른 눈을 크게 뜨고 나를 보고 있었다.

최근 〈안개의 나라〉 촬영 때문에 안개 가득한 시골 마을과 서울을 오가는 유천영은 그 때문인지 꽤 투명한 분위기를 풍기고 있었다.

다시 반여령을 돌아본 내가 말했다.

"음, 진짜 미안해. 아니, 그게, 아빠가 귀농하고 싶다는 생각이 늘 있으셨는데, 마침 아빠 친구가 전원주택을 싸게 내놓으셨대. 그런데 우리 집 재정에 서울 아파트와 전원주택을 둘 다 감당할 수는 없어서. 아무래도 아파트를 팔아야 하나 보더라고. 그래서 최근까지 얘기 오가다가, 이제 구체적인 계약 날짜 상의에 들어갔어. 아, 그래도 전학은 안 가. 우리 학교 별로 학군 영향받는 곳도 아니고, 어떻게든 통학 가능한 거리니까."

태연하게 듣고 있던 주인이가 대답했다.

"어쩐지, 며칠 동안 엄마 표정이 안 좋을 만했네. 엄마도 거의 태어나서부터 살았던 동네잖아. 게다가 이사하면 이제 더 이상 여령이네 옆집도 아닐 거고."

주인이의 말에 고개를 끄덕인 나는 속으로 안심했다.

주인이는 내가 최근 기운이 없던 이유가 단지 이사 때문이라고 오해한 것 같았다. 그럼 나야 지호에 대한 일을 해명할 필요 없어지니 좋지.

나는 멋쩍게 뒷목을 매만지며 말을 이었다.

"으응, 그래서 사실은, 나도 많이 서운해서 고집도 부려보고, 설득도 해 보고, 다 해 봤는데 안 돼서. 부모님이 은퇴하시면 어떤 집에서 사실지에 대해서는 내가 논할 자격

없는 것도 맞고."

그때였다. 나를 보며 조용히 눈물만 뚝뚝 흘리던 반여령이 입을 열었다.

"그럼 나는 이제 주말에 심심할 때 누굴 불러? 집에 아무도 없을 때 누구랑 밥을 먹어? 밤에 답답해지면 어디로 가? 누구랑 얘기를 나눠? 나쁜 꿈을 꿀 것 같아서 무서워지면 누구 집에서 잠을 자?"

정확히 내가 이사란 말을 처음 들었을 때 떠올렸던 것들이 반여령의 입에서 고스란히 나오자 나는 얼어붙었다.

반여령이 아주 소중한 것을 빼앗긴 사람처럼 서러운 표정으로 말했다.

"나는 누구랑 그 많은 것들을 해?"

"여령아."

아무 말도 못 하던 나는 결국 가만히 두 팔을 뻗어 그녀를 껴안았다. 어떤 말로도 지금 내 감정이 전달되지 않을 것 같았다.

그것만으로 이미 내가 하고 싶은 말을 알아차렸다는 듯, 그녀가 내 어깨에 얼굴을 파묻으며 더욱 눈물을 쏟기 시작했다.

"멀리 가는 것도 아니잖아. 지하철로 고작 40분 거리니까, 학교도 그대로 다닐 거고. 지금처럼 등하교는 같이 못 하겠지만."

"왜 못해? 내가 아침마다 데리러 가면. 아니면 우리 집도 이사를 가면."

"아니, 그건 아무래도 현실적으로 말이……."

그때였다. 여령이와 이마를 맞대고 도란도란 얘기를 나누던 내게 윤정인의 말이 들려왔다.

"야, 반여령이야말로 권은형이랑 썸 타는 거 위장 연애 아니냐? 아니, 걔네는 진짜인데."

아차, 여기 사람 많은 급식실이었지. 감정에 휩싸여 새삼스러운 사실을 깨닫는 나는 윤정인의 느닷없는 비명을 듣고 다시 고개를 돌렸다.

어느새 윤정인의 뒤에 평소처럼 웃고 있는 은형이가 서 있었다. 윤정인의 목덜미에 웬 물수건이 닿아 있는 걸 보니 그가 '앗 차거!'라고 말하게 한 건 은형이의 소행인가 보다.

은형이가 나긋나긋하면서도 딱딱한 말투로 말했다.

"정인아, 여령이랑 나는 수능 끝나면 사귀기로 했어."

"어, 으, 응. 그건 들었어."

"응, 그럼. 물수건 필요할지도 모른다고 생각해서 가져와 봤어. 잘 쓰렴."

그렇게 말한 은형이가 일말의 미련도 없이 돌아섰다. 그러는 은형이의 얼굴이 어딘지 냉랭했다.

애타 하는 윤정인의 모습을 보며, 나는 속으로만 생각했다.

야, 너는 큰일 났다 이제. 은형이 화는 잘 안 내도 한 번

화내면 꽤 오래가는 사람이다.

은형이가 가져온 물티슈로 성심성의껏 반여령의 치마를 닦아 준 나는 겨우 내 자리로 돌아왔다.

그런 내게 가장 먼저 물음을 던진 건 뜻밖에도 유천영이었다.

“너 등하교는. 괜찮겠어?”

“오, 유천영이 어쩐 일로 멀쩡한 주제로 날 걱정하네. 평소엔 나를 사람이 아니라 개복치로 보는 것 같더니.”

“안 그래도 수업 시간에 맨날 자는데.”

유천영이 내 말을 듣지 못한 것처럼 혼자 중얼거렸다.

나는 발끈하며 대답했다.

“이제 안 자거든! 대체 언제 적 얘기를 하는 거야? 너 고2 이후로는 학교도 잘 안 나왔잖아! 중학교 때까지만 그랬다고.”

“진짜야?”

그렇게 물은 유천영이 주인이와 은형이가 있는 방향을 쳐다보았다. 내가 못 알아보는 은밀한 신호가 오간 듯, 다시 나를 본 유천영이 말했다.

“매점에서 비타민 음료…… 사 줄까.”

“와, 너무 고마워서 눈물이 난다.”

완전히 포기한 채로 대답하던 내게 이번엔 은지호의 말이 들려왔다.

“이사 가면 지금처럼 등교 같이 못 하겠네. 이젠 한동네도 아니니까."

나는 흠칫 놀라 그를 돌아보았다. 그가 내게 이렇게 아쉬움을 담아 말한 건 오랜만인 것 같다고 생각하며.

그리고 내가 대답했다.

"어, 그렇겠지."

아쉽다, 은지호네 차 되게 좋았는데. 없는 게 없고. 내가 농담으로 덧붙인 말에 은지호는 짐짓 얼굴을 찌푸리더니 다시 웃었다.

"넌 내가 아니라 내 차가 더 아쉽냐?"

"당연히 농담이고, 그리운 건 네가 더 그립겠지. 반여령도 그렇고."

진심으로 대답하는 내게 반여령이 금방이라도 녹아내릴 것처럼 기대 왔다. 그녀가 시럽처럼 달콤한 목소리로 말했다.

"단아, 멀리 떠나는 것처럼 그런 말 하지 마. 나, 네가 부르면 지하철이 끊기고 도로가 무너져도 너희 집까지 걸어갈 거야."

"아니, 말은 고맙지만 정말 상황이 그렇게 되면 나한테 오기보다는 가족들이랑 같이 대피하도록 해."

그리고 제발 올 때는 지하철을 이용하자. 우리는 문명인이잖니. 말도 안 되는 대화를 진지하게 나누는 우리 둘을 빤히 쳐다보던 은지호가 다시 입을 열었다.

나는 그제야 고개를 들었다.

"이사 가면 한번 불러, 집들이하게."

"어, 응."

평소보다 한 박자 빠르게 대답한 나는 괜히 주변 눈치를 보았다. 혹시 우리의 분위기가 평소와 다르다는 것을 다들 눈치챘을까?

아니나 다를까 맞은편에서 유천영의 시선이 이쪽을 빤히 향하고 있었다. 하긴, 직감만은 다른 누구보다도 뛰어난 그니까.

나는 다시 눈을 도르르 굴렸다. 그럼 주인이는…….

주인이는 평소처럼 생글생글 웃고 있는 것이 다행히 우리 사이의 묘한 기류를 눈치 못 챈 모양이었다. 그제야 안도한 나는 도로 식사에 열중했다.

식사를 마치고, 여느 때처럼 쉬는 시간이었다. 뜻밖의 부름에 나는 당황해서 앞을 보았다.

"갑자기? 왜?"

"으음, 사실은 갑자기가 아니야, 엄마. 단둘이 얘기하고 싶은 지가 꽤 됐는데."

그렇게 말하며 빙글빙글 웃는 주인이를 내가 거절할 수 있을 리 없었다. 결국 나는 불안감을 느끼면서도 자포자기한 심정으로 그와 교실을 나섰다.

한적한 곳을 찾자마자 깜빡이도 없이 치고 들어오는 주

인이의 말에 나는 놀라서 기침을 했다.

"은지호한테 네 마음 못 받아 주겠다고 확실히 말했어?"

"자, 잠깐. 갑자기 그런 말이 어디 있어? 주인아."

나는 몹시 당황한 표정을 지으며 대답했다.

"아니, 전부터 묻고 싶었는데 엄마가 영 다른 일 때문에 정신없어 보여서. 그게 이사 때문인 걸 이제야 알았으니 편히 물어볼 수 있겠네."

그 말을 들은 나는 표정을 일그러트렸다. 아니, 그럼 내가 은지호와 마찰이 생긴 건 다른 문제고, 또 다른 문제가 나를 괴롭히고 있다는 걸 이미 전부터 파악하고 있었단 말이야? 도대체 어떻게 그러는데? 나도 배웠으면 좋겠다, 좀. 초능력자 같은 걸로 텔레비전에 나올 수도 있을 것 같은데.

그때 내 잡생각을 뚫고 주인이의 물음이 다시 들려왔다.

"그래서 거절은? 확실히 했어, 안 했어?"

그제야 정신을 차린 나는 머리를 털어 내며 대답했다.

"안 했어. 안 했는데, 그냥 내가 계속 대답 없으니까 은지호가 알아서 정리한 것 같아."

"알아서 정리해?"

"으응, 뭐."

너무 말하기 싫은 주제인 나머지 나는 미적거리며 말을 이었다.

“자기가 먼저 눈치채고 있었다더라고. 내가 거절할 거라는 거. 내가 대답을 미루는 건 원래 미안해서 말하기 싫을 때뿐이라면서.”

나는 머리를 연거푸 헝클어트리며 말을 이었다.

“아, 그러면서 자기가 알면서도 계속 못 놨다고 미안하다고까지 하는데, 내가 진짜…… 나야말로 미안하다고 하고 싶었는데 거기에서 그러면 분위기 더 이상해질까 봐서.”

“…….”

“예전에 내가 누구랑 헤어질 때, 아, 어차피 말 안 해도 누구인지 알겠구나. 하여튼 헤어질 때 그런 얘기 들었거든. 헤어질 때 미안하다는 얘기 들으면 더 비참한 기분이라고. 그래서 아무 말 안 했는데, 그래도 할 걸 그랬나 싶은 생각도 들고. 그런데 역시 해 봤자 욕이나 먹지 싶고…….”

점차 푸념이 되어 가던 내 말을 잠자코 듣던 주인이가 다시 물었다.

“엄마, 그럼 엄마는 확실히 거절의 말을 하진 않았던 거지?”

“어? 응.”

떨떠름하게 고개를 끄덕이는 내게 그가 다시 말했다.

“그리고 은지호는 그게 엄마가 이미 거절하기로 마음을 정했기 때문이라고 그랬고.”

“응.”

그러자 그가 팔짱을 끼고 벽에 기대었다.

"그럼 엄마는 실제로 어때? 은지호의 그 말, 사실이야? 정말로 거절하려고 마음을 먹었는데 미안해서 아무 말 못 한 거야?"

사실이고 뭐고 그런 게 이제 와서 중요한가? 어차피 은지호의 태도를 보면 이미 다 끝난 일인데.

그렇게 생각하면서도 나는 순순히 대답했다.

"음, 아마도 그렇지 않을까? 실제로 거의 그 비슷한 결론을 내리긴 했거든. 아, 왜 지금까지 말 못 했냐면……."

아무래도 은지호 말대로 정말 미안해서 지금까지 말 못 했단 건 좀 그렇지. 물론 그 뒤에도 과연 친구 관계를 유지할 수 있을까 걱정스런 맘에 그러기도 했지만…… 부끄러움 때문에 내 목소리가 기어들어 가던 찰나, 주인이의 물음이 다시 날아왔다.

"몇 달 전? 정확히 언제쯤인데?"

"응? 음, 언제였더라."

그때가 정확히 연말이었기에 몇 달 전이었는지 계산하는 건 쉬웠지만, 추궁당하기 싫은 마음에 적당히 둘러댔다.

그런 내 거짓말을 귀신같이 눈치챘는지, 눈을 크게 뜬 주인이가 이윽고 어이없다는 표정을 지었다.

주인아, 엄마 봐서 한 번만 넘어가 줘……. 내 마음속 바람도 무시하고 그가 삐딱하게 물었다.

"엄마, 설마 지금, 내가 엄마를 추궁하기 위해 불러냈다고 생각하는 건 아니지?”

“응? 그럼 아니야?”

“그럴 리가 없잖아! 하물며 내가 다른 사람도 아니고 은지호를 위해 엄마를……. 나 절대 그런 짓 안 해.”

그의 완강한 부정에 나는 일순 어이없다는 얼굴을 했다. 야, 누가 들으면 너랑 은지호 소꿉친구 아닌 줄 알겠다…….

억울하다는 표정으로 머리칼을 쓸어 넘긴 주인이가 다시 말했다.

“엄마, 세 사람이 엄마한테 고백했을 때 내가 했던 말 기억나? 난 엄마가 다른 사람이 엄마를 얼마나 오래, 지극한 마음으로 좋아하건 간에 보답할 필요는 전혀 없다고 생각하고, 그건 앞으로도 안 변해. 게다가 설령 엄마가 앞으로 뭘 잘못해서 걔들 마음에 못을 박아도, 그래도 나는 절대 엄마한테서 못 돌아서. 뭐라고도 못 해.”

나는 당황하며 물었다.

“아니, 잠깐. 그건 좀 위험하지 않아? 내가 잘못했으면 뭔가 말을 해 줘야…….”

“하지만, 엄마는 내가 나를 못 믿을 때 나를 믿고 변호해 준 유일한 사람이니까. 그런데 내가 어떻게 엄마를 탓하겠어? 못 하지, 절대 못 하지.”

“하지만…….”

여전히 머뭇대는 내 말에 주인이가 답답한 듯 눈썹을 찡그렸다.

"루다 형한테 무슨 말 못 들었어? 내 생각에는 아마, 루다 형이 엄마한테 가진 고마움이랑 내가 가진 고마움이랑 비슷할 것 같은데. 아, 물론 이성적인 의미는 빼고야. 난 여기에서 엄마 머리 더 복잡하게 할 마음도 없어."

"음……."

나는 짧게 신음했다. 루다가 나를 향해 가진 고마움의 종류까지 파악해 내다니.

주인아, 도대체 사람들 관찰을 뭐 얼마나 하고 다니는 건데.

내 복잡한 표정을 본 주인이가 미간을 펴며 웃었다.

"뭐, 루다 형의 속은 유난히 읽기 쉬우니까. 본인이 표정을 숨기지 않기도 하고, 나랑 사고방식이 다른 데도 많지만 비슷한 데도 꽤 많거든. 적어도 다른 사람보다는."

"아, 그렇구나……."

"아무튼 그래서, 길게 말했지만 내가 하고 싶었던 말은 이거야. 내가 앞으로 무슨 말을 하든 그건 은지호가 아니라 엄마를 위해서야. 정확히 말하면 엄마가."

거기까지 말한 주인이가 잠시 머뭇거렸다.

"후회하지 않았으면 해서."

짧은 망설임 끝에 그가 던진 말에 나는 눈만 깜빡였다. 이윽고 내가 고개를 기울이며 물었다.

"후회?"

“물론 사람은 자기 인생도 후회 없이 살 수 없고, 남의 인생이라면 더더욱 그렇지만. 그래도 엄마가 나쁜 선택을 할 가능성을 조금이라도 줄여 주고 싶어.”

그렇게 말한 주인이가 왜인지 애원하는 것 같은 표정으로 나를 빤히 보았다.

겨우 생각을 정리한 내가 말했다.

“어, 음, 그러니까 네가 하고 싶은 말은, 내가 세 사람 모두를 거절하면 후회할 거란 얘기지?”

그렇게 말한 내가 검지를 들어 스스로를 가리켰다.

“그럼 내가 세 사람 모두에게 대답하는 것을 미루고 있는 이유가 사실, 셋 모두를 거절하기 미안해서가 아니라 셋 다 좋은데 셋 중에 아직 못 골라서 그런다는 거야?”

“아니야! 내 말은 그게 아니라, 엄마.”

후우우. 한숨을 깊게 내쉰 그가 한 손을 들어 스스로의 얼굴을 쓸어내렸다.

“엄마, 내가 하고 싶은 말은…… 엄마는 자기한테 선택권이 있는 상황에 대처하는 데 너무 미숙하다는 거야. 아무리 우위를 점해도, 오히려 그 우위 자체가 불편해서 도로 아래로 내려가고 싶어 한다는 거지.”

요컨대 수동적인 사람 중에서도, 극단적으로 수동적인 사람이랄까.

그의 말뜻을 곰곰이 생각하던 내가 다시 물었다.

"……왜 내가 대답을 아직 하지 않았다는 게 그런 의미가 돼? 내가 정말로 세 사람 모두와 사귀고 싶은데 아직 못 골라서, 아무도 놓치기 싫어서 이러는 걸 수도 있잖아."

그에 주인이는 어처구니없다는 표정을 짓더니 말했다.

"엄마, 엄마는 스스로의 행동을 좀 돌이켜 봐. 그게 세 사람 모두와 사귀고 싶어 하는 사람의 행동이야?"

"내, 내가 뭘?"

"엄마의 자리를 뺏을 수도 있는 사람, 예를 들면 은미나 나예리, 그 둘이 나타났을 때 엄마는 어떤 태도를 취했어?"

나예리는 예상했어도 은미까지 나올 줄 몰랐던 나는 한 걸음 물러났다. 그런 내 반응에 어이없다는 표정을 지은 주인이가 다시금 한숨 쉬었다.

"엄마, 엄마는 다른 표정은 몰라도 놀란 표정은 진짜 너무 못 숨긴다는 걸 이참에 알아 둘 필요가 있어……. 유천영이랑 이어폰을 주고받는 은미를 본 엄마 표정이 어땠는지 알아? 꼭 벼락 맞은 햄스터 같았다고."

"아니, 잠깐, '벼락 맞은'은 둘째 치고 꼭 햄스터에 비유할 일이야?"

"아무튼 엄마."

넌더리 난다는 듯 말한 주인이가 화제를 원점으로 돌렸다.

"알고 있잖아? 소위 '라이벌'들이 나타났을 때 엄마가 보인 행동들. 엄마는 오히려 엄마가 그들에게 방해가 될까 봐 계속 신경 쓰고, 눈치를 보고, 자리를 피해 줬지. 그게 세 사람 모두 욕심내는 사람이 보일 만한 태도야?"

일견 그럴듯한 그의 말에 나는 할 말을 잃었다. 주인이가 여전히 불퉁한 표정으로 말을 이었다.

"엄마가 정말로 한 사람이라도 놓기 싫다고, 뺏기고 싶지 않다고 생각했다면 절대 그렇게는 안 했을걸? 하다못해 '조금만 더 기다려 줄래?' 같은 말이라도 중간중간 했겠지. 그 말만으로 다들 정신을 쏙 빼겨서 은미나 나예리의 존재는 아예 잊어버릴 테니까."

"설마 그렇게까지야……."

내가 난처하게 웃으며 하던 말을 주인이가 잘랐다.

"그렇다고 엄마가 그중에 아무도 좋아하지 않는다는 건 아니야."

응? 갑작스레 변한 그의 결론에 나는 눈을 동그랗게 뜨고 그를 쳐다보았다.

"다만 엄마에게는 그보다도 훨씬 매력적인 선택지가 있었던 거지."

"훨씬 매력적인 선택지? 셋 중 한 사람의 고백을 받아들이는 것과 셋 모두 거절하는 것 외에, 내가 고를 수 있는 게 또 있어?"

"간단하잖아?"

주인이가 짧게 어깨를 들었다 놓았다.

"엄마가 세 사람 모두에게 거절당하면 돼."

잠시간의 침묵 끝에 나는 가만히 눈살을 찌푸렸다. 그의 말이 늘 쉽지 않긴 했어도 이번엔 전혀 이해가 되지 않았다.

내가 다시 말했다.

"주인아, 미안한데 나 이해가 안 돼. 내가 거절을 당하다니? 나는 고백한 적도 없는데, 내가 거절을 당하는 게 어떻게 가능해? 그 세 사람이 아니라."

"가능해. 가령 이런 거지. 엄마가 아주 오랜 시간이 걸려 마음을 정했는데, 그때 이미 셋 다 엄마와 사귈 수 없는 상황이라면?"

"셋 다 기다림에 지쳐 나를 포기한 상황 말이야?"

"그보다도 훨씬 나아간 거야."

주인이가 기묘한 빛이 도는 황금빛 눈동자로 나를 보며 말했다.

"세 사람 모두에게 사귀는 사람이 생겼을 때."

"아……."

나는 얼빠진 얼굴로 중얼거렸다. 전혀 예상 못 한 답변이었는데도 불구하고, 한편으로는 그런 상상이 어딘지 낯설지 않았다.

한동안 고개를 숙이고 아무 말이 없는 나에게 주인이의 안쓰러워하는 시선이 꽂혔다. 이윽고 그가 고개를 기울이며 천천히 다시 말했다.

"나는, 엄마가 세 사람을 '거절하는 위치'에 있는 자기 자신을 받아들일 수 없는 거라고 생각해. '거절당하는' 것도 아니고 '거절하는' 쪽이라니, 너무 과분하다고 말이야."

"……."

"그래서 엄마는 세 사람에게 어울릴 만한 사람이 나타날 때마다 기꺼이 자리를 양보하는 거지."

그의 입에서 속속들이 나온 나조차 몰랐던 내 진심에 내 표정은 서서히 굳어졌다.

거기까지 말한 주인이가 눈을 내리깔고 처연한 얼굴을 했다.

"나는, 그런 생각을 하면 너무 슬퍼. 엄마는 앞으로도 꼭, 설령 '좋아하는 것'을 누구보다도 먼저 가질 수 있는 기회가 생기더라도, 그러는 대신에 뒤로 물러날 것만 같아서. '좋아하는 것' 대신에 남들이 다 고르고 남은, 아무도 탐내지 않은 '아무거나'를 고를 것 같아서. 그리고, 이거야말로 자기한테 어울리는 거라며 안도의 한숨을 내쉴 것 같아서."

그가 우울한 목소리로 꺼낸 말에 나는 차마 대꾸할 수 없었다.

나는 말없이 고개를 숙였다.

내내 외면하고 있다가 주인이의 말에 의해 마주하게 된 본심이란, 생각보다 나약하고 한심했다.

그동안 사귀는 사람에게 그보다 더 지극정성일 수는 없

는 여단 오빠와 사귀면서, 또 최근에는 세 사람이 퍼붓는 애정을 단비를 맞는 새싹처럼 받으면서, 누군가에게 사랑을 받는 것에도 꽤 익숙해졌다고 생각했는데.

그럼에도 그들 중 하나와 사귀는 일까지는 아직 받아들일 수 없는 모양이었다.

거기까지 생각한 나는 입술을 깨물었다.

하지만, 연인이란 자리는 단 한 사람만이 채울 수 있는 거잖아.

다시 말해 그 애들이 그 자리에 나를 채우면, 더는 다른 사람은 채울 수 없게 되는 거잖아.

그건 역시 이상하다. 나를 가지기 위해 다른 사람을 가질 기회를 포기한다니…….

그들은 더 좋은 사람과 함께할 자격이 있다.

그런 내 생각을 읽기라도 한 듯이 주인이가 표정을 바꾸었다. 아까까지만 해도 슬픔이 가득 차 있던 그 눈에 새롭게 떠오른 감정은 다름 아닌 분노였다.

분노? 설마 나한테? 그것이 당연히 나를, 내 나약함을 겨냥한 분노인 줄 알고 흠칫 놀란 내게 주인이의 말이 쏟아졌다.

"엄마, 도대체 누구야? 엄마가 그렇게 가치 없다고 스스로 믿게 한 사람이. 행복을 추구하는 가장 기본적인 것조차 하지 못하도록 만든 사람들이 도대체 누구야?"

나를 향하는 주홍 눈에서 거센 불이 타고 있었다.

눈을 크게 뜨고 얼빠진 표정을 짓던 내가 이윽고 고개를 내저었다.

"뭐? 아니야, 그런 일은 없었어."

주인이의 말만 들으면 내가 꼭 사악하고 치가 떨리는 누군가의 계략에 빠져 누군가를 좋아하는데도 억지로 마음을 접고 거절한 것만 같았다.

하지만 그런 게 아니었다. 그런 건 정말로 상상 속에나 존재했고, 실제로 내 발목을 잡은 사람은 다름 아닌 나였다.

사실은 늘 그렇지. 그래서 더 한심한 거고.

작게 한숨을 내쉰 내가 다시 고개를 들었다.

"주인아, 누가 나한테 세 사람을 거절하는 건 내 주제에 가당치 않다거나, 그런 말을 한 적은 한 번도 없어. 그냥 또 내가 내 멋대로 그렇게 생각한 거야. 너도 알잖아."

내가 차분하게 덧붙였다.

"나한테는 이 세계가 오랫동안 소설이었고, 내가 보기에 나는 아무리 봐도 그 소설에서 조연밖에는 할 수 없는 사람이었어. 그냥 내가 그렇게 내 가치를 한정 지은 거야. 내가 내 생각에 갇힌 거야, 다른 모든 경우처럼."

"……엄마는 그렇게."

그때였다. 나를 초점 없는 눈으로 바라보던 주인이의 입술이 달싹였다.

"모든 걸 엄마 탓으로 돌려야만 마음이 편해?"

"아니, 이번엔 이게 사실이니까……."

"사실? 엄마가 스스로를 그렇게 생각하게 된 게 다른 누구의 탓도 아니고 오롯이 엄마 탓이란 게?"

"이번에는 정말로 나한테 누구랑 사귀지 말라거나, 네가 고백을 받다니 말도 안 된다거나, 그런 말은 아무도 한 적이 없다니까?"

그러자 주인이가 이해 안 된다는 듯이 다그쳤다.

"엄마한테는 지금 들은 말만이 전부야? 그런 거 말고, 과거에 말이야."

과거? 어리둥절한 표정을 짓는 내게 그가 다시 말했다.

"가장 먼저 엄마가 태어나서부터 보아 왔던 사람들조차 그런 말을 했잖아. 그런데 그게 어떻게 엄마만의 잘못이야?"

"내가 태어나서부터 봐 온 사람? 부모님? 부모님이 왜?"

부모님은 내가 세 사람에게 고백받은 것조차 모르시는데.

어리둥절해하던 나는 이윽고 떠올렸다.

이제는 내 기억이 되어 버린 과거 속, 간절하게 매달리는 내 손을 내치며 차갑게 말하는 엄마의 목소리를.

'너도 이제 여령이 질투하니?'

순간 움찔하며 내 팔을 스스로 감싸는 나를 주인이가 꿰

뚫듯이 쳐다보았다.

"……다른 사람들은 어때? 이제까지 엄마의 앞에 나타났던, 엄마에게 적대적이던 사람들. 엄마에게 어떻게 해서든지 상처를 주고 싶어 하던 사람들. 그 사람들이 정말로 아무 말도 하지 않았어?"

그렇게 말하며 그가 내 앞에 바짝 다가섰다. 그의 목소리가 더욱 낮아졌다.

"이를테면 최유리라거나."

내가 시선을 피하며 아무런 대답도 하지 않자, 그가 작게 한숨을 내쉬었다.

그가 체념한 듯 고개를 돌리며 덧붙였다.

"엄마, 엄마 입으로 말하지 않아도 괜찮아. 난 그 얘기를 직접 들었어."

처음 듣는 얘기에 나는 뒤늦게 화들짝 놀랐다.

"뭐? 그때 옥상에 너도 있었어?"

무겁게 고개를 끄덕인 그는 다시 입을 열었다가, 도저히 안 되겠다는 듯 다시 고개를 내젓고는 말했다.

"난 그때 최유리가 했던 말을 토씨 하나 안 틀리고 읊을 수 있지만, 그러고 싶진 않네. 너무 가당찮고, 말도 안 되는 말이라서."

가당찮고, 말도 안 되는 말…… 나는 입술을 가볍게 깨물었다. 거의 2년 전 일이긴 했지만 그때 상황이 상황이고,

또 표현이 표현이다 보니 그녀가 했던 말들은 나도 거의 다 기억하고 있었다.

실로 가당치 않은 말들이긴 했다.

'너, 뭘 믿고 이렇게 당당해? 사대천왕과 반여령이 네 친구라서? 너 그거 하나 믿고 이렇게 나대는 거야, 지금? 네가 얼굴이 예뻐, 싸움을 잘해, 하다못해 집안이 좋아?'

다만 그럼에도 불구하고, 그 말이 온전히 거짓만은 아니라는 점이 나를 더욱 분노하게 했다. 나를 기어이 울게 했다.

나는 절대로 반여령을 질투하지 않는다는, 단 하나의 사실만을 위안처럼 읊조리게 하면서.

"……말이 다 안 되진 않았지."

바닥에 멍하니 시선을 꽂고 있던 내가 겨우 읊조렸다.

"엄마."

주인이가 나직이 경고하듯 말했다.

겨우 고개를 든 나는 힘없이 웃었다.

"나도 최유리를 좋아하진 않았지만, 그 애 말 중에 틀린 건 없었어. 난 여령이처럼 예쁘지도 않고, 별로 똑똑하지도 않고, 잘하는 것도 별로 없고, 하다못해 성격이 똑 부러지거나 멋있거나 하지도 않아. 그건 사실이잖아."

"엄마."

주인이가 충격에 젖은 목소리로 말했다. 내가 거짓을 입에 올렸다는 듯 배신감마저 느껴지는 목소리였다.

흠칫하는 내게 그가 다시 말했다.

"엄마는, 다른 사람을 볼 때 그런 식으로 생각해? 쟤는 여령이보다 안 예쁘네, 쟤는 여령이보다 똑똑하지도 않고, 심지어 나보다도 똑똑하지 않고, 잘하는 것도 하나 없어. 그런 식으로 사람을 판단하고 대해?"

나는 세차게 고개를 내저었다.

"아니? 그럴 리가 없잖아. 난 그냥, 여러 사람들이 그런 말을 하는 데는 이유가 있는 법이니까, 사실을 부정할 순 없는 거고. 그러니까 그건 그냥 받아들이는 편이 내 마음도 편하다는 뜻이었는데."

"그렇다면, 엄마는 남들을 볼 때는 그러지 않으면서, 스스로를 볼 때는 전혀 다른 기준으로 본다는 거네?"

주인이의 날카로운 지적에 나는 흠칫했다. 더없이 싸늘한 눈으로 나를 보며 그가 마침내 못 박았다.

"그렇다면 그건 원래는 엄마의 기준이 아닌 거잖아. 대체 그건 '누구의 기준'이야?"

"주인아."

"그게 바로, 엄마가 지금까지 들어 온 말들이 강제로 세운 기준이라는 생각 안 들어?

"……."

생각지도 못한 말에 나는 머리를 한 대 얻어맞은 듯 멍해졌다. 그의 말이 불러온 침묵 속에서, 주인이가 애탄다는 듯이 조바심치는 목소리로 말했다.

"엄마, 생각해 봐. 지금 그런 말들을 듣지 않는다고 해서, 과거에 들었던 말들이 엄마에게 아무런 영향도 미치지 않는다고 할 수 있어? 사과받았으면, 더 이상 계속되지 않으면 끝난 일이라고. 그럼 왜."

주인이가 조금 누그러진 말투로 덧붙였다.

"나는 왜, 내가 어렸을 때 들은 말들 때문에 작년까지도 시험을 한 과목씩 밀려 써야 했을까."

"……."

"엄마는 어땠어? 엄마가 부모님께 어렸을 때 들었던 말들에 대해 사과받고 나서."

그 주제가 나오자 나는 입술을 작게 깨물었다.

주인이가 아무렇지 않게 말을 이었다.

"사과받고 나니까 갑자기 아무런 앙금 없이 부모님과 식탁에 둘러앉을 수 있을 것 같았어? 아무 일도 없었던 것처럼, 화목한 부모 자식으로 돌아갈 수 있을 것 같았어?"

"……."

"아니면 이젠 더는 그런 말을 하시지 않을 걸 알면서도, 지나간 일이란 걸 알면서도, 심지어 사과를 받았는데도 계속 생각났어? 자꾸만 떠오르고, 가끔은 괴로워졌어?"

말을 마친 주인이가 마치 애원하는 것 같은 눈으로 나를 바라보았다. 나는 여전히 차마 대답할 수가 없었다.

"……엄마, 내가 겨우겨우 그런 일에서 빠져나오게 되면서 알게 된 사실이 있는데."

주인이가 나직이 덧붙인 말에 나는 겨우 고개를 들었다. 눈이 마주치자 그가 나를 달래려는 듯이 방긋 웃었다.

"어렸을 때 이상적이라고 할 수 없는 부모님을 가졌다면, 그래서 그 기억이 아직까지 고통이 된다면. 내가 나 자신에게 그 좋은 부모의 역할을 하면 돼."

"응……?"

"말 그대로야. 예를 들면 부모님이 공부를 하지 않거나 말을 듣지 않는 자녀에게 손찌검을 한다거나, 매질을 했을 때. 쓸모없다고 구박하거나 욕을 퍼부었을 때. 음, 이건 극단적인 경우지만."

"응."

나는 작게 고개를 끄덕였다.

"그게 정말로 자녀가 스스로 동기 부여 하는 데 도움이 될까? 성적이 올랐을 때나 공부를 하고 있을 때 칭찬해 주는 것보다 더."

"음, 아마도 아니겠지……."

내 말을 들은 주인이가 작게 웃었다.

"그렇지? 그런데도 그렇게 자란 자녀는 말이야, 나중에 스스로 해야 할 일을 하지 않고 있는 자기 자신을 발견할 때 스스로에게 욕을 퍼붓게 돼. 스스로에게 벌을 주게 되고."

“아, 그건…….”

나는 고개를 퍼뜩 들어 주인이를 보았다.

그가 무겁게 고개를 끄덕였다.

“그래, 내가 새엄마가 더 이상 곁에 없는데도 불구하고 내 지능을 계속 숨기고자 했듯이.”

“…….”

“엄마가 더는 아무도 그런 말을 하지 않는데도 스스로 원하는 게 생길 때마다 그런 말을 해서 욕심을 눌러 참듯이.”

조용해진 내게 그가 다시 말했다.

“엄마, 학습된 건 쉽게 사라지지 않아.”

“응…….”

“그래도 난 어떻게든 내가 습관적으로 내게 속으로 하는 말들을 고쳐 보려고 했어. ‘이런 것까지 기억하는 너를 다른 애들은 소름 끼치게 여길걸?’ ‘네가 다 눈치챘으면서도 아무 말 안 한다는 걸 다른 애들은 이미 알고 있을걸?’ 그런 말들을 지우고, 다른 말들로 바꿨어.”

그가 새삼 나를 똑바로 마주 보았다. 마주친 눈빛 속에서 생경하게 일렁이는 애정, 신뢰, 놀랄 정도로 투명하게 내비치는 감정들과 마주친 나는 일순 할 말을 잃었다.

작게 웃은 그가 덧붙였다.

“엄마가 내게 해 줬던 말들로.”

“…….”

나는 한동안 아무 말도 하지 않았다. 아무 말도 할 수가, 없었다.

그가 말을 이었다.

"물론 가장 좋은 건 스스로가 스스로를 바꾸는 거야. 하지만 그건 너무 어렵고, 사실 스스로가 나쁜 상태에 빠져 있다는 것조차 깨닫기 어렵지. 그래도."

그리고 그는 손을 내밀어 내 손을 꼭 잡았다.

"엄마가 오랫동안 '내 말'이 돼 버린 '남의 말'에 시달렸던 날 구해 준 것처럼. 나도 엄마를 도와주고 싶어. 엄마가 더는 스스로 그런 말을 하지 않도록."

"……."

"가능하다면 엄마가 어렸을 때로 돌아가서 그런 말들을 듣지 않도록 하고 싶지만…… 그건 내가 할 수 없는 일이잖아. 그러니까 엄마, 그 대신 나는 내가 할 수 있는 일을 할게. 나는 지금 옆에서 엄마를 도와줄게."

나는 망연히 주인이를 올려다보았다. 창으로 쏟아지는 눈부신 햇살 속에서 그가 다정하게 웃었다.

"과거가 지금을 바꿨듯이, 지금을 바꾸면 미래엔 바뀌어 있을 거야."

그가 덧붙였다.

"그러니까 엄마, 이번에야말로 엄마를 위한 선택을 했으면 좋겠어. 아무런 죄책감 없이. 그저 엄마가 원하는 선택을."

나는 속으로 그가 방금 한 말을 곱씹었다.

내가 원하는 선택.

"엄마가 필요로 하는 게 좋아하는 물건이나 좋아하는 음식 같은 거라면, 그런 건 내가 골라 줄 수 있어. 하지만 사람만은 아니잖아. 사람만은 엄마가 직접 손 뻗어야 하는 거잖아."

"응……."

멍하니 대답하는 내 손을 다시금 붙잡으며 주인이가 나직이 말했다.

"엄마, 괜찮아. 이미 이렇게나 바꿨잖아. 앞으로도 바꿀 수 있어. 단 이번에는 나나 다른 사람이 아니라, 엄마 자신을."

"……."

"나도 도와줄 거고, 다른 모두도 곁에 있을 거잖아. 그러니까 점점 나아질 거야. 앞으로 더. 점점 좋아질 거야."

그럴 수 있어. 나를 보며 단정적으로 말하는 그가 너무 눈부신 나머지, 나는 하염없이 고개를 끄덕이다가 결국 웃고 말았다.

그 또한 따라 웃었다. 더는 과거의 그늘을 찾아볼 수도 없을 만큼, 온전한 빛 속에 선 것처럼 눈부시게.

* * *

주인이와 교실로 돌아오자, 기다렸다는 듯 나예리가 나

를 불러냈다. 그녀가 남자들은 듣지 못하도록 별관 여자 화장실로 가자고 하는 것을 듣고 나는 그녀의 용건을 대강 눈치챘다.

역시 그녀의 용건은 내 예상을 크게 벗어나지 않았다. 하지만 어찌 보면 주어 빼고는 다 틀리기도 했다.

나는 멍하니 내뱉었다.

"은지호가."

내 목소리가 화장실 타일과 거울에 반사되어 윙윙 울렸다. 나예리가 당연한 듯 고개를 끄덕였다.

"그래."

"너랑 잘되게 도와 달라고?"

"물론 대놓고 도와 달라는 건 아니야."

그렇게 말하며 그녀가 윤기 나는 머리칼을 휙 쓸어 넘겼다. 일순 그 동작에 시선을 뺏겼던 나는 다시 그녀의 얼굴로 시선을 되돌렸다.

그녀가 태연한 태도로 말을 이었다.

"은지호는 무능한 사람을 싫어하잖아. 게다가 그 외에도, 지금까지 하는 걸 보면 네가 날 대놓고 도와주려는 행동을 보이면 왠지 더 질색하는 것 같고. 흠, 하지만 잘 모르겠어. 동료를 포섭해서 도움을 받는 건 엄밀히 말하면 무능보다는 유능으로 평가받아야 하는 거 아니야?"

정말 놀라운 일이지만, 그녀는 아직도 은지호가 나를 좋아한다는 걸 눈치채지 못한 모양이었다.

휴, 이쯤 되면 그녀가 은지호와 나의 관계를 모를 리가 없다고 생각하고 정말 빰이라도 맞을 각오로 따라온 거였는데.

특히 그녀가 지난 일주일 동안 포섭한 우리 학교 인재들을 생각하면 정말로 믿을 수 없는 일이었다. 어쩌면 그들이 은근슬쩍 돌려서 말해 주었는데도 전혀 이해하지 못한 걸지도 몰라. 내가 본 바로 나예리의 눈치는 반여령의 연애 눈치와 거의 비슷한 것 같으니까. 암, 분명해.

그렇다면 나예리는 역시 〈해가림〉의 등장인물보다는 다른 소설의 여주인공일까? 그런 생각을 하던 내게 나예리의 카랑카랑한 외침이 들려왔다.

"뭐, 그래서! 나는 네가 지금처럼 대놓고 도와주기보다도, 물밑 지원을 좀 해 줬으면 좋겠어. 알지? 정보를 캐낸다든지, 반대로 내가 말하는 정보를 저쪽에 살짝 흘린다든지. 사랑도 일종의 전략 싸움이니까."

그렇게 말하며 주먹을 불끈 움켜쥐는 나예리를 내가 조용히 불렀다.

"저기, 예리야."

"응?"

"미안……. 나, 아무래도 그건 어려울 것 같아."

"뭐?"

나예리는 내 거절은 전혀 상상도 못 한 눈치였다. 그렇다고 나를 당연히 시키면 들어야 하는 아랫사람으로 생각한 건 아니었다.

한참이나 눈만 깜빡이던 그녀가 다시 물었다.

“하지만 너…… 지금까지는 계속 나를 도와줬잖아? 그래서 난 당연히, 너도 내가 은지호와 사귀는 걸 응원하는 줄 알았는데.”

나는 작게 한숨을 내쉬었다. 확실히, 나예리의 입장에서는 내가 그녀를 돕는 듯한 행동만 하고 있었으니 오해하는 것도 무리는 아니었다. 내가 재작년 그녀를 파티에서 보았을 때 그녀를 응원했던 것의 연장 선상으로 생각하고 있었을 것이다.

요컨대, 내가 이번에야말로 그녀의 꿈을 이루어 주려고 적극적으로 노력하는 것처럼 보였겠지.

하지만……. 나는 뒷머리를 머쓱하게 긁적이다 한숨을 내쉬었다.

“음, 오해하게 해서 미안. 내가 봐도 충분히 오해할 만했어. 하지만 나는 너랑 지호가 잘되길 바란 적은 없어.”

“뭐?”

“아니, 한편으로는 바라기도 했지만…….”

“도대체 무슨 소리야, 그게?”

급기야 나예리의 미간이 이해 안 된다는 듯 구겨졌다. 그럼에도 나는 여전히 설명할 길을 찾지 못했다.

내가 듣기에도 정말이지 이것은 엉망진창에, 뒤죽박죽으로 섞여 앞뒤 안 맞는 말이었으니까.

내가 계속 말이 없자 나예리가 다시 물었다.

“왜 도와줄 수 없다는 거야? 우리가 친구가 아니라서야? 네가 나와 친해지고 싶다는 마음 없다는 건 알아. 최근 며칠 지내면서 확실히 알았어. 그럼 내가 아닌 다른 친구가 지호를 좋아하기라도 하는 거야? 그거야 있을 법한 일이지만…….”

빠르게 쏟아지는 그녀의 말에 나는 황급히 고개를 내저었다.

“아니, 그런 이유가 아니라.”

“그럼?”

“내가 널 도와주기로 했다가 은지호한테 들키기라도 하면…… 은지호가 상처받을 것 같아서.”

미안해. 고개 숙이는 나를 보며 나예리의 얼굴이 다시 이해 안 된다는 듯 찌푸려졌다.

“무슨 소리야? 아무리 그래도 친구인데, 그런 일로 상처받을 것까진…….”

말을 잇던 그녀의 얼굴이 돌연 굳어진 것을 보고 나는 속으로 한숨을 내쉬었다.

그녀가 아무리 눈치가 없더라도 지금까지 들어 온 가닥이 있고, 또 내가 방금 한 말이 있으니 사실을 유추하긴 어렵지 않을 것이다.

그녀의 입이 열리기 전에 내가 먼저 내 입으로 고백했다.

"은지호가 나를 좋아해. 아니, 좋아했었어. 일단은 과거형이야."

"왜?"

나예리가 멍하니 뱉은 물음에 나는 고민했다. 왜냐니?

은지호가 나를 좋아하는 것에 대한 의문일까, 과거형에 대한 의문일까?

나는 일단 후자로 판단했다. 무엇보다 전자에 대한 대답은 나는 물론이고 은지호조차 답해 줄 수 없을 테니까.

나는 뺨을 긁적이며 대답했다.

"내가 고백받고 계속 대답을 안 해서. 지쳐서 포기한 것 같아. 음, 아마도."

그러자 한동안 여자 화장실에는 침묵만이 흘렀다.

나는 전등의 백색광 아래에서 나예리가 한참을 손을 쥐었다 폈다 했다가, 입술을 깨물었다 풀었다가 하는 것을 가만히 지켜보았다.

마침내 그녀가 다시 침묵을 깼다.

"왜, 말 안 했어?"

그녀의 반응이 너무 뜻밖이라 나는 잠시 할 말을 잃었다.

나예리가 실제로 어떤 사람인지와 별개로, 그녀가 좋아하는 사람이 인터넷 소설의 남자 주인공일 때 일반적으로 예상하게 되는 반응들이 있다.

그러나 나예리는 내 상상보다도 훨씬 고고하고, 또 품격 있는 성격이었다.

그녀가 입술은 꾹 깨물고 눈은 새빨갛게 충혈된 채로, 그러면서도 눈물 한 방울 흘리지 않고 나를 노려보며 말했다.

"네가 은지호한테 고백받았다는 거, 왜 진작 말하지 않았어? 말할 기회는 지난 일주일 동안 충분히 있었잖아. 아니, 이 학교에서가 아니더라도, 네가 날 찾아왔을 때…… 그때는 단둘이었으니 더 말하기 좋았을 텐데."

그녀가 분한 듯이 덧붙였다.

"그런데 너는 내가 은지호에게 하는 말을 가만히 듣고만 있었지."

"그건……."

"왜? 내가 그걸 알면 널 괴롭히기라도 할 거라고 생각했어?"

나는 황급히 고개를 내저었다. 내가 머뭇머뭇 입을 열었다.

"음, 오해하지 말고 들어 줘. 기분 나쁘겠지만…… 나는 은지호가 나를 좋아한다는 걸 우연히 듣게 된 여자애한테 계획적으로 따돌림당할 뻔하고, 납치까지 당했던 적이 있어."

내 말에 나예리가 눈을 휘둥그레 떴다.

그것도 잠시, 인상을 찡그린 그녀가 내뱉듯 말했다.

"최유리?"

과연 최유리가 벌인 사건은 너무 유명해 나예리 역시 어느 정도는 정황을 알고 있던 모양이었다.

나는 고개를 끄덕였다.

"그래. 자세히 밝혀지진 않았지만…… 거기 납치됐던 사람 중 하나가 나야. 그래서 아무래도 그 뒤로는 좀 조심스러워져서…… 물론 그것만으로 내가 네게 아무 말도 하지 않았던 걸 정당화할 순 없다는 거 알아. 많이 기분 나쁘겠지. 정말 미안해."

"기분 나쁘다 뿐이야? 완전히 놀아난 기분이야, 지금."

미간을 팍 찡그린 그녀가 투정 부리듯 하는 말에 나는 다시 한번 '미안.' 소리가 튀어나오려던 것을 간신히 참았다.

사과는 사과로 돌이킬 수 있을 때에만 의미를 갖는다는 것을 안다. 그런데 나는 내 마음 편해지려고 사과를 자꾸만 남발하려고 하니까.

나예리에게도, 그리고 그 세 사람에게도.

내가 새삼 어두운 눈을 하던 사이, 다시 날카로운 물음이 날아왔다. 나는 고개를 들었다.

"그럼 고백을 받아 주지 않은 건 어째서야? 네가 은지호를 안 좋아해서? 하긴, 마음이 있다면 몇 달 동안이나 보류 상태로 두진 않았을 테지."

무심코 고개를 끄덕이려다 말고 나는 멈추었다. 하마터면 또 내 습관, '다른 사람이 세 사람을 좋아하는 것을 결코 방해하지 않는다'에 무심코 맞추어 행동할 뻔했다.

나는 주먹을 꽉 움켜쥐었다.

나는 세 사람의 고백을 아직 단 하나도 수락하지 않았다. 그러므로 나는 다른 사람이 세 사람을 좋아할 것을 막을 권리가 없다.

그러나 그것과 마찬가지로, 나 역시 내가 누군가를 좋아하는 것이 남에게 방해가 된다는 이유로 그만둘 필요는 없다.

그 사실을 계속 곱씹던 나는 겉으로 한숨 쉬었다.

"그게, 좀 복잡해."

"또 뭐가 문제야? 이번에는 옛날에 좋아하던 애한테 고백했다는 이유로 납치라도 당한 거야?"

허리에 두 손을 얹고 묻는 나예리의 모습에 나는 작게 웃어 버렸다. 고백했다고 납치당하다니, 그런 어이없는 일이 있을 리가 있나.

그러나 나는 곧 웃음을 지웠다.

반여령은 원하는 것은 무엇이든 가질 수 있기에 원하는 것조차 두려워했다. 그녀에게 원하던 것을 빼앗긴 사람들의 원망이 두려웠으므로.

은지호 또한 그랬기에 뭔가를 원하는 마음을 눌러 참았다. 그도 원하는 것은 거의 뭐든지 가질 수 있었지만, 그에겐 가져선 안 되는 것이 많았으므로.

그가 지금까지 원한 것 중에 가져선 안 되는데도 포기하지 못한 것이 있다면 나뿐이었다.

그리고 나는 원해 봐야 아무것도 가질 수 없다는 것을 알고 있었기에.

"나는, 뭔가에 좋은 감정을 느끼면."

나는 천천히 말을 꺼냈다.

"그게 두려워져."

"뭐?"

"내가 그걸 포기 못 할까 봐서."

"왜 뭔가를 손에 넣기 전에 포기할 생각부터 해?"

"그냥 나는, 원래 그래."

눈 감을 때마다 보이던 활자로 이루어진 빛나는 길이, 다른 길은 선택할 수도 없게끔 외줄처럼 놓인 단 하나의 길이 내게 체념을 습관처럼 만들었다. 아무리 나예리에게라도 이런 얘기는 할 수는 없었다.

나예리가 한 걸음 뒤로 물러나며 말했다.

"너 좀 이상해."

"맞아."

"그럼 네 말은, 너에게 있어서 네가 좋아하는 건 곧 네게 두려운 것이란 얘기고."

천천히 말하며 생각을 정리하던 나예리의 얼굴이 이윽고 굳어졌다.

"그리고 네가 두려워하는 건 사실은."

퍼뜩 고개를 든 그녀가 나를 궁지에 몰린 사냥감처럼 몰아붙였다.

"네가 계속 피하고, 달아나려던 건 사실은."

"……."

"사실은……. 아, 젠장."

갑자기 불쑥 튀어나온 욕에 나는 흠칫 놀라 고개를 들었다. 내가 방금 들은 욕이 우아하기 그지없는 나예리에게서 나온 것이 맞나?

화장실 한가운데 우두커니 선 그녀는 미간을 있는 대로 찡그리고 머리를 마구 헝클어트렸다.

이윽고 한쪽 발을 쾅 구른 그녀가 크게 외쳤다.

"아, 정말 짜증 나! 이게 뭐야? 나만 이상한 사람 됐잖아!"

"……."

"네가…… 네가 은지호한테 고백받았다는 얘기를 처음부터 하지 않는 바람에."

지극히 타당한 얘기에 나는 속으로 신음을 삼켰다.

나예리가 여전히 나를 원망 어린 눈으로 쏘아보며 덧붙였다.

"게다가 네가 계속 도와주려는 듯한 행동을 하니까. 나는 당연히 도움을 청해도 될 줄 알고. 그런데 은지호가 널 좋아하고, 넌……."

마지막 말을 삼킨 그녀가 입술을 콱 깨물더니 도로 외쳤다.

"뭐야, 이게! 내 꼴만 우습게 됐잖아!"

그리고 휙 돌아선 그녀가 성큼성큼 걸음을 옮겼다. 당연히 안도해야 하는 일이라는 걸 아는데도 나는 무심코 외치고 말았다. 왠지 그녀를 이대로 보내선 안 될 것 같았다.

"어디 가? 더 할 말 없어?!"

나예리가 뒤도 안 돌아보고 외쳤다.

"내가 좋아하는 사람이 네가 아닌데 너랑 무슨 더 할 말이 있겠어? 내 눈앞에 더는 나타나지 마! 친구도 못 됐는데 모르는 새 라이벌까지 됐다는 걸 생각하면 화나니까! 은지호…… 은지호는 어딨어?!"

우리 학년은 수업도 없는 별관 한복판에서 갑자기 은지호를 부르짖어 봤자 나타날 리 없었다.

그러나 놀랍게도 그녀가 그렇게 말하자마자 정말로 은지호가 복도 뒤편에서 나타났다. 인터넷 소설 등장인물들은 머릿속에 자기 이름 부른 사람을 추적하는 GPS가 달려 있다는 내 가설이 증명되는 순간이었다.

복도에 서 있던 우리를 발견하자마자 한달음에 달려온 그가 물었다.

"나예리, 네가 함단이 끌고 갔다며?"

지금까지 내내 우리를 찾아다닌 듯, 그의 이마와 턱에는 땀이 맺혀 있었다.

코웃음 친 나예리가 턱을 치켜들고 대답했다.

"웃기지 마, 끌고 간 게 아니라 데리고 간 거거든?"

“네가 무표정으로 부탁하면 거절할 수 있는 사람이 있을 것 같냐?”

빈정거리듯 물은 은지호가 이번에는 나를 돌아보았다. 내게 겉으로 드러나는 이상이라도 있는지 확인하는 기색이었다.

내게 평소와 다른 점이 발견되지 않자, 그는 안도하면서도 재차 물었다.

“함단이. 괜찮냐?”

내 입으로 어떻게든 확인을 받아 둬야겠단 눈치였다. 내가 고개를 끄덕이려는데, 나예리가 끼어들었다.

“너, 함단이한테서 다 들었어.”

난데없는 말에 은지호가 할 테면 해 보라는 듯이 그녀를 주시했다.

“너 얘 좋아한다며?”

“그래.”

나예리의 단도직입적인 화법에 내가 당황한 게 무색하게도 간단한 대답이었다. 나는 속으로 안절부절못했다.

아니, 과거형이라니까? 지금도 좋아하는지 안 좋아하는지는 모른다니까? 내가 민망해지지 않게 부정하지 않은 건 고맙지만…….

혹시나 그와 눈이 마주칠까 시선을 내리까는 내게 나예리의 물음이 다시 들려왔다.

"왜 말 안 했어?"

결국에는 내게 했던 것과 같은 질문이었다. 하긴, 나예리 입장에서는 실로 억울하기도 했을 것이다.

그녀가 다시금 덧붙였다.

"내 성격에 네가 다른 사람 좋아한다는 거 알면 안 건드릴 거라는 걸 알면서. 날 갖고 놀기라도 하고 싶었던 거야?"

은지호는 이미 그런 물음이 나올 것을 예상이라도 했다는 듯 침착하게 대답했다.

"그럴 리 있냐. 걔 나 때문에 납치당할 뻔한 적도 있었고 해서, 나 때문에 위험한 일 더 생기게 하고 싶지 않았어. 물론 네가 그런 일 할 거라고 생각하진 않지만."

잠시 망설이던 그가 한숨과 함께 덧붙였다.

"최유리도 그 일이 일어나기 전까지는 그럴 거라고는 한 번도 생각 안 했었으니까."

그 말에 나예리가 신경질적으로 머리를 쓸어 넘겼다.

"하……. 두 사람이 같은 말을 하는 걸 보니까, 날 떼어내기 위해 짜고 쳤을 가능성도 물 건너갔구나."

그녀의 중얼거림에 은지호가 어이없다는 표정을 지었다.

"너야말로 사람을 뭐로 보고. 내가 널 설령 싫어한다고 해도 거짓말은 안 해."

"그런데 왜 이렇게 놀아난 기분이 들지? 아, 몰라. 하여간 기분 나쁘다고."

혼자 투덜거리는 그녀를 향해 그제야 표정을 푼 은지호가 대꾸했다.

"놀아나기엔 넌 너무 멋지지…… 그리고 조금 무섭고."

"흥, 말이나 못 하면."

가당찮다는 듯 대답하는 것과 달리 나예리는 기분이 상당히 풀린 듯했다.

그리고 다시 나를 가리킨 그녀가 물었다.

"네가 저 애를 좋아했다는 거, 과거형이라는 것도 들었어. 적어도 저 애는 그렇게 생각하던데."

예상치 못한 그녀의 물음에 나는 다시 한번 입을 벌렸다.

아랑곳 않고, 팔짱까지 낀 나예리가 은지호의 눈을 똑바로 쳐다보며 물었다.

"정말로 그래?"

은지호는 한참이나 대답하지 않고 나예리의 눈을 마주보았다.

마침내 그가 입을 열었을 때, 그의 시선은 나예리가 아닌 그녀 등 뒤의 나를 향해 있었다.

"아니."

그가 흔들림 없는 목소리로 말을 맺었다.

"아직 좋아해."

잠시 침묵이 흘렀다. 그 끝에 나예리의 나직한 조소가 걸렸다.

"하, 지금까지 부도 수표 붙들려고 애썼던 꼴이네."

그리고 그녀는 미련 없는 걸음으로 은지호를 지나쳤다.

나는 무심코 그녀를 두어 걸음 따라가다가 당황하며 멈춰 섰다.

어쩌다 보니 처음에는 상당히 거리를 두고 있던 은지호와 고작 1미터 거리에 서 있게 되었다.

나는 빠르게 모퉁이를 돌아 사라져 버리는 나예리를 보다가, 은지호를 보며 물었다.

"너 안 쫓아가?"

"쟤 자존심 강해서. 사람들 안 보는 앞에서 울려고 가는 거야. 저럴 때 쫓아가면 욕밖에 못 들어."

소꿉친구가 아니라는 것치고는 몹시 상세히 알고 있는 그가 갑자기 내게 물었다.

"그러는 너는?"

"나야 뭐, 따라가자니 염치가 없어서."

"멋대로 널 좋아한 것도 나고, 거절한 것도 나인데 염치는 왜 네가 없냐?"

은지호가 어이없다는 듯 웃었지만 나는 차마 대답할 수 없었다.

나는 다만 어색하게 웃으며 중얼거렸다.

만약, 방금 나예리의 너를 좋아하냐는 물음에 내가 '아니.'라고 확실히 말했더라면, 나예리는 너를 포기하지 않았을지도 몰라.

하지만 지금 이 자리에서 그렇게 말하는 것 또한 그를 향한 희망 고문이 되겠지.

나는 가라앉은 눈으로 은지호를 바라보았다.

내 시선을 느낀 그가 물었다.

"왜?"

내가 조용히 입을 열었다.

"내 대답, 아직도 필요해? 아직도 원해서든, 포기하기 위해서이든."

"우습게도 그래."

일말의 망설임도 없는 대답이었다.

내가 한동안 말이 없자, 은지호가 돌아서서 내 소매를 잡아끌었다.

"그 대답 여기에서 들을 기대 같은 건 하지도 않았으니까. 돌아가자, 이러다 자습 시작하겠다."

"잠시만……."

나는 내 소매를 잡고 있던 그의 손을 떼어 내고 마주 잡았다. 그러자 그가 믿을 수 없다는 것처럼 나를 보았다.

나는 그와 차마 눈을 마주치지 못하고 바닥만 보며 입을 달싹였다.

"나, 여기에서 할 말 있어."

"……뭔데?"

"네가 전에 했던 말들 말인데……."

내 중얼거림에 혼자 기억을 되짚던 그가 이윽고 웃으며 대답했다.

"너한테 한 말이 너무 많아서 그중에 뭘 말하는 건지 감이 안 와."

그리고 그가 덧붙인 말에 나는 화들짝 놀라 고개를 들었다.

"그중에 뭐가 가장 기분 나빴냐?"

"아니야! 그런 게 아니라."

"그럼?"

나는 다시금 그의 손을 꼬옥 쥐었다.

어쩐지 어안이 벙벙하고 넋이 빠져 보이는 그에게, 나는 내가 낼 수 있는 최대한의 힘을 짜내 말했다.

사실대로 말하자면, 어렸을 때 처음 웅변대회에 나갔을 때보다도 더 떨렸다.

"네가…… 나 우선해서 신경 써 주는 거. 네가 나 좋아해 주는 거. 네 행동, 네 말들."

"……."

"귀찮았던 적 없어. 거슬렸던 적도, 싫었던 적도 없어. 한 번도, 없단 말이야."

은지호는 여전히 넋이 나간 표정이었다.

입술을 꾹 깨문 내가 말을 이었다.

"고백에 대답 안 하는 것도…… 널 좋아할 수 없어서가 아니야. 넌 그렇게, 늘 나에 대해 다 아는 척, 아니, 실제로 거의 다 아는 건 맞지만, 그래도 이번엔 네가 틀렸어. 그런 게 아니란 말이야."

혼신의 힘을 다한 내 말에 은지호가 그제야 정신을 차렸다. 눈만 한참 동안 깜빡이던 그는 이윽고 천천히 한 손을 입가에 가져가더니 입술을 매만졌다.

만족스러운 미소를 띤 그가 느리게 중얼거렸다.

"틀려 놓고 이렇게 기분 좋아 본 적은 처음인데."

"아, 내 말 아직 안 끝났어. 넌 어떻게 그 많은 사람들 있는 교실에서 그런 말을 할 생각을 하냐? 넌 가능해도, 난 불가능하단 말이야. 넌 주변에 사람들이 우글거리는 게 익숙해서 언제 어느 상황에서라도 그런 말 할 수 있을지도 모르겠지만, 난 아니라고."

입을 삐죽대며 말을 마친 나는 그의 손을 놓고 휙 돌아섰다.

"아, 아무튼. 난 이제 할 말 다 했어. 얼른 가자, 우리 이번에야말로 진짜 자습……."

괜히 어색해서 빠르게 도망치려던 나를 뒤에서 뻗어 나온 손이 붙잡았다. 그대로 나를 뒤로 당기는 손에 나는 그냥 넘어가 줄 수밖에 없었다.

아주 가까이에서 내 손을 마주 잡은 은지호가 싱글싱글 웃으며 말했다.

"그래, 가자. 가야지, 그런데."

"……."

"더 할 말 없냐?"

이, 이…… 경악하며 그를 올려다보던 내가 물었다.

"여기에서 대답 들을 생각 없다며?"

"물에 빠졌다가 건져지면, 보따리도 내놓으라고 하고 싶어지는 게 사람 마음이지."

"그런 걸 세간에서는 날강도라고 그러거든?"

하지만 은지호는 여전히 도망칠 엄두도 내지 말라는 듯 날 붙잡고 놔주지 않았다. 그가 잡은 내 손을 내려다보던 나는 결국 체념하고 고개를 돌렸다. 어휴…… 됐다, 이런 일 한두 번이어야지.

절대 친구가 되지 않을 거라 결심했는데 어느새 친구가 되어 있었고. 절대 비밀을 밝히지 않을 거라 결심했는데 어느새 밝혀져 있었고. 절대 좋아하지 않을 거라 생각했는데 어느새…….

계속 붙잡힌 손을 꼼지락거리며 생각하자 은지호가 표정을 바꾸고 물었다.

"놔줄까?"

"아니."

내 주저 없는 대답에 눈을 휘둥그레 떴던 것도 잠시, 그의 입가에 만족스러운 미소가 떠올랐다.

나는 그런 그를 바라보며 한숨 섞인 목소리로 말했다.

"은지호."

"응."

난…… 뭔가가 좋을수록 그게 내 것일 리 없다고 생각해서 오히려 도망가고, 피하고, 심지어 자격이 있어 보이는 다른 사람에게 기꺼이 양보하기까지 해서 널 오해하게 만든 사람이지만."

내 일방적인 자기 비하에도 불구하고 평소라면 한 번쯤 끼어들었을 은지호는 아무 말이 없었다.

다시 한번 한숨 쉰 내가 덧붙였다.

"그래도 네가 아직 내 대답이 필요하다고 하면, 조금만 더 시간을 줘."

이게 지금의 내가 할 수 있는 최선의 말이었다.

주인이가 말했듯이, 나라는 사람은 결국 내가 살아온 과거의 집합이고, 그것은 쉽게 바꿀 수 없다. 내가 주인이와 나예리의 말을 듣고 결심했다 한들 그것을 실천하기에는 또 얼마간의 시간이 걸리겠지만.

그래도…….

"이번에는 제대로 대답할게. 피하지도 않고, 다른 사람에게 양보하는 일도 없이."

은지호는 대답 없이 가볍게 웃으며 내 머리칼을 헝클어뜨렸다. 그리고 다시 뒤돌아서 걷는 그의 발걸음은 이전보다 가벼워져 있었다.

나 또한 밝아진 얼굴로 그를 뒤따랐다.

시간이 빠르게 흘러 그로부터 약 일주일이 지난 어느 날, 장소는 우리 집이었다.

여기에서 말하는 '우리 집'이란 서울의 집이 아니라 간신히 이사를 마친 남양주의 전원주택을 의미한다.

막상 와 보니 전원주택치고는 별로 깊이 들어가지도 않는 데다가 근처에 버스 정류장이 있어 교통도 편리하고, 무엇보다 자가용 정도는 공수되는 이들이 많기에 이사를 하자마자 곧바로 집들이가 열렸다.

어쨌건 남양주로 이사 와서 좋은 점도 있었다. 나는 2층에 딸린 작은 거실과 방 하나를 온전히 내 공간으로 인정받았다.

우리는 엄마가 만든 샌드위치와 김밥을 점심으로 먹은 다음 이전보다 배는 넓어진 내 방에 모여 앉아 도란도란 얘기를 나누었다.

"너 나예리랑 한바탕했다며."

평화로운 가운데 유천영이 대뜸 그런 말을 꺼냈다. 다행히 상대는 내가 아닌 은지호였다.

나는 눈을 크게 뜨며 그를 바라보았다.

윤정인이 감탄한 듯 물었다.

"지난주엔 학교 한 번도 안 나오더니 그 얘기는 누구한테서 들었냐?"

"그럼 예리 다시 전학 간 것도 들었겠네?"

벽에 기대어 두 팔을 쭉 뻗은 채 스트레칭을 하고 있던 이민아가 물었다.

그러자 미간을 찌푸린 유천영이 방 한곳을 턱짓했다. 그걸 본 윤정인이 무릎을 탁 소리 나게 쳤다.

"아, 아, 맞다 맞다. 은형이랑 같이 살지. 나 진짜 맨날 까먹네."

"솔직히 까먹을 만하지. 재네 성격이 워낙 달라?"

그렇게 말한 이민아가 유천영의 싸늘한 시선을 받고 입을 다물었다.

그들을 한심하다는 듯 보던 유천영이 다시 은지호를 돌아보며 말했다.

"걔 성격 알면서 굳이 걔랑 싸우다니. 너 앞으로 파티 갈 때마다 좀 힘들걸."

"아니, 누가 들으면 내가 싸움 건 줄 알겠네. 너 사건의 전말은 듣고 말하는 거냐?"

은지호의 억울하다는 듯한 대꾸에 유천영이 뭐라고 말하려는 찰나, 내가 끼어들었다.

"그런데 유천영 너, 나예리랑 아는 사이야?"

아까부터 내 방 침대에서 베개를 안고 뒹굴던 반여령이

끼어들었다.
"맞아, 나도 아까부터 그거 궁금했어."
그녀가 검지로 유천영을 콕 집으며 말했다.
"너, 나예리랑 밥 먹을 때 그 애랑 한마디도 안 했잖아? 그래서 나는 당연히 그 애랑 너는 아예 모르는 사이인 줄 알았는데."
"안 친해."
유천영이 재고할 가치도 없다는 듯 내뱉자 모두의 표정이 의문스러워졌다. 아니, 안 친한데 그런 건 어떻게 안담?
그가 미미하게 인상을 쓰며 덧붙였다.
"걔 나 싫어해. 내가 집안이랑 얼굴만 잘 타고난 무능력자라며."
"……."
침묵은 아주 잠시였다. 곧 주인이가 고개를 돌리며 키득키득 웃었고, 윤정인과 이민아는 벽과 바닥을 두드리며 쓰러질 듯이 웃다가 유천영의 눈총을 받고 멈추었다.
한편 나예리가 교환 학생으로 온 이래 가장 많이 그녀와 부딪혔다 할 수 있는 나는, 가만히 그녀의 성격을 되새기다가 고개를 끄덕였다. 음, 그럴 만해…….
유천영이 그치고는 드물게 빠른 어조로 말했다.
"초등학교 6학년 때 처음으로 권은형이랑 떨어져서 걔랑 같은 반이 됐었거든. 걔가 반장이 돼서 나한테 자꾸만 중책을 맡기려고 하는데, 내가 다 싫다고 했더니 화를 내면서…….”

그에 반쯤 쓰러져 있던 윤정인이 다시 몸을 일으키며 물었다.

“나예리랑 너, 같은 학교였어?”

“나예리랑 나, 권은형.”

“이상하네. 그 정도 집안 애들이 다닐 학교면 은지호가 없을 리가 없는데?”

윤정인이 고개를 기웃하며 꺼낸 말에 은지호가 스스로를 가리키며 아무렇지 않게 말했다.

“아, 난 초등학교 입학할 때가 납치당한 거의 직후라서 집안의 심려가 이만저만이 아니었거든. 결국 우주인도 함께 다닌다는 조건으로 비교적 평범한 곳으로 갔어, 시설 규모도 더 작고 감시하기 좋은 곳으로.”

“뭐? 아니, 그게 그렇게 표정 하나 안 바뀌고 할 말이냐?”

질린 듯한 윤정인의 말을 들으며 나는 고개를 주억거렸다. 아, 나도 네 사람이 같은 학교 출신이 아닌 데 어떤 원인이 있을지 가끔 궁금해하곤 했는데, 그런 사정이 있는 거였군.

유천영이 다시 말했다.

“결정적으로 사이가 안 좋아진 건 걔가 나한테 교지 모델을 같이하자고 했는데 내가 거절했을 때.”

“교지 모델? 그게 왜?”

상식적으로 유천영이 어렸을 때라고 해서 그런 것에 적극적일 것 같진 않고. 거절한 거야 그럴 수도 있는 거 아닌가.

눈을 동그랗게 뜨며 되묻는 내게 그가 조금 어두워진 얼굴로 말했다.

"그나마 잘 타고난 것조차 활용을 못 한다고, 떠먹여 주는 것도 못 받아먹는다면서 욕을 퍼붓고 갔어. 그 뒤로는 상종을 아예 안 하기로 작정한 듯이 파티에서 봐도 인사도 안 하더라."

"세상에……."

안타깝다는 듯 말하던 것도 잠시, 결국 내 입에서 웃음이 터졌다.

다시 한번 웃음이 온 방 안을 휩쓸었다. 심지어 유천영이 말할 때면 의도적으로 뚱한 표정을 짓는 루다조차 웃다 말고 나와 눈이 마주치자 겨우 표정을 수습할 정도였다.

그 가운데 은지호가 낄낄거리며 말했다.

"답다, 다워. 하여간 나예리, 그런 거 보면 은근히 나랑 비슷한 데가 있다니까. 내가 맨날 유천영이 속 편히 있으면 못 봐주는 거랑 똑같지 뭐."

"내가 언제 속 편히 있었는데."

유천영이 불쾌한 듯 되묻고, 두 사람이 티격태격하는 가운데 나는 가만히 고개를 끄덕였다. 그러게, 그러고 보면 역시 나예리는 은지호와 닮은 점이 많았지.

성과주의에 실용주의인 점도 그렇고. 은지호를 포기하자마자 교환 학생은 그것만을 위한 것이었다는 듯 단숨에 접고 원래 학교로 돌아가 버릴 줄은 몰랐다. 그새 친해진 애들도 많았는데 말이야.

그때 반여령의 맑은 목소리가 들려왔다.

"어? 하지만 주인이는 나예리 성격 마음에 든다고 했잖아."

그러자 주인이와 은지호는 잠시 서로를 바라보더니, 동시에 웩 소리를 내며 고개를 돌려 버렸다.

내가 키득키득 웃는 가운데, 갑자기 자리에서 일어난 은지호가 물었다.

"야, 너희 집 부엌 어디더라?"

"어? 아까 들어올 때 못 봤어? 아, 꺾는 구조지, 참? 내려가서 적당히 계단 왼쪽 보면 보일 텐데, 나도 잘은 몰라. 그냥 헤매면서 찾아."

"그러다 들어가면 안 될 방 나올까 봐 그러지."

"여기가 너희 집이냐, 들어가면 안 될 방 같은 게 있게? 우리 집에 기밀문서라고 할 거라고는 집문서 정도밖에 없어."

그러자 누워 있던 여령이가 벌떡 몸을 일으키며 힘차게 외쳤다.

"집문서!"

집문서를 찾아서 이 집을 다시 팔아서 아파트를 되사면……. 몹시 실현 가능성 있는 말을 진지하게 중얼거리는 반여령의 말에 나는 일단 은지호부터 손짓으로 내보냈다.

그 뒤에 내가 주위를 두리번거리며 말했다.

"은지호는 우리 집 마음껏 뒤지고 다니며 부엌 찾아도 좋고…… 반여령, 쟤는 누가 감시 좀 해 봐. 아니, 24시간 전담 마크가 필요하겠는데."

"내가 할게."

"혜힐아, 넌 천사야."

일련의 시끌벅적한 상황이 지나가고 나서, 나는 애들을 우리 집을 자유롭게 탐험하고 다니라는 명목으로 방임했다.

윤정인과 이민아는 마당에 있던 그네를 탈 거라며 부리나케 달려가고, 은지호는 서재를 살피겠다며 주인이와 같이 1층으로 향했다. 그 외에도 대부분의 사람들이 뿔뿔이 흩어져 버려서, 나는 나중에 그들을 불러 모을 때 어떻게 해야 할지 벌써부터 걱정되기 시작했다.

뭐, 이런 걱정은 나중에 해도 되겠지. 아직 해 지려면 시간도 많이 남았고. 그런 생각을 하면서 나는 아직도 낯설게 느껴지는 2층의 내 방을 찬찬히 훑어보았다.

모든 것이 갈색과 노란색, 베이지색 일색인 공간은 아늑하고 따뜻했다. 떠밀리듯 이사 오기는 했지만 나도 조만간 이 집을 좋아할 수 있을 거라는 느낌이 들었다.

그런 생각을 하며 작게 웃은 내가 무심코 2층 거실을 돌아보는데, 흔들리는 커튼 사이로 어렴풋이 비치는 실루엣

이 있었다.

괜히 술래잡기라도 하는 기분에 사로잡혀 나는 그곳으로 다가갔다.

"루다야?"

"아, 왔어?"

테라스에 팔을 기대고 서 있던 루다가 나를 발견하고는 자리를 비켜 주었다. 아니, 비킬 필요까지는 없는데 말이야.

2층 테라스는 넓진 않지만 그리 좁은 것도 아니고. 고개를 작게 내저은 나는 그의 옆에 다가가 난간에 팔을 기대고 섰다. 불어오는 바람이 제법 시원해서 나는 기분이 좋아졌다.

내가 웃으며 물었다.

"루다야, 뭐 보고 있었어?"

"어? 아, 그게, 뭘 보고 있었더라."

까다로운 질문을 한 것도 아닌데, 이상할 정도로 더듬거리는 목소리였다. 옆을 돌아본 나는 작년 체육 대회 때처럼 목 끝까지 붉어진 루다가 머쓱하게 뒷목을 매만지는 것을 발견했다.

그 모습을 보니 내 얼굴에도 자연스레 열이 올랐다. 이럴 때의 루다는 정말이지 좋아하는 마음을 하나도 못 숨긴다는 게 티가 나서.

이윽고 그가 중얼거렸다.

“하나도 생각이 안 나. 지금까지 뭘 보고 있었는지.”

“…….”

“네가 오기 전까진 분명 알았었는데…….”

푸른 하늘과 양털 구름, 그 사이로 조각난 햇빛이 눈부시게 쏟아져 내려 그의 환한 금발을 비추었다. 그 순간, 나는 충동적으로 입을 열었다.

“저기, 루다야.”

바로 그때, 누군가 베란다 문을 열고 이쪽으로 한 걸음 내디뎠다.

유천영이었다. 그는 나와 루다가 슬리퍼 두 개를 차지해서 양말뿐인데도 개의치 않고 이쪽으로 다가왔다.

“유천영?”

의아하게 그의 이름을 부르는 내게 유천영이 중얼거렸다.

“창문이 아니라 테라스였네.”

그렇게 말한 뒤 놀란 눈으로 산에 휩싸인 주위 풍경을 둘러보았다.

그제야 평정을 되찾은 내가 웃으며 말했다.

“응, 여기 풍경 좋지. 언덕길인 데다가 전망도 뚫려 있어서 산도 잘 보여. 물론 올라올 때는 좀 힘들 것 같긴 한데, 바로 앞에 버스 다니니까.”

고개를 끄덕인 그가 대답했다.

“예전에 우리 놀러 갔던 별장 느낌이네.”

"어, 그러게."

확실히 윤정인네 별장에 놀러 갔을 때도 딱 이런 느낌이긴 했다. 하하, 그땐 참 그림 같은 집이라고 생각했는데.

하여튼 노아리의 힘을 빌리지 않고도 그림 같은 집에 살게 되는 데는 성공했으니, 역시 로또 같은 위험한 소원은 빌지 않는 게 나았을까.

결국 그날 이후로 또 한 번도 못 봤네. 잠시 감상에 잠기던 나를 작은 부름이 깨웠다.

"단이야."

"아, 응."

"무슨 말, 하려고 하지 않았어?"

루다의 물음에 유천영 또한 이쪽으로 고개를 돌렸다. 나는 머쓱하게 뺨을 긁적이다가 말했다.

"아, 유천영. 너도 잠깐 가지 말고 들어 줄래?"

그에 테라스 바깥과 우리를 번갈아 보며 나갈지 말지 고민하던 그가 고개를 끄덕였다.

내게 모인 두 사람의 시선을 확인한 내가 고개를 숙이며 말했다.

"음, 그게. 내가 있지……."

곧이어 심각한 표정을 짓고 있는 루다와도 시선을 마주친 나는 눈을 내리깔며 말을 이었다.

"너희들의 고백에 대해서 조만간 대답할 수 있을 것 같

아. 나한테 중요한 걸 최근에야 깨달았거든. 그러니까 내 말은, 지금까지 너무 오래 기다리게 해서 미안하다고……."

가능하면 조금만 더…… 그런 말을 덧붙이던 나는 아무도 대답이 없자 고개를 들었다.

다들 내 말을 듣기는 한 건가? 어쩌면 짜증을 낼지도 모른다고 생각했는데, 두 사람 다 놀랄 정도로 아무런 표정도 변화 없었다.

나와 눈이 마주치자 유천영이 말했다.

"오래 기다리게 해서 미안하단 말은 하지 않아도 돼."

뭐? 왜? 하지만 이렇게 오랜 시간이 걸렸는데?

그가 아무렇지 않게 덧붙였다.

"난 솔직히 네게 졸업 때까지 대답을 못 들을 각오도 했었어."

"어?"

"우리를 진짜 친구로 받아들이는 데 그렇게 오랜 시간이 걸렸던 네게, 우리가 널 좋아한다는 걸 받아들이는 게 빨리 될 리가 있어?"

그러고 보면…… 새삼 이들을 참 오래 기다리게 했다 싶어 고개를 숙이는 내게 그가 대꾸했다.

"6년이야. 6년이면, 네가 모르는 널 알게 되기에도 충분한 시간이니까."

할 말이 없어진 나는 고개만 숙였다.

어쩌면, 유천영도 날 보며 주인이와 비슷한 생각을 한 걸까…… 그들을 받아들이기도, 또 거절할 수도 없었던 내가 그들에게 어울릴 만한 사람이 나타나길 기다리고 있다는 걸 눈치챘던 걸까.

그걸 알면서도 지금까지 아무 말 없이 기다려 준 거라면 참 미안한 일이다. 새삼 죄책감을 느끼는 내게 이번엔 루다의 목소리가 날아왔다.

전혀 흔들림 없고 거리낌 없는 그의 말투에 나는 고개를 들었다.

"아, 단아. 조금 더 천천히 대답해 줘도 돼. 나는 네 마음만 편하면 상관없으니까."

"뭐?"

"솔직히, 이런 말 하면 이상하겠지만…… 좀 아쉽다는 생각까지 들어."

머쓱한 웃음을 지으며 그렇게 말하는 그에게 나는 어리둥절한 표정을 지어 보였다.

"아쉽다니……?"

"단이 너는 고백받은 이상, 고백한 상대들에 대해 성실하게 생각하고 고민해 줄 건 알고 있었거든. 그래서 고백한 뒤로 나를 오히려 더 유심히 살피기 시작하고, 종일 보곤 하니까, 그게 좋았나 봐. 그래서."

바닥으로 시선을 내리깐 그가 씁쓸하게 중얼거렸다.

"이제 다시는, 그러지 않을 거라고 생각하니까. 아, 물론 우리가 사귀게 되면 다를 수도 있겠지만. 하지만……."

"루다야."

내가 조용히 부르자 바닥을 정처 없이 헤매던 눈이 내게 멎었다.

나는 그와 눈을 마주치며 조용히 웃었다.

"나는 네가 나한테 고백하기 전에도 널 찾아서 리드사에 잠입했고, 너희 어머니랑 담판을 지었잖아. 그렇지?"

그에 불안한 듯 눈을 떨던 그가 작게 고개를 끄덕였다.

"응."

"앞으로 우리 사이가 어떻게 되건 나는 너를 좋아할 거야. 나한테는 네가 그때, 혜힐이와 지한이와 만났던 날, 내게 해 줬던 말이 정말 좋았거든. 설령 우리 사이가 어떻게 되건 간에 난 앞으로 그걸 계속 기억할 거야."

그렇게 말한 내가 유천영을 돌아보았다.

"그리고 너도."

"……."

"너, 네가 해 줬던 말들. 내가 유난히 힘들어서 주저앉을 것 같을 때마다 네가 나타나서 해 줬던 그 수많은 말들을 내가 어떻게 잊을 수가 있겠어."

"그래."

옅게 웃은 그가 나직이 말했다.

"잊지 마."

"너도 잊지 마. 혹시나 내 곁을 떠나지도 말고."

"안 떠나."

가타부타 설명도 덧붙이지 않고 말하는 것이 오히려 그다워서 믿음이 갔다.

두 사람이 도로 집 안으로 들어간 뒤, 나는 다시 고개를 돌려 난간 아래 시원하게 펼쳐진 전경을 마주했다.

눈 앞에 펼쳐진 산등성이와 좁은 도로, 이제까지는 한 번도 내 터전이 될 거라 생각지 못한 낯선 풍경을 보며 내가 중얼거렸다.

어쩌면 윤정인 말대로 내게도 발단과 전개, 절정을 지나, 드디어 결말이 다가오고 있는 것일까?

하지만 이 또한 하나의 시작일 수 있겠지. 이사를 온 뒤에는 이사 온 집에서의 새로운 삶이 있고, 고등학교가 끝나면 대학교가 있듯이.

그리고 좋은 결말은 좋은 시작으로 이어진다.

나는 테라스 난간에 팔꿈치를 기대고 턱을 괴며 중얼거렸다.

"내가 좋은 결말을 맞이할 수 있기를."

그리고 내가 좋은 결말과 함께 새로운 시작을 맞이할 때, 결말을 함께했던 사람들이 여전히 내 곁에 있기를.

*　*　*

나는 고백에 앞서 미뤄 두었던 일들 또한 하나씩 정리하기로 했다.

아무래도 문자로 할 얘기가 아닌 것 같아서 직접 얼굴 보고 하려고 했는데, 어째서인지 교실 앞에서 한참을 기다려도 아리는 돌아오지 않았다.

왜지? 낯선 2학년들의 시선을 받으며 쭈뼛거리며 기다리기를 한참, 나는 결국 기다림 끝에 지나가던 학생 하나를 붙잡고 물었다.

"저기, 혹시 노아리라고 그 애 이 반 아니니?"

"걔라면 요즘 수상 경력 인정받아서 대외 활동에 조금 더 집중하라며, 선생님들이 수업도 원하는 대로 빼 주세요. 아마 문예부실이나 도서실에 있을 거예요."

"아, 그래? 고마워. 못 들었으면 한참 기다릴 뻔했네."

그렇게 말하며 흘러내린 머리칼을 귀 뒤로 넘긴 나는 재빨리 뒤돌아 도서실로 향하는 계단을 올랐다.

노아리가 문예부실에 있진 않으리라는 게 내 생각이었다. 왜냐하면 문예부실은 권은미와 반휘안도 함께 쓰는 공간이니까.

노아리가 '소설 속 인물'인 그들과 같은 공간을 쓰는 것을 기꺼워할 리 없지. 그렇게 생각하며 나는 문을 열어젖혔다.

과연 내 예상대로였다. 초여름 낮이라고는 믿을 수 없을 만큼 적막한 도서실 안, 형광등은 반절밖에 켜지지 않았고, 사서 선생님도 자리를 비운 가운데 노아리만이 혼자 있었다. 그녀는 거대한 책상 하나를 혼자 차지하고 앉아 메모지에 뭔가를 빠르게 휘갈기고 있었다.

그녀가 무엇을 쓰고 있는지도 모르면서, 그녀의 등 뒤에 넘실대는 불길한 기운을 본 나는 불안한 나머지 무작정 그녀를 불렀다.

"아리야!"

내 부름에 놀란 듯 어깨를 크게 들썩인 그녀가 나를 돌아보았다. 그것도 잠시, 상대가 나라는 것을 확인한 그녀는 거리낌 없이 하던 일을 계속했다.

그녀는 메모지에 강박적으로 뭔가를 적어 내려갔다. 그녀가 볼펜을 메모지에 내리꽂을 때마다 콱, 콱, 하면서 볼펜 심과 책상의 딱딱한 표면이 부딪히는 소리가 유난히 섬뜩하게 울렸다. 그녀가 쓰고 있는 메모지가 곧 찢어져도 이상하지 않을 것 같았다.

다급히 그녀에게로 다가간 나는 메모지 안을 들여다보았다.

"아리야, 뭐 하는 거야?"

"제가 마땅히 해야 하는 일을 하고 있어요."

나를 돌아보지도 않고 노아리가 냉랭하게 대답했다. 그 기저에 깔린 분노와 절망감에 나는 어깨를 움찔 떨 수밖에 없었다.

나는 잘 알아볼 수도 없는 글씨가 수도 없이 휘갈겨진 메모지를 보며 물었다.

"마땅한 일이라니, 뭐가? 노민찬 선생님이 너를 싫어하도록 만드는 게? 권은미와 반휘안이 너를 따르지 않도록 하는 게?"

"네, 다들 이상해요. 저는 사람이고 그들은 소설 속 인물인데, 우리는 차원이 다른데 꼭 그걸 모르는 것처럼 행동하잖아요. 저를, 좋아한다고 하고."

그렇게 대답한 노아리가 입술을 짓씹듯 깨물었다.

"제게 매달리고. 저를 따라다니고."

"아리야."

"그런 것들 다 지긋지긋해요. 애초에 걔들이 이단아인 거예요. 저는 이 세계에서 일어나는 모든 일의 원흉이니 아무도 저를 좋아하지 않는 게 정상인데, 노민찬 선생님하고 그 애들만 뭘 잘못 먹은 것처럼. 어딜 가나 졸졸, 정말이지 지겨워 죽겠어요."

"하지만 아리야, 나는?"

내 조심스러운 물음에 그녀가 마침내 휙 고개를 돌렸다.

물기인지 열기인지 모를 것이 어슴푸레하게 번지는 두

눈동자를 보며, 내가 물었다.

“다른 세계 사람들인 너를 이 세계 사람들이 좋아하는 게 이상하다고 하면, 나는?”

그러자 그녀가 다시 불이 꺼져 버린 눈빛으로 아래를 내려다보았다. 이윽고 그녀가 갈라지고 부르튼 입술을 달싹였다.

“언니는 독자고, 저는 작가잖아요.”

“하지만 나도 같은 다른 세계 사람인데.”

“그건…….”

내 말에 아무 말도 못 하고 그녀가 입술만 짓씹었다. 이미 핏자국이 배어 나는 입술에 내가 조심스럽게 손을 얹자, 그녀가 마침내 그만두었다.

다시 그녀에게서 손을 뗀 내가 조용히 말했다.

“아리야, 내가 이 세계에서 등장인물의 한 사람으로서 산 지 5년이나 지났을 때도 아직 완전히 편견에서 벗어나지 못했을 때. 그땐 오히려 네가 날 일깨워 줬었지.”

천천히 어깨에서 힘이 빠지는 그녀를 보며, 내가 말을 이었다.

“아무리 이 세계의 근원이 된 것이 소설이라고 해도, 이미 이 세계가 현실이 된 이상 현실의 복잡성과 다양성을 그대로 지닐 수밖에 없다고 그랬지. 따라서 네가 누군가의 비밀을 안다고 해서 반드시 누군가와 가까워질 거란 보장은 할 수 없다고. 그래서 네가 등장인물들이 널 좋아해 줄 거란 기대를 하지 않는 거라고…….”

내 입에서 나온 말에 그녀는 조용히 고개만을 끄덕였다.

“이 세계의 작가가 너란 걸 누구보다도 괴로워하고 있는 지금의 너한테는 이상하게 들리겠지만…… 나는 그때 이 세계의 작가가 너라서 다행이란 생각을 했어.”

“네?”

“생각해 봐. 아무리 이 세상이 현실로 변했다고 해도, 그걸 받아들이고 말고는 결국 네 마음이야. 실제로 너보다도 몇 년이나 먼저 이 세계에 와 있었고, 이 세계의 인물들과 어울린 나조차도 이 세계 사람들이 자유 의지가 있다는 걸 인정하려 들지 않았어. 현실 사람들에게서만 찾아볼 수 있는 복잡성과 다양성을…….”

“…….”

“하지만 너는 그걸 무시하려 하지 않았잖아. 그저 내 소설 속 인물에 불과한 존재들이 나를 좋아해 주지 않는다며 화를 낼 수도, 그래서 너만이 알고 있는 비밀들을 가지고 그들을 상처 줄 수도 있었는데…… 너는 그렇게 하지 않았어.”

그러자 노아리가 흠칫 어깨를 떨었다. 이윽고 그녀가 고개를 내저었다.

“아니요. 저는 저만이 알고 있는 비밀을 가지고 누군가를 고의적으로 협박한 적이 있어요.”

내가 물었다.

“주인이 말이야? 하지만 그건, 내 추격을 피하기 위해서 벌어졌던 불가피한 상황 아니야? 그리고 네가 그 애와 한 건 거래였어, 협박이 아니라.”

내가 다시 말했다.

“게다가 넌 결국, 마지막에 가서는 그 애를 위로해 줬잖아.”

그 애가 엄마라고 불리는 존재에게 상처받지 않도록, 손수 나서서 감싸 줬잖아. 내 말에 그녀가 다시 고개를 내저었다.

“아니요. 전 그저, 전 그저…… 제가 했던 일에 책임을 진 것뿐이에요.”

“책임을 진다는 건.”

내가 부드럽게 말했다.

“네가 적어도 그 애들을 책임져야 할 존재로 보고 있었단 거 아닐까? 이용하고 버려도 되는 등장인물이 아니라, 감정을 지닌 진짜 사람처럼.”

“…….”

드디어 조용해진 그녀가 입을 꾹 다물며 고개를 숙였다. 나는 그녀의 가마를 보며 조곤조곤 말했다.

“너는 네 능력을 이용해서 우리를 누구보다도 행복해질 수 있게, 또 누구보다도 상처받게 할 수도 있었을 거야. 어쨌든 네가 우리에 대해 거의 모든 것을 알고 있다는 것만은 변치 않으니까. 그리고 네가 가진 능력도."

"……."

"그런데도 넌 그냥 우리를 지켜보고, 지나치게 개입하려 하지 않았어. 우리의 자유 의지를 존중했지."

노아리가 머리카락 아래에 가려진 어깨를 잘게 떨었다.

"동시에 넌…… 네가 쓴 이야기로 인해 지나친 고통을 받고 있는 인물들을 해방시켰어. 그렇게 해서 너는 그 인물들뿐만 아니라 그 주변 인물들까지 불행에서 구했고, 결과적으로는 우리들을 구했어."

"……."

"그러니까 난…… 이미 네가 우리를 누구보다도 더 사람처럼 대하고 있었다고 생각해."

그렇게 말한 내가 그녀의 어깨 위에 가만히 손을 올리자, 그녀가 두 눈에서 눈물을 왈칵 쏟아 냈다.

이제까지 참아 왔던 감정이 터진 것처럼 서럽게 흐느끼는 그녀를 나는 가만히 품에 안고 도닥였다.

그러면서 내가 말을 이었다.

"심지어 원래 이 세계에서 나고 자란 이들조차, 가끔 자기 주변의 사람을 종이 인형으로밖에 보지 못해 괴로워해."

"흐으으……."

"그런데 너는 심지어 이 세계에서 태어나지도 않았으면서 우리와 만난 그 순간부터 우리를 사람으로 대해 왔어."

"……."

"그런데 우리가 그런 너를 좋아하는 게, 사람이 사람을 좋아하는 게 어디가 이상해?"

세차게 고개를 도리질한 그녀가 내 품에서 얼굴을 떼어내고는 말했다.

"언, 니. 저는……."

여전히 할 말이 많아 보이는 얼굴이었다. 나는 그에 대고 물었다.

"네가 작가라고 해서. 다른 세계의 존재라고 해서. 그게 그들이 너를 싫어할 이유가 돼? 너는 그들의 의지를 존중했고, 그들을 행복해지게 하고자 했고, 심지어 네가 직접 이 세계에 뛰어들어서 그들의 운명을 바꿨잖아. 여기의 어디에 그들이 널 싫어해야 할 이유가 있어?"

가만히 입을 다무는 그녀에게 내가 마지막 물음을 던졌다.

"이제 그만, 그들이 '사람'으로서 '사람'인 너를 좋아한다고 생각해도 되지 않을까? 아리야."

"……."

"네가 이 세계에서 아무와도 교류하지 않아도 괜찮은 거라면 나도 이런 말 안 하겠어. 하지만 네가."

짧게 한숨을 내쉰 내가 말했다.

"외롭잖아."

잠시 정적이 흐른 뒤, 노아리는 책상 위의 메모지를 흩트리며 다시 울음을 터트렸다. 그녀의 그런 모습은 마치 전지전능한 창조주가 아니라 이 세상에서 가장 작은 사람, 그리고 이 세상에서 가장 위로가 필요한 사람처럼 보였기에, 나는 한숨과 함께 손을 뻗어 그녀의 등을 감쌌다.

그로부터 2, 3일쯤 지난 어느 날 저녁이었다. 야간 자습을 하다 말고 너무 졸려서 교실에서 기어 나온 나는 복도 창에 기대어 영어 단어장을 읽었다.

눈꺼풀이 무거워질 때마다 등에 닿은 유리의 서늘한 감촉이 내 정신을 일깨워 주었다.

수능이 아니고서는 다시는 평생 쓸 일 없을 것 같은 단어를 한 자 한 자 속으로 되뇌는데, 맞은편 복도에서 윤정인과 이민아가 걸어왔다.

한 손을 흔들어 보인 윤정인이 가까워지자마자 의아하게 물었다.

"너 왜 복도에서 자습하냐? 졸려서? 그래도 기왕 서서 할 거면 교실 뒤 사물함 쪽이 더 낫지 않냐?"

"맞아. 불도 교실이 훨씬 밝고. 시끄러워서 그래?"

"아니, 그건 아니고."

나는 영어 단어장을 탁 덮고 엄지로 내 바로 등 뒤를 가리켰다.

"창에 달라붙은 벌레들을 보면 잠이 깨거든."

그 말에 윤정인과 이민아가 소름이 오스스 돋아난 얼굴로 고개를 돌렸다. 유리창 한 장 너머로 닿을 수 없는 형광등 불빛을 갈망하듯 다닥다닥 붙어 있는 나방과 하루살이들을 본 그들의 표정이 형언할 수 없을 만큼 기묘해졌다.

아, 미친……. 나직이 탄식하는 것도 잠시, 이민아가 나를 향해 엄지를 척 추켜세웠다.

“두려움마저 목적을 위해 이용하다니, 네가 진정한 21세기의 파이터다.”

나는 태연하게 대답했다.

“수험생들은 모두 어떤 의미에서 파이터지.”

“명언 인정합니다.”

상장도 드립니다, 그렇게 덧붙이며 손에 들고 있던 껌 통에서 껌을 하나 꺼내 내게 쥐여 준 그들이 한들한들 뒷문으로 들어갔다.

그들의 뒷모습을 멍하니 보던 나는 껌을 입에 넣고 씹었다. 화한 민트 맛이 입 안에 퍼지자 잠이 좀 깨는 느낌이었다.

음, 좋군. 고개를 주억거리던 나는 문득 뒤를 돌아보았다. 별생각은 없었고, 그저 잠시 내 눈에 영어 단어가 아닌 다른 것을 넣고 싶었을 뿐이다.

그러던 나는 뒷문 가까이에 주차된, 전조등에 불이 켜진 차를 보고 눈을 크게 떴다. 그 앞에 서 있는 늘씬한 뒤태는 틀림없이 노민찬 선생님의 것이었다.

선생님, 오늘 야자 감독도 아니신데 늦게 퇴근하시네.
작게 중얼거리던 내 시야에 그를 향해 일직선으로 달려가는 인영이 들어왔다.

노민찬 선생님이 그녀를 향해 황급히 달려가고, 곧 그녀와 손을 잡고 나란히 걸어가는 모습을 본 내 입가에 미소가 걸렸다.

차에 올라타기 전 반사된 불빛에 언뜻 비친 모습은 틀림없는 노아리, 그녀였기 때문에.

나는 며칠 전의 대화를 떠올렸다.

'네게 원래 세계로 돌아가는 걸 포기하라는 게 아니야. 다만 나는, 네가 이 세계에서 좀 더 맘 편히 지냈으면 좋겠어.'

그리고 지금 내 눈앞에 있는 두 사람의 모습, 함께 차를 타고 하교하는 노민찬과 노아리의 모습이 바로 노아리가 내 말을 받아들였다는 방증일 터였다.

나는 멀어지는 차를 보며 다시금 작게 웃고는 다시 영어 단어장을 들어 한 장 넘겼다.

제68조. 서로에게 완벽한 결말

서로에게 완벽한 결말

고등학교 1학년 때만 해도 6월은 내게 수박과 계곡, 워터 파크를 떠올리게 하는 단어였다. 그러나 고등학교 3학년인 지금, 내게 6월의 의미는 6월 평가원 모의고사 단 하나뿐이었다.

평가원 모의고사는 실제 수능 경향과 난이도가 어느 정도 반영된다고 할 수 있기에, 그래 봐야 모의시험이라고 어느 정도 편한 마음으로 풀 수 있었던 모의고사와는 긴장의 차원이 달랐다.

마지막 교시까지 끝나고, 답안지를 앞에 제출한 나는 신음을 토해 내며 책상 위로 무너졌다.

"토할 것 같아……."

내가 그렇게 중얼대자마자 바로 옆줄 뒷자리에 앉아 있

던 은지호와 유천영이 각기 물었다.

"속 안 좋아?"

"몸 안 좋냐?"

한 몸처럼 비슷한 물음을 던지는 그들에게 고개를 내저은 나는 중얼거렸다.

"아니, 설레서……. 설레서 토할 것 같아."

"설레다니, 뭐가?"

"이 결과를 통해 점쳐질 내 미래의 수능 점수가."

그러자 내 바로 앞자리에 앉아 있던 정세연이 나를 돌아보며 휘휘 손을 내저었다.

"어우, 야, 그런 말 하지 마. 벌써부터 수능 점수를 점찍는 법이 어딨니? 야, 그리고 아직 네 달이나 남았거든? 그거면 올리기에 충분한 시간이지 뭐."

"그건 그런데……."

뭐라고 더 말하려던 나는 입만 달싹이다가 다시 책상 위로 고개를 처박으며 한숨 쉬었다.

아, 솔직히 지금까지 공부를 대충 한 것도 아니고, 대체로 사건에 휘말리지 않았을 때는 —그런 때가 거의 없긴 했지만— 항상 열심히 해 왔는데 딱히 큰 폭으로 향상한 적은 한 번도 없었다고.

그래도 3학년 되면서 무섭게 치고 올라와서 성적이 오른 애들도 많은데 아직 유지는 하고 있다는 걸 감사해야 할까? 아니면 이쯤 되면 내 공부 방식이 나와 안 맞다는 걸 슬슬 인정해야 할까?

하지만, 수능 특강반 같은 걸 다닌다고 성적이 오른다는 보장도 없는걸. 무엇보다 재작년 겨울에 잠깐 학원 다녀 봤을 때도 성적이 오르긴커녕 생활 패턴이 바뀌어서 몸만 더 힘들었고.

팔에 얼굴을 묻고 끙끙거리던 나는 갑자기 자리에서 벌떡 일어났다.

머릿속이 복잡할 때는 맛있는 걸 먹는 게 제일이지!

고등학교 3학년이 되고 내 지갑이 순조롭게 비어 가는 데는 별 이유가 있는 게 아니었다.

그러고 보니 최근 무서운 속도로 먹어 대는데, 설마 살찌진 않았겠지? 이중 턱이 잡히지 않나 턱도 한 번 만져 보고, 뱃살도 한 번 잡아 보던 나는 마침 가까이 다가온 반여령의 팔을 잡아챘다.

"여령아, 우리 매점 가자!"

"그래!"

내가 어떤 제안을 해도 거절하는 법이 없는 여령이가 해맑게 외쳤다. 뒤이어 김혜힐과 이민아가 '나도!'를 외침으로써 매점 원정대는 네 명으로 늘어났다.

우르르 매점으로 달려간 우리는 곧 사람이 몰릴 것을 예상해서 구석에 미리 자리를 맡아 두고 먹을 것을 고르기로 했다.

함께 자리를 지키던 나와 김혜힐은 반여령과 이민아가 산더미같이 가져온 음식들을 보고 눈을 동그랗게 떴다.

“핫바도 먹게?”

컵라면 위에 핫바로 2층 석탑을 쌓아 온 이민아에게 김혜힐이 묻자, 그녀가 당연하다는 듯 고개를 끄덕였다.

“응, 컵라면 하나 갖고는 간에 기별도 안 가는걸.”

“이따 저녁 급식에 핫도그 나올 텐데.”

“뭐? 아, 그런 건 미리미리 말을 해 줬어야지.”

이미 뜯어 버린 핫바를 침울하게 보던 이민아가 그것을 전자레인지에 돌리고, 반여령이 컵라면에 온수를 붓는 사이 나와 김혜힐은 봉지 과자를 나눠 먹었다.

애초에 우리 둘은 컵라면을 먹고도 바로 저녁 먹을 수 있을 만큼 배 용량이 넉넉하지 못했다.

그러면서 우리는 이런 한담을 나누었다.

“역시 운동 신경과 칼로리 소모는 나름의 관계가 있는 거 아닐까?”

“맞아. 그래서 말인데, 자기가 많이 안 먹는다는 편이란 양심 없는 말을 이루다가 했다는 게 사실이니?”

“응. 사실이야.”

“세상에.”

그새 컵라면과 김이 모락모락 오르는 핫바를 대령한 이

민아와 반여령이 우리 맞은편에 털썩 앉았다.

6월 평가원 모의고사를 봤으니 공부 얘기만 나올 것 같았는데, 의외로 그렇지도 않았다. 우리는 맹렬하게 먹으면서도 또 맹렬하게 먹는 얘기만 했다.

“저녁 급식에 나오는 핫도그 그거 많이 남을까? 많이 남으면 저녁 시간 끝날 때쯤 가면 좀 싸 주시잖아. 반 애들이랑 나눠 먹으라고.”

핫바를 먹고 있으면서 핫도그 얘기를 하는 민아에게 김혜힐이 태연하게 대꾸했다.

“응, 네가 우리랑 나눠 먹은 적은 한 번도 없지만. 아마 그럴걸?”

“얘, 혜힐아, 좀 조용히 하렴! 남들이 들으면 오해하겠다. 아, 그래서. 급식 남긴 남을까?”

그러자 이번엔 반여령이 그녀에게 대답했다.

“남지 않을까? 오늘 밥 안 먹는 애들 많은 것 같던데.”

내가 반여령의 뒤를 이어 말했다.

“맞아, 정세연 아까 7반 여자애들이랑 같이 토스트 배달시킨댔어. 그리고 남자애들 중에서도 누가 치킨 먹는댔는데.”

누가 그랬더라, 턱을 괴고 생각에 잠기는 내 어깨를 이민아가 한 손으로 잡고 마구 흔들어 댔다.

“헐, 대박. 야, 이거 빨리 먹고 뺏어 먹으러 가자. 빨리 안 가면 뺘도 안 남는다. 그래서 누구래?”

한참을 고민하던 나는 그의 이름을 간신히 떠올리고 외쳤다. 아!

"이상윤."

그러자 분위기가 순식간에 싸늘하게 식었다.

아차. 내가 얼굴을 굳히며 김혜힐을 돌아보자마자 그녀가 차갑게 식은 얼굴로 말했다.

"난 안 가. 그 새끼가 처먹다 남은 거 주워 먹을 생각 없어."

으, 응. 당연히 그렇겠지. 연신 고개를 주억거리는 내 옆에서 이민아가 투덜댔다.

"아, 김혜힐 개무서워 진짜. 야, 우리도 그런 줄 알았으면 가자는 소리 안 했지. 야, 핫도그나 먹자."

"하하, 핫도그 좋지."

어색하게 웃으며 맞장구친 나는 김혜힐의 눈치를 봤다. 그녀는 미간을 좁힌 채 입술을 꽉 깨문 것이 기분이 쉽게 풀릴 분위기가 아니었다.

아, 젠장. 내가 왜 그 자식이랑 이지한 사이에 있었던 일을 잊어 가지고는. 사실 그 일에 가장 직접적으로 휘말린 게 다름 아닌 나인데도 말이야.

이래서 건망증은 안 좋다니까. 내가 속으로 푸념하던 그때였다. 누군가 내 소매를 잡아당겼다.

무심코 고개를 돌린 내 눈 한가득 기쁜 듯이 웃는 반여령의 모습이 들어왔다.

그녀가 내 어깨에 턱을 붙이더니 작게 속삭였다.
"오늘 저녁 기대된다. 맛있겠다, 핫도그."
"……."
분위기에 상관없이 혼자 그런 말을 하는 반여령을 두고 잠시 침묵이 흘렀다.
이윽고 우리 세 사람은 저마다 손을 뻗어 반여령의 머리를 쓰다듬거나 등을 토닥이며 그녀를 마구 귀여워했다.
어리둥절해하는 그녀에게 내가 말했다.
"여령아, 내가 꼭 부자 돼서 핫도그 많이 사 줄게."
"난 부자까진 될 자신 없지만 오늘 나오는 핫도그는 너 줄 수 있어."
"앗, 야, 김혜힐 너 그건 진짜 참사랑이다. 난 지금 먹고 있는 핫바 한 입 줄게."
얼결에 이민아가 내민 핫바를 한 입 베어 물면서도 반여령은 의아한 얼굴이었다.
그래, 그래, 괜찮아. 넌 여주인공이니까. 네가 귀엽다는 것도, 예쁘다는 것도 앞으로도 쭉 몰라도 괜찮아.
그런 생각을 하며 흐뭇하게 반여령의 머리를 쓰다듬던 나는 문득 주위를 둘러보았다.
불과 이삼십 분 새 꽤 많은 사람들이 주위를 차지하고 있었다. 그때 마침 매점에 들어오는 범상치 않은 이들의 조합을 보고 나는 그만 웃음을 터트리고 말았다.

김혜힐이 의아하게 물었다.

"어디 봐?"

"아니, 저기."

내가 이제는 매점 안에 들어와 먹을 것을 고르는 그들을 가리키자, 의아하게 그쪽을 돌아본 김혜힐과 이민아도 웃음을 터트렸다.

거기엔 마치 고목에 붙은 매미처럼 키 큰 두 사람 사이에 끼어 끌려다니는 노아리가 있었다.

끌려다니는 건지 아닌지는 잘 모르겠지만, 푸르죽죽한 얼굴을 보아하니 역시 본인 의지는 아닌 모양이었다.

그건 그렇고, 꽤 의외네. 나는 노아리의 양옆에 있는 권은미와 반휘안을 보았다. 둘이 벌써 같이 매점에 올 정도로 친해졌다니. 게다가 다른 학년인 노아리는 또 어쩌다 만난 거고? 분명 같은 부이긴 했지만.

나는 두 사람이 가판대 앞에서 주고받는 대화에 귀를 기울였다.

"솔직히 이해 안 돼. 나는 그렇다 치고, 왜 아리 언니까지 너한테 사 줘야 하는 건데?"

"뭘, 그게 원래 내기 조건이었잖아. 시험에서 진 사람이 이긴 사람한테 먹을 거 사 주기. 덤으로 아리 선배는 나나 너 둘 중에 이긴 사람한테 먹을 거 사 주기."

"아니, 그러니까 나는 그 내기가 성립된 것 자체가 이해가 안 된다고. 아리 언니가 왜 우리의 내기에 희생되어야 해? 언니는 우리 성적이랑 아무런 상관도 없는데."

그에 대답한 것은 노아리였다. 그녀가 귀신이 친구 하자고 할 것 같은 창백한 얼굴로 말했다.

"그건 너희가 성적 내기 조건으로 점점 큰 걸 걸다가, 급기야 서로의 형 오빠를 걸기 시작하면서 도서실이 떠나가라 싸웠기 때문이지……."

"아……."

권은미가 반성하듯 조용해진 틈을 타 반휘안이 쏘아붙였다.

"넌 어차피 네가 이겼으면 좋다고 아무 말 없이 받았을 거잖아. '고마워요, 언니! 이거 먹고 더 열심히 할게요.' 하면서. 그런데 내가 이기니까 지금."

"아, 아니거든!"

"표정 보니 맞네. 내가 아직도 네가 거짓말하는 표정도 못 알아볼 것 같아?"

마냥 모범생 같은 이미지와는 달리 제법 까칠하게 쏘아붙인 반휘안이 획 고개를 돌렸다. 그는 권은미가 볼 수 없을 만한 각도에서 작게 웃음을 터트리더니, 나와 눈이 마주치자 눈을 휘둥그레 떴다.

이윽고 들려온 노아리의 초췌한 목소리에 그가 다시 고개를 돌렸다.

"얘들아, 뭐든 좋으니까 빨리 고르고 가기나 하자…….

언니 힘들어…….”

“아, 네.”

그제야 허둥지둥 매대로 고개를 돌리며 과자를 뒤지는 권은미와 반휘안을 나는 의심스럽게 쳐다보았다. 뭔가 수상한데?

“아리야!”

내가 작게 외치자, 의아하게 주위를 둘러보던 노아리가 나를 발견하고 총총 다가왔다. 노아리는 내 옆의 친구들에게도 공손하게 꾸벅 인사를 했다.

“안녕하세요.”

“어, 안녕! 전에 계곡 가고 엄청 오랜만이네.”

쾌활하게 대답한 이민아가 권은미와 반휘안 쪽을 힐끗 보더니 신기하다는 목소리로 말했다.

“친구들이 키가 되게 크네! 요즘 애들 발육 되게 좋다.”

과연 권은미는 병약한 이미지에 가려 잘 눈에 띄지 않을 뿐, 교복을 입고 보니 키가 170을 좀 넘는 훤칠한 미인이었고, 반휘안은 말할 것도 없었다.

그러나 우리와 고작 두세 살 차이인 그들이 발육에 무슨 차이가 있는가는 제쳐 두고라도, 고개를 숙인 내가 작게 속삭였다.

“민아야, 재네는 아리 후배들이야.”

“아.”

"괜찮아요. 전 아무렇지도 않은…… 걸요……."

말끝을 흐리다가 기어이 고개를 숙인 그녀가 내 팔에 무너지듯 매달렸다. 그녀가 나만 들을 수 있는 크기로 외쳤다.

"으아아, 쟤들 진짜 왜 저러는지 모르겠어요! 정말 제가 쟤들 목숨을 구해 준 걸 알아서 이러는 걸까요? 아니면 다른 뭔가가 있는 걸까요? 제가 밀고 있는 가장 유력한 가설은 쟤들이 데이트하기 위해 저를 굳이 끼운다는 거예요!"

"아니야, 진정해, 아리야. 이유가 어떻든 쟤들이 널 좋아하니 그걸로 됐잖니. 착한 애들이고."

그리고 고개를 갸웃한 내가 덧붙였다.

"그리고 데이트라니? 둘이 호감이 있는진 몰라도 아직 그럴 단계까진 아닌 것 같던데."

"다 몰라서 하는 소리예요! 저길 보세요!"

그렇게 외친 노아리가 가리킨 곳을 본 나는 할 말을 잃었다. 으음, 과연.

둘은 과자 봉지에 그려진 그림을 갖고 뭔가 얘기하고 있었다. 그러다 권은미가 볼을 붉히며 반휘안의 팔을 퍽 때리자, 반휘안이 팔을 문지르면서도 슬쩍 웃었다.

그 모습을 본 나는 떠올렸다. 은형이는 은미를 보내 줄 준비가 되었을까……? 꼭 보면 평소엔 잘 안 그러던 사람이 여동생 문제에만 눈이 돌아가곤 하던데, 은형이는 그러진 않겠지? 설마?

그리고 반휘혈도 반휘혈대로 걱정이었다. 동생을 끔찍하게 아끼는 그가 반휘안을 순순히 보내 줄는지 어떨는지.

나는 턱을 괴고 허허 웃었다. 그래도…….

저쪽은 고등학교 1학년 때부터 커플인가. 그거 하나만은 부럽다. 나는 이 학교를 떠날 때가 거의 다 된 지금까지도 교내에서 누굴 사귀어 본 적은 없는데. 물론 그렇다고 해서 저들보다 설레는 추억이 없는 것도, 재미가 덜했던 것도 아니지만 말이야.

노아리를 권은미와 반휘안에게 다시 돌려주고 음료수를 쪽쪽 빠는데, 반여령의 말이 들려왔다.

"다행이다. 나름대로 있을 곳을 찾은 것 같아서."

"……응."

고개를 돌려 반여령을 바라본 나는 그녀의 얼굴 가득 깃든 안도감을 보고 조용히 웃었다.

내가 속으로만 중얼거렸다.

반여령, 너는 결국 끝까지 누구를 미워하진 못하는 사람이지. 나는 네 그런 점을 정말 좋아해.

나는 대뜸 손을 뻗어 그녀의 손을 깍지 껴서 잡았다. 내가 별다른 이유 없이도 자주 그러곤 했기에, 그녀는 아무 의심 없이 나를 보고 마주 웃어 주었다.

그런 그녀에게 내가 불쑥 물었다.

"여령아, 오늘 밤에 나 잠깐 너희 집 놀러 가도 돼? 오랜만이기도 하고, 할 얘기도 있고 해서.”

“나야 완전 좋지! 그런데 할 얘기라니, 뭔데?”

만개한 꽃처럼 활짝 웃다 말고 되묻는 그녀에게 나는 웃으며 ‘이따가.’ 하고만 말했다.

내게 있어서는 반여령이 제일 중요했으므로, 정리의 마지막 순서는 반여령이어야만 했다.

* * *

함께 야간 자습을 마치고 집으로 들어오고 나서도 나는 한동안 어쩔 줄 모르고 신발장에서 손만 꼼지락댔다. 그런 내 손을 잡아끌며 반여령이 흔쾌히 말했다.

“왜 그래? 새삼 내외하는 것처럼. 너희 집이 우리 집이고 우리 집이 너희 집이었잖아! 얼른 들어와.”

“아, 응.”

“단이 왔니?”

마지못해 대답하는 내게 안방에서 여령이네 어머니의 목소리가 들렸다. 이윽고 나오시는 여령이네 부모님께 나는 꾸벅 고개를 숙여 보였다.

“안녕하세요. 오늘 6월 모의고사도 끝났고 해서 한번 놀러 왔어요.”

“마침 잘 왔어! 우리도 단이 너 보고 싶어지던 참이었는데, 그러지 말고 얼른 들어와. 과일 깎아 줄까?"

"감사합니다."

그제야 신발을 벗던 나는 '자고 가도 돼.' 하는 여령이네 어머니의 말씀을 듣고서야 웃을 수 있었다.

분명히 옛날 우리 아파트와 거의 구조가 같은, 꿈에서도 그릴 수 있을 만큼 익숙한 집인데도 왜 이렇게 낯선 기분이 드는지 모르겠다. 단지 내가 이사를 갔다는 그 이유 하나로 인해서.

새삼 시간의 경과를 느끼는 내게 여령이네 어머니께서 사과가 담긴 접시를 건네주셨다.

그것을 두 손으로 받아 든 나는 여령이의 방으로 들어갔다.

사과 접시에는 손도 대지 않고 침대에 나란히 걸터앉아 있기를 한참, 내가 마침내 입을 열었다.

"나 말이야, 그 애들한테 드디어 고백에 대한 대답을 하기로 했어."

내 갑작스런 말에도 여령이는 전혀 놀라지 않았다. 그녀는 다만 잠시 생각하는 듯하더니 태연히 입을 열었다.

"네가 그 말을 나한테 했다는 건, 셋 중 한 사람의 마음을 받아들이기로 결심했다는 거네."

그러지 않았으면 나한테 말할 필요가 없었을 테니 말이야. 단정적으로 하는 말에 나는 놀라면서도 고개를 끄덕였다.

역시 누가 뭐래도 우리는 태어나서부터 그 누구보다도

오래 서로를 봐 왔다.

잠시 망설인 내가 물었다.

"너, 나한테 남친 생겨도 괜찮겠어?"

좀 전까지만 해도 담담하던 그녀가 그 질문에는 펄쩍 뛰었다. 눈을 데굴데굴 굴린 그녀가 당황한 듯이 말했다.

"어, 언제 우리가 그런 거 서로 허락 맡았다고 그래? 난 은형이랑 사귀는 거 너한테 허락받은 적 없잖아. 어차피 단이 너도 내가 물어봤어도 반대 안 했을 테지만."

"그건 그렇지만. 넌 아닐지도 모르잖아."

내가 덧붙였다. 너 1학년 때만 해도 나한테 남자 친구 생기면 안 된다며 막 울고……. 그런 내 입을 두 손으로 틀어막은 반여령이 울상을 지었다.

"으아아."

눈을 깜빡이는 것도 잠시, 나는 그만 작게 웃어 버렸다.

그녀가 내 입을 놓아주자, 나는 고개를 돌리고 한참 동안 계속 키득거렸다. 그런 나를 여전히 울상으로 바라보던 반여령이 불쑥 말했다.

"……단이야."

"응?"

당연히 1학년 때 내가 남친이 생기는 게 싫어서 울었던 것에 대한, 말도 안 되는 변명이 이어질 줄 알고 웃으며 돌아본 나는 그녀의 얼굴이 뜻밖에 진지한 것에 놀랐다.

형광등 불빛이 섬세한 이목구비 위로 음영을 드리우자, 나는 새삼 눈앞의 아름다움이 사람보다는 피조물이라는 말에 어울린다는 생각이 들었다.

그때, 계속 날 보던 그녀가 더없이 진지한 얼굴로 입을 열었다.

"단이야, 사실 난…… 너한테든 나한테든, 좋아하는 사람이 생기는 게 정말로 겁이 났어. 왜냐하면……."

말을 잇던 그녀가 문득 눈을 내리깔더니, 입술을 깨물었다.

"왜냐하면 어떤 책에서건, 영화에서건, 여자애들 우정에 있어서 한 사람이 좋아하는 사람이 생기는 건 곧 갈등의 시작이었으니까."

나는 대답 없이 그녀의 말을 경청했다. 그것이야말로 나 또한 수십 번, 수백 번을 홀로 상상했던 상황이었다.

반여령은 말을 하면서 주먹을 꽉 움켜쥐었다.

"사랑에 정신이 팔려 우정을 등한시하거나, 심지어 둘이 같은 사람을 좋아하게 돼서 철천지원수가 되거나. 내가 본 대부분의 책이 그랬어."

그리고 그녀가 고개를 들어 투명한 눈빛으로 나를 바라보았다.

"하지만 내가 좋아하는 사람이 생기고 나니까, 알게 됐어. 내게 좋아하는 사람이 생긴다고 해서 내 우선순위가 달라지는 건 아니라는 걸."

"……."

"난 은형이를 좋아하기 전과 마찬가지로 널 좋아하고, 내 마음은 전혀 달라지지 않았어."

거기까지 말한 그녀가 불현듯 환히 웃었다.

아까까지의 심각한 분위기와는 어울리지 않는, 하지만 그래서 더욱 인상적인 미소였다.

"그러니까 아마 너도 그럴 거야. 네게 좋아하는 사람이 생겨서 사귀어도 난 괜찮아."

그렇게 말하며 내 손을 꽉 쥐는 반여령을 빤히 보던 나는 이윽고 고개를 숙였다.

내 주위 사람 대부분이 그렇지만, 특히 반여령은 내게 늘 기대 이상만을 보여 준다. 그래서 가끔은 너무 밝은 빛 앞에 선 것처럼 스스로 부끄러워지게 해.

그런 나를 보며 반여령이 온화한 얼굴로 말을 이었다.

"단아, 나 실은 계속 생각해 봤거든. 만약 네가 은형이를 좋아했다면, 그래도 내가 은형이를 좋아하게 됐을까 하고……. 그런데 아마 그렇지는 않았을 것 같아. 아무리 은형이가 날 좋아해 줬어도, 그랬다면 난 은형이를 결국 포기했을 거야. 그럴 수밖에 없었을 거야, 나는."

그렇게 말하고 '은형이한테는 비밀이야.' 하고 작게 속삭이는 그녀를 나는 울 것처럼 바라보았다.

눈을 내리깐 그녀가 덧붙였다.

“난 네가 행복해지길 바라. 그걸 위해서라면 뭐든 괜찮아. 그러니까 너를 위한 선택을 해.”

고개를 숙인 그녀가 말했다. 세상에서 가장 큰 비밀을 속삭이듯.

혹은 행복을 부르는 마법의 주문을 발음하듯이 조심스럽게.

“단아, 항상 내 최우선은 너야.”

나는 그런 그녀를 빤히 보다가 그녀와 맞잡은 손에 힘을 주었다.

울지 않기 위해 눈을 꾹 감으며, 나는 예전에 했던 생각을 다시 떠올렸다.

여령아. 내가 이 세계에 대한 기억을 되찾을 때 생각했듯이, 너는 내 퍼즐이 아닌 퍼즐 판이야.

기억을 되찾기 시작하던 초창기에, 나는 이 세계의 내가 더는 반여령의 옆집에 사는 것도, 같은 학교를 다니는 것도 지긋지긋해서, 반여령과 같은 세계에 더는 있고 싶지 않아서 그녀가 없는 세계로 도망쳐 간 거라고 생각했다. 대신에 지금의 나를 이 세계로 보내 버린 거라고.

다시 눈을 뜨고 반여령을 보며, 나는 입속으로 중얼거렸다.

하지만 여령아, 난 요즘에야 이런 생각을 해.

사실은 이 세계의 나도 널 잃고 싶지 않아서, 다른 세계의 나와 잠시 자리를 바꾼 게 아닐까 하고.

이 세계의 나는 너 없는 곳으로 영원히 도망치고 싶었던 게 아니라, 너를 영영 잃고 싶진 않았기에 너를 받아들일 수 있는 나를 데려온 것이 아닐까 하고.

네 모든 것을 인터넷 소설의 법칙 따위라고 생각하고, 전부 이해하고 받아들일 수 있는 나를 말이야.

그리고 나는 반여령과 맞잡고 있던 손에 더욱 힘을 주었다. 내가 다시 중얼거렸다.

그리고 정말 그랬던 거라면, 이 세계의 나는 성공한 거야.

왜냐하면, 우리는 지금 이렇게 함께 있잖아.

그녀에게는 할 수 없는 그 모든 말들을 목 안에 꾹꾹 눌러 담고, 입을 연 나는 간신히 두 마디만을 내뱉었다. 그럼에도 내가 하지 못한 말들까지 모두 전해지길 바라며.

"나도 그래."

나는 새삼 이 이야기의 시작을 생각했다.

이 세계에서 눈 떠서 반여령을 처음 본 순간, 나는 여주인공의 친구로서 낙점 지어진 내 운명을 깨달았다.

그것이 이 모든 일의 시작이었다.

이제 이 세계는 더 이상 소설이라고 부를 수 없을 만큼 원작을 벗어나 버렸고, 그러니 너는 더는 여주인공이 아니고, 나도 더는 여주인공의 친구가 아닐 테지만.

그래도 나는 여전히 내 이야기에 또 하나의 주인공이 있을 수 있다면, 그건 너였으면 좋겠어.

내 이야기의 시작이 너였던 것처럼, 내 이야기의 마지막에도 네가 있으면 좋겠어.

왜냐하면, 틀림없이 내게는 그게 가장 완벽한 이야기일 테니까.

제69조. 미워할 수 없는 사람

미워할 수 없는 사람

요즘 내게 이상한 일이 하나 있다. 아니, 이렇게 말하니까 언제는 내게 이상한 일이 별로 없었다는 것처럼 들리는군.

하지만 이번엔 진짜다. 서열 1위에게 찍힌 것도, 납치를 당한 것도 아니지만…… 묘하게 현실적인 공포라고 해야 할까.

늦은 밤 골목길을 혼자 거닐 때나, 주말에 잠깐 번화가에 나왔다가 집으로 돌아가는 길, 자꾸만 시선이 느껴져서 뒤를 돌아보면 누군가 서 있었다. 눈에 띄지 않는 가로등이나 벤치 뒤에서 선글라스 뒤에 숨은 눈으로 날 빤히 보고 있었다.

그뿐만 아니라 캡 모자에 후드, 브랜드를 알아볼 수 없는 품이 넉넉한 점퍼까지, 여름인데도 보는 사람이 다 더

울 정도로 꽁꽁 싸맨 모양새가 나름대로 열심히 위장을 했다는 건 알 수 있었지만.

한 가지 문제가 있었다면, 위장하는 사람의 외모가 너무 범상치 않았다는 거다. 원판 불변의 법칙은 위장에도 어김없이 적용되었다.

오늘도 수상한 시선에 쫓기듯 집으로 귀가한 나는, 2층 내 방 창문에서 집 앞 골목을 내려다보았다. 다행히 더 이상의 인기척은 없었다.

그리고 한 손으로 이마를 감싸고 있길 한참, 나는 이해 안 된다는 듯 중얼거렸다.

"왜 나예리가 날……?"

내 눈에 형편없는 옷을 걸치고도 '어떻게 저 꼴을 하고서도 저따위로 예쁘지?' 하는 생각이 들게 할 수 있는 사람은 반여령과 나예리 둘뿐이었다.

그런데 반여령이 내게 용건이 있었다면 저렇듯 직접 말하는 대신 나를 온종일 따라다닐 리는 없으니, 답은 하나뿐이다.

일이 틀어지자마자 곧바로 전학을 가 버렸던 그녀라면, 그녀의 자존심에 내게 할 말이 생겼다고 해도 쉽게 찾아올 수 없을 게 분명했다. 아니, 하지만 피차 번호도 아는 마당에 그냥 연락을 하면 될 것을.

나는 입술을 깨물며 고민했다. 그녀 쪽에서 연락을 하지 않는다면 내 쪽에서도 모르는 척 기다려 주는 게 예의일까? 아니, 하지만 처음에도 그렇게 생각해서 계속 기다린 건데 그게 일주일씩이나 갈 줄은 몰랐다고.

아무리 인터넷 소설의 온갖 위기 상황에 정신이 무뎌진 나라도 이제 슬슬 무섭단 말이야…….

결국 망설임 끝에 나는 머뭇머뭇 통화 버튼을 누르고 핸드폰을 귀로 가져왔다.

핸드폰 너머에서 흐르는 신호음을 듣고 나는 적잖이 안도했다. 아, 다행이다. 혹시나 차단했으면 어쩌지 했는데.

이윽고, 신호가 뚝 하고 끊기며 카랑카랑한 목소리가 튀어나왔다.

[여보세요?]

나는 주저주저하며 말을 꺼냈다.

"아, 안녕. 예리야. 저기 있지, 나 함단이인데……."

[알아, 용건.]

"응?"

[용건만 말하라고.]

대놓고 까칠하게 구는 그녀를 보고서도 나는 그냥 웃을 수밖에 없었다. 내가 지은 죄가 있다 보니, 정말이지 차단을 하지 않은 것만도 다행이었다.

나는 곧바로 용건을 꺼냈다.

"응, 음, 있지. 실은 최근에 누가 날 쫓아다니거든. 그런데 그게 아무리 봐도 너 같아서…….”

혹시 나한테 뭔가 할 말 있는 건, 아니지?

조심스럽게 그렇게 묻자마자 귀청 떨어질 것같이 쩌렁쩌렁한 외침이 날아왔다. 나는 황급히 핸드폰을 고쳐 쥐며 한 손으로 귀를 문질렀다.

나예리가 잔뜩 분개한 목소리로 외쳤다.

[너 바보야?! 내가 널 쫓아다닐 이유가 하등 없을뿐더러, 난 얼굴 가리고 다니는 그런 짓 안 해! 그럴 필요도 없고.]

“그, 그럼?”

[나와 같은 생김새에, 얼굴을 가려야 하는 신분의 사람이라면 누군지 바로 감이 안 와?!]

“아.”

영구 박 터지는 소리를 내는 것도 잠시, 내가 작게 외쳤다.

“나예린!”

그러자마자 수화기 맞은편에서 흥 하고 코웃음 치는 소리가 났다.

[넌 정말이지 바보야. 이렇게 덜렁대서 내 보호 본능이라도 자극할 생각이라면 그만두는 게 좋을 거야. 절대로 네 걱정 때문에 밤에 깨는 일 따위는 없을 테니까!]

“응, 제발 중간에 깨는 일 없이 편히 자길 바랄게.”

나예리가 본의 아니게 내게만 유독 본심을 줄줄 흘린다는 것을 알고 있는 나는 진지하게 말했다.

아니, 정말로 이런 어처구니없는 착각을 해서 전화한 것도 미안한데 잠까지 설치게 할 순 없으니까.

[그럼 이만 끊어!]

칼 같은 외침과 함께 전화가 뚝 끊겼다.

통화가 종료된 화면을 한참 바라보고 있던 나는 귀를 문질렀다.

나예리의 외침 때문에 아직도 귀가 아픈 것은 둘째 치고, 밝혀진 스토커의 정체가 너무 의외인 나머지 어안이 벙벙했다.

솔직히 말해서 나로 말할 것 같으면 그녀를 직접 본 것은 딱 두 번, 그마저도 말을 섞을 수도 없을 만큼 먼 거리에서 공인답게 잘 치장한 그녀의 모습을 봤을 뿐이었다.

겨우 침착을 되찾은 내가 다시 창밖을 보며 중얼거렸다.

"나예린이라."

나예리도 아니고, 나예린이 나한테 무슨 용건이 있어서? 눈을 가늘게 뜨고 곰곰이 생각하던 나는 결론지었다.

역시 짚이는 이유라면 단 하나.

"유천영밖에 없겠지……."

아무리 그래도 그렇지, 아이돌이 시선도 어둠 속도 두려워하지 않고 사람을 따라다녀도 되는 걸까? 더군다나 무척 바쁠 텐데 말이야.

생각하다 말고 나는 문득 깨달았다. 아니, 그건 다르게 말하자면.

나예린이 그만큼 절박해졌다는 뜻이구나.

그 뒤로도 조금 더 해결 방도를 고민해 보던 나는 결국 고개를 내저었다.

나예린이 내게 무슨 용건이 있다고 해도, 그녀에게 내가 먼저 접촉하는 것은 터무니없이 위험한 짓이다.

나예리에게서 나예린의 실제 성격을 전해 들은 바, 그녀는 언제 터질지 모르는 시한폭탄에 가까웠다. 특히 그녀가 유천영이 좋아하는 상대가 나란 것을 알고 있다면 더더욱 그렇겠지.

일단 주변인들에게 나예린이 나를 따라다니는 것 같다고 말은 해 놓고, 그쪽에서 직접 말을 걸어올 때까지 기다릴 수밖에 없나?

아니, 하지만 주변 사람들이 연예인인 나예린이 한낱 일반인인 나를 따라다닌다고 해도 믿어 줄지는 모르겠는데.

나는 끙끙거리며 머리를 싸맸다.

결국 그날의 고민은 별다른 결론도 없이 끝나고 말았다.

* * *

"안녕."

"안녕."

다음 날은 토요일이었다. 토요일에는 비교적 출석이 느슨해서, 삼십 분 정도 늦게 등교해도 아무도 뭐라고 하지 않았다. 최근 경기도로 이사 간 내게는 토요일만큼은 부모님이 출근하시지 않기에, 유독 지각을 피하기 어려운 날이기도 했다.

오늘도 거의 아홉 시가 가까운 시간에 도착한 내게 곳곳에서 인사를 건네었다.

가방을 걸고 의자를 빼내어 앉은 나는 교실 구석을 턱짓했다.

"오늘도 또야?"

"윤정인 재는 사돈의 팔촌까지 전부 귀신이 보이는 사람들뿐인가 봐."

김혜힐이 심드렁히 대답했다.

최근, 날이 더워지기 시작하면서 우리 반에는 또 무서운 얘기가 한창이었다. 나로 말할 것 같으면, 한때는 분명히 저런 자리에 끼어서 이야기 듣는 것을 좋아했지만 최근에는 조금 시큰둥해졌다.

별 이유 아니었다. 작년 가을, 나는 이 세상에 있는 어느 것보다도 무서운 괴물을 내 눈으로 직접 보았기 때문이다.

문득 다른 사실을 떠올린 나는 신기한 얼굴을 했다.

그러고 보면 윤정인도 분명히 괴물들이 있는 거울 속 세계에 다녀온 건 맞을 텐데, 기억이 없다는 이유로 아직까지 저렇게 무서운 얘기를 잘 떠들 수 있는 걸까? 혜힐이 말로는 기억에는 없는 일이라고 해도, 감정에는 영향을 미치는 것 같았는데.

에이, 내 알 바냐. 머리카락을 탈탈 헤집은 나는 책상에서 문제집을 꺼내어 넘겼다.

내가 막 집중하려던 찰나, 갑자기 교실을 가르고 나를 부르는 목소리가 날아왔다. 그에 나는 의아해하며 고개를 들었다.

나를 부른 사람은 1학년 8반 때도 같은 반이었던 친구였다.

"그러고 보니 단이, 너도 무서운 일 겪지 않았어?"

"뭐?"

"왜, 그, 우리 다 같이 폐교에 담력 체험 하러 갔을 때."

어우, 나 거기 진짜 가벼운 마음으로 갔다가 무서워 죽는 줄 알았잖아. 으스스하다는 듯 어깨를 감싸는 그녀를 보면서도 나는 한참을 눈만 깜빡였다. 그런 내게 그녀가 답답하다는 듯 외쳤다.

"왜, 너 그때 갑자기 빈 교실에서 나타났잖아! 분명히 비어 있던 교실인데, 그래서 거기 있던 1반 애들 다 놀라서 도망쳤잖아. 너 진짜 기억 안 나?"

"아, 맞아. 기억나는 것 같아."

눈을 깜빡이던 것도 잠시, 나는 곧 느릿느릿 답했다.

내가 그 일을 얼른 기억해 내지 못한 이유는 간단했다.

폐교에서 그들이 겪은 사건과 내가 겪은 사건이 완전히 달랐기 때문이었다.

내가 대답하자마자 윤정인이 동조하듯 끼어들었다.

"맞아, 그거 진짜 궁금했는데. 너 그때 대체 어디에 숨어 있다 나타난 거냐? 얼마나 감쪽같이 숨어 있었길래 애들이 그렇게 자지러지게 놀라?"

"음, 그게."

사대천왕을 비롯한 모두의 시선을 받으며 나는 한쪽 입꼬리만 끌어 올렸다.

"난 숨은 적 없는데."

"뭐?"

"난 숨은 적 없다니까? 난 처음부터 끝까지 그냥 거기 서 있었어."

그러자 교실 안에 침묵이 감도는 것도 잠시, 그들이 곧 일제히 서로를 붙들며 '으, 소름!', '내 팔 만져 봐, 나 지금 닭살 돋았냐?' 같은 말들을 쏟아 냈다.

우리 반 평균 온도를 낮추는 데 기여했다는 생각에 뿌듯하게 웃은 나는 다시 문제집에 코를 박으려다 주인이와 눈이 마주쳤다.

그러자 그는 공모의 미소를 보냈고, 나 또한 따라 웃었다.

다시 고개를 돌리며 나는 생각했다. 그래, 그런 일이 있었지. 이제는 기억도 잘 나지 않을 만큼 희미해진 기억이지만.

고등학교 1학년 때 얼떨결에 담력 시험 때문에 가게 되었던 폐교. 그곳에서 주인이와 나는 계단 수를 세면서 올라가면 다른 세계로 간다는 어이없는 주술을 행하다가 그만, 진짜로 다른 세계로 가 버리고 말았고…….

교실에 불을 켜고 얘기를 나누던 우리는 복도 끝에서 자박거리며 다가오는 발소리를 듣고 후다닥 몸을 숨겼다.

그런 우리 앞에 나타났던 검은 양복의 신사는 모든 것이 평범했으나 단 하나, 얼굴이 있어야 할 자리에 회색 동그라미가 그려져 있다는 것만이 달랐다.

벽을 더듬어 스위치를 찾던 새하얀 장갑을 낀 손. 눈이 없어 어디를 보고 있는지조차 가늠할 수 없어 숨을 참고 청소 용구함 안에 바짝 얼어붙어 있던 기억.

그 비주얼이 너무 충격적이었던 탓인지, 이제는 그 학교로 가는 길조차 잘 기억이 나지 않는데도 그 회색 신사만큼은 아직도 종종 꿈에 나오곤 했다.

나는 문득 고개를 기울였다.

그러고 보니, 그런 기묘한 세계와 연결되어 있던 걸 보면 분명히 그 학교도 노아리의 소설, 아마도 높은 확률로 또 다른 공포 소설과 연결되어 있을 게 분명한데.

한번 물어볼까? 회색 신사의 정체를 이번에야말로 알 수 있을지도 모른다. 어차피 다시는 볼 일 없는 존재이지만,

그래도 정체를 제대로 안다면 악몽을 이겨 내는 데도 도움이 될지도 모르니까.

얼굴 없는 신사에게 쫓기다가 잠에서 깨면 너무 끔찍하고 피곤한 기분이란 말이야. 아리와 다시 편하게 얘기를 나눌 수 있게 된 지도 좀 됐고.

그런 생각을 하며 어깨를 들썩이던 것도 잠시, 나는 곧 고개를 기울였다. 아, 그러고 보니.

"그 학교에서 한 가지 이상한 일이 더 있었어."

"뭐?"

옆에 앉은 김혜힐이 나를 돌아보자 나는 작게 고개를 내저었다.

황급히 샤프를 쥐고 시선을 내리깔며 내가 다시 생각했다. 기절하기 직전에 있었던 일이라 잘 기억나지는 않지만…….

원래 세계로 돌아가기 직전에 열었던 교실 문 안에서, 나는 석양이 가득 깔린 교실을 보았다.

중학교 때 쓰던 익숙한 교실은 단 한 자리를 제외하고는 텅 비어 있었고, 그곳에 앉아 음악을 듣고 있던 것은 다름 아닌 유천영이었다.

홀린 듯 그에게 다가간 내가 그의 한쪽 귀에서 이어폰을 빼자, 섬뜩할 만큼 짙푸른 눈으로 나를 돌아본 그가 말했다.

거기까지 떠올린 나는 머리를 부여잡고 중얼거렸다. 어라?

"기억이…… 안 나네?"

그때 유천영이 내게 했던 말은 분명 상당히 인상 깊은 말이었을 텐데.

왜냐하면 내가 그 직후 유천영에게 문자를 보냈고, 굉장히 쪽팔린 답장을 받고 한동안 이불을 찼으니까.

그런데 그가 말했던 내용만이 기억나지 않았다.

왜지? 까먹었나? 머리를 감싸고 끙끙대던 나는 곧 해탈하며 두 손을 놓아 버렸다.

그래, 사람이 살다 보면 좀 까먹을 수 있지 뭐.

솔직히 내 인생에 그 뒤에도 사건이 좀 많았어야지. 사람의 기억력에도 한계가 있어서 예전 기억을 비워야 새로운 기억을 채워 넣을 수 있다고. 그러니 꿈속에서 봤는지 환상 속에서 봤는지 모를 그런 말쯤 기억할 자리가 없어도 무리는 아니다.

그러던 나는 다시 미간을 좁혔다.

아, 하지만…… 정말 중요한 말이었던 것 같은데. 지금 생각하면 그 의미가 다르게 들릴지도 모르는데. 정말 뭐더라?

끝내 포기하지 못한 내가 자습이 시작되고 나서도 자기만의 싸움을 이어 가던 그때였다. 갑자기 교실 뒷문이 벌컥 열리며 기어들어 가듯 작은 목소리가 날아왔다.

"저, 저기…… 여기 혹시 단이 선배 있으신가요?"

"어? 너는……."

뒤를 돌아본 윤정인이 가장 먼저 자리에서 일어났고, 뒤

이어 신서현이 벌떡 일어난 것은 추리 소설 팬으로서의 팬심이었는지 뭐였는지 모르겠다.

순간 나는 무의식적으로 주인이의 얼굴을 찾았다. 노아리를 보는 그의 눈이 놀란 듯 크게 뜨인 것을 본 나는 지체 없이 복도로 나갔다.

황급히 뒷문을 닫아 교실의 시선부터 차단한 내가 물었다.

"아리야, 왜?"

아리가 이 세계에서 비로소 '사람'으로 살아가기 시작했다는 사실이 주인이에게 좋은 소식이 될지, 나쁜 소식이 될지는 알 수 없었다.

주인이는 여전히 아리를 용서하지도, 그렇다고 그녀를 좋아하는 자기 자신을 용서하지도 못한 것처럼 보였다. 나는 물론이고 웬만한 사람 속조차 물속을 들여다보듯 읽어버리는 주인이가 아리 앞에서만 그렇게 혼란에 빠졌다.

다행히 아리는 문틈으로 잠깐 보이고 사라진 주인이의 모습에는 관심도 없는 모양이었다.

아니, 그건 좀 슬픈데. 내가 생각하던 찰나, 그녀가 내 손을 두 손으로 붙들며 외쳤다.

"언니! 혹시 저랑 같이 어디 좀…… 가 주실 수 있으세요?! 요청이 들어왔는데, 도저히 혼자 갈 엄두가 안 나서……."

"응? 어디?"

의아하게 물은 내 얼굴이 이어진 그녀의 말에 굳어졌다.

"〈안개의 나라〉 촬영장이요."

그 말을 듣자마자 내 얼굴이 싹 굳어 버린 것을 본 노아리는 과하게 내 눈치를 보았다.

아니, 하지만…… 거기는 공포 영화 촬영장이잖아. 나 이제 무서운 얘기엔 웬만큼 면역이 생겼어도, 공포 영화는 아직도 좀 싫은데.

그녀가 계속 내 표정을 살피며 말을 이었다. 과하게 횡설수설한 데다가 목소리가 땅으로 기어들어 가서 다 알아듣지는 못했지만, 대충은 방송사에서 같은 학교 학생인 유천영과 그녀를 이용해 좋은 그림을 만들어 보려 한다는 얘기였다.

'자신의 작품이 영화로 만들어지는 것을 보며 꿈에 부푸는 여고생 작가. 게다가 주연 배우는 학교 선배?' 뭐 그런 느낌으로.

아무튼 작품 홍보에 좋은 일이라고 한다면 노아리로서 거절할 수 있을 리 없었다. 그러나 도저히 혼자서는 갈 엄두가 안 나서 그녀가 떠올린 것이 나였다.

"네, 언니? 안 될…… 까요?"

간절하게 말하며 내 눈치를 보는 그녀의 모습에 나는 결국 고개를 끄덕였다. 뭐, 안 될 거야 없지.

"가자."

"네? 정말요?!"

여전히 〈안개의 나라〉 촬영장에 가는 건 내심 꺼려졌지만, 나는 그런 기색을 애써 숨기고 말을 이었다.

"나도 좋아. 촬영장 궁금하기도 했고, 유천영 잘하고 있나 한번 보고 싶기도 했고. 아, 나는 촬영장 밖에 있어야 한다거나 그런 거 아니지?"

"네! 저도 물어봤는데, 한 사람 정도 동반하는 건 괜찮다고 했어요. 친언니냐고 묻기에, 친언니는 아니지만 그렇게 생각하고 있는 사람이라고 대답했고……."

노아리의 말에 기특하다는 듯 그녀의 머리를 쓰다듬은 나는 생각을 이어 나갔다.

그래, 나도 〈안개의 나라〉라는 소설을 읽었을 때 생생하게 묘사된 마을 풍경이 세트장에는 어떻게 옮겨졌을지 궁금하기도 했고, 그 외에도 아는 사람의 소설을 영화화한다는 것도 있고, 겸사겸사 유천영이 그의 삶에 있어 처음이자 마지막이라고 할 수 있을 영화 촬영에 잘 적응했는지도 보러 가지 뭐.

한 가지 마음에 걸리는 것이 있다면 예린뿐인데.

하지만 그녀가 내게 나쁜 마음을 먹었더라면 날 어떻게 하는 건 날 따라다니던 어두운 골목길에서나 산길에서가 훨씬 쉬웠을 것이다. 더군다나 내가 그곳에 가는 것은 예린이 예상한 바도 아니었다.

게다가 내가 안 간다고 노아리에게 같이 촬영장에 가 줄 만한 사람이 마땅히 있을 것 같지도 않고. 물론 은미나 휘안이가 있긴 하지만, 그래도 마음의 위안이 되는 건 다른 문제지.

그리고 나는 불쑥 입을 열었다.

"아, 아리야. 맞다. 옛날에 나 살던 아파트 뒷산에 폐교가 하나 있는데……."

"네?"

뜬금없는 내 말에 아리가 고개를 기웃하는 것을 본 내가 다급히 부정했다.

"아니야, 아무것도."

"왜 그러세요?"

노아리가 의아한 듯 물었지만 나는 대답하지 않았다.

이제 겨우 이 세계에 발붙일 생각을 하고 사는 노아리에게, 다른 세계, 그것도 분명 공포 소설에나 나올 찝찝한 세계 얘기를 해서 좋을 건 없겠지.

촬영장 돌아오는 길에 차에서 한 번 지나가듯 물어보자고 다짐하며, 나는 다시 고개만 내저었다.

* * *

촬영장까지 가는 길은 굽이굽이 산길이었다. 막상 안내받은 지역의 이름은 관광지로는 전혀 유명하지 않은 경기도의 한 마을이었는데, 〈안개의 나라〉 소설 배경의 황량한 분위기를 생각하면 과연 그럴 만도 했다.

나와 노아리는 버스를 타고 가는 내내 창밖에 펼쳐진 울창한 숲과 광활한 평야를 눈에 담았다. 터널을 두세 개쯤 통과하고 나자 갑자기 분위기가 바뀌고, 풍경에는 을씨년스러운 기운이 깃들었다.

종점에 이르러서야 버스에서 내린 나는 주위를 둘러보며 황당해했다.

버스 정류장이라고는 도로변에 표지판 하나 달랑 서 있는 게 다였다. 근처를 빽빽하게 둘러싼 소나무 숲 사이로 희미한 안개가 우리를 포위하듯 둘러싸고 있었다.

"여름인데 이 시간에 안개라고?"

아침 일찍 출발해서 버스를 두 시간이나 탔어도 아직 오전 열 시밖에 안 되긴 했지만, 안개가 끼어 있을 시각은 결코 아니었다.

노아리가 이마에 옅게 돋아난 땀을 훔치며 대꾸했다.

"〈안개의 나라〉 촬영지로 선정한 데는 이유가 있었네요."

그리고 그녀가 무심히 눈을 굴려 소나무 숲 사이를 바라보며 덧붙였다.

"정말로 악귀라도 불쑥 튀어나올 것 같은 곳이에요."

"으아아, 그런 말 하지 마. 네가 그런 말 하면 정말로 나올 것 같단 말이야. 넌 작가니까."

"앗, 죄송해요."

배시시 웃으며 그렇게 말하는 노아리의 등을 나는 한숨과 함께 떠밀었다.

우리는 좁은 도로변에 붙어 나란히 걷기 시작했다.

차 두 대밖에 다닐 수 없을 정도로 좁은 도로라 트럭이라도 오면 어쩌지 했는데, 그런 걱정이 무색하게도 차는 한 대도 지나다니지 않았다.

여름인 데다 경사진 숲길을 올라야 하기에 더우면 마실 생각으로 사 둔 이온 음료는 가방에서 꺼내는 일조차 없었다. 분명히 한여름이 맞을 텐데, 터널을 두세 개 지나고서부터 기온이 5도는 뚝 떨어진 것 같았다.

간신히 경사로를 다 오를 즈음이 되어서야 목에 달라붙은 티셔츠를 펄럭이는데, 노아리가 나를 불렀다.

"언니, 저기 보세요!"

고개를 들자 마을의 입구로 보이는 곳에 '〈안개의 나라〉 촬영으로 출입을 통제 중입니다.'라고 적힌 팻말이 있었다.

대부분이 콘크리트와 슬레이트 지붕으로 지어진 단층 주택들 너머로 전광판과 촬영용 기자재로 보이는 장비들, 여러 차량들이 보였다. 그때, 우리를 발견한 남자가 멀리에서 뛰어왔다.

우리가 일부러 교복을 입고 왔기 때문에 신원 확인은 쉬웠다. 기껏해야 이십 대 후반쯤 되어 보이는 남자가 몹시 반갑게 말했다.

"안녕하세요! 원작 작가님이시군요. 그리고 이쪽은…… 말씀하셨던 친한 언니분이신가요?"

"네, 네! 맞아요."

황급히 대답한 나는 옆에 서 있는 노아리의 옆구리를 툭 찔렀다. 왜 얘는 대답을 하나도 안 해?

자세히 보니 그녀는 숨 쉬는 것도 잊은 듯, 새하얗게 질린 채 입만 뻐끔대고 있었다. 하긴, 자기 소설이 영화화된다는 것을 알고만 있었던 것과 직접 촬영 현장을 보는 것 사이에는 역시 하늘과 땅만큼의 차이가 있겠지.

우리는 남자의 안내를 받아 촬영지의 구석진 곳으로 향했다. 주차장 대신 쓰이는 곳인 듯, 의상용 트럭과 여러 차로 둘러싸인 곳에 접이식 의자를 펴 놓고 우리를 앉힌 남자가 사람들을 불러오겠다며 자리를 떴다.

그가 꽤 요란하게 우리를 소개한 듯, 머잖아 트럭 너머에서 오가는 사람들이 이쪽을 힐끔거리기 시작했다.

이곳으로 다가오는 몇몇 사람들을 본 노아리가 내게 입을 뻐끔거리며 도와 달라는 시늉을 했지만, 나는 고개를 내젓고 앉은 자리에서 일어났다.

어차피 인터뷰가 시작되면 나는 카메라 바깥으로 나가 있어야 할 게 뻔한걸? 내가 들어선 안 될 질문을 할지도 모르니까 멀리 가 있으면 더 좋고.

내가 노아리와 멀찍이 떨어져 그늘진 곳에 기대어 서고, 얼마 안 있어 관계자로 보이는 사람들이 노아리에게 와서 이것저것 설명을 하기 시작했다.

촬영에 들어갈 테니 간단히 화장을 하고 머리도 만지자는 말에 노아리는 다시금 얼굴이 창백해져 나를 보았고, 나는 방긋 웃으며 손만 흔들어 주었다.

"와, 방송국 화장이라니 정말 궁금하다. 나중에 셀카 찍자."

예의상 한마디 덧붙이자 노아리가 배신당한 사람처럼 나를 향해 외쳤다.

"언니!"

그것을 마지막으로 노아리가 사람들에게 붙잡혀 질질 끌려가고, 잠시 쉬는 타이밍인지 촬영장 근처에 몰려 있던 사람들도 하나둘 흩어져 자유롭게 움직이는 것이 보였다.

그러다 문득, 트럭 사이에서 눈이 마주친 사람에게 나는 웃으며 손만 흔들어 주었다.

그러자 유천영의 푸른 눈이 커졌다.

"너……."

내게 뭔가를 말하려던 듯 다가오던 그의 얼굴에 이윽고 낭패감이 스쳤다. 그는 조심스레 주위를 둘러보고는, 나를 향해 핸드폰을 꺼내 흔들어 보였다.

그가 말하는 바를 깨달은 나는 곧장 주머니에서 핸드폰을 꺼냈다. 그러자마자 진동이 울리기 시작했다.

"여보세요?"

유천영이 나와는 전혀 상관없는 통화를 하는 척 다른 곳을 보며 대꾸했다.

[여기서 뭐 해?]

"아, 내가 말 안 했나?"

그렇게 말하고 곰곰이 기억을 뒤져 보니 정말로 유천영에게만 말한 적이 없었다. 아차, 다른 애들한테는 다 말했는데. 잠을 깨울까 봐 유천영한테만 연락을 삼가던 게 습관처럼 굳어져서.

잠시 민망해하던 내가 다시 입을 열었다.

"아리 오늘 여기서 인터뷰하는데, 너무 떨려서 혼자서는 못 오겠다고 하더라고. 그래서 네가 찍는 영화도 궁금하고 해서 왔지 뭐. 딱히 숨길 생각은 없었는데, 말하는 걸 까먹어서 어쩌다 보니 서프라이즈가 됐네."

내 뻔뻔한 말에 유천영이 잠시 어이없다는 표정을 지었다.

아랑곳하지 않고 나는 목소리를 낮추어 물었다.

"혹시 내가 여기에 오면 안 될 이유 같은 게 있어?"

[넌…… 아무 이유 없이도 무슨 일이 생길 것 같아.]

"아니, 무슨 그런 심한 말을."

아무리 생각해 봐도 심한 유천영의 말에 나는 미간을 좁히며 투덜거렸다.

[그야 사실이니까……. 그리고 이유라면, 응, 있어.]

"아, 진짜 있어?"

당황해서 되물은 나는 곧바로 가장 가능성 높은 이유를 떠올렸다. 역시 나예린일까?

그러기가 무섭게 유천영이 좀 더 작은 목소리로 말했다.

[내…… 이전 동료. 오늘 노아리란 애랑 같은 이유로 촬영장에 와 있어. 카메오도 할 겸, 인터뷰도 할 겸.]

"이전 동료?"

이전 동료란 그의 말에 가장 먼저 내 머릿속에 떠오른 사람은 이나라와 예린이었으나, 예린은 이 영화의 주요 출연진 중 하나이기 때문에 카메오로 출연할 리가 없었다.

그렇다면 이나라일 가능성이 가장 클 테지만, 내가 원작 소설을 읽어 본 바에 따르면 그녀가 맡을 역할 같은 건 없을 텐데. 그녀는 시골 마을 주민1로 나오기에는 존재감이 너무 큰 사람이었다.

그러다 나는 간신히 다른 사람을 떠올렸다.

"하운?"

[응.]

"그 사람이 왜?"

[우리 관계를…… 알아, 조금.]

"뭐?"

유천영이 내게 고백했다는 것을 그가 당최 어떻게 안단 말인가? 설마 체육 대회 때 그 영상을 보고? 아니, 하지만 그에 대해서는 별다른 여론이 없었는데.

유천영의 난감한 목소리가 이어졌다.

[너에 대해서까지 아는 건 아니야. 그냥 내가 좋아하는 사람 혹은 사귀는 사람이 있다는 것만. 그런데 계속 상대방에 대해 집요하게 캐내려고 해서. 뭔가 바라는 게 있구나 싶어서 아예 책잡힐 거리를 안 만들려고는 했는데, 그때 촬영 끝나고 다신 안 만날 줄 알았는데 이렇게 만나게 될 줄은 몰랐어.]

그의 말을 들은 나는 고개를 기웃했다. 에이, 뭐야? 내 정체를 들킨 것도 아니라면 그리 신경 쓸 필요 없지 않아?

말하는 걸 들어 보니 상대가 같은 학교 학생인 줄도 모르는 모양인데. 그 정도로 특정 안 됐으면 괜찮지 않나?

내가 다시 입을 열었다.

"그럼 별문제 없을 것 같은데? 어차피 나 우리 학교 교복 입고 있잖아. 같은 학교 같은 학년이니까 친하다는 식으로 말 맞추면 되는 거 아니야?"

[안 돼.]

"왜?"

[내가 널 좋아한다는 걸 통화 한 번에 들켰거든.]

"……."

나는 잠시 핸드폰을 귀에서 멀리 떼고 생각했다. 이게 무슨 뜻이지? 하운의 눈치가 그만큼 빠르다는 뜻? 아니면…….

그때 유천영이 낮아진 목소리로 다시 말했다.

[통화 한 번 들은 걸 가지고 그렇게까지 확신하는 걸 보면, 나는 티 안 난다고 생각했는데 남들이 보기에는 티 많이 나는구나 싶어서.]

"……."

[너랑 같이 있고서도 티 안 낼 자신 없어.]

"야, 너 진짜……."

그렇게 중얼거린 나는 두 손을 들어 화끈거리는 얼굴을 감추었다.

돌아서서 흉물스럽게 갈라진 담을 마주 본 내가 중얼거렸다. 도대체 왜 매번 이렇게 알 수 없는 타이밍으로 치고 들어오는 건데.

아무튼 유천영이 좋아하거나 사귀는 상대를 찾아내어 약점으로 간직하려는 사람이 인근에 맴돌고 있다면, 확실히 그와 아는 척하는 것은 위험할 것 같았다.

나는 빠르게 통화를 마무리했다.

"음, 그럼 촬영 잘 마무리하고. 이따가 인터뷰 아리랑 같이하는 거였지? 같은 학교 선후배가 작가와 배우로 만났니 뭐니 해서. 인터뷰도 잘하고. 파이팅이다."

[그래.]

"응, 이따 서울 돌아가면 봐."

통화를 마친 나는 배기음 소리를 듣고 뒤를 돌아보았다.

마침 거대한 차 한 대가 좁은 마을 입구를 비집고 힘겹게 촬영장 안으로 들어오고 있었다.

차 옆에 내가 주말 저녁에 자주 보곤 했던 프로그램 이름이 쓰인 것을 본 나는 확신했다. 앗, 맞구나. 인터뷰 촬영 온 차량인가 봐.

곧 차에서 내린 익숙한 얼굴의 여자 리포터가 주변을 둘러보기 시작했다.

"원작 작가님은 준비가 되셨을까요? 원작 작가님부터 먼저 인터뷰하고 그 뒤에 천영 씨와 같이 딴 다음, 〈검은 비〉 세 배우님들 인터뷰 이어서 따도록 할게요!"

때마침 메이크업과 헤어를 마치고 전보다 화사해진 모습으로 나온 아리가 나를 향해 입 모양으로 벙긋거렸다. 나는 다시 활짝 웃으며 손만 흔들어 주었다.

"자! 그럼 작가님 여기에 서 주세요!"

〈안개의 나라〉의 분위기가 잘 드러나는 촬영지로 가서 이런저런 것을 주문받는 노아리를 빤히 보다가 나는 옆에서 있던 스태프에게 작게 말을 걸었다.

"저기."

"응? 왜 그러니?"

"아, 저 여기에서 계속 서 있어도 될까요?"

"응, 녹음하거나 촬영하거나 크게 소리 지르지만 않으면 상관없어. 혹시 셋 중에 하나라도 하고 싶은 마음이 있니?"

"아뇨, 아뇨."

"그럼 구경해도 돼."

"감사합니다."

멋쩍게 손을 내저으며 웃던 나는 잽싸게 자세를 바로 하고 노아리를 관찰하기 시작했다.

"지금까지는 수상 경력이 전혀 없던데, 처음 공모전에 〈안개의 나라〉를 출품할 때 상을 탈 거라고 기대를 하셨었나요?"

"어, 그러니까 저는 그게, 솔직히 말씀드리자면 기대를 전혀 안 했던 건 아닌데……."

"좋다, 솔직하시다!"

아리의 대답이 특별하지 않음에도 연신 감탄사를 내뱉는 리포터를 나는 신기한 눈으로 쳐다보았다. 과연 호응이 좋으니 처음엔 안절부절못하던 노아리 또한 리포터의 눈을 똑바로 보면서 점차 차분하게 말을 잇고 있었다.

그 무렵 유천영이 투입되었다. 과연 인터뷰는 둘의 학창시절 인연이라거나 하는 것을 캐묻는 식으로 흘러갔다.

상대와의 인연에 대해 노아리는 '위의 학년에서 전설적인 사람', '친한 선배의 친구'라는 정석적인 대답을 내놓았고, 유천영 또한 '학교에서는 마주친 적이 한 번도 없다'고 솔직하게 털어놓았다. 그나마 리포터가 화제를 유천영의 학교 생활로 돌리기 시작하면서 대화에 다시 활기가 깃들었다.

20분 무렵이 지나 마침내 풀려난 노아리는 비척거리는 걸음으로 내게 다가왔다. 그녀를 잽싸게 두 팔로 안아 부축하며 내가 말했다.

"아리야, 수고했어."

"언니, 저 진짜 다리에 힘 풀릴 것 같아요."

"여기 의자 있으니까 앉아."

"으으으, 내 소설 주인공이지만 진짜 대단해. 어떻게 저 많은 사람들 앞에서 눈 한 번 안 깜빡이지? 어렸을 때부터 하도 많이 주목받아서 그런가?"

남들이 이 자리에 있다는 것도 잊은 듯 의자에 걸터앉으며 술술 내뱉는 아리에게 내가 재빨리 눈치를 주었다. 아리야! 그녀도 곧바로 내 눈짓을 이해한 듯 어설프게 웃으며 덧붙였다.

"아하, 하하, 하. 과연 주인공의 역할에 걸맞은…… 침착함이라고나 할까."

"그래, 그래."

그녀의 등을 토닥여 주며 나는 정면을 바라보았다. 아리와 유천영의 다음으로 예린과 유천영, 그리고 〈검은 비〉에서 이나라의 남동생 역할로 나왔던 하운이란 남자의 인터뷰가 진행되고 있었다. 그때와 똑같이 뺀질뺀질해 보이는 얼굴을 보며 나는 눈을 가늘게 떴다.

그러고 보면 은지호에게도 지나가는 듯한 말로 듣긴 했

다. 저 사람, 잘될 것 같은 신인을 지나치게 견제해서 일을 꾸민 전적이 있다고. 예린의 경우에는 꼬리를 잘 잘라서인지 사례라곤 없지만, 저 남자의 경우엔 캐면 쉽게 나온다고.

그런 사람이라면 유천영이 너무 자라기 전에 어서 짓밟아야 한다고 결심하는 것도 무리는 아니다. 정작 그렇게나 승승장구하고 있는 본인은 이 영화를 끝으로 다시는 연기할 생각이 없다는 걸 알면 도대체 어떤 반응을 보일까?

허탈해할 수도 있겠고, 바보가 된 기분에 더욱 화낼 수도 있을 것 같은데, 내가 본 바로는 유천영을 싫어하는 사람 대부분이 후자를 택했었다.

그보다도, 하운은 나도 익히 알고 있는 유건과 유신의 명성이 두렵지 않은 걸까? 그런 생각을 하며 나는 다시금 고개를 기울였다.

뭐, 아무튼 내 알 바는 아니지. 그의 시도가 성공할 리 없으니까. 그리고 그의 옆으로 시선을 옮긴 나는 흠칫했다.

예린.

그녀를 이렇게 밝은 빛 속에서 보는 것은 아주 오래전 〈검은 비〉 촬영장 이후로 처음이었다.

오랜만에 본 그녀는 여전히 놀라우리만치 예뻤다. 한편으로는 그녀 역시 이 마을에서의 계속된 촬영 때문인지 예전보다 존재감 옅은 분위기를 풍기는 것도 같았다. 그러나 나를 놀라게 한 것은 그런 게 아니었다.

촬영 때문인지, 머리카락을 짙은 색으로 염색한 나예린은 놀랄 정도로 나예리와 닮아 있었다. 이 모습을 보고서도 사람들이 나예리와 그녀가 쌍둥이임을 모를 리 없다는 생각이 들 정도로.

이 인터뷰 영상이 나가고서도 나예리의 일상에 아무런 영향이 없을까? 내가 새삼스레 의문을 갖는 가운데, 리포터의 햇살처럼 쨍한 목소리가 울렸다.

"아, 세 분! 나이도 비슷하신 분들이 이렇게 한 작품을 통해 맺은 인연을 다음 작품까지 이어 가는 모습 너무 보기 좋습니다! 앞으로도 부디 그 우정 쭉 이어 나가셨으면 좋겠네요."

그 말에 일제히 화기애애한 웃음이 터졌다. 심지어 유천영조차 살짝 웃기까지 했다.

"그럼, 지금까지 〈안개의 나라〉 촬영장 인터뷰 보내 드렸습니다!"

리포터의 말이 끝나고, 세 사람은 곧바로 서로에게서 떨어졌다. 어색하지 않을 정도의 느린 속도로 떨어졌지만, 나는 돌아서는 하운의 얼굴에서 금세 웃음기가 사라지는 것을 볼 수 있었다.

그럼 예린은? 내가 무심코 눈을 돌리던 그때 그녀 또한 나를 발견했다.

그리고 그녀에게서 갑작스런 표정의 변화가 일어났다.

그녀는 상상 속 괴물을 실제로 마주하기라도 한 것처럼 눈은 부릅뜨고, 주먹은 꽉 쥐더니 갑자기 유천영을 불렀다.

"유천영."

얼떨결에 그녀에게 붙들린 유천영이 의아한 얼굴을 했다.

"왜?"

"잠깐 얘기 좀 해."

그가 아무런 저항 없이 그녀를 따라가는 것을 본 나는 고개를 돌렸다.

내가 아리에게 물었다.

"아리야, 우리는 그럼 여기서 할 일 끝난 거야? 이만 갈까?"

"아, 저한테 아까 멀리까지 온 김에 촬영장 구경 조금 더 해도 된다고 하시던데……. 어차피 여기 하루에 버스가 두 대인가 세 대인가밖에 다니지 않아서, 배차 시간 넉넉히 남았을 텐데 점심 먹고 좀 돌아다녀 보는 건 어떨까요?"

"음, 그럴까? 나도 좋아. 이런 일 아니면 언제 이런 데를 와 보겠어?"

"그보다, 언니."

노아리가 목소리를 낮추고 은밀하게 나를 불렀다.

"안 따라가 보셔도 되겠어요?"

"내가? 왜? 둘이 얘기하는데."

"그치만……."

"내가 엿들어서 될 얘기가 있고 안 될 얘기가 있잖아."

망설임 없이 대답한 나는 쾌활하게 덧붙였다.

“그리고 유천영은 자기 할 말 알아서 잘하는 애인걸. 너무 잘해서 가끔 문제지. 너도 네가 걜 만들…… 봐서 알잖아.”

“그런가요. 하긴.”

“본인은 정작 불리해지면 형들을 부르겠다느니 어쩐다느니 그런 말 아무렇지 않게 하기는 해도.”

그렇게 말하며 나는 다시 힐끗 건너편을 보았다. 유천영과 예린이 사라진 자리에, 홀로 남겨져 어정거리던 하운이 이윽고 천천히 걸음을 옮기고 있었다. 두 사람이 사라진 곳과 같은 방향이었다.

나는 다시 노아리를 돌아보며 말했다.

“우리도 마을 산책이나 할까?”

“좋아요, 언니.”

우리는 가벼운 걸음으로 좁은 골목길을 따라 걸음을 옮기기 시작했다.

* * *

예린은 걷는 내내 굳은 얼굴을 감추지 못했다. 늘 쾌활하고 밝은 그녀를 아는 사람이라면 다들 깜짝 놀랄 만한 표정이었다. 반면 유천영은 늘 그렇듯이 침착하고 냉랭한 분위기였다.

마침내 지붕이 내려앉고 온 담벼락이 담쟁이 넝쿨로 뒤덮인 어느 폐가 앞, 나예린은 선뜻 잡초투성이인 마당 안으로 한 걸음 내디뎠다. 눈살을 찌푸린 유천영이 그녀를 따라 폐가 안으로 발을 들이자마자 나예린이 싸늘한 목소리로 물었다.

"저 애를 왜 굳이 여기 데려온 거야? 나 보라고?"

유천영이 미간을 좁히며 되물었다.

"뭐?"

"왜 굳이 우리가 있는 촬영장에 저 애를 데리고 온 거냐고 했어. 그렇게 나를 떼어 내고 싶은 거야? 촬영과는 하등 상관도 없는 애를 이 먼 곳까지 불러낼 만큼."

"오해가 있는 모양인데, 쟤를 데려온 건 내가 아니야. 쟤의 친한 동생이 원작 작가라 인터뷰를 위해 온 거고, 쟤는 거기 따라온 거야. 그리고."

짧게 한숨을 내쉰 유천영이 다시 내뱉었다.

"왜 '우리'야?"

"뭐?"

예린의 얼굴에 당황이 깃들었다.

"왜 너와 나를 '우리'라고 말하냐고. 우리가 그럴 사인 아닐 텐데."

"하. 너 정말 웃긴다. 고상한 얼굴로 그렇게 더럽게 구는 게 네 취미야?"

"내가 고상하게 생겼다는 건 자주 들었지만, 더럽게 군 적이 있다는 건 처음 알았어. 내가 언제?"

여전히 침착을 잃지 않고 대꾸하는 유천영을 예린은 날카롭게 비난했다.

"너, 내가 원하는 거면 다 들어줄 것처럼 굴었잖아. 내가 아무리 요구해도 거절하지 않았잖아."

"그래? 난 많이 거절한 거로 아는데."

유천영의 담담한 대꾸에 예린이 입술을 깨물었다. 그것도 잠시, 그녀가 다시 입을 열었다.

"넌 원래 남들의 요구 같은 건 지겨워서 잘 들어주지 않는데, 남들에겐 선뜻 해 주지 않는 걸 나에게만 해 줬잖아. 내 부탁만 들어줬잖아. 그건, 내가 너한테 특별하다는 거 아니야?"

"네가 날 협박했잖아."

유천영의 직구를 들은 예린의 입이 다물렸다.

싸늘한 침묵이 흘렀다. 그 뒤에 유천영이 또박또박 말을 이었다.

"네가 내가 좋아하는 사람을 하운에게 알리겠다고 협박했고, 난 그 일이 일어나지 않게 하기 위해 네가 바라는 걸 들어줬잖아. 여기의 어디에 네가 내게 특별하다고 생각할 여지가 있는지 모르겠는데."

"……."

"이래도 내가 네게 더럽게 군 적이 있어?"

유천영을 죽일 듯 노려보던 예린이 다시 입을 열었다.

"……그럼 내가 여전히 그 일을 할 수 있는데도, 네가 마치 내 가치가 떨어졌다는 것처럼 입 싹 씻고 돌아선 건 어째서야? 난 아직도 네 약점을 쥐고 있어. 내 협박은 유효하다고."

예린의 말에 담긴 무게와는 달리, 너무나 가볍게 대답이 돌아왔다.

"아니, 넌 그렇게 못 할걸."

"왜? 왜 그렇게 생각해?"

태연히 고개를 기울인 유천영이 물었다.

"너, 나 없이 지낼 수 있어?"

"……."

일순 시간이 멈춘 듯한 침묵이 흘렀다. 이윽고 얼굴을 구긴 예린이 목이 졸린 사람처럼 하, 하고 한숨을 뱉어 냈다.

그리고 그녀가 웃기 시작했다.

잔뜩 일그러진 입꼬리를 비틀어 올리며, 예린이 기가 막힌다는 듯 되물었다.

"너 미쳤어?"

"네 삶에서 내가 영원히 사라진다고 생각해 봐. 네가 쥐고 있는 약점을 터트리면, 난 정말로 그렇게 될 텐데. 내가 더 이상 너와 어울릴 이유가 하나도 없으니까. 네가 터트릴 일은 틀림없이 내 가족들 선에서 수습 가능할 테고. 그걸 다 수습하고 나면 나는 너 없는 삶으로 돌아가게 되겠지. 난 그래도 괜찮은데."

유천영이 다시금 고개를 기울였다.

"너는 안 될 것 같은데."

"너 진짜."

"아니야?"

"이, 개……."

떨리며 욕을 내뱉으려던 입술이 이윽고 다시 다물리고, 예린은 증오로 타오르는 눈으로 유천영을 노려보았다. 그 눈과 마주하고도 유천영은 담담하게 말했다.

"난 처음부터 말했어. 난 네가 진짜로 원하는 걸 줄 수 없고, 내가 지금 네 제안을 받아들이는 건 어디까지나 이 일을 편하게 해결하기 위한 임시적인 방편이라고. 그때 네가 뭐랬어?"

낮은 목소리가 뒤따랐다.

"어디 한번 마음대로 굴어 보라고 했잖아."

"너 이……."

"그래서 나는 내 마음대로 했어."

그 말을 끝으로 침묵이 흘렀다. 스산한 안개 속에서 예린은 바닥만 노려보았고, 유천영은 그런 예린을 한 치의 흔들림도 없는 시선으로 바라보았다. 폐가의 구멍 뚫린 창문이 마치 검은 눈처럼 그들을 응시했다.
마침내 예린이 입을 열었다.
"내가 원하는 걸, 네가."
그렇게 말하는 예린은 더 이상 독기라고는 남지 않은 얼굴이었다. 울 것처럼 눈가를 찡그린 그녀가 물었다.
"왜 못 줘?"
"……."
"내가 원하는 건 그냥, 네가 나한테 지금처럼만 하는 거야. 같이 시간을 보내 주고, 얘기를 들어 주고, 손을 잡아 주는 거. 그걸 왜 못 준다는 거야? 앞으로도, 앞으로도 계속."
그녀가 주먹을 움켜쥐었다.
"이렇게 지내면 되잖아."
그때까지 잠자코 얘기를 듣던 유천영이 다시 물었다.
"지금까지 계속 받아 왔다는 건, 네가 그걸 이미 한 번 가져 본 적 있다는 뜻이잖아. 그런데 이미 한 번 가져 본 걸 왜 계속 원해?"
묵묵히 입술을 깨무는 예린에게 유천영이 다시 말했다.
"그건 그냥 너한테 채워지지 않은 다른 게 있다는 뜻 아닌가."
"……."
"네가 진짜 원하는 건 다른 거겠지. 내가 널 좋아하는 거."
유천영의 못 박는 듯한 말에 예린의 얼굴이 마침내 일그러졌다.

이윽고 고개를 든 그녀가 떨리는 목소리로 물었다.

"하지만…… 내가 너한테 내가 싫지 않냐고, 네가 좋아하는 사람과 시간을 보내지 못하게 하는 내가 밉지 않냐고 물었을 때 너는……."

그녀가 떨리는 목소리로 마지막 말을 내뱉었다.

"내가 행복해졌으면 좋겠다고 했잖아. 네가 없는 곳에서도, 행복하길 바란다고."

유천영이 고개를 작게 끄덕였다.

예린이 간절한 목소리로 다시금 말을 이었다.

"그건 네가 나도 어느 정도는 좋아한다는 뜻 아니야? 왜, 왜냐하면…… 그 애가 쓰러져서 병원에 입원했을 때…… 다녀온 뒤에 네가 이런 말을 했잖아."

"……."

"그 애 곁에…… 너 말고도 도와줄 사람이 많아서 다행이라고. 그 애가 너 없는 곳에서도 행복하길 바란다고. 그런데 그 애한테 했던 말을 나한테도 똑같이 했다는 건, 나도, 나도 조금쯤은……."

그때였다. 잠자코 듣던 유천영이 고개를 내저었다.

"아니."

예린의 두 눈 안에 있던 불이 일순 꺼졌다.

"뭐?"

"분명히 같은 말을 하긴 했어. 하지만 내가 좋아하는 사람은 함단이뿐이고, 너에 대해 내가 느낀 감정은 동정심뿐이야."

난 내 감정도 모를 만큼 무르지 않아. 단정적으로 내뱉는 유천영에게 예린이 쏘아붙였다.

"거짓말."

"그때도 말했듯이, 난 네가 내 눈에 안 보이는 곳에서 행복했으면 좋겠어. 그래야 네가 날 더는 필요로 하지 않을 테고, 나도 더는 널 신경 쓰지 않고 내가 신경 쓰고 싶은 데만 신경 쓰며 살 수 있을 테니까."

"하……."

"이건 그 애가 내가 없는 곳에서도 무사하길 바라는 감정과는 전혀 달라."

투둑, 작게 흘러내린 물방울이 흙바닥을 적셨다. 이윽고 손을 들어 눈물을 닦아 낸 예린이 젖은 속눈썹 사이로 유천영을 노려보며 말했다.

"이 개새끼."

"내가 그 애와 너에게 같은 크기의 마음을 줄 수 없다고 했을 때, 마음 같은 무가치한 것에는 관심도 없으니 착각하지 말라고 한 것도 너였지."

"……."

또다시 입을 다물고 죽일 듯이 가만히 노려보는 그녀에

게 유천영이 다시 말했다.

“넌 아직도 네게 필요한 것도, 필요한 것을 줄 수 있는 상대도 잘못 알고 있어. 이제 그만 내가 네게 약점을 잡아서 이용할 만큼 가치 없는 사람이란 걸 받아들여.”

“싫어.”

“난 널 이용한 거야. 네가 다른 사람들을 이용한 것과 마찬가지로.”

이제는 눈물을 주룩주룩 흘리던 예린이 그 말에 놀란 듯 눈을 들어 유천영을 보았다. 그가 담담하게 말을 이었다.

“처음부터 네게 필요한 건 단지 곁에 있을 사람이란 건 알고 있었고, 네가 날 정말로 필요로 하게 되면 나를 더는 협박할 수 없으리란 것도 알고 있었어.”

“너…….”

“잘못돼서 네가 일을 터트린다고 해도 어차피 형들을 불러서 막을 수는 있을 테지만, 엎지른 물을 주워 담는 것보다는 아예 엎지르지 않는 편이 낫겠지. 단지 그런 이유에서 나는 네 제안을 받아들인 거야. 너에 대한 감정은 그때도 지금도, 조금도 없어. 그러니 네가 그런 면을 들어서 나한테 더러운 수작을 부린다고 말한다면, 그건 어쩔 수 없겠지만. 그래도…….”

“…….”

“난, 한번 좋아한 건 잘 안 바꿔.”

그 말에 눈물이 그렁그렁한 눈으로 바닥을 노려보던 예린이 손을 들어 두 눈을 감싸 안았다. 유천영은 잠자코 예린이 하는 양을 지켜보았다.

어깨를 들썩이며 숨을 고르던 예린이 한참 만에 말을 꺼냈다.

"그래도. 그래도 난……."

잔뜩 잠기고 갈라진 목소리였다.

"그런 식으로라도 내 곁에 있어 준 건, 나와 시간을 보내 준 건, 내가 행복하기를 바란다고 해 준 건…… 지금까지 나한테는 너밖에 없었단 말이야. 그런데 내가 어떻게, 널 포기하란……."

"……지금까지 그런 사람이 없었던 건."

팔짱을 낀 유천영이 고개를 느리게 기울이며 말했다.

"네게 호의를 갖고 접근한 사람들을, 너를 믿고 기꺼이 비밀을 털어놓은 사람들을 네가 이용했기 때문이겠지."

"……."

"나도 네 협박이 나한테 크게 위협적이었다면 이렇게 태연히 반응하고, 널 이용할 생각 같은 건 하지 않았겠지."

고개를 떨어뜨린 예린을 향해 유천영이 말을 이었다.

"……그래도 아직 널 받아 줄 사람이 한 사람 정도는 있어."

예린이 퍼뜩 고개를 들고 물었다.

"뭐?"

"최근 나예리와 얘기할 기회가 있었어. 연락처는 서로 차단해 둔 지 오래라서 원래라면 없어야 했겠지만……."

유천영의 기이하리만치 차분한 눈이 예린을 향했다.

"……나예리가 우리 학교에 교환 학생으로 와서, 잠시. 걔가 나한테 단둘이 있을 때 묻더라, 너와 가까이 지낸다는 소식 들었다고. 별일은 없냐고."

"……."

"나예리는 네가 내게 저지른 일에 대해서도 대충 눈치를 챈 모양이었고, 도와줄 일이 있으면 말하라며 날 도우려고 했어. 네가 내 약점 같은 걸 터트리면 뒷수습 정도는 도와주겠다더라. 내가 네 협박을 더욱 신경 쓰지 않게 된 건 이런 이유도 있어. 그리고."

예린의 초점 없는 눈동자가 이어진 말에 떨렸다.

"나한테 미안하다더라."

"……."

"다르게 말하자면, 그 애는 여전히 네가 잘못한 일에 자기가 나서서 사과하고, 뒷수습을 해야 한다고 생각할 만큼은 너를 아직도 동생으로 여긴다는 뜻이겠지."

"너는 정말이지."

그때였다.

예린이 얼굴을 일그러뜨리며 불쑥 뱉은 말에 유천영이 의아한 표정을 지었다.

"너는, 고작 적선을 이딴 식으로 해?"
그렇게 말한 그녀가 우는 듯 웃는 듯 기묘한 얼굴을 해 보였다.
"이런 식으로 하니까, 내가, 다른 사람들이 착각하고, 널, 필요로 하고. 널 어떻게든 갖고 싶어서 안달을 내고……."
"……."
"너는, 어떻게. 널 포기하라면서도 나한테 마지막까지 하는 말이."
덜덜 떨리는 주먹을 움켜쥐고 더는 아무 말도 하지 못하는 예린을 내버려 두고 유천영은 홀로 폐가를 나섰다.
등 뒤에 길게 따라붙는 시선을 그는 알지 못했다.

* * *

아리와 함께 세트장과 마을의 기묘한 분위기를 느린 걸음으로 구경하다 보니 어느덧 한 시가 조금 넘어 있었다.
슬슬 배도 고프고, 인근에서 점심을 먹고 서울로 돌아갈까, 그런 얘기를 나누며 걸음에 박차를 가하던 우리는 막상 마을 입구에서 의외의 광경을 발견하고 눈을 크게 떴다.
"어?"
"밥차 아니야?"
마을 입구를 가로막듯 서 있는 것은 안에 도시락이 산더

미처럼 쌓여 있는 트럭이었다. 도시락뿐만 아니라 음료수도 자유롭게 골라 마실 수 있도록 구비되어 있었다. 도시락을 하나씩 받던 사람들이 우리를 보고 손짓했다.

"어, 작가님과 그 언니도 와서 하나씩 가져가세요. 어차피 좀 남을 테니까. 날을 잘 맞춰서 오셨네."

"오늘 인터뷰인 거 알고 보냈나 봐요."

그런 말들이 오가는 것을 들으며 우리도 떨떠름하게 도시락을 받는 대열에 섰다. 이 와중에 트럭에 걸린 현수막의 주인공을 보고 나는 깨달았다. 아하, 예린의 팬들이 보낸 밥차로군.

도시락을 받은 우리는 촬영장 구석에 엉덩이를 붙이고 앉아 먹기 시작했다. 반찬을 입에 집어넣은 아리가 감탄사를 뱉었다.

"와, 언니. 이거 맛있어요."

"진짜? 이거 수제인가? 평범한 도시락 같지가 않은데."

"음, 그런 것 같은데요. 와, 이것도 맛있어요!"

어린 학생들이 구석에 앉아서 밥을 먹는 것이 적잖이 신경이 쓰이셨는지 다들 오며 가며 한마디씩 던지고 가셨다. 앉을 자리가 있으니 오라거나, 음료수를 갖다주겠다거나 하는 말이었지만 우리는 웃으며 고개만 내저었다. 아무래도 자리가 자리이다 보니 외부인인 우리는 얼른 먹고 자리를 뜨는 게 우리에게도 저들에게도 좋을 것 같았다.

그때, 예린이 사람들 한 사람 한 사람마다 돌아가며 인사를 건네는 모습이 눈에 들어왔다. 사람들의 감사 인사에 둘러싸여 환히 웃는 그녀의 모습을 나는 신기한 눈으로 바라보았다.

나도 나예리에게 그녀의 본성에 대해 듣지 않았더라면 거리낌 없이 그녀를 좋아할 만한 미소였다. 그때, 인사를 마친 그녀가 마침내 우리 앞에 다가와서 멈추었다.

"아, 작가님도 받으셨네요. 제 팬분들이 준비해 주셨어요. 모쪼록 맛있게 드셔 주시면 좋겠어요."

"아, 네. 그럴게요."

예린을 놀란 눈으로 휘둥그레 올려다보던 아리가 대답했다. 그러고 보니, 아리에게는 이제껏 범상치 않은 쌍둥이 자매 사이에서 있었던 일에 대해 한 번도 말하지 않았다는 생각이 들었다.

그녀를 최대한 그녀가 쓴 소설들로부터 멀리 떨어뜨려 놓겠다는 의도에서였는데, 이 일이 이렇게 오래갈 줄 알았으면 한 번이라도 물어볼 걸 그랬지.

그런 생각을 하는 내게 예린이 말했다.

"그리고 그쪽도 맛있게 드셔 주세요. 작가님 친한 언니분."

안개 속에서 그녀의 환한 얼굴이 얼핏 그늘져 보였다. 그녀를 멍하니 올려다보던 내가 이윽고 정신을 차리고 대답했다.

"아, 네."

그러자 빙긋 웃은 그녀가 악수를 청했다. 그녀와 맞잡은 손바닥 사이에 무언가 닿는 순간, 부드러운 살과는 다른 이질적인 감촉에 나는 움찔 눈을 크게 떴다.

예린이 떠난 후, 나는 손바닥을 조심스럽게 펴 보았다.

아리가 옆에서 고개를 기울였다.

"언니, 그게 뭐예요?"

"모르겠어. 방금 예린이 주고 간 것 같은데."

그리고 나는 구깃구깃해진 메모를 펴 보았다. 순간 예린에게 아리 같은 능력이 있으면 어쩌나 싶어 가슴이 섬뜩했으나 생각해 보면 그럴 리는 없었다.

메모 안에는 급히 휘갈겨 쓴 것 같은 글씨가 적혀 있었다.

두 시, 종탑 아래.

"종탑? 종탑이라면……."

메모를 본 아리가 고개를 빼고 먼 곳을 보았다. 나 또한 같은 방향으로 고개를 돌렸다.

이 촬영장에서 상당히 떨어진 곳, 마을 전체로 놓고 보자면 마을 입구에서 가장 멀리 떨어진 인근 산으로 가는 입구에 종탑이 있었다.

영화의 중후반에서나 제 역할을 하는 듯, 아직은 건축이 다 되지 않아 다듬어지지 않은 나무판자들이 얼기설기 얽혀 있고 그 위에 밧줄로 커다란 종이 매달려 있는, 다소 불안해 보이는 구조물이었다. 그 종이 불안해 보이는 데는 핏빛도 한몫했다.

멀지 않은 곳에 우뚝 솟은 종탑의 실루엣을 빤히 보던 내가 다시 아리를 돌아보며 물었다.

“맞아, 아리야. 저 종이 핏빛인 이유, 뭐랬지?”

“아, 소설 안 읽으셨어요? 이 마을에 오래전, 악귀가 아닌데도 누명을 써서 죽은 남자가 있었잖아요.”

“아, 맞아. 들으니까 기억나는 것 같기도 하고.”

그런 내게 아리는 도시락을 연신 먹으면서도 끔찍한 소리를 잘만 했다.

“사실 이 마을 우두머리의 집안에는 대대로 물건을 손대지 않고 움직일 수 있는 신통력 같은 게 전해져 왔고, 그 집안은 그 능력과 악귀에 관한 전설을 이용해서 자신들에게 반발하는 사람을 축출하고 세력을 유지해 온 거였잖아요?”

나는 고개를 끄덕였다.

“아, 맞아. 이제 기억났어.”

“그러다 마을의 우두머리가 약혼자가 있는 여자를 짝사랑하게 되자, 그 약혼자에게 악귀란 누명을 씌우려 처리하려 했잖아요. 무고한 약혼자는 계속 부정하고 도망치다가 종탑에 이르러 마을 사람들에게 맞아 죽고. 그때 저 종이 핏빛으로 물들고, 그 남자의 죽음으로써 진짜 악귀가 태어나죠. 그런 이야기였어요.”

말을 마치고 태연히 어깨를 으쓱하는 아리를 향해 내가 작게 물었다.

"음, 아리야. 좀 조심스러운 질문이긴 한데……."

"네?"

"너, 사람 죽는 얘기 이젠 안 쓰겠다고 하지 않았니?"

그러자 아리는 창백해진 얼굴로 휙 고개를 돌렸다. 이윽고 다시 나를 본 그녀가 어색할 정도로 밝게 말했다.

"하, 하하! 그 사건이 일어난 건 주인공들의 전생의 일이거든요! 그러니까 괜찮지 않을까요? 적어도 현생에는 아무도 안 죽을 텐데."

"아니야, 미안해. 내가 괜한 말을 했어."

재빨리 손사래 친 내가 종탑을 보며 말을 이었다.

"그나저나, 아리야. 예린이 나한테 저렇게 외진 종탑에서 보자고 했다는 건……."

"남들이 들어선 안 될 얘기를 하려는 거 아닐까요? 산책하다 길이라도 잃지 않는 한 아무도 안 올 곳이니까."

"역시 그렇지?"

"제가 같이 가 드릴까요?"

노아리의 흔쾌한 물음에 나는 고개를 끄덕였다. 그리고 내가 쭈뼛쭈뼛 말을 꺼냈다.

"음, 사실 지금까지 어떻게 말을 해야 할지, 증명해야 할지도 몰라서 말은 안 하고 있었는데. 최근에 예린으로 추정되는 사람이 날 따라다녔거든.”

“뭐라고요?!”

“아, 아니. 나도 어두운 곳에서밖에 본 적이 없어서 추측이긴 한데…… 내가 아는 사람이 예린이랑 똑같은 얼굴인데 그 사람은 날 따라다닌 적이 없다고 했거든. 그럼 예린이겠지 뭐.”

“그럼 혹시나 무슨 일이 생겼을 때 저로는 안 되잖아요! 유천영도 불러요.”

‘아차, 제 말은, 천영 선배요.’ 하고 황급히 호칭을 정정하는 아리의 말에 나는 눈을 크게 떴다.

음, 그건 그러네. 아리가 신비 현상이라면 모를까 물리적 해결에는 별 도움이 안 되긴 하지.

“그럴까?”

그리고 나는 곧바로 핸드폰을 꺼냈다. 다행히 식사 시간이라 그런지, 그는 빠르게 전화를 받았다.

“여보세요, 유천영?”

[왜?]

“음, 있지, 두 시에 종탑으로 와 줄 수 있어?”

[갑자기? 나 여기에선 너랑 단둘이 얘기하고 싶지 않은데.]

“아, 아니, 그게 아니라. 누가 날 좀 불러내서.”

[뭐?]

곧바로 목소리를 바꾸어 되묻는 유천영에게 나는 최근

있었던 일에 대해 간단히 설명했다. 이윽고 두통을 느끼는 듯한 목소리로 유천영에게서 대답이 돌아왔다.

[너는……. 무슨 일 있으면 바로바로 말하란 우리 말을 들어주기가 절대 싫은 거지.]

"에이, 무슨 말을, 그런 거 아니야. 상대가 공인이고 근거도 없다 보니까 신빙성 문제 때문에 걱정돼서 그랬지. 아무튼 이따 봐."

[내가 네 말은 다 믿겠다고 몇 번을…… 후, 그래. 끊어.]

나직한 한숨 소리와 함께 전화가 끊겼다. 왠지 모르게 미안해진 나는 뒤통수를 긁적이다가 시계를 보고 자리에서 일어났다.

점심시간이 그리 길지 않기 때문인지 예린이 정한 두 시까지는 빠듯했다. 지금부터 부지런히 걸음을 옮겨 종탑에 도착하면 시간이 딱 맞을 것 같았다.

나는 아리를 돌아보고 말했다.

"그럼 가 볼까? 거리를 좀 두고 따라와 줄래?"

"네!"

우리는 다시금 오르막길을 오르기 시작했다.

나는 저 멀리 자그마한 뒤통수가 보이는지 몇 번이나 확인하며 주의 깊게 길을 올랐다.

유천영은 모습이 보이지 않아서 어디까지 왔을지 궁금

했지만, 타이밍을 못 맞추는 애는 아니니까 지금쯤 적당히 근처에 도착했을 거라 믿기로 했다.

마침내 눈앞에 복잡하게 얽힌 길과 단층집들이 걷히며 산자락으로 이어지는 흙길이 나타났다.

그 인근에는 종탑 하나만이 파수꾼처럼 을씨년스럽게 서 있었다. 종탑을 완공하는 데 쓰일 법한 건축 자재들이 주위에 어지럽게 흩어져 푸른 비닐로 감싸여 있었다.

그 모습을 우두커니 보던 나는 부름을 듣고 고개를 돌렸다.

"일찍 왔네."

예린이었다. 그녀는 아까 촬영장에서 보았던 모습이 모두 가식이었다는 양, 싸늘한 표정으로 팔짱을 끼고 종탑에 기대어 서 있었다.

물론 그녀의 본래 성격이 꼭 차갑지 않더라도, 그녀의 입장에서 나를 보며 웃음 지을 이유는 전혀 없긴 했다.

나는 말하자면 그녀의, 거기까지 떠올리고 나는 잠시 내 처지가 웃겨서 속으로만 웃었다.

연적인 셈이지, 예린과 나는.

지금까지 이런저런 일들이 있지 않았더라면 나는 예린과 이렇게 대화를 하러 나오는 대신에 지레 겁먹고 도망쳐 버렸을지도 모른다.

불어오는 바람에 흐트러진 머리를 한 번 가다듬은 다음, 나는 예린을 향해 먼저 얘길 꺼냈다.

"나한테 할 말 있지?"

"……."

"최근에 계속 쫓아다닌 거, 너 맞지? 너와 같은 얼굴은 내가 아는 사람 중에는 나예리밖에 없는데, 그 애는 자기는 절대 아니라고 했거든. 나도 그 애가 할 말이 있으면 직접 했지 쫓아다니진 않을 거란 걸 믿고."

예린은 아무런 말이 없었다. 그러나 나는 그녀의 침묵을 수긍으로 받아들였다.

그도 그럴 게, 초면에 대뜸 스토커 취급을 당했는데 기분 좋을 사람은 아무도 없을 것이다. 아니라면 발끈하고도 남았겠지.

이윽고 그녀가 천천히 입을 열었다.

"너에게."

그렇게 말한 그녀는 적잖이 자존심이 상한 듯한 기색으로 잠시 입술을 깨물었다.

그리고 그녀가 다시 입을 열었다.

"부탁할 게 있어."

"뭔데?"

"네가 유천영에게서 고백받았다는 걸 알아."

이어진 그녀의 말에 나는 눈을 크게 떴다.

"나는 네가 유천영의 마음을…… 거절해 줬으면 좋겠어."

그렇게 말하는 그녀는, 이번에야말로 치욕을 못 견디겠

다는 표정이었다.

머릿속에서 벌떼처럼 일어나는 온갖 상념들을 누르고, 나는 겨우 물음을 던졌다.

"네가 그렇게 말하는 건, 유천영을 좋아해서야?"

대답 없이 고개만 끄덕이는 그녀의 모습에 나는 속으로 한숨 쉬었다. 그래, 그렇겠지.

새삼 참 얄궂다는 생각이 들었다. 원작에서는 은지호가 날 좋아하는 일도, 유천영을 좋아하는 일도 일어나지 않았을 텐데.

하필 둘을 좋아하는 쌍둥이 모두와 연적이 되어 이런 소리를 듣다니.

나는 이쯤 되면 근처 어딘가에 숨어 있을 노아리에게 나를 주인공으로 한 소설이 정말로 없냐고 물어보고 싶을 지경이었다.

그 순간, 마침 내 시선이 향하던 수풀 사이로 검은 머리통이 삐죽 솟았다. 노아리, 너 거기 있었구나! 반가운 마음에 속으로 외친 내 눈에 또 다른 인영이 들어왔다.

유천영이었다. 그 또한 근처 나무에 기대어 조심스러운 태도로 이쪽을 살피고 있었다. 이 정도면 예린이 무슨 의도로 접근했든 내가 나쁜 일을 당할 리는 없었다.

애초에 무슨 일을 당하지도 않겠지만, 만약 당하더라도 뒷수습이 가능한 사람이 둘이나 있으니까. 게다가 노아리는 보통 사람이라면 불가능한 다소 사기적인 일까지 해낼 수 있었다.

품에서 볼펜이 꽂힌 수첩을 꺼내 흔들어 보이는 노아리를 보며 나는 속으로만 웃었다. 그리고 정면을 돌아보자, 예린은 여전히 긴장한 채로 대답을 기다리고 있었다.

심호흡을 한 내가 천천히 입을 열었다.

"미안해. 그런 부탁이라면…… 난 들어줄 수 없을 것 같아."

나무에 기대어 이쪽을 보고 있던 유천영의 눈과 예린의 눈이 커진 것은 거의 동시였다.

이윽고 예린이 힘없이 내뱉었다.

"왜?"

다음에 이르러 그녀의 목소리는 좀 더 커졌다.

"어째서?"

"그건 네 말에 따라서가 아니라 내가 알아서 결정해야 하는 문제잖아."

그렇게 말한 내가 덧붙였다.

"왜냐하면 이건 우리 둘 사이의 문제니까."

"'우리.'"

예린이 그게 생전 처음 들어 보는 단어라도 되는 것처럼 뇌까렸다.

나는 그런 그녀를 조마조마한 눈으로 쳐다보았다. 나를 불러낼 적부터 반쯤 눈에 초점이 없는 것이, 조만간 무슨 사고라도 칠 것 같았다.

한편으로 그녀는 예전 노아리가 이 세계가 소설이라는 폭로를 들은 다음처럼, 영혼이 빠져나가고 텅 빈 인형 같기도 해서 모진 소리를 못 하게 하는 애처로운 일면 또한 갖고 있었다.

하지만 아무래도 예린이 원하는 대답을 돌려줄 수는 없는걸. 나는 입술을 꼭 깨물었다.

역시 아까 내가 말했던 것처럼 그건 내 마음에 따라 결정해야 할 문제지, 예린의 말에 따라도 될 문제가 아니니까.

그래서는 주인이가 경고했던 '후회할 일'을 또 하나 만들 뿐이다.

게다가, 이 자리에는 이 모습을 지켜보는 유천영까지 있다.

속으로 내가 예린에게 말도 없이 유천영을 부른 데 약간의 죄책감을 느끼던 순간이었다.

석상처럼 서 있던 예린이 마침내 입을 열었다.

"하지만."

"응?"

그리고 그녀의 두 눈에서 갑자기 쏟아져 내리는 눈물에 나는 당황했다.

"그 어떤 것도…… 이렇게 원해 본 적 없단 말이야."

그렇게 말하며 예린이 내 앞에서 무너졌다. 말 그대로 댐이 무너지는 듯한 울음이었다.

내 머릿속이 그대로 얼어붙었다. 아, 아니. 이게 무슨…… 내가 엉겁결에 한 손을 뻗어 그녀의 어깨에 얹으려 하자, 그녀가 내가 뻗은 손을 무섭게 뿌리쳤다.

"동정하지 마! 그럼 내가 정말로 너한테, 매달리고 있는 것 같으니까……."

그러더니 정신을 차린 그녀가 황급히 말을 정정했다.

"아니, 매달리는 게 맞아. 그러니까, 부탁이야. 제발."

그녀가 잔뜩 젖은 눈으로 나를 간절히 바라보았다.

"내가…… 내가 가진 것 중에 무엇과 바꿔야 할지 가르쳐 줘. 그럼 그렇게 할게."

"뭐?"

"너도 내게서 원하는 것 하나쯤은 있을 거 아니야. 내가, 힘겹게 모은 거니까."

그렇게 말하고 또 눈물을 닦아 내는 그녀를 보며 나는 황당하다 못해 참담한 심정을 느꼈다.

하지만 내가 지금 그녀에게 느껴야 하는 게 안타까움일지언정 우월감은 아닐 것이다.

왜냐하면 그녀가 내가 알고 있는 것들을 알지 못하는 건 단지 그녀에겐 그걸 배울 기회가 주어지지 않았을 뿐이니까.

대답 없이 가만히 서 있기만 하는 내게 그녀가 다시 말했다.

"뭐가 필요해? 다 줄게, 그러니까 제발, 내가 원하는 것 하나만 줘. 너도 마음에 들 거야."

"그 전에…… 이거 하나만 다시 확인할게. 네가 지금 나한테 달라고 하는 그게, 유천영 맞아?"

혹시 내 마음이 변할까 겁난다는 듯, 황급히 고개를 끄덕이는 그녀를 보며 나는 다시금 참담한 기분에 휩싸였다.

이 애는 자기가 원하는 것 앞에서 이토록 솔직해 본 적이 있을까? 아마도 처음이겠지. 평소엔 나예리가 말했듯 주로 협박을 통해 원하는 걸 쟁취했을 것이다. 그 대상은 주로 물건이었을 테고.

그러니 아무도 몰랐겠지. 이 애가 사람조차 이런 방식으로 얻을 수 있을 거라고 생각한다고는.

나는 내 손에 매달려 있던 그녀의 두 손을 떼어 냈다. 그러자 그녀가 벼랑에 겨우 매달려 있던 손을 내쳐진 사람처럼 충격에 젖은 눈으로 나를 보았다.

그래도 할 말은 해야 했다. 나는 미간에 주름을 잡고서 또박또박 말했다.

"내 말 잘 들어. 내가 주기 싫다는 게 아니야. 그게 아니라, 사람은 누구도 그런 식으로는 주고받을 수 없어. 하물며 그게 당사자가 아님에야 더더욱."

"무슨……."

그녀가 의아한 듯 눈을 깜빡이더니 이윽고 다시 물었다. 안타까울 만큼 필사적인 태도였다.

"모르겠어? 난 그냥 네게 유천영을 거절해 달라고 말하고 있는 거야. 간단한 일이잖아. 그 애한테 '너와 사귈 수 없어.' 하고 말하면 된다고. 이게 왜 안 된다는 거야? 간단하잖아. 말인데. 겨우 말이면 되는데."

"그러는 너야말로 나한테 이러고 있을 시간에 유천영한테 가서 말하면 되는 거 아니야? 걔를 좋아한다고. 그럼 대답도 걔가 하겠지. 내가 아니라 걔가 대답해야 할 문제잖아."

"했어!"

그녀의 단호한 외침에 나는 눈을 동그랗게 떴다.

"뭐?"

"했다고. 그런데 유천영이 거절했단 말이야."

그녀가 눈물이 그렁그렁한 눈으로 나를 쏘아보았다.

"너를 좋아한다며. 자기는 한번 좋아한 걸 쉽게 바꾸지 않는다며. 그러니 포기하라며."

"하아……."

나직이 한숨을 쉬는 내게 그녀가 매달리듯이 말했다.

"그치만 그 애도 너한테 거절당하면 분명 언젠가는 마음을 접을 거야. 그럼 그때에라도 내가 가지면 되니까, 제발 거절해 줘. 이렇게 부탁할게."

"아까도 말했지만, 그래도 그건 여전히 내가 결정해야 할 문제지 네가 강요해서 될 문제가 아니야."

"그럼 나더러 어떡하라고!"

갑작스레 높아진 목소리에 내가 고개를 들었다.

시선을 땅으로 향한 그녀가 어깨를 바들바들 떨며 외쳤다.

“난, 난 이제 더 이상…… 그 애를 협박할 약점 같은 건 가지고 있지 않단 말이야.”

그 말을 들은 나는 나도 모르게 유천영이 숨은 곳 근처를 바라보았다.

어려운 일이 생기면 형들한테 곧바로 연락하겠다더니, 뭐가 어쩌고 저째? 그는 어색하게 내 시선을 피했다.

영 행보가 수상하더라니, 역시 예린한테 협박당하고 있었던 거잖아!

추리가 맞아떨어져 놓고도 이렇게 불쾌하기는 오랜만이었다. 잠시 그를 노려보던 나는 한숨과 함께 다시 예린을 돌아보며 말했다.

“일단 넌…… 사람 마음 얻는 법을 완전히 잘못 알고 있어.”

“…….”

“물론 나도 잘 아는 건 아니고, 너를 상대로 이렇게 빼기듯 말할 건 아니지만, 음.”

대답 없이 노려보는 그녀의 행동에 나는 가만히 이마만 문질렀다.

내가 다시 중얼거렸다.

“그래도 너보다는 제대로 아는 것 같다. 내가 잘나서는 아니고…… 그냥 나한테는 운 좋게 주변에 그 방법을 가르쳐 줄 사람들이 많았거든.”

여전히 나를 노려보는 그녀의 행동에 나는 속으로만 한숨 쉬었다. 유천영이 이 애의 협박에 그냥 맞대응하지 못한 이유를 알 것도 같았다. 이렇게나 영악한 동시에 안타깝게 느껴지다니. 이래서야 유천영을 협박했다는 것에 화를 제대로 낼 수도 없잖아.

나를 대답 없이 노려보던 그녀가 마침내 입을 열었다.

"내가 뭘 모르는데? 상대방이 나를 필요로 하게 하면 되잖아…… 상대방이 내게 매달리게 하면."

"네가 유천영의 약점을 잡고 협박한 게 그래서였어?"

내가 두통을 느끼며 물은 말에 예린은 대답하지 않았다.

아, 미치겠네. 속으로 중얼거린 나는 다시 물었다.

"그럼, 네가 처음에 유천영을 필요로 하게 된 것도 그래서였어? 유천영이 네 약점을 잡고 협박해서?"

그제야 그녀가 표정을 바꾸었다. 흔들리는 눈으로 나를 보던 그녀에게서 이윽고 대답이 돌아왔다.

"아니."

그래, 당연히 그럴 거라고 예상한 바였다.

나는 놀라지 않고 담담히 말을 이었다.

"그렇지? 그 애는 그냥 너 스스로 모르고 있었던, 하지만 네가 진심으로 원하던 일들을 해 줬잖아. 네게 필요로 하던 말들을 해 주고. 다른 사람은 아무도 해 주지 않던. 아니야?"

유천영의 다정함이라면 나도 전에 익히 겪어 본 바가 있기 때문에, 나는 확신을 담아 말할 수 있었다.

그 말에 예린은 대답하지 않았지만, 침묵이 곧 긍정이라는 것을 알 수 있었다.

내가 다시 말했다.

"그런 걸 너에게 줬겠지. 아무런 대가도 없이."

"……."

"그러니까 네가 걔를 좋아할 수밖에 없었던 거고……."

여전히 바닥을 향해 고개를 숙이고 있던 예린은 이어진 내 말에 고개를 들었다.

"너도 그대로 하면 되잖아."

"뭐?"

"너를 좋아하게 하고 싶은 사람에게."

"하, 하지만……."

예린이 창백해진 얼굴로 다시 시선을 떨구었다. 내가 의아하게 물었다.

"왜 그래?"

"하지만, 대가 없이 주기만 하면 틀림없이 얕보일 거야. 계속 받아도 되는 사람이구나, 그렇게 생각할 거야."

마치 이전에 그런 일을 겪은 듯한 확신 어린 말투에 내가 얼굴을 굳히며 물었다.

"누가 그랬어? 누가 네 대가 없는 호의를 쉽게 보고 그런 걸 요구했는데?"

예린은 아무런 대답도 하지 않았다. 다만 입술만 꾹 깨무는 그녀를 보며, 나는 전에 나예리에게서 들은 말을 떠올렸다.

어쩌면 그건…… 그녀의 아버지일까? 가족이라는 가장 가까운 존재에게서 생긴 트라우마가 다른 어떤 트라우마에도 비할 게 아니라는 건 알고 있다.

나는 조금 더 부드러워진 목소리로 말을 건넸다.

"네 다정함을 이용하던 사람 때문에, 네가 타고난 다정함을 쓸모없다고 매도하고 버리지는 마. 그건 분명히 네 장점이고, 언젠가 네 곁에 좋은 사람들을 데려다줄 거야. 그러니까 그건 가치가 있어."

"하지만……."

"네가 누군가에게 호의를 베푸는 걸 두려워하게 된 건, 그저 네가 네 다정함을 받을 자격이 없는 사람에게 베풀어서야."

"……."

"그러니까 그런 사람 말고 다른 좋은 사람을 찾아. 네 호의를 받을 만한 자격이 있는 사람. 분명히 어딘가에는 있을 거야."

유천영 외에도…… 나는 그 말을 애써 삼켰다. 그리고 다시금 예린의 어깨 위에 손을 가져갔다.

그녀는 이번에는 내 손길을 내치지 않았다. 다만 태어나서 처음 본 생물을 관찰이라도 하듯이, 생경하게 나를 바라볼 뿐.

그런 그녀에게 내가 다시 말했다.

"그래도, 너한테 협박당해서 피해를 입은 사람들한테는 꼭 사과해. 돌이킬 수 있는 일은 돌이키고. 돌이킬 수 없는 일은…… 아, 모르겠다. 아무튼 그건 꼭 책임져."

남을 의도적으로 불행하게 하지 않은 사람만이 스스로 행복을 바랄 자격도 있는 거니까.

내가 덧붙인 말에 그녀가 눈을 동그랗게 떴다.

이윽고 그녀가 꺼낸 말에, 이번에는 내가 눈을 크게 뜰 차례였다.

"……언니한테."

"응?"

"연락…… 해 보면."

"……."

"언니는 알려 줄 수 있을까? 내가 모르는 것들을……."

그렇게 덧붙이는 예린의 눈이 사정없이 흔들리고 있었다.

갑작스런 말에 놀라는 것도 잠시, 그녀가 한 가지 문턱을 넘었다는 것을 깨달은 나는 작게 웃었다.

"그건 네가 택해야 할 문제지."

스스로 행복해질 것인가 말 것인가조차 스스로 결정하지

않으면 안 되니까.

내가 지금까지 들어 온 수많은 말들에도 불구하고 이제야 내 마음에 따라 택하기로 정한 것처럼.

그러자 그녀가 다시금 나를 보았다. 이윽고 그녀의 입가에 물안개 같은 희미한 미소가 피어오르는 것도 같았다.

"거기서 피해!"

그때였다.

갑자기 들려온 다급한 외침에 나는 고개를 돌렸다.

내가 그렇게 외친 상대를 확인할 새도 없이 나를 강한 힘으로 밀친 누군가가 대신 그 자리에 쓰러졌다.

* * *

"빌어먹을, 빌어먹을…… 개 같은 새끼. 가만 안 둬. 진짜 가만 안 둬."

하운은 누가 봐도 미친 사람처럼 중얼거리며 마을의 좁은 길을 터덜터덜 내려갔다. 아무도 말 한마디 붙이지 못할 만큼 흉흉한 얼굴이었다.

카메오 제의를 받고 〈안개의 나라〉 촬영장에 올 때부터 하운의 기분은 이미 바닥을 치고 있었다.

전작 〈검은 비〉의 배우 중 두 명이나 〈안개의 나라〉에서 주연을 맡게 됐으니, 비슷한 나이인 데다 장면까지 거의 겹쳐 천영과 예린과 묶여 '동아리 트리오'로 불리던 하운이 우정 출연 제안을 받은 것은 이상한 일이 아니었다.

그의 기분을 저조하게 한 것은, 유천영도 예린도 〈검은 비〉의 성공을 발판으로 스크린에까지 진출하고 승승장구하는데 자신만 제자리걸음을 하고 있다는 느낌. 아니, 오히려 뒤로 밀려나고 있는 것 같다는 느낌이었다.

그 느낌은 비단 그의 착각만은 아니었다.

사실 〈검은 비〉 때부터 전조는 있었다. 어디까지나 이나라를 짝사랑하는 남동생 친구의 역할일 뿐, 본래라면 뒤로 갈수록 비중이 사라졌어야 하는 유천영이 인기에 힘입어 예린과의 러브 라인이 생긴 것이다. 그것도 무려 하운을 제치고서였다.

사실 하운은 뒤에서 예린과 생긴다는 러브 라인을 내심 기대했었다. 기대가 컸던 만큼 실망감도 당연히 컸다.

그럼에도 하운이 촬영장에서 실낱같은 이성을 붙잡을 수 있었던 것은, 드라마 결말은 그랬을지언정 사적으로는 예린과 자신이 더 친하다는 자신감 때문이었다.

예린은 자신의 앞에서는 특유의 비틀린 면모도 거리낌 없이 드러내 보였고, 촬영이 끝나기 직전에는 입술 끝을 비틀어 올리며 이렇게 말하기까지 했다.

'오빠. 나 유천영이 좋아한다는 사람, 누구인지 알아낸 것 같아.'

'뭐? 진짜? 누구인데? 알아내기만 해 봐라, 당장 신상 캐서…….'

'아, 그런데 오빠. 잠깐만. 조금만 이따 말해 줄게.'

'뭐?'

'재밌잖아. 이걸 통해서 유천영한테 뭘 얻어 낼 수 있을지 상상하는 일. 그리고 어쨌든 내가 고생해서 알아낸 거니까.'

그렇게 말한 예린이 빙긋이 웃으며 하운의 팔을 툭 쳤다.

'오빠가 그 대가로 나한테 뭘 줄 수 있을지도, 기대하고 있을게.'

'하. 이것 봐라.'

말렸다는 생각에 내심 당혹스러운 기분은 있었지만 싫진 않았다. 오히려 하운은 예린이 자신과 조금 더 긴밀한 협력 관계를 구축하자는, 일종의 신호를 보낸 것으로 생각했다.

그런데 그 뒤엔 갑자기 연락이 없어지더니, 대뜸 유천영을 같은 소속사로 데리고 간다기에 드디어 그에게서 얻어 낼 것을 얻어 냈구나 했다.

그렇다면 이제 그 정보를 쓸 차례는 자신일 텐데, 예린은 이상할 정도로 모든 연락에 답장을 하지 않았다.

그 와중에 예린이 유천영과 사귄다는 둥의 소문이 그들의 소속사 지인들을 통해 알음알음 퍼져서 수상하다고 생각하던 찰나.

유천영과 예린이 단둘이 사라지기에 몰래 따라 나갔던 폐가에서 하운은 마침내 모든 진실을 알게 되었다.

"이미 눈 맞아 있었다 이거지. 심지어 저 모자란 것은, 자기 마음은 홀랑 다 줘 버리고 오히려 이용만 당해? 약점은 자기가 쥐고 있었으면서, 약점 하나 쥐지도 않은 새끼한테? 어떻게 그럴 수가 있어?"

이를 으득으득 갈며 하운은 빠르게 길을 내려왔다.

그의 촬영분은 이미 끝난 뒤였으나 이대로 떠날 수는 없었다.

하운은 어떻게든 기회를 봐서 예린과 단둘이 얘기할 틈을 만들기로 했다. 어쨌든 방금 자신이 쥔 정보는 쓸 구석이 있을 것이다.

내가 그 대화를 전부 들었다는 걸 알면 예린은 어떤 반응을 보일까? 유천영에 대한 질투와 예린에 대한 이성적인 호감이 무너진 대가로 까맣게 물들었던 가슴으로부터, 다시금 저열한 기대감이 들끓기 시작했다. 그제야 하운은 평소처럼 웃으며 사람들을 대할 수 있었다.

하필 점심은 예린의 팬클럽에서 보낸 밥차였다. 크게 인쇄된 현수막 가득 담긴 예린의 얼굴을 보며 다시금 기분이 곤두박질치는 것을 느끼면서도 하운은 도시락을 꾹꾹 씹어 입에 넣었다.

그러던 찰나, 예린이 마치 뭔가를 노리는 하이에나처럼

한곳만을 길게 응시하는 모습이 눈에 띄었다.

쉴 새 없이 수많은 사람들과 인사를 나누면서도 그녀의 시선은 내내 그곳을 향해 있었고, 표정은 서늘했다. 그 끝에 있는 교복을 입은 여자애는 아무리 봐도 시선을 줄 구석이 없을 만큼 평범하기 짝이 없는데.

그럼에도 불구하고 예린이 적대감 섞인 시선을 내쏘고 있다는 사실에 의아해하던 하운은 이윽고 입꼬리를 비틀어 올렸다.

식사를 마치고 자리를 떠나는 그에게 인근 사람들의 말이 들어왔다.

"지금 공사 중인 종탑의 종 말이야, 그냥 나무를 지렛대 삼아서 밧줄로 매달아 뒀다던데? 따로 어디에 고정해 둔 게 아니래."

"뭐야, 지탱하는 나무도 별로 튼튼한 게 아니잖아. 그거 촬영 중에 밧줄 풀리면 완전 큰일 나는 거 아닌가?"

"완공될 때까지는 그 주위에 아무도 얼씬 못 하게 해야지 뭐. 어차피 거기 나오는 부분 촬영하려면 아직 한참 남았고, 하도 외져서 웬만해선 가는 사람 없을 테니 상관없지 않아?"

하운은 미소 띤 얼굴 그대로 여학생을 따라 오르막길을 올랐다. 예린과 악수하던 손바닥에서 종이쪽지 같은 것을 꺼내는 모습을 보고 혹시나 했는데, 혹시나가 역시나였다. 종탑 아래에서 그녀를 기다리던 것은 다름 아닌 예린이었다.

예린이 여학생에게 매달리는 비참한 꼴을 보고서 만족감이 들던 것도 잠시, 예린이 고작 유천영 때문에 저런 일을 당한다는 것에 다시금 분노가 샘솟았다. 그러고 나자 잊고 있던 질투심이 다시금 거세게 타오르기 시작했다.

하운은 초조한 눈으로 주변을 훑어보았다.

아까 원작 작가라던 조그만 여자애 하나가 이곳을 따라오던 것은 확인했다. 몸집이 왜소하기 짝이 없었으니 기절시키는 건 일도 아닐 테지만, 그러다 들키면 수포로 돌아갈 테니.

여자애가 숨은 방향을 가늠하며 보이지 않도록 이동할 경로를 머릿속으로 찾던 하운의 눈에 푸른색 비닐로 덮인 자재 무더기가 들어왔다.

하운은 재빨리 몸을 낮추고 자재 더미 뒤에 몸을 숨겼다. 대화를 나누던 둘에게로 점점 더 가까이 다가가던 그의 눈에 바닥 근처에서 매듭지어 둔 밧줄이 눈에 띄었다.

하운은 시선을 들어 올렸다.

……높이 매달린 종을 확인한 그가 회심의 미소를 지으며 매듭으로 손을 뻗었다.

* * *

쇠망치로 얻어맞은 듯 머리가 멍했다. 마치 너무 큰 소리를 가까이에서 들은 것만 같았다. 흡사 전쟁에서 수류탄이 바로 옆에서 터진 병사의 기분이 이렇지 않을까 했다.

고막이 터져서 피가 흐르고 있진 않을까, 그런 의심을 하며 먹먹한 귀를 매만지던 나는 마침내 고개를 들었다.

아까부터 나를 잡고 흔들던 손이 거두어졌다. 나는 고개를 들어 손의 주인을 확인하려 했지만, 여전히 눈에는 초점이 맞지 않았다.

고개를 몇 번 흔들어 초점을 맞추려던 나는 결국 포기하고 조금 더 먼 곳으로 시선을 옮겼다.

“아.”

그제야 상황을 깨달은 내가 외마디 비명만을 뱉었다. 외침이 되어 나오지 못한 말들이 머릿속에서 수없이 메아리쳤다.

멀리 떨어지지 않은 곳에 알아볼 수 없을 만큼 처참한 모습으로 누워 있는 사람은 다름 아닌.

유천영이었다.

제70조. 누구나 마지막에는 선택을 하게 되더라고요

누구나 마지막에는 선택을 하게 되더라고요

숨이 잘 쉬어지지 않았다. 흙바닥을 짚은 손이 덜덜 떨렸다.

노아리가 내 팔을 붙잡는 가운데, 나는 비척비척 걸음을 옮겨 유천영에게 다가갔다.

그 짧은 거리를 걷는 동안 몇 번이나 무릎이 꺾이고 몸이 휘청댔다. 두 손으로 입을 틀어막은 채 경악에 가까운 표정을 짓고 있는 예린을 지나친 내가 마침내 유천영 옆에 무릎 꿇었다.

"천영아? 유천영."

나는 아무 일도 없었던 것처럼 그의 이름을 불렀다. 그러면 그가 내 부름을 듣고 금방이라도 자리에서 일어날 것처럼.

그러나 아무런 대답도 돌아오지 않았다.

나는 문득 그 옆의 땅을 짚고 있던 내 손을 들어서 살펴

보았다. 온통 피범벅이었다. 괴물들의 세계로 끌려갔을 때조차 나는 이만큼 많은 양의 피를 본 적이 없었다.

더군다나 이건, 괴물의 피가 아니라 내가 아는 사람의 피였다.

그 사실을 깨달은 순간, 나는 덜덜 떨리는 입술을 열었다.

"야, 유천영. 대답 좀 해 봐. 나 무서워……."

그의 팔 위에 두 손을 올려놓은 나는 결국 토할 듯이 울음을 터트렸다.

나를 제치고 달려온 노아리가 유천영의 모습을 확인하고는 나와 마찬가지로 털썩 주저앉았다.

덜덜 떨리는 손으로 용케 품에서 아까의 수첩을 찾아낸 그녀가 볼펜으로 뭔가를 끼적이기 시작했다.

그녀의 입에서 경황없는 중얼거림이 흘러나왔다.

"안 돼, 안 돼……."

손의 떨림 때문에 글씨를 쓸 수 없는지, 몇 번이나 볼펜 끝이 미끄러져 종이를 뜯어내 구겨 버린 노아리가 한참 만에 간신히 완성된 문장을 뜯어 유천영에게 가져다 댔다.

하얗던 종이가 금세 피에 젖어 빨갛게 물들었다. 노아리의 입에서 절망에 찬 중얼거림이 흘러나왔다.

"안 돼……."

"무슨 일이야?!"

그때 우리의 등 뒤에서 고함과 함께 사람들이 우르르 몰려왔다. 이윽고 우리를 둘러싼 감독과 스태프들은 눈앞에 펼쳐진 상황을 보고 경악을 금치 못했다.

내 귓가에 누군가 말하는 소리가 들려왔다. 아까까지도 정신을 차리지 못하고 있던 예린이었다.

그녀가 숲에 울창한 나무 사이를 가리키며 말했다.

"저, 직전에 봤어요……. 누군가 저 안으로 뛰어 들어가는걸."

그녀가 덜덜 떨리는 손을 들어 가슴에 가져다 대며 말을 맺었다.

"단단히 고정돼 있던 종을 일부러 떨어뜨린 범인이 있다면 아마 그 사람일 거예요. 조, 종이 떨어질 때 저희가 하필이면 바로 아래에 있었고, 유천영은 저희를 구하려다가……."

나는 그제야 고개를 돌려 정황을 파악했다.

공터 주변에 종탑을 구성하고 있던 목재들이 부서진 채 흩어져 있었다. 유천영도 그 목재 중 하나에 맞았을 뿐, 종에 직접적으로 부딪치지는 않은 것 같았다.

그러나 보통 무게가 아니었던 종을 지탱하기 위해서는 자재도 꽤 무거운 것을 써야 했을 것이다. 더군다나 종탑의 높이는 얼추 보았을 때 건물 2층 정도.

게다가, 나는 손바닥을 교복에 마구 문질러 닦았다.

피가 너무 많이 나고 있었다. 틀림없이 어디를 잘못 맞은 것이 분명했다.

유천영의 상태를 확인한 사람들 사이에서 다시금 비명이 터졌다.

"구급차 불러!"

"어떡해, 이러다 곧 죽을 것 같아!"

"가족들한테 연락해 볼 사람 없어?!"

어지럽게 오가는 외침 속에서 노아리만이 포기하지 않고 노트에 자꾸만 뭔가를 휘갈겨 손목에 댔다. 다행히 다들 정신이 없어서 아무도 그런 그녀의 행동을 이상하게 여기지 않는 것 같았다.

내가 노아리의 어깨를 잡으며 물었다.

"무슨 방법이 없을까? 지금 나오는 피라도 멈출 방법이."

"안 돼요, 아무것도."

노아리가 울상을 지으며 말했다.

"적어도 병원에 가기 전까진 아무것도 장담 못 해요. 다친 사람이 아무런 이유 없이 갑자기 빠르게 회복되는 건…… 현실의 질서와 완전히 어긋나요. 그건 소설에서조차 자연스럽지 않은 일이에요."

"하지만, 이러다간 유천영이, 유천영이……."

"일단은 어서 구급차가 오길 기다리는 수밖에. 하지만 여기는 도시에서 너무 멀어요. 더군다나 산길이고."

울 것처럼 말하던 노아리는 누군가의 말을 듣고 어깨를 움찔 떨었다. 나 또한 그토록 부정하고 싶던 말이었다.

"어떡해, 천영이. 얼굴이."

하필이면 얼굴을 세게 맞았어……. 누군가 피로 범벅이던 유천영의 얼굴을 바로 한 모양이었다.

나도 유천영의 상태를 보았을 때, 그가 다친 곳이 하체가 아니라 상체일 거란 예감은 있었다. 그러나 단순히 예상하던 것과 실제로 듣는 것 사이에는 상당한 차이가 있었다.

다시금 손을 덜덜 떨기 시작한 내 귀에 다른 사람들의 말소리가 꽂혔다. 지금 목숨이 간당간당하는데 그게 문제야? 하지만 이대로는 나아도 일로 복귀하기 힘들 텐데. 얘 배우잖아요……. 구급차는 아직 멀었어?!

무슨 정신으로 이동했는지 알 수 없었다. 유천영을 이송할 의료용 헬기가 훨씬 먼저 도착했고, 나와 아리는 다른 관계자들과 함께 유천영이 입원할 병원까지 차로 이동했다.

차를 타고 있던 도중에 아직도 피가 묻어 있는 손으로 볼을 문지르자, 그제야 내가 유천영이 다치던 그 순간부터 내내 울고 있었다는 것을 깨달았다.

나는 중얼거렸다. 말도 안 돼…….

설날에 유천영네 아버지의 교통사고를 들었을 때조차 이토록 현실감 없는 기분은 아니었다. 심지어 이번에는 내가 사고 장면을 직접 목격했는데도.

나는 다시 중얼거렸다.

"꿈일 거야……."

그러나 기분 나쁠 정도로 거세게 뛰고 있는 심장이 그런 내 바람을 부정했다.

병원 앞에 도착한 나는 사람들을 뚫고 재빨리 차에서 뛰쳐나갔다. 주차장에는 이미 내가 아는 사람들이 도착해 있었다.

방금 학교에서 뛰쳐나온 듯 교복 차림의 은지호와 주인이, 은형이와 반여령이 전부 와 있었다. 다들 이 사건을 전혀 믿지 못하겠다는 듯 창백한 안색이었다.

은지호가 물었다.

"이게 대체 어떻게 된 거야?"

"은지호, 어떡해. 유천영이 나 때문에, 나 때문에……."

은지호의 얼굴을 본 순간, 맥이 탁 풀림과 동시에 내 입에서 말이 튀어나왔다.

넘어져서 잠시 정신을 잃기 전에 날아온 외침도, 나를 밀치던 강한 힘도 똑똑히 기억이 났다.

일의 경위는 명백했다.

내가 또, 모든 것을 망친 것이다. 이야기에 끼어든 이물질인 내가. 인생에 오직 좋은 것만이 안배되어 있던 유천영을. 단지 내가 그의 곁에 있었기 때문에.

그러자 착잡해진 표정의 은지호가 그런 내 볼을 두 손으로 문질러 닦았다.

"왜 그런 말부터 해. 걔가 이거 들었으면 틀림없이 화냈어."

그러는 그의 손 또한 덜덜 떨리긴 마찬가지였다. 내가 말없이 그의 손을 붙잡아 내리던 그때, 은형이가 어둡지만 침착한 목소리로 말했다.

"올라가자. 천영이 지금 수술실 도착했대."

우리는 침묵 속에서 서로의 손을 붙든 채 엘리베이터에 탔다. 주인이가 뒤에서 부드러운 손길로 내 어깨를 감쌌을 때, 나는 그만 그 자리에 주저앉고 싶은 마음뿐이었다.

수술실 앞은 지금까지 내가 보았던 그 어느 때보다도 가장 북적였다. 그때, 인파들 사이에서 예린이 우리 쪽으로 다가왔다.

그녀는 나와 같이 있는 사람들을 보고 잠시 걸음을 멈추었지만, 이윽고 다른 모두를 무시할 요량인 듯 나만을 쳐다보며 입을 열었다.

"덜미를 잡았어. 밧줄을 풀었던 건 하운이야. 점심 먹은 직후에 산 쪽으로 올라가는 걸 봤다는 증언들도 있고, 그 일이 가능했던 건 그 외에 없어. 지금 증인 몇 사람과 함께 경찰서에 갔어. 아마 곧 조사 결과가 나올 거야."

"그래……."

예린이 굳이 이걸 알려 주기 위해 불편함을 무릅쓰고 찾아왔다는 것을 알면서도 나는 그렇게만 대답했다.

사후 처리의 중요성은 알고 있었지만, 지금 내게 있어 나와 예린을 노리고 유천영을 그렇게 만든 범인의 정체 같은 것은 쥐뿔도 중요치 않았다. 다만 내 머릿속에서 강박적으로 되풀이되는 생각은, '어떻게 하면 이 일을 완벽히 없던 일로 만들 수 있을까.' 뿐이었다.

나도 이 생각이 비현실적이란 것은 알고 있었다. 하지만, 아무런 방법도 없다고 한다면 그때야말로 정말 미쳐버릴 것만 같았다.

그때였다. 머뭇거리며 입술을 달싹이던 예린이 다시 말했다.

"그리고…… 말해도 좋을지 모르겠는데, 나, 아까 사람들이 하는 말 들었어."

"뭐?"

대번에 시선이 쏠리자 잠시 우물쭈물하던 예린이 눈을 질끈 감고 토로했다.

"유천영, 이송 중에 이미 피를 너무 많이 흘렸대."

"아……."

"이대로는 수술 중에 위험하다고."

말을 마친 예린은 울지 않기 위해서인지, 몇 번 심호흡하다가 돌아섰다.

우리가 멍하니 바라보는 가운데, 아무런 인사도 없이 대기석으로 돌아간 그녀는 무릎 위로 두 손을 맞잡고 고개를 숙였다. 그녀에게 종교가 있는진 모르겠지만, 설령 없더라도 유천영을 위해 기도하고 있다는 것을 알 수 있었다.

이윽고 내가 다시 바라본 사람은 노아리였다. 그녀에게 너무 무거운 짐이란 것은 알고 있지만, 내가 지금 기대할 수 있는 기적은 그뿐이었다.

내가 간절한 눈으로 아리를 보며 물었다.

"무슨 방법 없을까?"

"저는…… 전에 말씀드렸잖아요, 이 세계 안에서 제가 할 수 있는 일은 제한적이에요."

그녀는 절망적인 눈빛으로 제 손바닥을 들여다보았다. 그 안에는 평범한 검정 볼펜만이 놓여 있었다.

"거울 속 괴물들의 일로 알았어요. 일단 쓰고 나서 마음에 들지 않으면 뜯어내고 지우고 새로 쓰면 되던 바깥에서와는 달리, 이곳에서의 저는 단지 이미 쓰인 일 중에 완벽하게 고정되지 않은 것들만을 간신히 바꿀 수 있을 뿐이에요. 그리고 아마, 제가 유천영을 구할 수 있는 가능성은 시간이 갈수록 점점 낮아지겠죠."

"그런……."

"상태가 악화되면 악화될수록, 그것을 원 상태로 되돌리는 것은 부자연스러운 일이 될 수밖에 없을 테니까."

"……."

말없이 두 주먹을 꽉 쥐며 고개를 숙이는 나를 노아리가 콱 붙잡았다.

얼떨결에 손목을 잡힌 내가 고개를 들자, 노아리가 놀랄 정도로 강한 의지가 담긴 눈으로 나를 보고 있었다.

그녀가 어느 때보다도 흔들림 없는 목소리로 말했다.

"그러니까 구하려면 지금이어야 해요. 제가 어떻게든 원래 세계로 돌아갈 방법이 없을까요?"

"뭐? 원래 세계?"

"그렇구나. 네가 소설가로서 전지전능하던 것은 오직 원래 세계에서만의 일."

그렇게 말한 것은 지금까지 우리에게서 한 발자국 떨어져서 뭔가를 고민하는 듯하던 주인이였다.

그가 노아리를 보며 다시 입을 열었다.

"네가 원래 세계로 돌아간다면, 아예 이 일이 일어난 계기를 없애서 이 일 자체를 없던 것으로 만들 수 있을지도 모른다. 그렇게 말하고 싶은 거지?"

"예, 그래요. 제 생각에는, 그것만이 지금 유천영을 구할 수 있는 유일한 방법이에요."

그렇게 말하고 닫힌 수술실 문을 힐끗 본 노아리가 다시 말했다.

"어서 가야 해요. 제가 이 세계에서 이미 죽은 사람도 되돌릴 수 있을지 없을지는 알 수 없어요. 아니, 사실상 그것까지 가능하다면 말이 되지 않아요. 그러니 유천영이…… 그렇게 되기 전에 서둘러야만 해요."

노아리가 말을 하다가 흠칫 얼버무린 표현이 무엇인지

우리 모두 잘 알고 있었다.

그때였다. 노아리의 말이 이어지는 내내, 바닥을 보며 상념에 잠겨 있던 내가 조용히 운을 떼었다.

"저기."

"네?"

노아리가 나를 돌아보았다. 나는 신중하게 말을 이었다.

"다른 세계로 갈 방법 말인데, 방금 하나가 떠오르긴 했어……. 하지만 그 세계가 네가 있던 원래 세계와 얼마나 연관이 있을진 잘 모르겠어. 어쩌면 거울 속 세계만큼 기묘하거나 위험한 세계일지도 몰라. 그래도 괜찮다면……."

"거기가 어딘데요?"

노아리의 말에 나는 주인이와 시선을 교환했다. 한 걸음 앞으로 나선 내가 대답했다.

"아마 네가 쓴 소설 속 세계 중의 하나일 거야. 그러지 않고서는 설명할 수 없는 존재가 있었으니까. 예전에 내가 살던 아파트 뒷산의 폐교. 나랑 주인이가 그곳이 다른 세계와 연결되어 있다는 걸 안 건 2년 전 여름의 일인데……."

차분히 말하던 나는 갑자기 들려온 아리의 말에 놀라서 고개를 들었다.

"잠시만요. 폐교라니, 무슨 소리를 하시는 거예요?"

"뭐?"

"전 그런 세계에 대한 소설 쓴 적 없어요."

나는 당황하며 말을 더듬었다.

"하, 하지만 분명히 소설 속이 아니고서는 나오지 않을 것 같은 존재가 있었는데? 주인이 너도 봐서 알 거 아니야. 그……."

그리고 내가 주인이를 돌아보자, 그가 고개를 끄덕이며 내 말을 받았다.

"검은 양복을 입은 남자인데, 분명히 얼굴이 있어야 할 자리에 회색 원만이 있었어. 그건 틀림없이 '현실'에 존재할 수 있을 만한 건 아니잖아. 안 그래?"

"분명히 말할 수 있어요. 전 그런 존재가 나오는 소설은 지금까지 쓴 적이 없어요."

노아리의 단호한 대답에 나와 주인이는 눈을 동그랗게 뜬 채 시선을 교환했다. 이윽고 같은 결론에 도달한 우리는 가만히 얼굴을 굳혔다.

내가 말했다.

"어쩌면 우리는……."

주인이가 내 말을 받았다.

"방법을 찾은 걸지도 몰라."

그리고 우리는 침묵 속에서 아리를 보았다. 그녀 역시 각오가 선 얼굴로 고개를 끄덕였다.

폐교로 출발하기 전, 은형이는 병원에 홀로 남겠다고 했다. 그는 용케 창백한 얼굴로도 평소처럼 웃으며 말했다.

"만약 천영이가 깨어난다면, 그때 우리 중에 누군가는 곁에 있어 줘야 할 테니까. 내가 가장 오래 봐 왔기도 하고, 또 천영이네 가족분들도 곧 오실 테고. 그러니까 이 자리에는 내가 남아 있을게."

유천영이 깨어날 것이란 희망을 거리낌 없이 입에 담는 은형이가 생소한 나머지 눈을 깜빡였다. 그것도 잠시, 나는 지어지지 않는 미소나마 억지로 지으며 은형이의 손을 꼭 잡았다 놓았다.

내가 말했다.

"그래, 부탁할게."

"여기는 걱정하지 마. 너희가 천영이를 버리지 않았다고 잘 말해 둘 테니까."

그렇게 말하는 은형이는 과연 태연해 보이기 위해서 지나치게 애쓰고 있었다. 그의 농담이 평소 같지 않다는 말을 입안에 넣어 둔 나는 여령이의 손을 잡으며 돌아섰다.

"은형아, 반드시 성공할게. 가자."

"응."

내 손을 붙잡은 여령이가 나보다도 빠른 속도로 걸음을 옮겼다. 모퉁이를 돌 때마다 나타나는 복도와 사람들 하나하나를 앞으로 맞서 싸워야 할 적인 것처럼 주의 깊게 응시하며, 나는 입속으로만 중얼거렸다.

그래, 우리는 성공할 거야. 반드시 성공할 수밖에 없어.

유천영은 내가 아는 중에 가장 운이 좋은 사람인데. 그런 그를 살려 내는 일을 실패할 리 없잖아.

* * *

은지호의 차를 타고 이동한 우리는 마침내 익숙한 건물 앞에 도착했다. 2년 전 여름에 우리가 어처구니없는 이유로 담력 시험을 하러 와야 했던 폐교였다.

이곳에 처음 와 보는 건 우리 중에 은지호뿐이었다.

오랫동안 방치되어 녹이 슨 그네와 혼자서 삐걱대는 지구본, 운동장 구석마다 길게 자란 풀들을 바라본 그가 중얼거렸다.

"이런 평범한 곳에……."

과연, 그의 말대로 이곳은 대부분의 창문이 깨지고 페인트로 낙서가 돼서 을씨년스런 분위기를 풍기긴 해도 어디까지나 평범한 폐교였다. 도저히 비현실적인 일이 생길 것 같지 않은.

폐교 입구에 도착하자 자연스럽게 뒤따라 들어오려는 그들을 내가 막았다.

나는 아리를 제외한 세 사람을 돌아보며 말했다.

"미안한데, 너희는 여기 남아 있어 줘."

"뭐?"

눈에 띄게 당황하는 그들에게 나는 단호히 말을 이었다.

"우리 중에 다른 세계의 존재인 건 나와 아리뿐이잖아. 물론 주인이는 그렇지 않음에도 나와 같이 다른 세계에 다녀온 적이 있지만, 그래도 가능성은 최대한 늘리고 싶어. 안 그래도 미미한 가능성이니까."

여령이의 눈을 똑바로 본 내가 말했다.

"부탁해."

여전히 당황한 표정의 은지호와 반여령과는 달리, 주인이는 가장 빨리 수긍했다.

"확실히, 엄마 말이 맞아. 여기에선 엄마 말대로 해야 해."

"진심이야? 얼굴도 없는데 양복을 입고 있는 이상한 남자가 있다며. 그런 존재가 있는 곳에 아리랑 단이만 들어가게 해도 괜찮을 리가."

"나도 반대야."

울상을 지은 여령이의 말에 이어 은지호가 말했다. 그리고 내게 쏟아지는 간절한 눈빛을 나는 애써 외면했다.

미안하지만, 지금 내 위험 같은 건 전혀 상관없었다. 나는 다만 입을 열어 말했다.

"지금 다친 사람이 유천영이 아니라 너희 중 하나였다고 해도 나는 이렇게 했을 거야."

"……."

"너희가 날 살리기 위해 이 학교에 혼자 들어가야 한다고 생각해 봐. 너희는 안 이랬겠어?"

은지호가 가장 먼저 짧은 욕과 함께 고개를 돌렸다.

"……젠장."

여령이는 울상이 된 얼굴로 나를 짧게 끌어안았다.

그들과 함께 현관 바깥으로 한 걸음 물러난 주인이가 내게 말했다.

"우리는 여기에서 기다리고 서 있을게. 다녀와, 엄마."

가만히 눈을 굴려 내 옆을 본 그가 입술을 달싹였다.

"그리고……."

어쩌면 이번이 마지막일지도 모르는 노아리의 모습을 보면서도 그는 쉽게 말을 꺼내지 못했다.

그때, 내내 주머니에 한 손을 넣고 뭔가를 만지작대던 노아리가 갑자기 그걸 꺼내 앞으로 내밀었다.

나는 눈만 깜빡였다. 마찬가지로 눈을 깜빡이던 주인이가 당황한 듯 중얼거렸다.

"팔찌?"

그것은 분명 나와 노아리가 은미의 병을 낫게 할 목적으로 선물했던 소원 팔찌였다.

만약 그때와 비슷한 의도라면, 저 팔찌 안에는 노아리가 적은 뭔가의 힘이 담긴 문장이 들어 있을 것이다.

주인이가 선뜻 받지 않고 머뭇대는 것을 본 노아리가 심기가 상한 목소리로 말했다.

"이상한 건 안 들었어요."

"그건 알아. 그런 의심을 한 건 아니야. 다만……."

주인이가 난감한 듯 미간을 매만졌다.

노아리가 물었다.

"다만?"

"네가 이 팔찌 안에 넣은 쪽지의 내용이, '우주인은 노아리를 잊는다.' 같은 거라면, 난 이거 안 받을래."

과연, 얼마 전까지만 해도 노아리가 이 세계의 누구에게도 자신의 흔적을 남기고 싶지 않아 했다는 것을 생각하면 주인이의 의심은 타당했다.

그러나 노아리는 단호하게 고개를 내저었다.

"그건 아니에요."

"아니야?"

"네. 오히려 그 반대예요."

"그래? 그럼."

주인이가 저항 없이 손목을 뻗자, 노아리는 소원 팔찌의 양쪽 끝을 두 손으로 잡은 채 신중하게 매듭짓기 시작했다.

나는 잠시 아득해진 기분으로 그런 두 사람의 모습을 응시했다. 흘깃 은지호와 반여령을 보니, 그들도 같은 생각을 하고 있는 것 같았다.

여름 오후의 밝은 빛 속에 선 주인이와 폐교의 어둠 속에서 있는 노아리의 모습은 앞으로 둘 사이에 닥칠 어떤 운명을 암시하는 것만 같았다.

사실 두 사람을 이런 식으로 모두가 보는 앞에서 급하게 이별하게 하고 싶진 않았다. 두 사람이 한때 서로에게 품었던 감정의 무게를 생각하면 그건 너무 잔혹한 일이었다.

그러나 시간이 너무 촉박했다. 지금 이 순간에도, 병원에 있는 유천영은 시시각각 목숨을 잃어 가고 있을 터였다.

그것을 알고 있는 듯, 주인이의 손목에 소원 팔찌를 묶는 노아리의 손길이 점차 조급해졌다.

그러다, 마침내 개운해진 얼굴로 그녀가 손을 떼었다.

"됐다."

그렇게 말하고 한 걸음 물러난 노아리는 다시 주인이를 올려다보았다.

애정과 연민, 후회, 어쩌면 약간의 증오, 그런 감정들이 모두 뒤섞인 복잡한 눈빛으로 주인이를 한참 동안 바라보던 아리가 마침내 입을 열었다.

"저기요, 사실 제가 떠나고 나면 팔찌가 당신에게 남아있을지조차 알 수 없지만. 그래도 저는 사실 당신을."

"……."

그러나 그녀의 말은 끝까지 이어지지 않았다.

거부할 수 없는 충동에 휩싸인 것처럼 홀린 듯 내뱉다 말고, 멈칫한 아리가 갑자기 내 팔을 당기며 재촉했다.

"언니, 어서요. 어서 올라가요."

“아, 응.”

그렇게 말하며 나는 뒤돌아 주인이의 얼굴을 살폈다.

그의 얼굴은 너무 밝은 빛에 잠긴 나머지 볼 수 없었으나, 나는 빛 속에 있는 그의 얼굴이 틀림없이 엉망으로 일그러져 있으리라 확신했다.

마지막으로 나도 세 사람에게 눈인사를 건넸다.

다만 한마디만을 남기고서.

“다녀올게.”

그들을 빛 속에 남겨 두고 우리는 폐교 안으로 걸음을 옮겼다. 분명히 해가 떠 있는 낮인데도 폐교 안은 마치 고래 배 속처럼 어두웠다.

마침내 도착한 익숙한 계단 앞에서 내가 말했다.

“이제 숫자를 세면서 천천히 이 계단을 오르는 거야.”

“알았어요.”

일, 이, 삼…… 십삼.

그렇게 말하며 감았던 눈을 떴을 때, 나는 창밖이 불길한 자줏빛으로 물든 기묘한 복도 끝에 서 있었다.

눈뜨고 악몽을 꾸는 것처럼, 기분 나쁘고 소름 돋는 감각에 휩싸인 나는 퍼뜩 옆을 돌아보았다.

다행히 노아리는 여전히 나와 함께 있었다. 내 팔을 붙들고 자줏빛으로 물든 창밖을 바라보는 그녀의 얼굴이 충격에 젖어 있었다.

마침내 그녀가 입을 열었다.

“이건…… 말도 안 돼요.”

고개를 도리질한 그녀가 떨리는 목소리로 말했다.

“거울 속 세계는 분명히 제가 잘 알고 있는, 제가 썼던 소설 속 세계였어요. 하지만 이런 건…… 전 분명히 쓴 적이 없어요.”

그녀의 말을 듣고 나자 나도 거울 속 세계보다도 이 세계가 더 불길하게 느껴졌다. 특히 평범한 밤 풍경에 지나지 않았던 거울 속 세계의 창밖과는 달리 자줏빛으로 물든 기묘한 하늘이. 전에 왔을 때도 이랬었나? 기억이 잘 나지 않았다.

그러나 그런 말을 해 봐야 내 옆의 아리를 더욱 불안하게 만들 뿐일 것 같아서, 나는 다만 고개를 내젓고 걸음을 재촉했다.

“아리야, 가자.”

“네, 언니.”

한 몸인 것처럼 그녀와 철썩 달라붙어 걸으며 나는 한 자 한 자 힘주어 내뱉었다.

“내가 전에 왔던 경험에 따르면…… 이곳에선 함부로 불을 켜선 안 돼.”

“왜요, 언니?”

“그때, 우리가 교실 불을 켰을 때 회색 얼굴을 가진 검은 양복의 남자가 우리 앞에 나타났거든. 그때는 교실 안이라 숨을 곳이 있어서 다행이었지만, 지금 들켰다간 어떻게 될지…….”

생각만 해도 두려운 얘기를 이어 나가던 내가 또 화제를 바꾸었다.

“맞아, 그러고 보니 그때 이상한 일이 하나 더 있었어.”

“뭔데요?”

“전에 내가 이 세계에 왔을 때, 교실 문을 열었더니 갑자기 시간대가 바뀌면서 해 질 무렵의 풍경이 나타났거든. 장소는 중학교 교실이었고. 거기엔 중학생 모습의 유천영이 있었는데, 또 완전히 중학생 때의 유천영이라기엔 조금 달랐어.”

“어떤 식으로요?”

그녀의 물음에 내가 신중히 말을 이었다.

“중학교 때의 유천영이었다면 당연히 날 알아봐야 하는데, 그 애는 날 아예 못 알아봤었거든. 게다가 겉으로 느끼기에 태도나 말투 같은 것도 묘하게 중학교 때의 유천영이랑은 달랐어.”

“그럼 겉모습만 똑같고 속은 딴사람이었단 말씀이세요?”

상상만 해도 꺼림칙하단 노아리의 말투에 나는 고개를 내저었다.

“아니. 분명 유천영이긴 했는데…… 겉모습보다는 나이

가 더 있는 느낌? 왜, 우리가 꿈속에서 가끔 지금의 기억을 가진 채로 어릴 적 모습을 하기도 하잖아. 꼭 그런 느낌이었어."

"그럼 언니는, 그때 만났던 유천영은 중학생 모습을 하고 있었을지언정 사실은 그보다 훨씬 미래 시점의 유천영이었다, 그렇게 생각하고 계신 거예요?"

"그래."

"그 얘기를 들으니 더욱더 이 공간의 정체를 알 수가 없어지네요."

고개를 기웃한 아리가 말을 이었다.

"그 말만 들으면, 꼭 이곳이 시공간이 뒤죽박죽으로 섞인 공간 같아요. 상식적으로 생각했을 때 현실에 존재조차 해선 안 되는 곳."

"쉿, 잠깐만."

복도 끝에서 뭔가의 그림자를 본 나는 재빨리 아리를 숨겼다. 다행히 복도 벽에는 간혹 몸을 숨길 수 있는 기둥 같은 것이 솟아 있었다.

아리와 함께 기둥 뒤에 붙어서서 신중하게 바깥의 동향을 살피던 내가 말했다.

"아리야, 교실로 숨자."

"네?!"

"저기, 내가 말했던 그 검은 양복의 남자가 있어. 우리와 멀리 떨어지지 않은 곳에.”

“저희를 발견했나요?”

“아니.”

그때 검은 양복의 남자가 이쪽으로 몸을 휙 트는 것을 본 나는 황급히 정정했다.

“아, 미안. 발견한 것 같아. 아…… 다가온다.”

“그걸 그렇게 침착하게 말씀하시면 어떡해요, 언니!”

촬영장에서부터 계속 들이닥친 일련의 비정상적인 일로 인해 현실 감각이 어떻게 돼 버린 나를 대신해 외친 노아리가 내 팔을 낚아채고 힘껏 달렸다.

그녀가 가장 가까운 교실 문을 열어젖힌 순간 알 수 없는 광채가 폭발하더니, 우리는 그대로 흰빛에 집어삼켜졌다.

“어엇?”

균형을 잃고 얼떨결에 아리에게 밀려 넘어진 내 손에 차갑고 매끄러운 감촉이 닿았다. 곧이어 내게로 무너진 아리를 몸으로 받아 낸 나는 끙 소리를 내며 신음했다.

이윽고 주변을 둘러본 내가 의아하게 말했다.

“여기는 어디지?”

답은 금방 나왔다. 얼마 떨어지지 않은 곳에 사각형의 풀장이 있었다. 풀장에는 물이 가득 담겨 있었고, 투명한 돔형 창문에서 쏟아진 햇빛이 사방에 일렁이며 물그림자를 드리우고 있었다.

거대한 수영장이었다. 주위를 둘러봐도 수영장 안에는 아무도 없었다.

"이게 어떻게 된 거야?"

어안이 벙벙해서 머리를 문지르던 나는 뭔가를 발견하고 비명을 질렀다. 멀지 않은 문틈에서 튀어나와 이쪽을 향해 걸음을 옮기는 검은 양복 남자가 보였다.

다행히 그는 뛸 수는 없는 모양인지 천천히 걸어서 다가오고 있었지만, 그것만으로 우리를 공포에 사로잡히게 하기에는 충분했다.

나는 아직도 멍하니 주저앉아 있는 아리를 붙잡아 일으키며 외쳤다.

"아리야, 도망치자! 어서!"

"네, 네, 언니! 그런데 대체 이게 어떻게 된 건지……."

달리면서도 연신 등 뒤를 힐끗거리는 아리와 함께 밝은 문으로 뛰어든 나는 바깥에 펼쳐진 풍경을 보고 숨을 집어삼켰다.

계단 아래로 보이는 풍경은 분명히 어느 초등학교의 정경이었다. 그 속에서 익숙한 은발을 금세 찾아낸 나는 그만 크게 외치고 말았다.

"은지호, 이게 어디가 평범한 초등학교란 거야!"

나는 이제야 이게 어떻게 된 일인지 이해했다. 이유는 잘 모르겠지만 우리가 열어젖힌 문이 전과 같은 작용을 하여,

우리를 전혀 알 수 없는 시간대와 장소로 보내 버린 것이다.

흙먼지 가득한 운동장을 시큰둥한 얼굴로 걷고 있는 은지호와 그 옆에서 즐겁게 뭔가를 조잘대고 있는 주인이를 지나친 우리는 그대로 교문으로 달려갔다.

초등학생이 가득한 이곳에서 우리의 존재는 지나치게 이질적이었다. 검은 양복 남자에게 쉽게 들키지 않으려면 번화가로 가서 인파에 섞일 필요가 있었다.

그때 우리를 발견한 어린 주인이가 옆의 은지호를 당기며 속삭였다.

"어? 저 누나들 봐. 우리 학교엔 왜 있는 거지?"

그에 무심히 땅을 향하던 시선이 이쪽으로 향한 순간, 교문을 통과한 나는 또 다른 빛에 집어삼켜졌다.

"아윽."

또 한 번 넘어져 바닥에 무릎을 찧은 나는 엎드려 끙끙대다 고개를 들었다. 기묘한 자줏빛 광채가 가득 드리운 복도가 다시 우리를 반겼다.

어쨌든 돌아오긴 한 거지? 평생 그 세계에서 헤맬까 내심 걱정했는데 그러지 않게 돼서 다행이다. 그렇다고 상황이 딱히 나아진 것도 아니지만…… 멀지 않은 곳의 문이 벌컥 열리며 검은 양복의 남자가 나타나는 것을 본 나는 다시 일어나서 아리를 떠밀었다.

"아리야, 이번에는 여기! 이 문으로 가자!"

이 원리를 활용할 방법도 떠올랐다. 아까는 수영장이나 초등학교 운동장같이 마땅한 엄폐물도 없고, 우리가 눈에 잘 띌 수밖에 없는 장소로 가서 실패했지만, 이번에는 운만 좋다면 검은 양복 남자를 제대로 따돌릴 수 있을 것이다.

그리고 어쩌면 유천영을 살릴 방법도.

아까 보았던 어린 주인이와 은지호의 모습을 생각했을 때, 문 너머에 펼쳐지는 세계는 공간뿐만 아니라 시간의 제약도 받지 않는 것이 분명했다. 그렇다면 이 복도에 있는 수많은 문을 드나들다 보면, 언젠가는 유천영이 사고를 당하기 직전인 촬영장으로 통하지 않을까?

만약 그렇다면, 그 사고 자체를 일어나지 않았던 일로 만드는 것도 꿈만은 아닐지도 모른다. 그렇게 되뇌며 아리를 따라 문으로 들어간 나는 짙은 남색 밤하늘을 마주하고 얼굴을 굳혔다.

아, 완전 망했잖아. 사건이 일어났던 것은 환한 낮이었다고. 더군다나 내 앞을 가로막듯 나타난 것은 내가 생전 본 적도 없을 만큼 높다란 담벼락이었다.

망연자실하게 서 있던 나는 까마득한 위쪽에서 누군가 외치는 소리를 듣고 고개를 들었다.

"거기 비켜!"

이렇게 높다란 담벼락 위에 도대체 누가 올라가 있는 거지? 위를 올려다본 나는 익숙한 얼굴을 발견하고 경악했다.

"루다?"

"날 알아? 어떻게? 아니, 잠깐. 일단 그 전에 거기서 비켜!"

버럭 외침으로써 날 물러나게 한 루다가 고양이처럼 가벼운 몸놀림으로 바닥에 착지했다.

방금 자기가 뛰어내린 담벼락 위를 올려다보며 칫 소리 나게 혀를 찬 그가 다시 나를 돌아보았다.

"너희는 대체 뭔데 여기에 있는 거야? 이 일대는 통째로 우리 집 사유지일 텐데. 게다가, 너희 한국 애들이잖아. 왜 이런 곳에 있어? 보호자도 없이?"

그 말에 나와 아리는 서로를 돌아보았다.

담벼락 위로 삐죽삐죽 솟아난 위협적인 키의 야자수들을 보고 대충 짐작은 했지만, 이곳은 아무래도 루다의 고향인 미국인 모양이었다.

문 한 번 넘었다고 바다까지 넘어 버리는 스케일에 내심 질리는 것도 잠시, 나는 얼른 루다에게 물었다.

"길을 잃어버렸어. 미안한데, 우리를 문까지만 좀 데려다줄 수 있을까?"

내 말을 들은 루다가 황당하다는 표정으로 말했다.

"뭐? 문? 여기는 길을 잃어서 들어올 수 있는 곳이 아닌데. 아니, 그보다, 난 지금 몰래 도망치고 있는 거라서 바깥까지 너희를 데려다줄 순 없어. 나 혼자면 모를까, 너희까지 데리고 가기엔 너무 위험하다고."

단호히 말하는 그에게 나는 다급히 고개를 내저었다.

"바깥을 말하는 게 아니야. 그냥 아무 문으로만 데려다 주면 돼."

"……정말 아무 문이라도 괜찮아? 설령 개구멍이라도?"

묘한 얼굴로 묻는 루다에게 나는 얼른 고개를 끄덕여 보였다. 이거 이래도 될지 모르겠네, 하는 얼굴로 나를 힐끗 본 루다가 하는 수 없다는 듯 앞서 걷기 시작했다.

나는 아리의 손을 꼭 붙든 채 걸음을 옮겼다. 아리가 내 귀 가까이에 입을 붙이고 소곤댔다.

"저희 지금 어디에 와 있는 거예요?"

"아마도 미국에 있는 리드 집안 소유의 주택. 나도 왜 우리가 여기로 왔는지는 모르겠지만."

그때 나를 휙 돌아본 루다가 이마를 찡그리며 투덜거렸다.

"너희 정말 길 잃어서 온 거 맞아? 그게 아니라면 난 우리 집을 노리고 온 수상한 사람들을 내 발로 집에 들이는 거란 말이야."

그렇게 말하는 그는 이미 개구멍으로 보이는 문 앞에 서 있었다.

이 와중에도 말과 행동이 다르고 솔직하지 못한 것은 참으로 그답다 생각하며, 나는 그만 옅게 웃었다. 그러자 내게 왜 웃냐고 발을 구르며 성을 내는 루다의 얼굴은 확실히 그와 내가 1학년 때 처음 만났을 때보다도 더 어렸다.

개구멍 앞에서 몸을 숙이고 들어갈 준비를 하며 내가 말했다.

"고마워. 루다야."

"됐어. 그런데 정말로 무슨 짓을 할 셈이야? 우리 집에 들어가 봐야 첫걸음을 떼는 순간 온갖 방범 장치가 작동하면서 경보가 울릴 텐데."

"그건 걱정하지 않아도 돼."

그렇게 말한 나는 다시 고개를 돌리고 루다를 올려다보며 말했다.

"네가 꼭 도망치는 데 성공했으면 좋겠다."

"어? 아, 그래, 뭐."

머쓱한 듯 뒷머리를 매만지는 그를 보며 나는 하지 못한 말을 속으로만 중얼거렸다. 그래야만 너와 내가 만나서 내가 기억하는 즐거운 학창 시절을 보낼 수 있을 테니까. 그가 없는 학창 생활 따위는 이제 상상하기도 힘들었다.

나를 미묘한 표정으로 보던 루다가 머리카락을 긁던 손을 불쑥 내리더니 말했다.

"마음이 바뀌었어. 조금 힘들긴 하겠지만, 저택 바깥까지 데려다줄까?"

"뭐? 아냐, 꼭 그러지 않아도……."

내가 당황하며 말하는 그때, 그의 뒤에서 정원의 수풀을 가로질러 다가오는 검은 양복 남자의 모습이 보였다.

"그럼 이만 갈게."

다급히 루다에게 인사를 남긴 나는 재빨리 아리를 밀어 개구멍을 통과하게 했다. 나 또한 그 안으로 몸을 들이밀자, 어느새 시야가 뒤집히며 우리는 다시 폐교의 복도로 돌아와 있었다.

그나마 이번에는 전처럼 돌아오자마자 바닥에 쓰러지지 않아서 다행이었다. 연이은 추격으로 너덜너덜해진 몸을 일으킨 나는 바로 옆 교실 문으로 손을 뻗었다. 기대한 만큼은 아니지만 검은 양복 남자와 어느 정도 거리를 벌리는데 성공했으니, 이번 장소만 잘 나와 준다면 그를 영영 따돌릴 수 있을지도 몰라.

그러나 나는 기대와는 전혀 다른 풍경 앞에 망연자실해졌다.

"아……. 이런."

"왜 그러세요, 언니?"

그렇게 말하며 내 등 뒤에서 튀어나온 아리도 말을 잃었다.

우리 앞에 나타난 것은 평범하기 짝이 없는 폐교 안의 교실이었다. 문을 여는 족족 다른 시간대, 다른 장소가 나타나던 이전과는 달랐다.

그러고 보면, 전에도 주인이와 내가 이곳을 헤맬 때 이렇게 평범한 교실과 맞닥트린 적이 있었지. 나는 입술을 깨물었다. 바보같이, 왜 모든 문이 다른 시공간과 이어질 거라고 생각한 걸까? 분명히 그렇지 않은 문도 몇 개쯤 있을 텐데.

그 가능성을 간과한 대가를 이제 우리는 치러야만 했다.

뒤를 돌아본 나는 어느새 가까워진 검은 양복의 남자를 보고 외쳤다.

"도망쳐! 아리야. 얼른 숨자."

이렇게 된 이상 나 대신 아리라도 무사히 빠져나가길 빌어야 하는 걸까? 내가 미끼로 남아서 교실 안의 책상이나 의자로 시간을 끈다면 성공할 수도 있을 것 같았다. 그러나 나와 아리가 교실 안으로 들어가자마자, 우리를 따라 들어 온 남자가 문을 닫았다.

철컥, 앞문은 물론 뒷문에서도 들려온 소리에 나는 얼굴을 굳히며 뒤를 돌아보았다.

황급히 뒷문으로 다가간 내가 있는 힘껏 손잡이를 당겨 봤지만 열리지 않았다. 내 얼굴에 절망이 번졌다. 이 남자, 염동력도 있는 거였어?

그러면 왜 그 염동력을 행사해서 우리한테 물건을 던지거나 우리의 다리를 묶지 않은 걸까? 진작 우리를 잡으려 했다면 방법이야 많았을 텐데. 결국 교실을 나가길 포기한 내가 뒤를 돌아보자, 금세 다가올 거라는 예상과는 달리 교탁 앞에 멈춰 선 그가 잠시 서성거리더니 분필을 들었다.

직접 장갑 낀 손으로 든 게 아니라 알아서 두둥실 떠오른 것이었다. 나와 노아리가 공포에 질린 채 바라보는 가운데, 분필이 또각또각 글씨를 썼다.

「누구?」

누구? 누구냐고? 설마 이런 걸 물어볼 줄은 몰랐다. 공포 영화에서 괴물에게 잡혔을 때처럼 모든 게 끝나 버리는 게 아니라.

나와 아리는 잠시 시선을 교환했다. 이윽고 내가 대표로 한 걸음 나서며 말했다.

"저희는…… 다른 세계로 갈 방법을 찾아서 온 사람들이에요. 정확히는, 이 애가 살던 원래 세계로요."

아무래도 그녀보다는 내가 이런 존재와 마주치거나 이런 상황을 겪어 본 적이 많으니, 내가 나서는 게 더 나을 것 같았다.

그런데 잠시 뭔가를 곱씹던 아리는 이윽고 스스로 한 발 나서며 물었다. 놀라울 만큼 의연한 목소리였다.

"혹시 다른 세계로 갈 방법을 알고 계시나요? 이런 말도 안 되는 공간에 사는, 말도 안 되는 존재라면 알 것도 같은데."

말도 안 되는 공간, 말도 안 되는 존재. 어쩌면 격하와도 같은 그 말에도 불구하고 검은 양복의 남자는 아무런 반응 없이 우리를 쳐다보기만 했다. 그를 보며 내 안의 불안감이 크기를 키워 갔다.

일단 대화를 시도하는 것을 보면 기묘한 생김새와는 달리 호전성이 없고 어느 정도 지성을 갖춘 존재일지도 모른다고 생각했는데, 착각이었을까? 부디 착각이 아니라면 좋겠는데…….

그렇게 기도하던 나는 칠판 쪽에서 나는 또각또각 소리에 고개를 돌렸다.

붉은 분필이 또다시 제멋대로 글씨를 써 나가고 있었다.

「그렇군 네가 바로」

그리고 잠시 멈추어 있던 분필이 아랫줄로 내려가 마저 썼다.

「이 세계에 우리가 관리하지 않는 세계를 접붙인 자」

"네? 그게 무슨……."

「괴물들의 세계」

의아하게 되묻던 노아리의 얼굴이 이어진 말에 굳었다.

그녀는 검은 양복 남자의 존재하지 않는 눈을 똑바로 노려보며 말을 건넸다.

"당신은 누구인가요?"

「이 세계의 관리자」

관리자…… 상상했던 것보다 훨씬 체계적이고 점잖은 호칭에 나는 침묵했다.

분필이 칠판에 부딪히는 소리만이 또각또각 울려 퍼졌다.

「이 세계와 다른 세계의 연결을 관리하는」

「분기점으로부터 파생된 또 다른 가능성의 세계」

"……평행 우주 이론은 저도 알아요. 우리가 어떤 선택지에 놓일 때, 분기점으로부터 파생된 세계가 정말로 다른 우주 어딘가에 존재한다는 말인가요? 우리가 그동안 지나쳐 온 선택지의 개수만큼, 무수히 많이?"

「무한」

단 한마디로 돌아온 대답이 아리의 물음이 사실이란 것을 증명했다.

아리가 불신에 젖은 눈으로 바깥을 보며 말했다.

"그럼 저희가 아까 통과했던 저 문들은 그 평행 세계와 이어지는 거군요……."

잠시 심호흡한 그녀가 다시 말했다.

"하지만 간단히 납득할 순 없어요. 이렇게 비상식적인 공간이 사람들의 발길이 힘든 오지도 아니고, 어느 평범한 아파트 뒷산의 폐교에 존재한다니. 그동안 담력 시험이다 뭐다 해서 이곳을 오간 사람들이 적지 않을 텐데요. 그런데 어떻게 그동안 들키지 않을 수 있었죠?"

나는 속으로만 그녀의 말에 동의했다.

분필이 순순히 대답을 적어 나갔다.

「이곳에만 있는 것 아니다 세계의 곳곳에 존재」

「이런 공간을 만들기 쉬운 곳 많은 사념이 모인 곳 병원 학교 묘지」

그 말을 들은 내 머릿속에 퍼뜩 한 가지 기억이 스쳤다.

2학년 때, 내가 살아가는 세계가 바뀌었던 일주일.

그때 여령이와 은형이는 내가 없는 세계에서 나의 모습을 잠깐 본 적이 있는 것 같다고 말했다. 그 장소는 다름 아닌 병원이었다. 그리고 그들이 없는 세계에서의 나도 잠시 그 병원에 다녀간 적이 있었다. 그건 어쩌면 이곳과 비슷한 장소에서 그들의 시공간과 나의 시공간이 겹친 거였을까?

그때였다. 잠시 허공을 맴돌던 분필이 다시 움직이기 시작했다.

「평범한 사람 못 들어온다 조건 있다」

노아리가 날카롭게 물었다.

"그게 뭐죠?"

「다른 세계의 존재와 섞였거나」

그와 함께 남자의 장갑 낀 손끝이 향한 곳은 다름 아닌 나였다. 나? 의아해하던 것도 잠시, 말뜻을 이해하고 얼굴을 굳히는 내 앞에서 분필이 다시 글씨를 썼다.

「아니면 완전히 다른 세계의 존재이거나」

"그렇군요. 이제 알았어요."

그렇게 말한 노아리가 나를 돌아보았다.

"이 세계와 다른 세계에 동시에 존재하는 언니와는 달

리, 저는 완전히 다른 세계에 존재하는 거예요. 이 세계에 제가 있을 자리 같은 건 원래는 없었어요. 그래서 제가 이 세계에 도무지 정을 붙일 수 없었던……."

그렇게 말하다 말고 입술을 깨문 그녀가 다시 중얼거렸다.

"아니, 하지만 이상해요. 그렇다면 다른 세계로 보다 쉽게 돌아갈 수 있는 사람도 언니보다는 저여야 하잖아요. 그런데 왜? 어째서 언니만이……."

그때 잠자코 기다리던 내가 입을 열었다. 아무튼 지금 이 상황에서 우리가 다른 세계의 존재인지 아닌지, 그것은 그리 중요한 게 아니었다.

그것보다 중요한 문제는 따로 있었다.

나는 한 걸음 앞으로 나서며 말했다.

"부탁이 있어요. 방금 말했듯이, 저희는 원래 세계로 돌아갈 방법을 찾아야만 해요. 저희를 데려다주실 수 있나요? 친구가 죽어 가고 있어요."

아무런 대답도 없는 검은 양복 남자를 보며 나는 입술을 지그시 깨물었다.

과연 인간의 감정을 이해할지조차 알 수 없는 저런 존재에게 부탁해 봐야 의미가 있을지는 의문이었다. 그러나 지금으로서는 별다른 방법이 없었다.

나는 계속해서 말했다.

"그게 아니라면 제 친구가 사고당할 당시의 시간과 장소로 저희를 보내 주세요. 저희가 그 사건이 일어나는 것을 막으면, 저희가 있는 현재 또한 바뀌겠지요. 저 문이 저희를 어느 때로든 어느 장소로든 자유롭게 보낼 수 있는 걸 확인했어요. 그러니 제발 부탁드려요."

그러자 내내 가만히 있던 남자가 분필을 움직였다.

이윽고 돌아온 한마디에 나는 얼굴을 굳혔다.

「불가능」

"어째서…… 사람의 목숨에 함부로 간섭하는 일이라서요?"

「그게 아니야」

어쩐지 오해하지 말라는 듯한 말투로 그렇게 적은 남자가 빠르게 적어 내려갔다.

「문 속 세계는 분기점을 통해 갈라진 다른 세계일 뿐 이 세계가 아니야」

다른 세계…… 그러고 보니 저 남자, 처음 자기를 소개할 때부터 '이 세계와 다른 세계의 연결을 관리하는' 관리자라고 했었지. 그 사실을 떠올린 나는 속으로 탄식했다.

남자가 내 추측을 뒷받침하듯 계속 적어 내려갔다.

「그 시점으로 돌아가 없던 일로 만든다고 해도 다른 세계의 미래를 바꾼 것뿐」

"그렇군요……."

「게다가 이 세계의 존재가 다른 세계의 존재에 간섭하는 데는 한계가 있다」

「간섭한 것 자체가 없던 일이 되거나 잊히거나 사라진다」

"……잠시만요, 그 말은 조금 이상해요."

모순점을 깨달은 나는 다시 입을 열었다.

내가 스스로를 가리키며 말했다.

"저와 노아리는 '다른 세계의 존재와 섞였거나 혹은 완전히 다른 세계의 존재'라면서요? 그 말에 따르면, 저희 또한 이 세계에 영향을 미칠 수 없어야 하는 건 마찬가지 아닌가요? 하지만 저희는 지금까지 많은 것을 바꿨어요. 수많은 것들을."

「그게 완전히 불가능했다면 네가 이 세계의 너와 섞이지도 않았겠지」

남자의 말에 나는 얼굴을 굳혔다.

이제 와서 그 방법에 대해 토론하는 것은 아마 별 의미 없을 것이다. 만약 내가 그 방법을 찾아내어 유천영이 살아 있는 다른 세계로 건너간다고 해도, 나는 이 세계의 유천영을 죽게 내버려 둔다는 뜻이 된다. 그리고 다른 친구들 역시 그의 죽음을 그들끼리 버티도록 내버려 둔다는 뜻이 된다. 그런 짓만은 할 수 없다.

그럼 대체 어떻게 해야…… 내가 주먹을 꽉 쥐는데, 남자가 갑자기 말했다.

「소망」

소망이라니? 무슨 뜻이지?

이윽고 나는 그게 다른 세계의 나와 이 세계의 내가 섞일 수 있었던 이유라는 것을 깨달았다.

아까도 생각했듯이, 그 방법이 뭐였든지 간에 지금 상황에서는 별로 중요치 않았다. 어쩌면 관리자는 이런 시답잖은 주제로 우리의 시간을 뺏어 볼 수작인지도 모른다.

그럼에도 불구하고, 나는 되묻고 말았다.

"소망이요? 하지만 그건…… 너무 쉽잖아요."

내가 힘없이 말을 이었다.

"예를 들어, 불행한 일을 겪은 사람이라면 누구나 그 일을 겪지 않아도 되는 세계로 가고 싶다고 한 번쯤 소망할 거예요. 그렇다면 이런 일은 굉장히 흔해야 하지 않나요?"

이어진 관리자의 대답에 나는 작게 탄식했다.

「다른 세계로 가고 싶다는 소망은 불가능」

"아."

「다른 세계의 나를 이 세계로 데려오고 싶다는 소망만이」

남자가 그 아래 글씨를 마저 적었다.

「이 세계의 내가 사라져도 좋으니 그렇게 하고 싶다는 소망만이」

"그렇다면……."

나는 체념하며 고개를 떨구었다. 내가 어떻게 해서 이 세계에 오게 되었는지, 드디어 제대로 된 이유를 깨달았다.

이 세계의 나는 한때, 나 자신이 사라져도 좋으니 반여령이 더 이상 나로 인해 상처받지 않길 바랐구나.

그 무슨, 그 무슨 바보 같은…… 이 세계의 나란 존재는 내 안에 편린처럼 남아 있음에도 그런 생각이 드는 것을 막을 수 없었다.

그때, 이번에는 노아리가 내 옆에서 한 걸음 나서며 물었다.

“그럼 저는 뭐죠?”

“아리야?”

나는 눈을 동그랗게 뜨고 그녀를 바라보았다.

“저는 원래 이 세계의 존재가 아니었다면서요? 그런데 어떻게 이 세계로 올 수 있었죠? 저는 자신의 존재를 희생시키면서까지 저를 불러와 줄 이 세계의 제가 없는데.”

나는 퍼뜩 고개를 들었다. 그러고 보니…… 아리의 말대로 그건 분명한 모순이었다. 어쩌면 저 검은 양복 남자가 세계의 순리를 거스르는 일을 피하기 위해 우리를 속이고 있는 거 아닐까?

그때 남자가 다시 대답을 적어 내려갔다.

「그대는 아무런 대가를 치르지 않아도 이 세계에 그대가 있을 자리를 만들 수 있다」

‘그대’. 저런 기묘한 존재의 입에서 나왔다기에는 일종의 존중마저 느껴지는 표현이었다.

노아리가 답답한 듯 미간을 찌푸리며 말했다.

“어째서요? 도무지 말이 안 되잖아요.”

「그대는」

잠깐 멈칫했던 분필이 다시 움직였다.

「이 세계의 작가니까」

"……방금은."

침묵 속에서 내내 눈을 깔고 있던 노아리가 다시금 고개를 들었다. 그녀의 눈 안에는 여전히 의심이 담겨 있었다.

"저를, '괴물들의 세계'를 만들어 낸 자 따위로 불렀잖아요. 마치 제가 당신들이 관리하는 완벽한 세계에 어떤 바이러스를 심은 것처럼. 그래서 저는, 제가 당신들의 일에 방해되는 존재라고 생각했어요. 아닌가요?"

「그랬다면 이토록 자세히 대답해 주지도 않았겠지」

대답을 듣고 보니 과연 그랬다. 그는 불가능한, 어찌 보면 세계의 질서에 위배되는 불순한 목적으로 이 장소에 발을 들인 우리에게 너무나 선뜻 이 세계가 품은 비밀들을 알려 주었다.

남자가 다시 말을 이었다.

「아까도 말했듯이 모든 세계는 분기점으로부터 태어난 세계」

「그러나 거울 속 괴물들의 세계는 분기점으로 태어나지 않은 부자연스러운 세계」

「그런 세계를 이 세계에 이어 붙일 수 있는 존재라면 오직 이 세계의 작가뿐」

「그래서 그대의 정체를 짐작할 수 있었다」

잠자코 듣던 아리가 손을 내저었다.

"잠시만요, 그럼 당신 말은, 이 세계가 온전히 저로 인해 태어난 세계라고요? 저만의 세계란 말이에요?"

「그렇다」

단호한 대답에 노아리의 입술이 다시금 다물렸다. 그녀는 여전히 관리자의 말을 믿지 않는 눈치였다. 그건 나도 마찬가지였다. 왜냐하면 아리의 소설이 다루는 이야기는 이 세계에서 일어나는 일 중에서도 극히 일부에 지나지 않으니까.

계속 생각을 곱씹던 노아리가 천천히 입을 열었다.

"……하지만, 이 세계에도 다른 작가들이 있잖아요."

「그래」

"그 작가들이 만들어 낸 이야기들 역시, 하나의 세계로 이 우주 곳곳에 존재한다는 말씀을 하고 싶으신 건 아니겠지요?"

「그렇다」

이번에도 지극히 간단하게 돌아온 대답에 노아리는 대놓고 황당하다는 표정을 했다.

「어떤 이야기가 모든 현실을 포함하지는 않지만」

분필이 다시 움직였다.

「모든 현실은 어떤 이야기를 포함하니까」

그러다 분필이 적은 마지막 말에 내 눈이 크게 뜨였다.

「유일하게 이 세계에서 이미 지나가 버린 과거를 바꿀 수 있는 존재는 이 세계의 작가뿐」

나는 퍼뜩 고개를 돌려 아리를 바라보았다. 내가 다급히 말했다.

"아리야. 그렇다면 네가 처음 생각했던 그 방법이 옳았어. 유천영을 살릴 방법 말이야."

내가 말을 이었다.

"우리가 원래 세계로 돌아가 소설의 설정이나 내용을 바꾸면, 바뀐 과거에 따라서 이 세계의 현재도 바뀔 거야. 그런 뒤에 어떻게든 다시 이 세계로 돌아오면……."

그때 다시금 끼긱 소리가 내 귀를 스쳤다.

「너는 갈 수 없다」

방금까지와는 달리 퍽 단호한 태도였다.

「너는 이미 거의 완전히 이 세계의 존재」

「네가 아까 문을 통해 다른 세계로 넘어갈 수 있었던 건 네 곁에 작가가 있었기 때문에」

"그럼, 내가 문을 열었을 때만 이런 평범한 교실이 나타난 것도……."

나는 조심스레 아리와 시선을 교환했다. 그녀의 얼굴 위에 떠오른 낭패감이 그녀 역시 관리자의 말을 드디어 사실로 받아들이고 있다는 것을 의미했다.

미간을 찌푸린 아리가 다시 말했다.

"그렇지만 여전히 이해 안 되는 점이 있어요. 아까 다른 세계의 존재를 이 세계로 데려올 수 있도록 가능하게 하는 조건이 '소망'이라고 했잖아요. 하지만 제게는 제가 오길 소망할 이 세계의 존재가 없어요. 그러니 결국……."

말을 잇던 그녀의 얼굴이 뭔가를 떠올린 듯 창백해졌다.

관리자가 빤히 보는 가운데, 그녀가 더듬거리며 말했다.

"말도 안 돼. 제가 이걸 원했다고요? 제 삶에 존재하지도 않던 가족들 따위를. 제 소설 속 존재와 교우하는 것을. 이런 비정상적이고 어지러운 나날을."

그건 정말로 단정하기보다는 스스로를 설득하기 위해 말하는 것처럼 들렸다.

그러자 그녀를 빤히 보던 관리자가 다시 분필을 움직였다.

「정말로 그런 것을 바란 적이 없나?」

내내 기묘한 말투로 거의 단답만 하던 그가 처음으로 제대로 된 문장을 사용했다.

「외롭다고 생각하며 다른 가족들을 부러워한 적이」

"아니야. 저는……."

「무료한 삶에 질려 다채로운 삶을 동경했던 적이」

"그런 걸 바란 적 없어요."

창백해진 얼굴로 강하게 부정하는 그녀를 보며, 나는 비로소 이 세계에 올 적에 잊고 있던 존재를 떠올렸다.

노민찬 선생님.

"다른 가족 같은 건, 바란 적도 없다고요."

변명하듯 말하는 아리를 물끄러미 보던 관리자가 이번에는 나를 보더니 다시 글씨를 적었다.

「너를 제외한 작가만은 원래 살던 세계로 돌려보내 줄 수 있다」

"아리야……."

그 말을 들은 내가 옆에 서 있던 노아리의 손을 꼭 잡으며 그녀를 불렀다.

나는 같이 가 주지도 못하면서 그녀에게만 무거운 짐을 떠넘기는 것에 마음이 무거웠다. 그녀가 다시 이 세계로 돌아올 수 있을 거라는 보장도 없으면서. 내가 적극적으로 설득해서 겨우 이 세계에 정붙이도록 한 참인데.

아리는 말하지 않아도 내 마음 따위 안다는 듯이 내 손을 한 번 꽉 잡고는 관리자를 돌아보았다.

그녀가 상황에 어울리지 않는 담담한 목소리로 말했다.

"저희를 안내해 주세요, 제가 원래 살던 세계로 돌아갈 수 있는 문으로."

순순히 몸을 돌린 관리자가 우리보다 앞서 걷기 시작했다. 이윽고 그가 멈춰 선 곳은 복도 끝 미술실 앞이었다.

겉보기에는 다른 교실과 마찬가지로 평범하기 짝이 없는 낡은 문이었다.

그러나 관리자가 그 문을 열자, 찬란하게 빛나는 흰 공간이 나타났다. 오색 찬란한 빛 그물이 그 안을 자유롭게 헤엄치고 있었다.

복도 창문에서 쏟아지는 자줏빛을 배경으로 한 그 모습은 더욱 비현실적으로 보였다. 그 모습을 마주하고 멍해져 있던 나는 아리의 물음에 고개를 돌렸다.

"어떡해요, 언니?"

"뭐?"

나와 눈이 마주친 그녀는 잔뜩 울상 지은 표정이었다.

"지금까지는 그냥 원래 세계로 돌아가서 제가 쓴 내용들을 고치면 된다고 생각했는데, 이제 와서 생각해 보니 이 세계는 이미 제가 쓴 소설의 내용에서 한참은 달라진 세계예요."

"아……."

"애초에, 제 소설엔 이 사건을 일으킨 '하운'이란 사람이 등장하지도 않아요."

내 소매를 붙잡은 그녀가 덧붙였다.

"제가 알고 있는 건 언니가 바꾸기 전의 세계뿐, 지금 이 세계에 대해선 잘 몰라요. 그러니 제가 무언가를 바꾼다고 해도 그게 반드시 유천영이 사고를 당하지 않도록 막아 줄 거란 보장은 없어요."

"확실히……."

"이 세계를 저보다 잘 아는 건 언니잖아요. 제가 뭘 바꿔야 할지 말해 주실 수 있나요?"

아리의 물음은 타당했다. 이 세계를 그녀가 알던 세계와 완전히 달라지게 한 주범은 분명 나니까.

그러나 지금 같은 급박한 상황에서 갑자기 그런 물음을 받는다고 해도 머리가 제대로 굴러갈 리 없었다.

한참을 생각해도 별다른 방법이 떠오르지 않자 나는 다시 관리자를 돌아보았다. 가까이서 내 눈을 지그시 들여다보던 그는 이윽고 고개를 내저었다.

역시, 이미 완전히 이 세계의 존재가 돼 버린 내가 아리를 따라가는 건 해선 안 되는 일이겠지. 설령 아리를 따라 이 문에 몸을 던진다고 해도 아리와 달리 내가 원래 세계로 무사히 갈 수 있을지 없을지는 모르는 일이고.

계속 고민하던 나는 불쑥 떠오른 생각에 입을 열었다.

"그러고 보니."

아리와 관리자가 동시에 나를 돌아보았다.

"제가 예전에 여기에서 문을 열고 들어간 곳에서 유천영을 만난 적이 있는데."

방법을 생각하다 보니 옛날 그 일이 떠올랐다.

"그때 저는 분명히…… 미래의 유천영이 과거의 유천영의 몸을 빌려 제 앞에 서 있다는 느낌을 받았어요. 그렇다면 그건 이 세계의 유천영도, 다른 세계의 유천영도 아닌 거잖아요. 그건 대체 어떻게 된 건가요?"

붉은 분필이 흰 벽에 글씨를 새겼다.

「미래와 과거가 섞인 장소는 꿈뿐」

“아.”

그렇다면 역시…… 내가 만났던 유천영은 나를 기억하지 못할 뿐, 미래의 유천영이었구나.

하지만 이로써 한 가지 사실만은 분명해졌다. 이 세계에서 유천영은 이보다 더 미래에도 분명히 존재한다는 것. 그렇지 않았다면 내가 그의 미래 시점의 꿈에 나올 수 있었을 리 없으니까.

물론 그 꿈이 내가 잠시 이 세계에서 사라졌던 고등학교 1학년이나 2학년 무렵의 꿈일 가능성도 있지만, 나는 일부러 그 가능성을 철저히 무시했다.

게다가 그 일을 떠올림으로써 새로이 깨닫게 된 사실도 있었다. 나는 양 입꼬리를 살짝 끌어 올리며 아리를 돌아보았다.

내가 웃으며 말했다.

“아리야.”

“네, 언니.”

전에 없이 평온한 내 목소리에 희망을 담고 나를 본 아리의 눈빛이 이어진 말에 흐려졌다.

“나를 지워.”

우리가 서 있던 복도에 잠시 침묵이 흘렀다.

이윽고, 아리가 방금 들은 말을 믿지 못하겠다는 듯이 되물었다.

"네?"

나는 그녀의 감정을 전혀 느끼지 못한 사람처럼 담담히 말했다.

"네 소설에서 나를 지워. 내 존재 자체를."

"뭐라고요?"

"그건 아마 효과가 있을 거야. 그것만큼은 제대로 작동할 거야."

쓰게 웃은 나는 말을 맺었다.

"왜냐하면, 유천영이 연기를 시작한 건 오로지 나 때문이었으니까."

그가 단둘이 남게 될 때마다 몇 번이고 낮게 속삭였던 말을 기억한다. 주어 없이 던졌던 말 또한 무엇을 뜻했는지, 이제는 분명히 알 수 있었다.

내 말을 곱씹어 보던 아리가 창백해진 얼굴로 고개를 들었다.

"아, 잠시만요. 분명히 원래 유천영은 귀찮아서 연기 같은 것에 뛰어들진 못할 성격이긴 했어요. 하지만 그게 언니 때문이었다니, 아, 하지만."

울상을 지은 그녀가 말도 안 된다는 듯 고개를 내저었다.

"언니를 제 소설에서 이름도 나오지 않도록 지운다는

건, 언니가 이 세계에서 맡고 있던 역할을 완전히 지운다는 뜻이에요. 언니가 여주인공인 반여령의 친구였다는 사실조차 사라지는 거라고요."

나는 담담히 대답했다.

"알아."

"유천영의 사건만이 달라지지 않을 거예요. 언니를 둘러싼 모든 것이 달라질 거예요. 언니는 더 이상 반여령의 소꿉친구가 아닐 거고, 당연히 그 오빠인 반여단과도 아무런 교류도 없겠죠. 조금의 추억조차 남지 않을 거예요. 그뿐만 아니라 그를 통해 맺었던 수많은 인연은요? 그중엔 틀림없이 은지호도, 우주인도, 권은형도 있었을 텐데. 또 다른 사람들도……."

생각을 거듭하던 그녀가 다시 고개를 내젓더니 말했다.

"언니, 이건 아니에요. 분명 뭔가 다른 방법이 있을 거예요."

"그래도 이게 틀림없이 가장 간단하게, 아무런 부작용 없이 이 사고를 지울 방법일 거야."

왜냐하면 그 애들과 달리 나만이 이 세계의 조연이잖아.

그렇게 말하며 또 한 번 빙긋 웃는 나를 아리가 여전히 믿을 수 없다는 듯 바라보았다.

눈을 감음으로써 그녀의 시선에서 벗어난 나는 예전에 유천영에게서 들었던 말을 떠올렸다.

며칠 전에는 그토록 노력해도 전혀 떠올릴 수 없었던 말이, 지금은 어째서 선명히 떠오르는지 알 수 없었다.

그날 폐교에서 유천영이 나에게 했던 말.

'너야?'

'뭐?'

'너구나. 내가 기다리던 사람.'

조용히 푸른 눈을 내리깔고 말을 잇던 그.

'눈이 왔어. 그런데도 나는 그 자리에 서서, 내가 왜 여기에 서 있는 걸까, 생각하고 있었는데.'

'아무리 생각해도 기억이 안 나서, 대체 내가, 누구를 기다리고 있는 걸까. 나는 왜, 하고 생각했는데.'

그건 어쩌면, 미래의 유천영이 지금의 내게 보내는 일종의 힌트였을지도 몰랐다. 정답이 적힌 답안지.

그리고 나는 다시 눈을 떴다.

언젠가 내가 쓰러졌을 때 병원으로 찾아왔던 그가 내게 건넨 말이 머릿속에 스쳤다.

내가 중얼거렸다.

유천영. 언젠가 네가 내게 말했던 것처럼, 나도 그래.

내가 네 곁에 있는 것 때문에 네가 불행해진다면, 네 곁을 떠날 수밖에 없는 건 나도 마찬가지야.

그리고 다른 모두에게도.

그렇게 생각한 나는 정면의 아리를 똑바로 쳐다보며 다시금 말했다.

"아리야, 부탁해."

울 것 같은 눈으로 나를 올려다보던 그녀가 간신히 고개를 끄덕였다. 아무리 생각해 봐도 이 이상으로 안전하면서도 확실한 방법을 찾지 못한 모양이었다.

여태껏 우리의 선택을 기다리듯 가만히 서 있던 검은 양복 남자가 손짓으로 문 안을 가리켰다.

여전히 문 안은 금방이라도 몸을 던져 뛰어들고 싶을 만큼 찬란하고 매혹적인 빛으로 반짝이고 있었다.

그러나, 이제 내가 속한 하나뿐인 세계는 이곳이다.

그러니 나는 이 세계에 남아야만 한다.

설령 이 선택으로 인해 이 세계가 내가 알던 세계와는 완전히 달라져 버린다고 해도.

그리고 그게 내게 아무리 큰 고통을 안겨 준다고 해도.

문 앞에서 머뭇거리는 아리에게 나는 마지막 인사를 건네었다.

"아리야. 같이 못 가게 돼서 미안해. 네가 이 세계로 돌아오는 길을 다시 찾을 때 혼자가 아닌 둘이라야 조금 더 마음이 편할 텐데."

눈을 동그랗게 떴던 그녀가 이윽고 미미하게 웃으며 말했다.

"……마지막까지 괜한 사과를 하시네요, 언니는."

"그래도."

"아무것도 미안해하실 필요 없어요. 저희가 원래 했던 거래 기억나세요? 언니는 원치 않게 이 세계로 오게 된 저를 원래 세계로 돌려보내 주기로 했고, 저는 언니가 다시 원래 세계로 돌아가지 않을 수 있는 방법을 찾아 주기로 했었잖아요."

"하지만……."

그것도 그녀가 이 세계의 존재들을 사랑하게 된 지금은 아무런 의미가 없다. 그녀 또한 그 사실을 잘 알 텐데…….

아리는 내 양심의 가책을 덜어 내려는 것처럼 여전히 밝게 말했다.

"아까도 말했잖아요. 저는 원래 이런 세계에 와서 이런 삶을 살아가는 거, 바란 적 없다니까요. 게다가 기억 안 나세요? 저번 3월 2일에, 언니가 저를 도와주시는 대가로 저도 언니의 부탁을 하나 들어주기로 했던 것."

"……."

"그러니 이건 아무도 손해 보지 않는 거래예요. 정말로 미안해하실 것 없어요."

끝까지 어른스러운 태도로 나의 말문을 막히게 한 아리

가 문득 문틀을 잡고 있던 손을 꿈틀댔다.

"하지만……."

갑자기 무엇을 떠올린 건지 그녀가 눈에 띄게 어두워진 표정을 지었다.

내가 그 감정의 정체에 대해 묻기도 전에 그녀가 다시 말했다.

"……언니, 저는 마지막 안배를 해 뒀어요. 그걸 미련이라고 불러야 할지, 다른 이름으로 불러야 할지는 아직 모르겠지만."

"뭐?"

"그 안배가 언니에게 부디 닿길 바랄게요."

그렇게 말한 아리가 망설임 없이 문 안으로 뛰어들었다.

나는 그녀가 빛 속으로 씻기듯 사라지는 모습을 멍하니 바라보았다.

그 직후 나는 뛰어들 엄두도 내지 말라는 듯, 철컥 문이 닫혔다.

굳게 닫힌 문을 멍하니 보던 나는 다시 관리자를 돌아보았다. 그가 내게 따라오라는 듯 손짓했다.

한참을 무뚝뚝하게 걷던 그가 마침내 멈춘 곳은 내가 전에 원래 세계로 돌아가는 데 성공했던 1층 화장실 입구였다. 역시 이곳이 탈출구가 맞았던 거구나, 그렇게 생각한 나는 다시 그를 돌아보았다.

"……여기에 계속 계시나요? 그러니까 제 말은, 만약 아리가 돌아온다면 이곳을 통해 돌아올 수 있을지."

「작가가 아닌 인간에게 이 세계의 존재를 들켰을 때는 장소를 옮기는 것이 원칙」

"그럼……."

「적당한 장소를 물색하는 데 시간이 걸리겠지만 가까운 시일 내 옮길 것」

"그렇군요. 알겠어요."

힘없이 대답한 내가 돌아섰다.

등 뒤에서 뻗어 나온 손이 내 어깨를 툭툭 쳤다. 나는 다시 뒤를 돌아보았다.

"왜 그러세요?"

「만약 작가가 원래 세계로 돌아가 내용을 바꾸는 데 성공했다면, 네가 원래 세계로 돌아가는 그 순간에 이미 현재는 바뀌어 있을 것」

놀란 눈을 깜빡이던 내가 의아하게 물었다.

"네?"

「그녀가 다른 세계로 넘어가서 다시 이야기를 처음부터 쓰는 데 시간이 얼마나 걸렸든지 간에, 그녀가 바꾸고자 한 것은 이 세계의 과거. 그렇다면 영향을 받은 것은 이 세계의 현재.」

"아, 알았어요. 아니, 사실은 잘 모르겠어요. 하지만 하나만은 알겠어요."

나는 남자를 처음과는 달리 아무런 두려움도 없이 올려다보며 물었다.

"아무튼 제가 이 폐교를 나가는 그 순간부터 이미 바뀐 설정은 이 세계에 적용되고 있을 거란 얘기군요. 그러니 어떤 변화가 일어나더라도 놀라지 말란 말을 하고 싶으셨던 거죠."

「그렇다」

"감사해요."

「그리고 마지막으로」

분필이 벽에 새긴 문장에 나는 떨떠름하게 위를 바라보았다.

「사람의 존재를 이루는 일부는 다른 사람들의 기억」

그건 내가 언젠가 노아리에게도 했던 것과 같은 말이었다. 눈을 깜빡이던 내가 의아하게 물었다.

"……네, 그게 왜요?"

그러던 나는 불현듯 별로 생각하고 싶지 않았던 사실 하나를 깨닫고 말았다.

이윽고 내가 생각했던 것과 같은 대답이 돌아왔다.

「네가 네 친구들에게서 잊혀진다는 것은 곧 이 세계에서의 너 또한 잊혀진다는 것」

「그렇다면 남는 것은 다른 세계의 너」

「다른 세계의 '관리자' 들이 너를 데리러 올 수도 있다」

나는 창백해진 얼굴로 중얼거렸다.

"'관리자'들이라면……."

퍼뜩 고개를 든 내가 물었다.

"혹시 제가 중학교 3학년 때부터 고등학교 1학년, 2학년 때까지 다른 세계를 오갔던 것도."

「이 세계의 너와 충분히 섞이지 못했던 당시의 너를 다른 세계의 존재들이 데리러 왔던 거겠지」

"그래서 그 애들이 다시 나를 기억해 냈을 때 비로소……."

나는 충격에 젖은 채 읊조렸다.

그렇다면 이번에는 그때와는 상황이 달랐다. 그때는 다른 세계의 관리자에 의해 원래 있던 세계로 끌려간 것에 불과했지만, 이번에는 노아리에 의해 이 세계에서 나의 존재 자체가 처음부터 없었던 것처럼 지워지는 일. 그러니 예전처럼 그들이 나에 대한 기억을 떠올려 줄 거라고는 결코 기대할 수 없다.

분필이 벽에 마지막 문장을 새겼다.

「골목과 어둠, 꿈속을 조심해」

"……충고 고마워요."

그 말밖에는 할 수 없었다.

관리자가 물끄러미 지켜보는 가운데 화장실로 걸어가며 나는 생각했다.

선택에 따라 수도 없이 많은 분기점으로 갈리는 세계를

오랫동안 지켜보면서, 인간들의 현명함과 어리석음을 모두 지켜보면서 그는 도대체 무슨 생각을 했을까?

그런데도 그가 아직 인간에 대한 친절함을 잃지 않은 것은, 인간의 본질에 어떤 사랑스러움이 존재한다는 뜻일까?

그런 부질없는 생각에 잠겨 보다가, 나는 다시 화장실 문을 통과하여 나왔다.

방금까지만 해도 창문 너머에서 번득이던 기묘한 자줏빛 광채가 사라지고, 평범한 폐교의 모습이 나를 반겼다.

인적 없는 빈 복도를 황급히 가로질러 걸으며 나는 두 손으로 내 팔을 감쌌다.

여름이라 해가 길어서 그나마 다행이다. 이런 폐교에서 저녁이나 밤에 혼자 헤매는 것만큼은 절대로 하고 싶지 않아.

마침내 학교 현관 앞에 도착한 나는 익히 예상했던 상황임에도 불구하고, 헛웃음 지을 수밖에 없었다.

이 학교에 들어오기 전, 분명히 내가 돌아오길 기다리겠다던 세 사람이 씻은 듯 사라지고 없었다.

나를 반긴 것은, 이 자리에는 본래 아무도 없었다는 것을 증명이라도 하듯 눌린 자국 하나 없이 꼿꼿이 서 있는 회색 풀들뿐이었다.

〈끝나지 않은 '인소의 법칙'들! 15권에서도 계속됩니다.〉

인소의 법칙 14

1판 1쇄 발행 2020년 6월 26일
1판 4쇄 발행 2022년 5월 11일

지은이 유한려
펴낸이 신현호
편집장 예숙영
편집 최은지
편집디자인 한방울
영업 김민원
물류 이순우 박찬수

펴낸곳 ㈜디앤씨미디어
출판등록 2002년 5월 1일 제117-90-51792호
주소 서울시 구로구 디지털로 26길 111 JnK디지털타워 503호
대표전화 (02)333-2513 팩스 (02)333-2514
전자우편 dncbooks@dncmedia.co.kr
디앤씨북스 블로그 http://blog.naver.com/dncbooks

ISBN 978-89-267-0694-7 04810
ISBN 978-89-267-1819-3 (SET)